「満洲国」の文学と
その周辺

岡田英樹

東方書店

まえがき

　わたしにとっては、『文学にみる「満洲国」の位相』（研文出版　2000年3月）、『続　文学にみる「満洲国」の位相』（同上　2013年8月）につぐ、3冊目の専著となる。これまでの2冊は、満洲国における中国人の文学を対象に論じてきた。中国現代文学にあって、日本支配下に置かれた東北地域の文学が空白であってはならないし、日本がでっち上げた満洲国で、現地の中国人が何を考え、どう行動していたのかを無視して満洲国は語れないと考えたからである。

　今回はその流れを踏まえつつ、第Ⅰ篇として東北作家に関する論考を、第Ⅱ篇第6章以降に満洲国にかかわる日本人作家の論考を付け加えている。そのため1冊の本としては、若干散漫な感じを与えるかもしれない。

　「東北作家（群）」といっても一つの組織でもないし、集団としての活動があったわけではなく、その定義はあいまいである。「九・一八事変」（柳条湖事変）、翌年の満洲国建国によって故郷に戻れなくなった東北籍の作家、建国と戦乱の混乱を避けて故郷から脱出した作家、満洲国に踏みとどまり抵抗を続けていたが身辺に危険が迫り関内へ亡命することを余儀なくされた作家など、多様な形態に分けられる。中国で出版される『現代文学史』は、大学での講義用テキストとして編纂されたものが多い。その意味では、個性的であってもその時期の政府の公式的見解をはみ出すことは難しい。各種文学史を点検しながら「東北作家」の記述をまとめてみたが、反右派闘争以降東北作家の名称が消え、香港、台湾で出版された文学史に痕跡をとどめていたこと、中国にあっては90年代に入ってやっとかれらの記述が復活したことが確かめられた。（第1章）

　30年代文学をリードしてきた上海文壇にあっても、東北作家が注目されることはなく、1935年、コミンテルンの「反ファッショ統一戦線」の呼びかけに応えて、中国共産党が発した「八・一宣言」に促されて、30年代前

半の文壇で大きな役割を果たしてきた左翼作家聯盟が解散し、国民党系を含む抗日のための民族統一戦線構築が課題に上ってきた。周揚、夏衍ら上海の共産党グループと、魯迅を軸とした胡風、馮雪峰らとのあいだで「国防文学論戦」、「二つのスローガンの論争」と呼ばれる統一戦線をめぐる激しい論争が闘わされたが、「国防文学派」の機関誌ともみなされていた雑誌『光明』では、国防文学（抗日文学）の典型例ともいえる東北作家の作品を積極的に活用した。このことで東北作家への注目が一気に高まり、「東北作家（群）」という呼称も文壇に定着した。これを検証したのが第２章である。

　しかし、国防文学派に対立していた「民族革命戦争の大衆文学派」に与していた、蕭軍・蕭紅は、『光明』の流れからはずれることになるが、魯迅の保護を受けていち早く上海文壇に登場していたかれらは、上海と満洲をつなぐ重要な存在であり、東北作家群形成に大きな役割を果たしている。蕭軍を核とする雑誌『報告』の出版はそのささやかな一例であった。

　以上第３章までは、故郷を捨て関内へ亡命した無名に近い作家たちが、東北作家として上海文壇に認知されていく過程を追跡した論考で、一つにくくることができる。

　蕭軍の「八月的郷村」とともに魯迅の推挽を受け、「奴隷叢書」の一環として出世作「生死場」を世に問うた蕭紅は、比較的安定していた上海での生活を捨て、1936年７月、留学のため日本へ一人旅に発つ。この蕭紅の東京時代を究明しようとしたのが第４章である。東京行きの動機も、６か月足らずで留学を打ち切っての突然の帰国も、その理由を明らかにすることはできなかったが、東京留学時期は、「生死場」の流れとは異なり、みずからの幼年時代と故郷の名もなき人びとに焦点をあてた「呼蘭河伝」に集大成される「伝記回想体」への契機となったのではないか。親しい友もなく、孤独な下宿生活の中で、夫蕭軍との決定的な性格の齟齬を確認するとともに、二度と戻れぬ故郷への郷愁が「伝記回想体」へのきっかけを与えたのではなかろうか。

　中国の文学史においては、30年代前半は左翼作家聯盟を軸とした文学運

動期、37年「七・七事変」（盧溝橋事変）以降を抗戦文学期と概括し、その抗日文学の一角に東北作家を位置づけるのが一般的である。わたしが研究してきた満洲国（淪陥時期東北）の文学などは、無視されるか、その周辺にかろうじて居場所を与えてもらえるのが関の山ということになる。しかし、植民地化された満洲国にあって、自由な表現が許されない中でも筆を執り、鬱屈した胸の内を表現してきた在満作家を研究対象としてきたわたしにとって、東北作家を含む関内抗日文学は「周辺」となる。日本の暴虐を暴き、悲惨な同胞の姿を正面から描いた東北作家の作品は、満洲国の文学とはいえないであろう。かれら同郷作家の活躍は、憧れであり、励ましの対象ではあっても、満洲国の文学とはなりえない。表題を「『満洲国』の文学とその周辺」とした所以である。

　第II篇は、在満作家に関する論考である。作品の中に日本人が登場するのを極力避けてきた中国人作家にあって、あえて大胆に日本人の醜悪さ、残酷さを暴露した田兵に注目した。みずから北満の地に拠点を移し、治安粛清工作隊の通訳官などの任務に就いたことで、多くの日本人の横暴な姿に接することができた。その体験を活かすことで、他の作家が描けなかった日本人を正面に据えて、その醜悪さを暴露できたのであった。（第1章）

　反右派闘争で「右派分子」、「文化漢奸」と断罪された在満作家は長期にわたって筆を執ることが許されなかった。しかし80年代に入って名誉回復された幾人かの老作家は、老骨に鞭打って文学史の空白を埋め、みずからの失われた青春時代を記録しようと努力した。馬尋（金音）の「風雨関東」に注目したのは、満洲時代をフィクションで構成しながら、中国人の抵抗運動に理解を示し、共感しながら秘かに支持する良心的日本人を描いたことである。改革・開放の時代に入ったとはいえ、在満日本人を肯定的に描くことは勇気がいっただろうと思う。また虚構の世界を描きながら、作者の目を通した当時の文芸界、満映の内情もわれわれに貴重な示唆を与えてくれる。（第2章）

中国の長い歴史に材を採った「歴史小説」も、直接的に現実を暴露できない執筆環境にあって、寓意を込めた政治批判として有効な手段であった。中でも漢代の蘇武に材を採った磊磊生（李季瘋）の「在牧場上」は、政治的に非常にラディカルな意図を読み取ることが可能ではないかと、わたしの「ヨミ」を示してみた。季瘋の権力に屈せぬ、果敢な抵抗の姿勢を跡付けることで、わたしの「深ヨミ」も許されるのではないか。（第3章）
　第4章では、手持ち資料を紹介しながら、中国における満洲国の文学研究史を整理してみた。在満作家に対する研究は80年代中頃に始まると考えてよさそうだが、「"左傾"思潮の妨害と破壊」はかなり執拗であったようだ。しかし不当な冤罪を雪ごうとする老作家たちの執念と、客観的、科学的な研究で真実に迫ろうとする研究者の努力に支えられて、少しずつ正常な軌道が敷かれつつあるといえる。ただし、研究や出版に関して、今なお自由を束縛する動きがあることも漏れ聞いている。こうした研究の流れを、巻末に付けたわたしの「業績」に重ね合わすと、わたしの研究は、ほぼ同じ軌跡をたどっていることが分かる。中国での研究の伴走者というのはおこがましいが、追走者ぐらいの位置は与えられてもいいだろう。ただ、開拓期を共にした中国人研究者の名前を目にすることは、随分少なくなってしまった。
　第5章は、北京文壇における台湾作家を取り上げており、第Ⅱ篇での座りが悪いのだが、40年代以降に始まる満洲国からの脱出組（かれらは柳龍光・梅娘を頼って北京に集結した）の活動、さらに第3回大東亜文学者大会にむけて準備されていた「中国文芸家協会」の瓦解という新たな課題に取り組むきっかけを与えてくれた。

　第6章以降は、在満日本人の文学を対象としている。まず在満日本人を取り巻く読書環境は、質量ともに圧倒的な成熟度を誇る日本国内の作品に独占されていたこと、満洲国の日本文学は、巨大な日本語文化圏の一隅に、「独立国」としての政治的配慮に支えられながらかろうじて発表の場を確保していたに過ぎないことを明らかにした。満洲国における日本文学の未熟さを反

映したものだが、より厳しい執筆環境に置かれながら、中国の若い作家たちが、旧文学の分厚い壁に立ちむかい、新文学の地平を開拓すべく健闘する姿にも言及している。（第6章）

　建国事業に協力し、大東亜戦争勝利のために筆をもって貢献すること、これは作家個人の内発的なもの、あるいは権力から強制されるもの、いずれを問わず日本人作家が避けられぬ運命であった。同人誌『作文』を代表する竹内正一、青木實二人の作家を取り上げた。竹内の作品には「市井小説」、「風俗小説」、「心境小説」など、さまざまな評語が冠せられてきた。要は、市井にうごめく人間への限りない関心である。哈爾濱の街を舞台として、退嬰的な日本青年、エミグラントとしての白系ロシア人・ユダヤ人、たくましい生命力を持つ中国人らを素材として、温かいまなざしで描いてきた。しかしその背後にある政治的な課題にはあくまで傍観者であり続けてきた。大東亜戦争が始まり、「時局への要請」が求められても「この時代の作家として生きやうためには、もつともつと苦しまねばならないであらう」との自責の念を語りながらも、みずからの文学の殻を打ち破る作品は生み出すことはできなかった。（第7章）

　青木實は、短歌の世界から文学に入った作家である。それ故、抒情的短歌の延長線上にある短篇小説、散文に優れたものがある（作品集『幽黙』）。しかしかれは、強い人道的正義感から満洲に生きる日本人として、周囲の中国人の生活をこそ描くべきだと主張して、農事合作社や鉄道警護分所に材を採った「満人もの」を多く残している。しかし、こうした「当為」から書かれた作品は、政治的主張が先行して文学的昇華に欠け、作品として見るべきものがない。かれもまた、みずからの文学的資質を抜け出せずに終わった。（第8章）

　第9章は、復刻影印本の「解題・解説」を集めたもので、在満作家とはいえないが日本内地の作家が、満洲をどのように描いたのかを検討している。通俗作家としてすでに文壇に認められ、文学報国会の事務局長として、国策文学の先頭に立ち、熟練した筆さばきで満洲を描いてみせた久米正雄の『白

蘭の歌』は、都合よく国策をまとめたものである。大衆受けはするだろうが、満洲と真剣にむき合ったものではない。一方、いまだ文壇の片隅にありながら、熱い情熱を抱いて満洲の農村に入り、農民の中に生まれくる建国の息吹を嗅ぎとろうとした大瀧重直の作品には、久米にはない誠実さを感じ取らせる。

　満洲の国語（日本語、中国語）の規範化を目指した雑誌『満洲国語』の解題では、国語の普及（日中語検定試験対策）では一定の役割を果たしながら、日本語・中国語の調査研究の面ではそれを担い得るだけの人材不足を露呈した形になっている。

　論文集として出版できるのはこれで最後となろう。「閉店大売り出し」のような売れ残り品の寄せ集めとなってしまったが、老い先短い老人のわがままとしてお許しいただきたい。

<凡　例>

1、日本で使われている「満洲国」は、国際的に認知されたものではないとして、現在の中国では「淪陥時期東北」あるいは「偽満洲国」と称している。日本においても、括弧でくくって表記することが一般的である。わたしは表題のみ「満洲国」として、本文では括弧をはずして表記した。煩雑さを避けるためで他意はない。

2、引用文中の注釈・脱字補足には〔　〕を使用している。また誤字については「ママ」とルビを振り、そのまま表記している。

3、かなり古い論文を再掲しているが、縦書き原稿を横書きにするなど書式や表記の統一など一定の手直しはしたが、内容にかかわる大幅な修正は行なっていない。制約された資料を使って未熟ながらも努力して完成させた論文の姿をそのままに提示したかったからである。その後の資料発掘や研究の進展で補充すべき点は、【補論】として追記している。

目　次

まえがき ……………………………………………………………… i

第Ⅰ篇　東北作家──満洲からの亡命作家 ……………………… 1

第1章　満洲が生み出した文学 ……………………………………… 3
　　　　──関内へ流亡した作家たち　附【補論】
第2章　雑誌『光明』の教えるもの ………………………………… 33
　　　　──"国防文学"と"東北作家"　附【補論】
第3章　『報告』・蕭軍・東北文学 ………………………………… 50
第4章　孤独の中の奮闘 ……………………………………………… 65
　　　　──蕭紅の東京時代　附【補論】

第Ⅱ篇　満洲国の文学 ……………………………………………… 95

第1章　日本人を大胆に描いた作家・田兵 ………………………… 97
　　　　──右派断罪の資料から
第2章　在満老作家からの遺嘱 ……………………………………… 110
　　　　──馬尋「風雨関東」を読む
第3章　古を論じて今に及ぶ ………………………………………… 142
　　　　──満洲国の歴史小説再検証
第4章　満洲国の文学研究（於中国） ……………………………… 155
　　　　──資料で語る30年　附【補論】
第5章　淪陥時期北京文壇の台湾作家三銃士　附【補論】……… 179
第6章　満洲国の雑誌・新聞と文学作品 …………………………… 200

目 次

第7章　「大連イデオロギー」の体現者・竹内正一　附【補論】
　　　　………………………………………………………………… 220
第8章　在満作家青木實……………………………………………… 240
　　　　──「満人もの」、そして戦後
第9章　影印復刻本の解説・解題（4篇）………………………… 269
　　1）久米正雄『白蘭の歌』…………………………………… 269
　　2）大瀧重直『解氷期』……………………………………… 277
　　3）大瀧重直『満洲農村紀行』……………………………… 282
　　4）満洲国語研究会と雑誌『満洲国語』について
　　　　附【補論】…………………………………………………… 288

＜付録1＞先輩・友人への追悼文集……………………………… 298
＜付録2＞岡田英樹・業績目録…………………………………… 310

　あとがき………………………………………………………………… 324

　索引
　　人名索引…………………………………………………………… 326
　　主要事項索引……………………………………………………… 336

第Ⅰ篇　東北作家——満洲からの亡命作家

第1章　満洲が生み出した文学
　　──関内へ流亡した作家たち

はじめに

　1931年9月18日、瀋陽北部に位置する柳条湖の闇を貫いた銃声は、日本帝国主義の無謀な大陸侵攻の始まりを告げる烽火となり、「十五年戦争」の泥沼へと足を踏み入れる弔鐘となった。「九・一八事変」（柳条湖事変）である。

　瞬く間に東北の重要都市を制圧した日本軍は、清朝の廃帝溥儀を担ぎ出し、翌年3月1日には「建国宣言」を発して、東北3省（黒龍江・吉林・遼寧）を合併して満洲国とした。さらに華北へも侵略の手を伸ばし、1933年5月、塘沽停戦条約で熱河省（現在の遼寧・華北の一部を含んだ省）をも併呑するに至る（このため東北4省ともいう）。国土の一部が強奪され、「王道楽土」の名のもとに、同胞が塗炭の苦しみにあえぐ、それは民族的屈辱であり、苦悩の始まりであった。しかもそれは、1937年「七・七事変」（盧溝橋事変）に端を発する日中全面戦争の前兆であり、民族の凝縮された未来図の先取りでもあったのである。

　中国30年代文学が、こうした現実をどう受けとめ、東北の作家たちが関内文壇（山海関以南、長城の内側を指す）にどのような影響を与えたのか、この問題は避けては通れぬ課題であると考える。わたしはこれまで、東北地方における文学運動、とりわけ、逼塞状況に耐えられず、屈辱に甘んじることを拒否して、職を捨て、故郷を捨てて関内へ脱出してきた「東北作家群」に焦点をあてて考察してきた。これまで手に入れた資料にもとづき、こうした東北作家についての、大雑把な見取り図をまとめ、何人かの作家の代表作を紹介してみたい。

1 「蓓蕾社」の文学活動──東北文学前史

　東北地方における新文学運動の始まりは、北京や上海のそれとは少し遅れるようである。したがってここに紹介する「蓓蕾社」の活動は、ごく初期のものとして位置づけられるだろう。ただし、補完してくれる資料は少なく、陳紀瀅『三十年代作家記』の記述をまとめたものであることをお断りしておく。

　　蓓蕾が創刊されるや文壇に大きな衝撃を与えた。（中略）
　　それゆえ『国際協報』は、その本紙自体が東北の一隅を睥睨し得たというにとどまらず、その副刊は北平〔現在の北京をいう〕、天津、上海、武漢のものと比べてもいささかの遜色もなかった。いわせてもらえば、「九・一八」後、「東北作家」が全国にその名を馳せることになるが、この蓓蕾社が成立し、文芸運動を押し広め、文芸の種を育て上げたことによって、はじめて成功を勝ち取れたといえなくもないのだ。

　　蓓蕾が出版されると、短時日のうちに、もう関外の文壇に一派をなし、大いに異彩を放ち、北平、上海文壇の注目を集めた。

　関内の文壇状況を意識しながら、『国際協報』副刊（新聞の文芸欄をいう）として出発した「蓓蕾」の東北地方で果たした大きな役割を、自負を交えて回想する。陳紀瀅は、この蓓蕾社の中心人物であるとともに『大光報』、『大公報』などで活躍したジャーナリストであった。かれの回想にもとづくこの資料によりながら、今少し東北作家出現以前の東北文芸界の動きを追ってみよう。
　1927年夏、かれが哈爾濱市道外にある五道街郵便局に勤務していたとき、同じ職場の孔羅蓀と知り合いとなる。哈爾濱の『国際協報』副刊「国際公園」、『晨光報』の「江辺」、『哈爾濱公報』の「公報副刊」などに投稿し、二

人の文名は、すでにかなり広く知れ渡っていた。

> 民国十七年〔1928年〕、わたしたちは蓓蕾社を創設し、羅蓀の提案を受けて、共同して組織と連絡を取り、当時の哈爾濱市の仲間20数名を糾合し、あわせて「蓓蕾週刊」を『国際協報』の附刊として出版した。（中略）
> 毎週半載の大きさで、2万字ほどの原稿を載せ、羅蓀が編集にあたり、わたしたち数人の者は主な執筆者となっていた。[4]

当時の国際協報社は、社長が張復生、総編集王星岷、副刊編集趙惜夢といった陣容であった。

陳紀瀅はまた、この蓓蕾社に集まってきた東北の文学青年たちにも筆を及ぼす。

趙惜夢　（1899〜1956年）遼寧省復県、組織のまとめ役

陳紀瀅　（1908〜1997年）河北省安国県

孔羅蓀　（1912〜1996年）山東に生まれ上海に育つ、本名孔繁衍

于浣非　（〜1978年）吉林省賓県阿城、于宇飛ともいう、筆名眠石、『晨光報』の中心メンバー、大羅新百貨公司広告部主任、45年以降、惜夢、紀瀅とともに台湾へ

関吉罡　吉林省、満洲族、本名紀剛、北京大学卒業後中東鉄路に勤務

范星火　遼寧省、剣碩のあとを継いで『晨光報』の編集にあたる

張末元　河北省撫寧県、画家、于と同じく大羅新や同紀公司で広告宣伝にあたる

芮道一　四川省、日本留学生

馮文蔚　天津市、筆名功瑾、宣隆洋行の事務員

尤致平　江蘇省宝山、「南国劇社」初期の活動に参加

王栗顥　河北省開平、女子第一中学校学生、のち尤致平と結婚、蕭紅の2学年上

沈玉賢　遼寧省海城、王栗頴のクラスメイト
　　任白鷗　広東省順徳、開業医
　　崔汗青　河北省楽亭、本名崔墨林、銀行員
　　張全欣　吉林省、工業大学学生、筆名秋子、鉄玄
　　林霽融　『新民晩報』のメンバー
　　金剣碩　（1910〜1936年）剣嘯ともいう、遼寧省瀋陽、『晨光報』編集者

　その他『哈爾濱公報』を通して知り合った楊墨軒、畢大拙、関鴻翼、関内から参加した徐蘇霊（詩人、映画制作者）、許躋青、陳凝秋（「南国社」のメンバー）、左明（「南国社」のメンバー）をあげ、さらに袁弱水、白濤らも加えている。哈爾濱を中心に、これだけの人的ネットワークを組織していたことは驚きである。
　また驚くべきことに、この早い時期に楊朔（本名楊瑩叔）の名前があらわれることである。スタンダード石油会社の事務職員であったかれは、馮文蔚の紹介があったのだが、旧詩の愛好者であったため、「仲間」に加えなかったという。
　週刊の「蓓蕾」刊行を中心事業としながらも、

　　　同時に蓓蕾社は、みんなを集めての座談会、講演会、音楽会、話劇上演、および各種の文芸活動を行なった。(5)

としている。
　1930年、陳、孔が哈爾濱を離れていた時期には、張全欣が編集を担当し、その穴を埋めていた。二人が復帰すると、さらに惜夢を編集長として『哈爾濱画報』（1931年5月1日創刊、週刊）までをも刊行し、意気盛んなところを見せている。
　しかし、こうした多彩な花をつけ始めた「蓓蕾」（つぼみ）も、無残に手折られる運命にあった。「九・一八事変」を迎えて、関吉罡は一兵士として戦

闘に参加し、趙惜夢は探訪記者として前線に赴く。1932年2月5日、哈爾濱は陥落し、多くの同人は関内へと逃れる。陳紀瀅は、『天津大公報』の胡霖（胡政之）に請われて、東北陥落区の現状を秘密裏に通信していたが、孔羅蓀と時期を同じくして上海へ脱出する。かくして蓓蕾社の活動は消滅し、この後に述べる蕭軍、蕭紅、舒群、羅烽といった、次世代の若い「東北作家」との交流は実現されずに終わった。

> 　22年〔1933年〕、わたしが天津大公報の命を受け、ひそかに「偽満建国一周年」を探訪したとき、国際協報の副刊は、ちょうど劉莉（すなわち白朗）女士が編集しており、彼女と久しく会談したが、その投稿作家の中に、「三郎」、「悄吟」〔当時の蕭軍、蕭紅の筆名〕の高名があるのは知らなかった。そのころ、かれらは哈爾濱にいたことはいたのだが、文壇上でまだ名を知られていなかったことは確かであった。(6)

　中核部分とのつながりは見られなかったが、先にあげた蓓蕾同人の何人かは、東北作家群の主流となる若い作家たちの活動に結びつく。金剣嘯は原名金建碩、30年に共産党に入党し、「九・一八」以降は、哈爾濱文芸界の抗日工作にあたる。36年に官憲に逮捕され犠牲となるが、次の節で述べる蕭軍たちの抵抗運動を考える場合欠かせぬ人物であった。(7)王栗穎も、蕭紅の学友として絵画展覧会に協力したことがあり、(8)白濤、宇飛、張末元、鉄玄、陳凝秋の名前もつながりを確認できる。

2　「東北作家群」の形成

1）　各種文学史にみる「東北作家群」

　前節で述べた「蓓蕾社」の活動を土壌として、「九・一八」以降の東北、とりわけ哈爾濱を中心として新しい世代の文学活動が生み出され、東北作家の誕生へと道が開かれる。しかしその形成過程を考えるにあたっても、その

実態は意外にあいまいである。ここではまず最初に、各種「文学史」にあらわれた記述を整理する中で、その概略を浮かび上がらせる作業を進めてみる。

まず「文学史」に記載された東北作家を表にまとめてみる。

各種「文学史」に見る東北作家群

（A）中国新文学史稿（上、下）王瑶　新文芸出版社　1953年7月（王本）

（B）中国現代文学史略　葉丁易　作家出版社　1955年7月　（葉本）

（C）中国新文学史初稿（上・下）劉綬松　作家出版社　1956年4月（劉本）

（D）中国現代文学史　孫中田等編　吉林人民出版社　1957年9月（孫本）

（E）中国現代文学史　復旦大学中文系現代文学組編著　上海文芸出版社　1959年7月（復旦本）

（F）最近二十年中国文学史綱　崔衣仙　広州北新書局　1936年8月（崔本）

（G）文壇五十年（正・続）曹聚仁　香港新文化出版社　1956年（曹本）

（H）中国新文学廿年　林莽　香港世界出版社　1957年5月（林本）

（I）中国現代文学史　李輝英　香港東亜書局　1970年7月（李本）

（J）中国新文学史（上・中・下）司馬長風　台湾昭明出版社　1975年1月、76年3月、78年12月（司馬本）

（K）中国新文学史　周錦　台湾長歌出版社　1976年4月（周本）

（L）中国現代小説史　夏志清、劉紹銘等編　台湾友聯出版社　1979年7月（夏本）

以上（A）から（L）の資料にもとづき、東北作家と位置付けられ、それぞれに詳しい解説を付したものには◎、作者名だけを簡単に掲げたような場合には○、作家名はあるが、東北作家としての位置が与えられていないものは△で示す。なお、生地、生卒年は「文学史」記載のものをそのまま使っている。

第1章　満洲が生み出した文学

東　北　作　家	(A)	(B)	(C)	(D)	(E)	(F)	(G)	(H)	(I)	(J)	(K)	(L)
蕭軍（1907年～） 遼寧省義県	◎	△	○	△		△	◎	◎	◎	◎	○	◎
蕭紅（1911～42年） 黒龍江省呼蘭県	◎	◎	◎	△	◎		◎	◎	◎	◎	◎	○
尚舒群（1913年～） 黒龍江省哈爾濱	◎	△	○		△		○	○	○	○	○	
端木蕻良（1912年～） 遼寧省昌図県	◎	△			△		○	○	◎	○	△	○
羅烽（1909年～） 遼寧省瀋陽	◎	△	○				◎	○	○	○	○	
白朗（1912年～） 遼寧省瀋陽	◎		○					◎	○	△	◎	△
李輝英（1911年～） 吉林省永吉県	△					△	△	◎	○	◎	△	○
孫陵（1910年～） 山東省									◎	◎	◎	
駱賓基（1917年～） 吉林省琿春県	△	△			△			◎	○	◎	△	
楊朔（1913～1968年） 山東省蓬莱県	△	△						◎	○	◎	△	
于黒丁（1913年～） 山東省即墨県	△		○				◎	△				
穆木天（1900年～） 吉林省伊通県	△	△	△			△	△		△	△	△	
高蘭（1909年～） 黒龍江省愛琿県	△		△					◎	△	△		
金人（1910～71年） 河北省南宮県	△										◎	
耶林	◎	△										
鉄玄 吉林省											◎	
杜宇									○			
白暁光（1910年～） 遼寧省新民県									◎			
張露薇 吉林省寧安									◎			

9

各文学史の記述方法や、筆者の考え方に差異があることを認めた上でも、なおかつその東北作家の規定に大きなバラつきがあるといわざるを得ない。以下、文学史の記述から窺える問題点を指摘しておく。

2）　中国での評価の歴史的変遷

　「王本」上冊（開明書店　1951年9月初版本）が、（A）に書き改められる中で、李輝英に関する記述が大幅に削除されたという事実に示されるごとく(9)、解放後の整風運動の進展は、文学史の世界からつぎつぎと作家の名前を削ってきた。東北作家も例外ではない。「王本」では「第二編　左聯十年（1928-37)、第八章　多様な小説　五　東北作家群」として明確な章立てがなされ、

　　　九・一八事変以降、日本帝国主義はわが東北を強奪し、（中略）その中でまず最初に、直接的に帝国主義に蹂躙されたのは東北の人びとであり、その一部は祖国の関内へと亡命した。その体験と憤りは、かれらに反日のための筆を執らざるを得なくさせ、人びとに東北の状況に目を向けるよう要求した。これらの作品は、そのリアリティーの故に、多くの読者を獲得し、抗日を呼びかける大きな役割を果たした。(10)

と、しっかり位置づけられていた。それが、「葉本」になると、

　　　「九・一八」、「一・二八」〔1932年の第一次上海事変〕以後、中国人民と兵士大衆の抗日の要求と行動を描いて有名となった。(11)

と、記すにとどまり、東北作家の位置づけは弱められ、「劉本」では、「また忘れてならないのは、東北からやってきた作家である」(12)と、辛うじて「東北」の言葉は残されたものの、「孫」・「復旦本」においては、30年代のリアリズム作家、抗日作家として2、3名が名をとどめるのみで、東北作家の呼称も消え失せ、これら作家が果たした役割を文学史に反映させることもなく

なった。整風運動（とりわけ 57〜58 年にかけての「反右派闘争」）によって、「東北作家」という名称は、文学史からは姿を消したといっていいだろう。

しかし現在、「四人組批判」を経過し、作家に対するこれまでの評価を再検討する動きが始まり、文学史全体を洗い直す作業が進められている。反右派闘争の行き過ぎが指摘され、多くの作家の名誉も回復されてきている。こうした大きな動きが、すぐさま新しい文学史の記述に反映するわけではないが、今後の方向を占うものとして注目する必要があるだろう。

中国現代文学史　田仲済・孫昌熙主編　山東人民出版社　1979 年年 8 月（田・孫本）

中国現代文学史（上・下）　中南七院校編著　長江文芸出版社　1979 年 10 月（中南本）

中国現代文学史（一・二）　唐弢主編　人民文学出版社　1979 年 6、11 月（唐本）

中国新文学史初稿（上・下）　劉綬松著　人民文学出版社　1979 年 11 月（新劉本）

中国現代文学史（上・下）　林志浩主編　中国人民大学出版社　1979 年 9 月、80 年 5 月（林志本）

「新劉本」は、（C）を修改したものだが、著者はすでに亡くなっており、その遺稿をもとに改訂を加えたもので限界はある。それでも先に引用した個所は、「また忘れてならないのは、東北からやってきた一群の作家である。かれらの作品は、東北人民の抗日の闘いを大きく映し出していた」(13)と補充し、旧版にはなかった蕭軍「八月的郷村」（八月の村）の解説を、冒頭で詳述している。

「田・孫本」、「中南本」では、東北作家の部分に限っていえば軽く扱われ、従来のものと大きく変わっていない。しかし、「林志本」は、

小説の面では、東北作家蕭軍の「八月的郷村」、蕭紅の「生死場」（生死の場）が、比較的大きな社会的影響を生み出した。(14)

とし、さらに「唐本」では、

　　"九・一八"事変のあと、一群の文芸青年たちが、日本帝国主義に占領された東北から、続々と関内へ流れ込んできた。その中の何人かは、すでに何がしかの創作経験を持っており、左翼文芸運動に後押しされて文学活動を始めた。かれらは敵軍、偽軍に対する怨み、郷土に対する思慕、および早期に国土を光復したいとの願望を抱いており、東北人民の闘いの生活を反映した多くの作品を創作した。比較的著名なところでは、蕭軍、蕭紅、端木蕻良、舒群、白朗といった人がおり、"東北作家群"と称された。(15)

と、再び「東北作家群」の呼称が復活し、記述も出発点・「王本」に戻ったといえるだろう。歴史的事実を事実として踏まえる堅実な研究が進めば、文学史における東北作家の位置づけも、より深められるであろう。なお、ここで述べた各種文学史の比較については、わたしたちの共同研究の結果が発表されている。(16)いくらかの参考になろうと思う。

3）　香港・台湾本の記述から

　（G）から（L）といった、香港、台湾で出版された文学史の記述は個性的であるが、わけても「李本」、「周本」は、東北作家にかなりの紙幅を割いて詳しく解説している。中でも「周本」は、検討すべき問題を数多く提起しているので、少し長くなるが引用してみる。

　　東北作家群、これは決して一つの組織でもなければ、形を持った団体でもない。またさらに、作家を地域で区分けすべきものではない。しか

しこれらの人びとは、それなりの特殊性を持っており、かつ特筆すべき功績をあげ、この期における中国文学の特色を表現した。それゆえ、この場で簡単な紹介をしておく。⁽¹⁷⁾

とした上で、まず東北（哈爾濱）の地域的特性として、①哈爾濱は最も早く近代都市になった、②資源が豊かであったことから日本軍閥の野心の対象とされた、③白系ロシア貴族の亡命、流入により文化水準が高められた、④ソビエトに対する反撥意識が強く、ひいては中国共産党ともしっくりいかなかった、といった諸点を列挙し、「九・一八事変」に触れて、

　かれらが目にし、耳にしたもの、さらにはその体験した艱難奮闘ぶりは、それ自体一つの時代を映す大作である。加えてその愛国熱誠の気持ちと青年のエネルギーは、確実に上海文壇に新鮮な力を吹き込んだ。左派は非常に敏感であって、こうした青年作家たちは大いに利用価値があると見なした。その上、かれらの純粋無垢な性格は、たやすく籠絡される結果となった。まず最初に、沈起予主編の光明雑誌が「東北作家」の名称を持ち出し、ついで特集号が出された。そして民国25年11月には、蕭軍の義兄弟高君（かれはかつて東北で遊撃戦を戦い、その上みずから司令官の任に就いたことがある）が代表となって、上に列挙した東北作家の集まりを組織し、雑誌『報告』を出版することを決めた。このグループは、各自が責任を持って原稿を書き、世の人びとに日本軍閥の東北における蛮行、そして東北同胞の不撓不屈の反抗精神を報告した。この雑誌は1期を出したが、責任者がいなかったことと経費の不足から頓挫した。しかしいわゆる「東北作家」というのも、このようにしてしっかりと確立されたのである。⁽¹⁸⁾

哈爾濱を中心として、抗日文化運動の拠点を作り、これら若い作家を育て上げた人物として、国民党東北地域の責任者であった張沖、「名月飯店」を

経営しながら作家を組織した孟咸直（十還）、裴俊（国際協報副刊編集者の裴馨園のことか）、国際協報副刊編集者白朗、長春大同報副刊編集者孫陵らの果たした役割を強調している。

　　その後、駱賓基、端木蕻良、李輝英といった人をも、東北作家群の中に列ねる人もいるが、それは「東北作家群」形成の経緯を知らないからであり、原籍地と作品内容から帰納してそうしたのであって、ただ広義の解釈といえるだけである。⁽¹⁹⁾

　国民党の立場から、哈爾濱抗日文化活動を記述したものであり、人的つながりを含めて貴重な手掛かりを引き出すことができよう。周錦によれば、雑誌『光明』の別冊『東北作家近作集』⁽²⁰⁾、雑誌『報告』⁽²¹⁾の刊行などを通じて作られていった一つのグループをこそ、「東北作家群」と規定すべきだということになる。しかし、東北籍作家が関内文壇に与えた影響という視点から文学史を考えると、「広義」の東北作家を排除することはできないであろう。

4）「東北作家」呼称の始まり

　出版時期の異なる「崔本」をあげたのは、歴史的事実として見るのではなく、同時代からの証言を求めたかったのだが、やはり、「東北」への特別な目配りは払われてはいなかった。できる限り早期に、東北作家に言及したものを探しているうちに、次のような資料にぶつかった。東北出身の作家の中では、最も早い時期から、上海創造社で活躍していた詩人・穆木天の言葉である。

　　昨日、雑誌の編集者とノーベル文学賞について語り合ったが、冗談話となって、次のような会話が交わされた。
　　――きみたちの雑誌では"満洲文学特集号"は出版しないのかね？
　　――そうなれば、あなたが最高の作家となりますね。次は、やっぱり李

輝英ですね。
かれは笑いながらいった。
——まだ一人いるよ。楊晦〔1899年3月　遼寧省遼陽県生まれ〕だよ。わたしたちは、"満洲"三大"文豪"といったところだね。
といいながら、わたしも大笑いをした。⁽²²⁾

とした上で、

　今回のノーベル賞の賞金を受け取ったブーニン〔ロシアの亡命作家、1933年度受賞〕は、"亡命者"で、現在はパリに住んでいるということだ。その環境は、わたしに似たところがある。わたしは、この"亡命者"という栄冠をあえてかぶろうとは思わないが、"九・一八"後は、わたしも"亡国者"となってしまった。そのうえ、ブーニンは西方のパリに住み、わたしが住んでいるのは東方のパリだ。このたびブーニンが受賞して、わたしもまた栄光の一端に浴したかのように思えた。ノーベル賞委員会は、どうやら"亡国者"に敬意をあらわし始めたようだ。⁽²³⁾

と、「祖国喪失者」という共通項で、満洲籍作家をくくろうとする発想が見える。文章の内容と出版年から見て、1933年秋、遅くとも34年までに書かれた文章であり、ごく初期の発言として注目しておきたい。

3　最近の新資料からの補充

　最近、蕭軍、蕭紅に関する論述が増え、また多様な人びとの回想が発表される中で、上記の範囲でしか描けなかった東北作家群の輪郭が飛躍的に広がり、新たな問題点も出されてきている。
　『蕭紅小伝』の筆者として知られる駱賓基は、最近の資料で次のように述べている。

蕭軍、蕭紅の影響で、その後、続々と哈爾濱から南下する左翼文芸工作者が相継ぎ、舒群、白朗、羅烽、林珏、張棣賡（狄耕）、および有名なソビエト文学の翻訳者姜椿芳、鉄玄、金人といった人がいた。そのほか、黒龍江からきた詩人辛労〔1911-45年〕、吉林からの師田手〔1911年～　吉林省余県〕らがおり、"東北作家"群を形成した。(24)

として、新しい東北作家数名のリストを付け加えてくれた。
　同じく東北籍作家で香港在住の李輝英の回想文では、東北作家第1位の席に座るべき実力派穆木天、上海で活躍した塞克（原名陳凝秋　1906年～　黒龍江省哈爾濱）、陳辛労と同居していた映画スターであり詩人でもあった劉莉影、劇作家の宇飛、翻訳家では王語今、孟十還、沈鐘社メンバーであり北平で活動した楊晦、短命に終わった詩人李曼林、長篇小説「新生代」（新生の世代）の著者斎同、木版画でジャーナリストの金肇野といった人びとをも、東北作家群に数えるべきだと主張している。古い資料ではあるが、蘇雪林「The Northeast Group」(26)からは、日本留学生で桂林で『創作月報』を発行していた張煌の名前を拾い出せる。最近「歴史的回声」（歴史の谺）という長篇小説を執筆し、その出版を待たずに倒れた李克異の追悼文(27)を読めば、ここにも一人、東北の地で日本の支配に抗し、複雑な人生を送った作家がいたことに気づかされる。
　いたずらに名前を列挙するのみでは、無意味といわれるかもしれない。だがこうした有名、無名の作家一人ひとりの行跡を究明していくことで、満洲国の出現によって中国文壇に与えた影響を浮かび上がらせると考えている。

　最近の新資料は、単に東北作家群のリストを膨らませてくれただけではない。関内へ出て、作家として自立する以前の、哈爾濱での習作時代のありようを少しずつ明らかにしてくれる。
　蕭軍が、「九・一八事変」後、抗日武装闘争を起こそうとして失敗し、哈

第1章　満洲が生み出した文学

爾濱に逃れてきたことを記したあとに、陳隄はこのように述べている。

> 売文生活を通して、地下党員金剣嘯、羅烽、姜椿芳……といった人と知り合い、進歩的な私的新聞『国際協報』や『哈爾濱公報』の文芸副刊を陣地とし、文芸を武器として、日本帝国主義、封建主義との闘いを展開した。(中略)〔蕭紅と〕同居していた商市街25号の小部屋は、かれらが革命運動を進める秘密の場所となった。党の外郭団体であった維娜斯〔ビーナス〕画会、星星劇団に参加し、ペンを執って文章を書くだけでなく、絵を描き、劇を上演するなど、あらゆる可能な形式を使って、敵と決死の闘争を進めた。その戦友の中には、馮詠秋、唐達秋〔林珏原名唐景陽〕、金人、舒群、白朗、林郎らがいた。(28)

また、次の文章も同趣旨のもので、陳の証言を裏付けるものになっている。

> この〔蕭軍、蕭紅が同棲していた〕小部屋は、また当時の進歩的な文芸工作者のたまり場となり、「星星話劇団」と「維納司画会」の仲間は、しょっちゅうここへやってきていた。普段出入りしていた人に金剣嘯、羅鋒、白朗、馮詠秋、白濤、林珏らがいた。(29)

ここでいう日本占領下での「決死の闘争」の内容を具体的に知るためには、蕭鳳『蕭紅伝』(30)が一番まとまっている。これまでの資料のほかに、蕭軍、舒群、端木蕻良などの証言を加えて、慎重に蕭紅伝をまとめているが、その第3章で述べる要旨はこのようなものである。
　中国共産党は、1932年のはじめ、金剣嘯、羅烽、舒群といった文化界の地下党員を通して、広範な文化関係者を組織し、文化工作を反満抗日の路線に乗せた。これと前後して『哈爾濱新報』副刊「新潮」、長春『大同報』副刊「夜哨」、さらに『国際協報』の「文芸」週刊を刊行し、進歩的な文芸作

品を発表した。

　哈爾濱の大洪水の後には、被災者救援募金を集めるため、若い画家を組織して画展を開いた。これは失敗に終わるが、「維納斯画会」を組織し、絵画学習会を開いたり、新聞紙上に絵画の副刊を掲載させるよう努力した。

　当時、東北地方では珍しかった「話劇」(近代劇)に取り組み、「星星劇団」を組織して、シンクレアの「小偸」(こそ泥)を上演するなどした。(31)

　蕭軍、蕭紅については、抜きんでた形で研究が進み、この当時の活動についてもかなり明らかにされてきている。また文学作品についても、すでに詳しい作品目録も作成されている。(32)

　羅烽ついては、当時かれが洛虹、克寧、ＫＮ、羅迅といった筆名を使って、東北の新聞に作品を発表していたという事実が、最近明らかにされた。(33)

　こうした若さに任せた、意気盛んなかれらの活動も長くは続かない。日本の支配が完了するとともに、文化統制の体制も整えられ、弾圧が一層厳しくなるからである。1932年9月には治安警察法が、10月24日には出版法が発令される。ある記述によれば、1932年3月から7月まで、650万冊の書物が焼き捨てられ、1934年6月29日、満洲国政府は36種の新聞を関内から輸入することを禁止したという。また1932年、東北には中、小学校教師は2万4千人以上いたのが、33年には1万6千人に減少し、そのうち数千人は免職させられたり、転職させられたという。羅烽も、先の資料によれば34年夏に逮捕されており、金剣嘯は、36年8月15日に処刑されている。(34)

　仲間が捕らえられ、官憲の尾行がつく。検閲にかかり発禁処分が下される。こうした圧迫に耐えられなくなった作家は、いまだ侵略の手がおよばない関内への脱出を試みる。

　　ハッとしてわたしは立ち止った。哈爾濱と別れなければならないのだ。まだ10日あるけれど、10日たてば否応なく汽車や船の生活となるのだ。松花江も見られなくなってしまう。満洲国が存在している限り、わたしには二度とこの地を踏むことはできないのだ。(35)

蕭軍、蕭紅、そして舒群夫妻が、哈爾濱を離れるのが 1934 年夏、羅烽、白朗夫妻は、35 年夏に上海に脱出する。

関内へ逃れたこれら東北の青年作家たちは、上海を中心とした左翼文壇に結集していくことになるが、その行跡のあらましは、試論の形で述べたことがある。(36) その結論部分だけをまとめておくと、魯迅の支持を受けた蕭軍、蕭紅が、『八月的郷村』(1935 年 6 月)、『生死場』(同年 12 月) を世に問い、大きな衝撃を与えたことが、決定的な役割を果たすことになる。これにより、ほかの多くの同様の運命にあった東北の青年たちは、大きな希望と励ましを与えられた。

一方、36 年に入ると「八・一宣言」(1935 年) に促された抗日のための民族統一戦線の流れが文芸界に押し寄せ、いわゆる「国防文学論争」が引き起こされるが、この論争の中で「国防文学」の内実を示すものとして、東北作家の存在に大きな注目が集まる。かれらの体験に裏付けられた抵抗の文学が、「国防文学」の実践例として文壇の中へ押し上げられ、ここに「東北作家群」という名称が確立する。

以上が、わたしの描く東北作家形成の概略図である。しかし、今回の作業で拾い出した膨大な作家群を思うとき、この概略図は、あくまでその主流の流れであって、すべての作家の行動を掬い上げたものではない。「九・一八」以前に東北を離れて、関内で活躍し名をなしていた穆木天、李輝英、楊晦らもいた。また尾崎が早くに指摘していた、(37)「『満洲国』にふみとどまり」、「内部に沈潜して鬱屈した心理へと向かって」いった満洲文学にも目を配る必要があろう。蓓蕾社の活動に象徴されるような、満洲建国以前に、東北出身ではないが、さまざまな濃淡において青春時代に東北にかかわり、その周辺を形成した作家たちもいる。これら主流を軸として、支流、傍流をあわせた全体像を明らかにすることで、満洲という視点から、中国 30 年代文学研究に一石を投じられるものと確信する。

4　東北作家の作品世界

　この論で、東北作家の作家論や、作品論を展開するだけの力量はない。ただ、ここまで述べてきた東北作家の輪郭に、作品世界の紹介を添えることで、「東北作家群」のイメージを少し鮮明にしておきたいと考える。

　舒群が文壇上にその名を確立するのは「没有祖国的孩子」⁽³⁸⁾（祖国を持たぬ子供たち）によるとされる。上海に出てきた舒群が、同じ建物に住んでいた白薇に見い出され、周揚の紹介を通して、この作品が雑誌『文学』に掲載された⁽³⁹⁾。

　作品の舞台は、黒龍江省、松花江に流れ込む螞蟻河、その河畔に広がる一つの都市である。主人公果里は朝鮮人の少年。父親は圧政者に抵抗し処刑される。

　　「もうこれ以上、わしらは豚のような生活を送っていちゃならねえだ。お前らは自由な土地を求めて出ておゆき。わしは年をくっているから、くたばったってどうってことはねえんだから。」

との、母の言葉に送られて、兄とともに東北の地へやってきた。果里10歳、5年前のことであった。兄は百姓仕事、果里は牛飼いの仕事を続けて、かろうじて今日まで生き延びてきた。

　この果里とかれを取り巻く東鉄学校の生徒たち、「僕」（果瓦列夫　中国人）、果里沙（ロシア人）によって筋は展開する。

　　「朝鮮だって？　この地球上に朝鮮なんて国はもうなくなってしまっているさ。」
　　「朝鮮人がどんなに卑劣で、腰抜けかは知っているだろう。かれらはもうとっくに自分の国のことは忘れてしまっているさ。恥ずべきこととは思わんかね。」

果里沙の朝鮮人を軽蔑しきった言葉は、激しく果里の心を傷つける。しかし、かれの兄から故国を失い、家をなくした者の苦衷を聞かされていた「僕」は、果里沙と同一の歩調をとることはできない。

> 「僕たちは、君たち中国人のように国を持ってはいないんだ。そのうえ、家さえもなくしてしまったんだ。」（中略）
> 僕はこの言葉をしっかりと心に刻みつけた。兵舎のラッパが響き渡り、祖国の旗が、ゆるゆるとポールをのぼっていくのを見ていると、知らず知らずのうちに、なにか栄光に包まれたように感じるのであった。

9月18日から9日たったある日、突然に祖国の旗が下ろされ、「別の国に属する」旗が掲げられる。異国の旗、異国の兵士が街にあふれる中、果里兄弟は日本軍に徴用され、家も接収されたあげく、将校の従卒にされてしまう。その結果、果里沙たちの反発と侮蔑を助長することになる。

しかし、駐留部隊の移動に伴い、果里兄弟も強制的に連行される途中、果里だけは隙を見て、「僕」から借りていたパン切包丁で、将校を刺し殺し逃亡する。この果里の英雄的行為は級友の称賛の的となり、果里沙とも和解する。担任の蘇移瓦先生の世話で、この学校に入学を許された果里は、果里沙、「僕」と無二の親友となるが、それも長続きしない。

「地図の上にも、万国旗の中にも、これまで見たことがない」旗が、街にひるがえり、学校も閉鎖されてしまう。ロシア人は祖国ソ連に帰り、中国人も親元に引き取られるが、叔父との連絡が絶たれた「僕」は、これも身寄りを持たぬ果里とともに密航の旅に出る。しかし、警察に見つかり、果里はまた日本軍の手に引き渡されてしまう。

作者によれば、この作品は哈爾濱一中時代の朝鮮人の友人をモデルとし、青島で国民党に捕らわれていたとき、獄中で草稿を完成させたものという。[40]

祖国を喪失した朝鮮人果里の映像を通して、同じ運命を辿らねばならな

かった東北人民の姿を浮き彫りにすること、ここに作者の創作意図を見い出すことは困難ではない。またよくいわれる「祖国愛、民族愛を強調したという意義のほかに国際主義の内容を付与した」とする評価にも異議はあるまい。さらに自己主張を極力抑え、声高に意見を開陳することを避け、物語りの進行を通してモチーフをあぶり出す叙述にも、作者の並みでない力量を感じる。

ただ、体験に裏付けられたと思われる細部のリアリティーは描けていても——牛の放牧場面、「私」の国旗にまつわるさまざまな思い、朝鮮人に対する反撥意識……断片の積み重ねから全体像を作り上げるという手法(梅雨の言葉を借りれば「映画のモンタジュー手法」)は、十分に成功したとは言いがたい。主人公果里やロシア人果里沙の人物像が、各場面の積み重ねの上に、統一したイメージを結びにくいとの印象は拭えない。

李輝英のデビュー作「最後一課」(最後の授業)も、同じように学生を中心的な人物に据えている。ただ作者の言によれば「某城紀事」(ある街の出来事)と題していたものを、『北斗』の編者によって改題されたという。したがって、題名から想像されるような、あるいは有名なドーデの作品につながるような教場の描写はほとんどない。

日本軍占領直後の緊張した街、吉林省立女子中学生静真と慕遐は、敬愛する張先生が逮捕され、間もなくこの学校も閉鎖されると聞き、行き場のない憤怒を押さえることができない。街頭に貼り出された「大日本軍司令官布告」のデタラメさに腹を立て布告を引き裂くが、中国の官憲に捕らえられ、通りかかった校長ともども公安局に連行される。そこの料理人から張先生逮捕後のいきさつを聞く。逮捕後も先生は、毅然たる態度を崩さず、日本軍の手によって刑場へと連れ出されるが、その途中仲間の集団が襲い、先生を救出していずこへともなく立ち去ったという。

やっと釈放されて家に戻ることを許された静真は、これらの体験から新しい闘いへの決意を固める。この小説の最後の段である。

わたしは張先生と×校長とが話してくれたことが一層はっきりと分かった。家に閉じこもっていることの惨めさを強く感じたので、娘が家を飛び出して出歩くなんて考えてもいない母親の無知に付け込んで、翌朝、十分な準備を整えた上で、わたしの新しい仕事を実践に移すべく、家を出た。

　これだけの筋の紹介からも分かるように、占領下の人びとの深刻な問題を素材としながら、小説の基調音は意外に明るい。反抗心に富み、不正を許さぬ静真、貧しき人びとを抗日運動に組織し、逮捕されても昂然として意志を曲げぬ張先生、個人的反抗でなく麻痺させられた民衆を喚起することこそが任務だと説く×校長……ここには未来へのゆるぎなき展望が、そのままの形で表出されている。ほかの東北作家が、民衆の抵抗を描かぬわけではない。しかし、李輝英に見られる楽観的な明るさとは無縁である。どうしようもない重苦しさ、軽々に出口を示しえない暗黒、こうした沈んだ色調が、かれらの特色である。こうした要因を作家の特性や、その創作時期（脱稿が1931年秋、日本軍が吉林を占拠して13日後、改稿が同年12月10日とある）に帰することも可能であろうが、なによりも李輝英自身の言葉が、その因を解き明かしてくれる。

　まず最初に、東北を背景に取り込み、反日の題材を描いて作品としたのは、1932年、雑誌北斗に最後の授業と題して発表した李輝英である。想像によって反日の物語りを書いたので、その真実性という点で説得力を欠いたことは否み得ない。⁽⁴⁵⁾

　現場に身を置いた者のリアリティーと、想像に頼ってテーマを追求した者の観念性との乖離を教えてくれている。同じ東北籍であっても（亡国者としての思いは共通であったろうが）、作品の重厚度には差異があった。
　舒群には、抗日銃撃戦を扱った「戦地」（戦場）⁽⁴⁶⁾という作品もある。戦闘

に敗れ、敗走する中で部隊はバラバラとなる。わずかに残った20数名は、執拗な日本軍の追撃を受けて、つぎつぎと同志を失っていく。学生時代から起居を共にしてきた劉平と姚中、そして「私」もその敗残部隊の一員である。

馬がつまずき倒れ、まだ息のある馬を捨て去るのをためらう姚中を見て、劉平は即座に馬を射殺する。敵弾を身に受け、置き去りにされんとした姚中は「俺を見殺しにする気か？」、「俺たちはまた会えるのか？」と、苦しい問いを投げかける。劉平の答えは「永遠にオサラバさ！」との一言と、それに続く拳銃の発射音であった。そしてその劉平も味方の誤射にあたって傷つく。毛布にくるんで助け出そうとする「私」たちを、かれは厳しく拒絶する。次は劉平最期の言葉である。

「俺は怪我をして、もうおしまいだ。……こんなときに役立たずになってしまった者が、どうして助けてくれといえるんだ。お前たち二人は、これからの戦いの中で、役に立つ働きをしなくちゃならない。」

「お前を助けちゃいけないというんか？」

「助ける？　俺のことなんか忘れてしまえ。どのみち助かりゃあしないさ。」

「お前はまだ死んじゃいない。忘れられるもんか。もしこれが小張〔すでに息絶えた戦友〕なら、俺たちは助けたりしないし、忘れてもしまおうではないか。」

かれは何かを求めるように、手を震わせながら胸から腰のあたりへ手を這わせつつ、言い含めるようにいった。

「俺のことは忘れるんだ。……しかし、俺の拳銃と弾は忘れるなよ！」

言い終わると、さっと腰から拳銃を抜き取り、頭めがけて引き金を引いた。

緊迫した戦闘の中にあっても、あくまで冷静で、決断力を持った勇士の姿

を簡潔な表現の中で作り上げた。

　この短篇を読み終えて、わたしはすぐに、蕭軍「八月的郷村」の一場面を思い浮かべた。

　日本軍に追われた遊撃隊が、日本兵の凌辱を受け、殺された幼な児を抱きしめたまま気を失っていた李七嫂を、林の中で発見する。彼女を連れては逃げきれないと判断する鉄鷹隊長と、この愛人を救出できないのなら、自分と一緒にこの場で銃殺してくれと懇願する唐老疙疸。躊躇しつつも革命の裏切り者として処刑の断を下す隊長……蕭軍はこの叙述を通して、戦争と同志愛、革命と恋愛の葛藤を極限状態に押し込め「同志の同志による銃殺」という問題を投げ出した。(47)場面設定は異なり、解決の方向も違っているが、舒群は同じ問題を追及した。同志愛という強い連帯感で結び合ったパルチザン、そして生と死を一瞬にして裁断する戦争——ここで問われるテーマは、パルチザン闘争の過程で生起し得る最も過酷な問題であろう。

　羅烽の「第七個坑」(48)（七番目の穴）は、恐ろしい作品である。まず次のような描写を見ていただきたい。

　　郊外の閑静な所では、カラスやネズミ、蟻たちが忙しく活動し始めていた。物怖じすることなく人間の腹からあふれ出た腸を奪い合い、頭から流れ出た脳漿を気が狂ったように喰らい合っていた。白味がかったバラバラの手足には、どれにも蟻が群がっていた。カラスとネズミは互いに譲らず、一本の小腸を引っ張り合い、ついにはガアガア、チュウチュウとわめきたてて収まるところがない。これら愚かな者どもは、盛大な宴会にすっかり目を晦まされている。

　硝煙の収まった街の中、靴職人耿大は、飢えて待つ妻と子供のために、援助を求めて親戚のあいだを訪ねまわる。その途中、恐れていた通り日本兵に呼び止められ、スコップで穴を掘るように命じられる。かれが掘り上げたその穴へ、そこを通りかかった中国人が、何の理由もなくつぎつぎと生き埋め

にされていく。植字工、乳飲み児を抱えた年若い夫婦、自分を探しに出てきた叔父もまた、この悪魔の手にかかる。そしてモルヒネ患者、ついにその番が自分に回ってくることを悟った耿大は、最後の力を振り絞ってその兵士に飛びかかり、スコップで突き殺した。

　筋の運びに不自然さを感じさせるものの、それを圧倒する凄惨な情景描写には息をのむ。ここに描かれる陰惨な事件は、大きな衝撃を呼び起こしたと考えられる。東北作家の特色をとらえた趙景深の以下の文章には、この作品内容が意識されていたことはほぼ間違いないであろう。

　　　ここ２、３年来の文芸作品を 10 数年前のものと比べてみると、大きく違ってきている。想像から書かれたものもあるだろうが、その大部分は身をもって体験したもの、あるいは目にし耳にした事実であって、読者に身につまされる感じを抱かせる。報告文学が頭角をあらわしてきているが、それは空虚で、上っ調子なものではなく、地に足をつけた実地の記録であるからなのだ。まして記録されるものいずれもが、血潮滴る闘いの経過を述べたものである点においてはなおさらである。
　　　このことは、わたしに東北作家のことを思い起こさずにはおかない。[49]

　羅烽の作家的力量を窺う作品としては、「呼蘭河辺」[50]（呼蘭河の河畔）が適当かと思う。

　呼蘭河鉄橋に設置された「××鉄道守備隊」、いつ敵の遊撃隊に襲われるかもしれない恐怖に戦々恐々とする日本軍の姿を冷ややかに描きながら、かれらみずから作り出した恐怖心から、罪もない牛飼いの少年と仔牛とを「決闘で勝利を得た武士のように興奮しながら」引っ捕らえてくる。拷問に苦しむ少年の叫びに胸を痛めながら、腹を減らして鳴く仔牛に、勇気を奮って餌を与えてやることしかできない「私たち」。騙されているとは知らずに、少年救出の可能性を信じて、保証人を探す老いた少年の母。それを拒否する村人たち。最後には、草むらに投げ捨てられた少年の屍と肉を剥がれた仔牛の

骨が描かれて終わっている。

　各モチーフが十分に展開し切れていないきらいはあるが、抑えた表現の中に込められた内容は重い。

　「路」(みち)という短篇で、かつて何度か観たイタリア映画「鉄道員」を彷彿とさせるような鉄道労働者の悲哀を描いてみせた黒丁、「四人の幼な児を死なせているので、この子はとりわけ大切にしています」と語る白朗。彼女は母として、妻としての労苦を背負いながら作家として、新聞編集者として「神聖な抗戦」への参加を放棄しなかった。取り上げたい作品はあり、紹介したい作家は残っている。しかし与えられた紙幅はすでに超えている。

　ここまで、東北作家の作品の一端に触れてきた。個々の作家、作品の分析を深め、それを通じてふたたび東北作家の全体像をとらえ直す、今後に残されたわたしの課題である。

（1980年3月4日擱筆　81年9月4日修改）

<注>
（1）『全国中文期刊聯合目録（1833-1949）』（全国図書聯合目録編集組　北京図書館　1961年12月）に「蓓蕾（年刊）哈爾濱寒光社　1-3　1928-30」、また『中国文学家事典』現代第2分冊（≪中国文学家事典≫編委会　文化資料供応社　1980年9月）「孔羅蓀」の項目「並在哈爾濱"国際協報"主編文学副刊≪蓓蕾≫」によって、その存在だけは確認しうるが、活動の詳細について触れた資料は知らない。
（2）陳紀瀅「記惜夢」『三十年代作家記』（成文出版社　1980年5月）135頁
（3）陳紀瀅「記羅蓀」同上　195頁
（4）同上　194頁
（5）陳紀瀅「記惜夢」同上　136頁
（6）陳紀瀅「記蕭軍」同上　124頁
（7）金剣嘯の経歴については、梁山丁「万里山花紅——蕭軍東北之行散記」（『春風』文芸叢刊　1980年第1期　春風文芸出版社　1980年4月）によった。
（8）駱賓基『蕭紅小伝』（建文書店　1947年9月再版）には「這次賑災画展的主要発起者之一、除了金剣嘯還有王栗穎女士、就是蕭紅那個旧日的好友、野外写生画会的同伴」（47頁）とある。
（9）相浦杲「書評・王瑶『中国新文学史稿』」『中国文学報』第1冊　京都大学中国語中国文学研究室　1954年10月　169頁
（10）王瑶『中国新文学史稿』上冊　新文芸出版社　1953年9月　251頁

(11) 葉丁易『中国現代文学史略』作家出版社　1957年1月第3版　305頁
(12) 劉綬松『中国新文学史初稿』上巻　作家出版社　1958年2月第5版　367頁
(13) 劉綬松『中国新文学史初稿』上巻　人民文学出版社　1979年11月　353頁
(14) 林志浩主編『中国現代文学史』上冊　中国人民大学出版社　1979年9月　246頁
(15) 唐弢主編『中国現代文学史』第2冊　人民文学出版社　1980年7月第2版　251頁
(16) 「『中国現代文学史』諸本の検討」『野草』第27号　中国文芸研究会　1981年4月
(17) 周錦『中国新文学史』長歌出版社　1976年4月　334頁
(18) 同上　336、337頁
(19) 同上　337頁
(20) 雑誌『光明』（1-7　1936年9月）の別冊付録として、この『東北作家近作集』（光明半月刊社　1936年9月）が出版された。手持ちの匯文閣書店の影印本には、李輝英の作品が削除されている。目録によってそれを補い、掲載されている作品名を記しておく。

羅烽	第七個坑	穆木天	江村之秋
舒群	戦地	白朗	淪落前後
李輝英	参事官下郷	宇飛	土龍山
黒丁	九月的瀋陽	陳凝秋	在東路線上

(21) 蕭軍の「自伝」や蕭紅の「永久的憧憬和追求」を載せるなど、重要な文献だと指摘されながらその実態はつかめていない。ここでは以下、『報告』について触れた資料を掲げておく。
　① 『報告』(半月刊) 上海報告社　1937年1月（前掲『全国中文期刊聯合目録』）
　② 上記の内容に編集者「黄碩」の名前を加える。(『中国現代文学期刊目録』同聯合調査小組　上海文芸出版社　1961年)
　③ 『報告』(半月刊) 黄碩　聯華書店　1937年1月（『中国現代出版史料』丁篇下　張静盧輯注　中華書局　1959年11月）
　④ 「蕭軍有着另外的社会生活和朋友編着『報告』……」(前掲　駱賓基『蕭紅小伝』) 95頁
　⑤ 「記得魯迅先生逝世後不久、有一位叫費慎祥的人、他似曾在"北新書局"做過店員、因為他対魯迅先生很尊敬、很忠誠、他脱離"北新"因生活無着、魯迅先生就把自己一些不能公開出版的書——例如≪准風月談≫——就交給他去印、因此他就自辦了一個"地下"出版社、専門印行一些左翼作家的、不能公開印行的書。我是由魯迅先生那里認識他的。(中略)他拉住我、硬要我給他的"出版社"編一份刊物、我只好承応下来、就替他編了一本取名為≪報告≫的刊物。出了両期、由于経済周転接不上、就停刊了。」(蕭軍「蕭紅書簡輯存注釈録」三　『新文学史料』第4輯　人民文学出版社　1979年8月) 281頁
(22) 穆木天「諾貝爾文芸奨與国亡者」『平凡集』新鐘書局　211頁

(23) 同上　212頁
(24) 駱賓基「生死場、艱辛路――蕭紅簡伝」『十月』1980年第1期　北京出版社　1980年1月　222頁
(25) 李輝英「三十年代初期文壇二三事」『長春』1980年11月号　長春文学出版社　52、53頁
(26) 蘇雪林「PRESENT DAY FICTION AND DRAMA IN CHINA」『1500MODERN CHINESE NOVELS AND PLAYS』1948年　龍門書店影印本
(27) 4部作という壮大な構想を持つ歴史小説『歴史的回声』第1部を完成したところで、作者李克異は逝去した。死後出版された単行本に付された「"生命的記録"――巻末記」には、作者は袁犀の筆名で、15歳の頃から著作を始めていたという。前掲書『1500MODERN CHINESE NOVELS AND PLAYS』に収められた「SHORT BIOGRAPHIES OF AUTHORS」の「袁犀」の項では、1919年Mukden（奉天　現在の瀋陽）に生まれ、北平に出て勉学に励むが、日中戦争勃発とともに、東北に戻り地下活動に入る。1938年日本憲兵に逮捕され、釈放後（1940年）に執筆活動を始めた、と記す。
　　また、尾崎秀樹「『満洲国』における文学の種々相――ある伝説の時代」（『旧植民地文学の研究』勁草書房　1971年6月）では、『原野』（三和書房　1939年9月）に、袁犀「隣り三人」が収められているという。
(28) 陳隄「我所認識的蕭軍」『春風』文芸叢刊　1980年第1期　春風文芸出版社　1980年4月　217頁
(29) 何宏「値得紀念的小屋――介紹蕭紅、蕭軍在哈爾濱市商布街故居」『開巻』No24　香港開巻出版社　1980年12月　22頁
(30) 蕭鳳『蕭紅伝』百花文芸出版社　1980年12月
(31) 前掲梁山丁「万里山花紅」によれば、このほかにもシンクレア「居住在二楼的人」、白薇「娘姨」、張沫元「一代不如一代」なども練習したという。
(32) 前野淑子「蕭紅・蕭軍著作及び関係資料目録稿」『野草』第26号　中国文芸研究会　1980年11月
(33) 于勝、国成、叢楊「羅烽筆名的含義」『芒種』第31期　芒種文学月刊社　1981年4月
(34) 姜念東、伊文成、解学詩、呂元明、張輔麟『偽満洲国史』吉林人民出版社　1980年10月
(35) 蕭紅「最後的一星期」『商市街』文化生活出版社　1936年8月　181頁
(36) 拙論「雑誌『光明』の教えるもの――"国防文学"と"東北作家"」『立命館文学』1981年4～6月合併号　1981年6月
(37) 前掲尾崎秀樹「『満洲国』における文学の種々相」100頁
(38) 舒群「没有祖国的孩子」『文学』（6-5　1936年5月）。以下の引用はすべてこれによる。
(39) 里棟、小石「舒群伝」『東北現代文学史料』第2輯　1980年4月　115頁
(40) 同上　114、115頁

(41) 前掲王瑶『中国新文学史稿』253頁
(42) 梅雨の評価は次のようなものである。「這短篇差不多是用電影上的 Montage 手法把若干的「片段」依照着主人公故事的発展的線索、剪接成功的這種文体（Style）現在似乎很得到中国作家的愛好」（「創作月評」『文学界』創刊号　1936年6月）239頁
(43) 李輝英「最後一課」『北斗』2-1　1932年1月
(44) 前掲李輝英「三十年代初期文壇二三事」
(45) 李輝英『中国現代文学史』香港東亜書局　1976年2月再版　186頁
(46) 舒群「戦地」前掲『東北作家近作集』
(47) 蕭軍『八月的郷村』については、竹内実の詳しい分析がある。（「蕭軍という作家」『中国――同時代の知識人』合同出版　1967年5月）。わたしはこれ以上付け加えるものを今は持たない。ここで問題として取り上げた点についても、かなりのスペースを割いて分析されている。それ故、ここでは簡潔に記述するにとどめる。
(48) 羅烽「第七個坑」前掲『東北作家近作集』
(49) 趙景深「東北作家群」『文人印象』北新書局　1936年4月　158、159頁
(50) 羅烽「呼蘭河辺」『光明』1-2　1936年6月
(51) 黒丁「路」『作家』1-3　1936年6月
(52) 白朗「我們十四個・前記」上海雑誌公司　1940年2月　2頁

初出『1930年代世界の文学』有斐閣 1982年9月30日

【補　論】
1．「東北文学前史」について

　第1節「『蓓蕾社』の文学活動」では、満洲建国前の「東北文学前史」を概観して、その後の東北作家誕生につなげようと考えたのだが、陳紀瀅『三十年代作家記』のみに頼って記述しようとしたことに無理はあった。このあと、多くの研究者がこの時期についても開拓の鍬を振るい、通俗小説の分野も含め成果を上げている。
　わたしも1920年7月に大連で結成された「大連中華青年会」の活動を紹介し、23年2月創刊の機関誌『新文化』（24年4月『青年翼』と改題）を素材として、短篇小説、外国文学の翻訳、関内文学の動向紹介や作品転載について分析したことがある（「断絶と連帯――『満洲国』は関内文化情報をどのように受容したのか」『続　文学にみる「満洲国」の位相』）。
　しかし、関東州を含む東北全土を視野に入れた新文学運動研究の到達点を語るのは容易ではない。ここでは、『東北現代文学大系（1919-1945）』（全14巻）（瀋陽出版社　1996年12月）の主編を務めた張毓茂が、『大系』冒頭に付した「総序」（2、3頁）から、関連部分を引用して、「前史」の概略を補足しておく。

　　中国新文学の発展過程にあって、東北新文学の動き出しは関内より緩慢であった。しかし、20世紀初めの中国は、つまるところ新民主主義革命の歴史的段階に突入しており、五四新文化思潮の影響は、激動する時代の車輪に引っ張られて、

第 1 章　満洲が生み出した文学

関東の大地にも押し寄せてきた。1919 年から、≪泰東日報≫、≪盛京時報≫といった新聞は、新文化思潮を紹介する文章や新文学作品を続々と登載した。魯迅、葉紹鈞、冰心、劉大白、兪平伯らの新文学作品が、東北の新文学作家たちへの最初の啓蒙となった。1921 年 4 月、≪盛京時報≫は、金光耀の「問牽牛花的話」（朝顔の花に聞く）、幺生の「牧童歌」といった現地作家の新詩を掲載し始めた。1923 年以降、関内文壇に倣って、進歩的な文学団体が相継いであらわれた。その中には、吉林の穆木天、郭開軒、劉政同らが組織した白楊社（≪白楊文壇≫雑誌を出版）、瀋陽の梅佛光らが組織した啓明学会（≪啓明旬刊≫雑誌を出版）などがあった。それらは、新思潮を提唱し、封建勢力に反対し、「東北文壇新文学運動の最初の具体的なあらわれ」(1)であった。1928 年の東北易幟〔軍閥張学良が、対立を解き国民党に合流したことを指す〕は、関内と関外を統一した局面を作り出した。左翼文学に後押しされて、成長しつつある東北新文学には明確な革命性が見られるようになり、「プロレタリア文学」、「民族愛国文学」といった文学思潮が沸き起こった。この時期の東北新文学は、多くが新聞の副刊に依拠し、総体としての芸術的水準は高くはなかったが、新思潮を広め、新文学を創作する初歩的な試作段階にあった。
　原注（1）　谷実「満洲新文学年表」≪満洲新文学史料≫開明図書公司　1944 年版

　不思議なことに、「前史」の研究が深化する中でも、わたしが取り上げた哈爾濱「蓓蕾社」の活動に触れた論文は多くはない。それはこの活動が国民党の影響を受け、中心人物であった趙惜夢、陳紀瀅、于浣非らが 45 年以降台湾に渡ったことなどが影響しているのかもしれない。とすれば、文学史の記述の中にその痕跡を残しておくのも意味なしとはいえまい。

2．「東北作家」について
　「文学史」の記述を通して、東北作家が文学史の中でどのように位置づけられてきたのかを検証してみようとしたのだが、蕭軍、蕭紅ら初期哈爾濱抗日文芸活動に目を奪われ過ぎて、全体への目配りが不十分であったことは認めざるを得ない。この分野の研究の深化にも目を見張るものがあるが、沈衛威の専著『東北流亡文学史論』（河南人民出版社　1992 年 8 月）は注目されていいだろう。かれは、「九・一八」以前に、作家活動を始めていた東北籍の作家穆木天（創造社の詩人）、楊晦（北大卒の戯曲・評論家）、于成沢（筆名毅夫、文学研究会）以外に、事変勃発によって、北京文壇にこのような変化があらわれたと指摘する。

　　北平で活躍した東北流亡作家の隊列は、二つの部分に分けられる。一つは、もともと北平で仕事に就き、あるいは学んでいた于毅夫、○端木蕻良、高蘭、李曼霖らであり、もう一つは、東北が陥落したあと東北大学などの大学が関内へ移され、瀋陽から関内へ流亡してきた青年作家──○馬加、○師田手、劉澍徳、石光、

31

李雷、〇金肇野、〇張露薇、〇葉幼泉、羅慕華、李英時、申昌言、趙鮮文、林霽融、〇郭維城、姜紹虞、孟述先、董連、雷加、丘琴、張周、〇高淘（斎同）、季里、李蔵がおり、移籍した≪東北周刊≫などを拠点とした。これら青年作家の核心を担った人物は、"東北人民抗日会"と"東北旅平各界抗日救国聯合会"の責任者でもあった中共地下党員于毅夫であった。(13、14頁)

「九・一八事変」により故郷を奪われた者、あるいは東北大学で学んでいて大学とともに北京へ脱出せざるを得なかった者たちも多くいたのであった。上記のうち〇をつけた者たちは、1930年9月8日に成立した中国左翼作家聯盟北方部（北方左聯）に名を列ね、北京を中心に文学活動を継続していたことが確認できる。

執筆当時手に入れることができた各種文学史から、東北作家の記述を拾い出しその輪郭を描こうとしたのだが、1957年に始まる「反右派闘争」によって多くの作家が批判にさらされ、文学史の記述から削除されていく惨状を追認する結果となってしまった。しかし、1979年出版の文学史をかろうじて付け加えることで、改革開放後の「実事求是」に基づく正常な方向への歩み出しを示し得たことは救いといえよう。80年代以降は、「東北作家（群）」、あるいは「東北流亡作家」という項目が立てられ、中国現代文学史の中にしっかり位置づけられている。

なお付け加えれば、わたしがこのあと、終生の課題として取り組んだ在満中国人作家については、「東北淪陥区文学」の項目として扱われ、文学史に登場するのは、孫中田『中国現代文学史』（遼寧人民出版社　1984年5月）や楊義『中国現代小説史』（上下）（人民出版社　1986年9月）あたりからである。

第2章　雑誌『光明』の教えるもの
——"国防文学"と"東北作家"

はじめに

　昨年暮れの中国旅行で、上海図書館、中山大学のご好意もあって、求めていた資料のうち『光明』半月刊を手にすることができた。もっとも手に入ったものは、第1巻第1号～3号、第6号～11号であり、これに日本で手に入る第2巻第2、8号を加えても、全巻（～第3巻第5号　全29冊）の半数にも満たない。しかし、その目次部分に限れば、不十分さを残しつつも、創刊号から第3巻第4号までの総目録を作成することが可能となった。今これらの資料を前に、わたしの考える問題のいくつかを述べてみたい。

1　"国防文学"と『光明』

　　当地の文壇、相変わらず空気は濁り、毒気が立ち込めている〔烏煙瘴気〕。この風潮に乗じ名を為し功を求めんとする者多く、ために浄化はなはだ難し。≪文学≫、王統照の手になりてより販売部数大幅に減じ、すでに五千近くにまで落ち込む。今後の予測至って立て難し。≪作家≫約八千、≪訳文≫六千、新しく刊行された≪中流≫（すでに三冊はお送りしました）は背景を持たず、また六千。≪光明≫は、みずから"国防文学"家に連なるものとし、八千というも、恐らく正確ではあるまい。≪文学界≫またこの一派にして三千には届いていない。
　　またお便りするとして、それではご健康をお祈りして。
　　　　　　　　　　　　　　　　　　　　　　　　　　弟豫上
　　　　　　　　　　　　　　　　　　　　　　　　　　十月十七日

この曹靖華への手紙は、魯迅が同胞へ与えた最後のものとなった。この日付の二日後、すなわち1936年10月19日午前5時20分、魯迅はその厳しい闘いの生涯を閉じることになる。小康を得たとの自覚があったとはいえ、死の直前に筆を執った魯迅が、なお上海文壇の「烏煙瘴気」を腹立たし気に口にせざるを得なかったのには、当然のことながら「国防文学論争」が尾を引いていると考えられる。一応この時期には、論争も形の上では決着がついていたと思われるのに、執念深く魯迅の胸にくすぶり続けるものがあったと推測される。

　それはさておき、同じ文脈の中で吐き捨てられるように語られる『光明』の"国防文学"家への「連な」りの実態を見ていきたい。

　『光明』半月刊、沈起予・洪深主編、光明半月社出版、1936年6月10日創刊、37年8月（第3巻第5号）まで刊行ののち、戦時号外号として第7号まで発刊されて停刊となる。

　この雑誌『光明』は、"国防文学派"の有力刊行物として、その誌上で魯迅らの"民族革命戦争の大衆文学派"と鋭く対立し、攻撃的な論陣を張ったことは、すでに指摘されてきたところである。創刊号に載った徐懋庸「人民大衆向文学要求什麼？」（人民大衆は文学に何を求めているか）の論は、胡風が『文学叢報』第3期（5月31日）に発表した同名論文に反撃を加えたものであり、これがいわゆる「二つのスローガン論争」の口火を切ることになるのである。

　また最近に公開された馮雪峰の回想記には、次のような言葉が見られる。魯迅の文章だとされてきた「答托洛斯基派的信」（トロツキー派に答える手紙）、「論現在我們的文学運動」（現在のわれらの文学運動を論じる）は、魯迅の了解を得て馮自身が記述したものだと述べたあとに、

　　　この二つの文章は、いくつかの刊行物に同時に掲載された。しかし、
　　周揚、夏衍などが指導していた≪光明≫半月刊に送ったが、掲載を拒

否された。その後また、茅盾に託して周揚の主宰する≪文学界≫月刊に送った。かれらは＜論現在我們的文学運動＞だけを載せ、そのうしろに一千字程度の編者付記をつけ、魯迅を攻撃した。＜答托派信＞の方は、相変わらず掲載を許さなかった。

　この馮雪峰の回想記は、その執筆時期を考えれば（1972年に修改が加えられたとはいえ、執筆年月日は1966年8月10日とあり、「文革」での周揚批判のただ中であった）、そのニュアンスまで含めて信頼し得るかどうかの問題は残るが、当時の『光明』の位置は窺わせてくれよう。

　『光明』への執筆者を調べてみると、「文芸家協会」に加入した会員111名のうち実に48名が何らかの形で登場しており、対して「中国文芸工作者宣言」に署名した77名からはわずか10名にとどまる。両組織に名を列ねる茅盾らを除けば、7名となる。しかもその7名も、ほとんどは論争が収束してからの執筆であった。こうしたことも『光明』の位置、さらにいえば"国防文学派"の「セクト主義」といわれるものを浮き彫りにすることになろう。

　こうして"国防文学派"と『光明』の癒着ぶりを並べていくと、一つの想像に駆られる。

　この『光明』という誌名はそれ自体ありふれた言葉である。現にこの当時、上海には「光明書局」という著名な出版社も存在していた。しかし、そうした一般的な意味からつけられたのではないのではないか。これは「文芸家協会宣言」の冒頭の一節、「光明與黒暗正在争闘」を典拠にしたのではないか、これはわたしのひそやかな妄想である。

　この『光明』を「文芸家協会」の機関誌と断じる見解もある。確かに「会誌」を持つべきだとの意見もあり、「簡章」にもその旨が明記されてはいる。しかし、機関誌だと断言するだけの論拠を今は持たない。ここではとりあえず、"国防文学派"との密接な結びつき、その論戦の重要な拠点として、雑誌『文学界』ともども機能していたことが確認されれば、わたしの以下の論

述には十分である。

　ここで、論を一歩進める前に、今少し「国防文学論争」とのかかわり、その他で気づいた点を書き留めておきたい。

　その一　"国防文学派"を支えた組織「中国文芸家協会」の「宣言」、「簡章」、「会員名簿」が公表されるのは、先にあげた徐懋庸の論文と同じ『光明』創刊号の誌上においてである。今この資料をAとし、これ以外に、これまでの研究がおおむね依拠したと思われる資料を列記してみる。

　　B　『中国現代出版史料』乙編　張静盧輯注　中華書局　1955年5月　57年4月第2版（香港影印本）

　　　　「一　縁起、二　簡章、三　宣言、四　会員名録」（『一九三六年度中国文芸年鑑』楊晋豪編　北新書局　1937年　によると注記）

　　C　『国防学論戦──救亡文化叢書』新潮出版社　1936年10月（大安影印本）

　　　　「宣言、会員名録」

　　D　『中国現代文学史参考資料』第1巻　北京師範大学中文系現代文学教学改革小組　高等教育出版社　1959年3月（大安影印本）

　　　　「宣言」

　DはBに依ることが注記されているので、A、B、Cを比較検討してみると、宣言、簡章、会員名いずれについても、若干の異同が見られる。事の本質にかかわるとはいえないが、基本資料のことでもあり校勘の結果を注に示しておく。[7]

　ただし、最近刊行された資料、

　　E　『文学運動史料選』第3冊　北京大学・北京師範大学・北京師範学院中文系中国現代文学教学室主編　上海教育出版社　1979年5月

　　　　「宣言、簡章、会員名録」

が、『光明』（資料A）所載のものに依拠しており、この異同は比較的容易に

検証できる。

　その二　『光明』第1巻第2号では、「文芸家協会成立之日」と銘打って、多くの感想文が寄せられている。創刊号「社語」に「次号には、『文芸著作家の競演』――文芸家協会会員数人に、成立大会について一つの速写を書いていただく」と予告していた記事である。
　まず「競演」の執筆陣をあげてみる。

1）	夏丏尊	青年與「老人」	6）	艾思奇	感想
2）	鄭伯奇	希望更多的人参加	7）	傅東華	一種特殊的空気
3）	陳子展	大家拿出誠意来	8）	関露	偶感
4）	梅雨	希望	9）	李蘭	一個有歴史意義的会合
5）	許傑	一種力量			

　これら速写（スケッチ）は、緊迫した国内情勢を背景として、幅広い統一と団結を作り出した大会の成功に感激し、喜びを表明したものが多い。

　　今日の文芸家協会の成立もまた、多くの困難、曲折を経て、ついにこうした盛大な規模のもとに、成立を宣言することができた。まことに喜ばしいことである。（中略）
　　成立大会の会場においてわたしははじめて、中国文芸家の盛大な陣容を目の当たりにした。5）

　　作家協会成立大会の席上、わたしは終始ある種の打ち解けた雰囲気を感じていた。百名にのぼる会員、複雑な文芸作家を一堂に集め、かつ一致した願望と情緒をあらわすことができた。6）

一方、この場への参加を拒否する者へのいぶかりと不信も口にされる。

　　さらに、文協と立場、主張、態度を同じくする別個の組織には賛同し

ない。これらはいずれも文協の力を弱めることとなり、その仕事を一層困難にするからである。4）

　あのように、単なる個人的な考えから、自分たちの看板を掲げ、他人を攻撃し、それで自分たちの商品を売り込もうとする先生たちというものは、闇夜にベッドに寝っ転がって、自分の偏狭さをしっかり嚙みしめていただくべきだと考える。5）

　またこれらの発言を綴り合わせば、成立大会当日の進行状況が明らかににになる。メモ風に整理しておく。

- 1936年6月7日（日曜日）午後2時開会予定。会場は福州路にある西菜社の一室。
- 当日雨が降り続く中、定刻を過ぎたころから続々と詰めかけ、参加者は6、70名にのぼる。席が足りずに、会場を3度も広げ、3室ぶち抜きで急遽しつらえた席も、空席が見つからぬほどであった。
- 予定より遅れて2時半開会。
- 傅東華から簡単に「準備経過」が報告され、この日の参加者中、最年長の夏丏尊を臨時主席に選出。主席団5名、記録係何家槐で議事に入る。
- 夏主席開会の辞に続き、陸詒（ジャーナリスト）などからの来賓挨拶。それに続いて会の「宣言」・「簡章」が主席より提案され、それをめぐって討論がなされた。出された意見のいくつかを紹介する。
- 「救亡工作に努力せよ」／「会誌を刊行すべきではないか」／「新進作家に対する援助。疾病、貧窮に喘ぐ作家の救援」／「東北、華北へ出かけ、広汎な人民の声を反映しなければならない」など。
- 投票によって理事を選出したあと、緊急動議「我們要争取言論自由、要極力設法援救那些被摧残的作家」が提案され、満場一致で可決。

・最後に、ソ連の文豪ゴーリキーに病気見舞いの電報を打つこと、代表を派遣し敬愛する作家魯迅の病床を見舞うこと、が了承された。
・6時を過ぎて散会。

　この直後から「二つのスローガン論争」は熾烈に展開されるのだが、その前段での、「文芸家協会」成立大会の盛況ぶりに目を留めておくのも無駄ではあるまい。

　その三　すでに新村徹は、雑誌『光明』の特性の一つとしてこのように述べている。

　　報告文学がそれとして、しかも比較的長篇でまとまった形で登載されたのは、中国文芸家協会の機関誌『光明』（1936.6～37.7）あたりからであろう。（中略）
　　この「縦の方法」による集体創作（一つの主題をまず定め、執筆者を組織し、形象の表現や描写方法を討論してまとめ、分担して書き、統一するというものである）が、雑誌『光明』上で実験されたといわれるが、その現物を見ない。(8)

　この「報告文学」、「集体創作」について簡潔に記しておく。
　『光明』は国防文学の内実化を追求すると同時に、創作方法上のさまざまな試みも大胆に実践した。創刊号の集体創作戯曲「走私」（闇取り引き）に触れつつ、その意義づけについて、このような考え方を打ち出している。

　　わたしたちは、当てにならない個人の霊感といったものを排斥し、集団のまじめな意見を尊重する。わたしたちは「テーマ」についてともに討議し、互いに材料を提供しあい、あらゆる議論を尽くしてから、最も適当と思われる人を選んで執筆してもらった。当然これは、あわただし

い中で一つの試みをやってみたにすぎない。今後は、もっとふさわしい人が、さらに完璧な作品を創り出してくれることを期待する。わたしたちの集体創作が、中国文壇上に絢爛たる花を咲かすことができるよう、期待してやまない(9)。

この言葉を裏付けるように、これ以降も実作に力を入れていく(10)。
　「報告文学」についても、創刊号の夏衍「包身工」（奴隷労働者）を先頭に、多様な試みがなされるが、その個別の分析はますます本論の論旨からはずれるので、指摘するだけにとどめ、急いで本論に戻ろう。

2　"東北作家"と『光明』

　わたしが『光明』という雑誌に関心を持ち、中国でもその資料探索をあきらめなかったのは、次のような証言に触発されたからである。かつて引用した文章ではあるが、周錦はこう語っている(11)。

> かれら〔東北作家を指す〕が目にし、耳にしたもの、さらにはその体験した艱難奮闘ぶりは、それ自体一つの時代を映す大作である。加えてその愛国熱誠の気持ちと青年のエネルギー、これらは確実に上海文壇に新しい力を吹き込んだ。左派は非常に敏感であって、こうした青年作家たちは大いに利用価値があると見なし、わけてもかれらの純粋無垢な性格は、たやすく籠絡される結果となった。まず最初に、沈起予主編の光明雑誌が「東北作家」の名称を持ち出し、その後、特集号が出された。

　また次のような記述も新しく目にしている。
　ここ2、3年の文芸作品が、実体験にもとづく事実を描き、身に即した感じを読者に与えるようになってきており、報告文学はとりわけ成長し、現実を踏まえた記録――それも内容は、血塗られた闘いの経過を描くようになっ

ていると述べるに続けて、

　　このことは、わたしに東北作家のことを思い起こさせる。これら「故郷を奪い返さん」と闘う戦士たちは、3年前、光明半月刊（洪深主編）に、突如彗星のごとくあらわれた。その当時、この雑誌は1冊の小冊子を付録として送り出したが、これがすなわち東北作家集である。[12]

こうした資料はいずれも、"東北作家"の形成過程を考える場合、『光明』は欠かせない雑誌であると、注意を促している。

たしかにここに指摘があるように、『光明』はその第1巻第7号で、『東北作家近作集』別冊を刊行するという画期的な企画を実行している（問題はあるが、その香港影印本は現在でも入手可能である）[13]。その第7号では、「社語」として、別冊刊行の意義を次のように説明する。

　　九一八事変が過ぎ去り、かくも長い年月を経たというのに、まだ記念しているし、記念せざるを得ない——これは実に心痛むことである。今わたしたちは未だこの心痛む記念日を忘れかねている読者諸氏に、謹んで本刊第7期を捧げるものである。本誌に加えて別に1冊の特集を組んで東北作家の新作を載せた。かれらのいずれもが、この事変を目の当たりにした人びとであり、今は故郷もなく、国もなく異郷に流浪することになった人びとである。それゆえに、その心の中から吐き出される文章は、悲痛な日を記念するにあたって特別な意味を持つことになろう。

8人の東北出身作家を登用し、別冊を刊行する——このことだけからも『光明』が東北作家の存在を重視し、「その心の中から吐き出される文章」の意味に注目していたことは実証されよう。また別冊以外に、『光明』本誌にもかれらの作品は多く目につく。以下がその作品目録である。

白朗

「淪陥前夜」第1巻第7期（別冊）

「探望」1-10

白暁光（馬加）

「参加戦区服務団」3-4

陳凝秋

「在東路線上」1-7（別）

狄耕（張棣賡）

「動蕩」2-1

（于）黒丁

「九月的瀋陽」1-7（別）

「原野」2-9

李輝英

「野戦演習」1-5

「参事官下郷」1-7（別）

「募捐」2-2

「長夜」3-1

羅烽

「呼蘭河辺」1-2

「過関」（舒群との合作、劇本集体創作）1-4

「獄」1-5

「第七個坑」1-7（別）

「特別勲章」1-9

「流不尽的愚蠢」1-12

穆木天

「七月的風吹着」1-4

「江村之夜」1-7（別）

舒群

「蒙古之夜」1-1

「回到哈爾濱去『做人』」1-2

「在故郷」1-7

「戦地」1-7（別）

「農村姑娘」1-11

孫陵

「興安嶺探勝」1-10

「辺声」1-11〜-12、2-3〜-9、-12、3-2

「祖国」2-11

「別人的『新地』我們的故郷」3-2

「辺声後記」3-4〜-5

（陳）辛労

「強盗」2-7

宇飛

「土龍山」1-7（別）

「戦歌」2-5

（金）肇野

「木刻画製作過程」3-4〜-5

　これが『光明』に発表の場を与えられた"東北作家"の作品リストである(14)。李輝英、穆木天など一部の作家を除いては、ほとんどが無名に近い、あ

るいは作品を発表し始めたばかりの新進作家であった。それを思うと、この傾倒ぶりは、「重視」の枠を超えていると考えるべきであろう。

　ここで、「国防文学論争」の中で語られた興味ある文章を引用してみる。

　　何人かの友人が、たびたびわたしに語りかけてくる。
　　「君は『国防文学』に賛成なのかね。」
　　「賛成しているよ。」
　　「それじゃあ君は、なぜ『国防』に関する作品をどんどん書かないのかね。」
　　「『国防』に関係したものの書き方が足りないというのかね。」
　　わたしが本当に疑問に思って尋ねてみると、
　　「そうではないんだが、僕のいいたいことは、これまで君がこうした類の作品……たとえば、東北義勇軍の抗日のための闘争や、華北で漢奸どもが組織に潜り込んでの策動、闇取り引き……こうしたものを書いたのを見たことがない、ということなんだ。」（中略）
　　長沙で新聞副刊の編集をしているある友人が、手紙で次のようにいってきた。
　　「わたしは『国防文学』に大いに賛成していますし、『国防文学』を提唱したいと考えています。ところが、わたしどもの所は環境がよくありません。というのも、こちらの人民大衆は、『国防』を目にすることができず、そのうえ帝国主義者の直接的な侵略を見ることもできないからです。多くの人民は、まだ東北４省が地図のどこにあるのかさえ、よくわかっていません。……少し字の読める人は、みんな圧迫され脅迫されて、ただ「提携」、「親善」を口にできるだけなのです。どうやってわたしに、『国防』の材料を探せというのですか。材料もないのに、どうやって『提唱』せよというのですか。

　もちろんこの文章を書いた葉紫は、「国防文学」の作品は、日本による侵

略・占領下の東北、華北に題材が限定されるものではないことを訴えているのだが——そしてこの問題は、国防文学論争の後半に展開される「題材自由化論争」に連なるものでもあるのだが、逆に当時の一般的認識として、「国防文学」とは、侵略・占領下の中国を描いたものだとする誤解が広がっていたことを証明している。もちろん、その誤解を解く努力はなされていた。

実際には「国防文学」が包摂する内容は、非常に充実したものになっている。「国防文学」は単に田軍の「八月的郷村」、舒群の「没有祖国的孩子」、「蕭苓」といった類の作品を包括するにとどまらず、沙汀「獣道」（野蛮）、欧陽山「七年忌」（七回忌）、張天翼「清明時節」、夏衍「包身工」、尤競などの「漢奸的子孫」を含んでおり、正面からと反面からとを問わず、直接的であると間接的であるとを問わず、民族解放運動に少しでも力となり、それを反映しているものなら、すべてを包み込むものであって、ただ漢奸の作品さえはずせばそれでよいのだ。[16]

革命的な作家のほとんどは、反帝のテーマと密接につながってきた。「九・一八」以降にあっては、程度の差はあれその作品の大部分を、すべて「国防文学」と称することが可能である。東北での失地と民族革命戦争を描いて、最近の文壇で大きな注目を集めた「八月的郷村」、「生死場」、および他の同質の題材の短篇は、いずれも国防文学が提起した作品の現実的な基礎となり、根拠となっている。[17]

これらいずれの論も、国防文学の題材の広さ、主題の自由を主張しながらも、その核として、あるいはもっとも典型的な作品として——楊騒の言葉を借りれば、「正面から」、「直接的」に描いた作品として、東北作家の存在と作品を捉えていたことが窺われる。ここにこそ、"国防文学派"が、"東北作家"に向けた熱っぽい眼差しの理由がある。「国防文学」の声高な主張に後押しされて、「東北作家」の認知度も高まっていったといえるであろう。

むすびに

　一方、これら東北作家を前面に押し出しながら、その先駆的役割を果たした蕭軍、蕭紅がこの国防文学論を牽引した『光明』に1度も登場しないのは、魯迅が唱導した「民族革命戦争の大衆文学」の側に身を置いていたからであろう。しかし、この二人の果たした役割は無視できない。

　1931年「九・一八事変」、翌年の「一・二八事変」は、中国の侵略を狙う者の正体を暴露した。しかし、祖国の一部が日本の支配に屈服するという屈辱的な事件も、下からの統一した大きな抵抗を生み出すことはできなかった。文芸界でも国民党からの弾圧と文化攻勢に追われて、全組織をあげての抵抗運動体を作り出すまでには至らなかった。穆木天、楊晦、あるいは30年に入って活動を始める李輝英といった東北籍の作家も、一つの層を形成することにはならなかった。

　そうした状況のもと、1935年、蕭軍、蕭紅の文壇への登場は大きな意味を持つ。まず、東北侵略の惨状をつぶさに体験し、抵抗運動を続けたのちに関内へ流亡してきたという経歴、「八月的郷村」（1935年6月刊）、「生死場」（同年12月刊）という出世作で、上海文壇に衝撃を与えたこと、そして何よりも魯迅の全面的支援を背後に持ち得たこと。こうしたことが、上海を中心とした文学界に、"東北作家"に注目させる大きな役割を果たしたことは間違いない。[18] 同時に、二人の青年作家の文壇デビューは、あとに続く東北青年たちに大きな刺激と励ましを与えたと考える。以下の回想は、このことを裏付けるものであろう。

　　蕭紅の≪生死場≫と蕭軍の≪八月的郷村≫が、この当時、魯迅先生の推薦によって、国内で大きな反響を呼び起こしており、そのニュースが哈爾濱にいるかれらの友人たちによって伝えられ、わたしたちは大いに鼓舞された。[19]

こうした条件の下に「八・一宣言」に促されて「内戦停止・一致抗日」の流れが文芸界に波及し、「国防文学論争」を引き起こすことになるのだが、統一戦線をめぐる対立抗争とは別に、"国防文学派"による意識的な"東北作家"の押し上げにより、一気に"東北作家"の地位が固められる。
　「国防文学論争」は、中国30年代文学の流れの中に、"東北作家"を一つのグループとして意識させる副次的な産物を生み出した。そのことを事実でもって教えてくれたのが雑誌『光明』であった。

(1981年3月4日)

＜注＞
（1）『魯迅書信集』下巻（人民文学出版社　1976年8月）。なお、『魯迅書簡――致曹靖華』（上海人民出版社　1976年7月）では、"国防文学"家に注記して「即周揚一伙」とする。
（2）中国現代文学期刊聯合調査小組編『中国現代文学期刊目録』初稿　上海文芸出版社　1961年（影印本）
（3）馮雪峰「有関一九三六年周揚等人的行動以及魯迅提出"民族革命戦争的大衆文学"口号的経過」『新文学史料』第2輯　人民文学出版社　1979年5月
（4）「文芸家協会」加入者数も未だ定説はない。例えば、劉綬松『中国新文学史初稿』修訂本（人民文学出版社　1979年11月）では、「百二十余名」とする。ここでは、『光明』に載った、恐らくは発足当時の会員数を採った。「工作者宣言」については、『現実文学』第1期（1936年7月）によった。
（5）中国文学研究会編『中国新文学事典』河出書房（1955年11月）では、「中国文芸家協会」の項に「機関誌『光明』」と記す。また樋口進は「巴金とスペイン戦争（上）――一九三六年九月、巴金の『答徐懋庸並談西班牙聯合戦線』について」（『野草』第8号　1972年8月）の一文で、「一般に中国文芸家協会の機関誌といわれている雑誌『光明』」と述べている。
（6）周淵（周揚のことか？）主編　文学界月刊社　1936年6月5日創刊、1巻4号（同9月10日）にて停刊。
　わたしはこの雑誌の創刊号と、友人樽本照雄氏のご好意で第4号を見ることができた。第3号が"国防文学"の特集号を組み、大きな論陣を張ったことは知られている。これらの資料から、『光明』を根拠に展開する以下の拙論の主旨は、『文学界』にも十分に貫徹しているものと考える。しかしここでは、論が煩雑になるので『文学界』には触れない。

第 2 章　雑誌『光明』の教えるもの

（7）「中国文芸家協会」宣言、簡章、会員名の異同

行	A　雑誌『光明』	B　中国現代出版史料	C　国防文学論戦
1	中國文藝家協會宣言	三，宣言	同A
4	正在爭鬥	同A	正在鬥爭
6	中華民族已到了	中華民族到了	同A
7	去年十二月	從去年十二月	同A
20	中國文藝作家協會	同A	中國文藝家協會
1	中國文藝家協會	中國文藝作家協會	同A
2	民族救國陣線	同A	民族救亡陣線
5	集體的創造	集體的創作	同A
5	集團的研究	集體的研究	同B
12	更開展與更深入	更展開與更深入	同A
18	中國文藝家協會簡章	二，簡章	以下なし
22	凡有著譯發表	凡有譯著發表	
25	警告二次	警告兩次	
4	聯誼等五部	同樂＜聯誼＞等五部	
6	理事會任期半年，連選得連任	なし	
8〜15	A〜E	甲〜戊	
8	庶務三股	庶務，交際四股	
11	文藝活動與	文藝活動及	
13	「文藝史」等四種	文藝史等四組	
14	應加入一組	要加入一組	
15	本會會內或會外聯絡交際等事務	會員同樂之事務	
18	每半年舉行一次	每年舉行一次	
19	至少每月舉行一次	每月舉行一次	
20	至少每兩星期	每兩星期	
24〜25	八，會址 本會設總會於上海．凡各地有十人以上之文藝家贊成本會宗旨，取得會員資格者，得設立分會．	八，分會 凡各地有十人以上之文藝家，贊成本會宗旨，取得會員資格者，得設立分會．	
26	九，附則	九，總會 本會總會設立於上海． 十，附則	
1	已加入本會會員名錄	同A	中國文藝家協會會員名錄
13	陳雲從	同A	なし
13	莊啟東	莊起東	同A

＊繁体字、簡体字の違いを除いて、異同箇所をすべて取り上げている。本文で述べ

たようにEは、基本的にはAに依ったものである。Eは303頁から306頁にわたって本資料を掲載するが、資料入手が容易であることから、異同箇所をEに基づく行数で示してある。
（8）新村徹「三十年代における報告文学について」『野草』第8号　1972年8月
（9）「社語」同人　『光明』創刊号　1936年6月
（10）「集体創作」と銘打ったものは、創刊号の「走私」洪深等に続き、以下の作品が掲載された。
　　「出発之前」（小説）沈起予等　1-2／「漢奸的子孫」（劇本）尤兢等　1-3／「過関」（劇本）羅烽・舒群　1-4／「洋白糖」（劇本）凌鶴等　1-5／「我們的故郷」（劇本）章泯等　1-7、-8、-9／「豊台的馬」（小説）魏東明等　1-10／「不能抓的煙犯」（劇本）王玠等　1-10／「大演習」（小説）牧心等　2-3／「鹹魚主義」（劇本）洪深等　2-3
　　これで見る限り第1巻では大きな努力が払われ、毎号に掲載されたが、持続させることはできなかったようである。
（11）周錦『中国新文学史』台湾長歌出版社　1976年4月
（12）趙景深『文人印象』北新書局　1946年4月（影印本）
（13）光明半月社編『東北作家近作集』（生活書店　1936年9月初版）。わたしが入手したのは、香港匯文閣書店の影印本である。しかし、これには、李輝英「参事官下郷」が削除されている。また序文も後記もないことも気にかかるところである。
（14）わたしはこれまでのところ、"東北作家"の確実な全体像をつかみきれてはいない。ここにあげた名簿も、その個々にあたって確認したものではない。根拠としたいくつかの資料を提示しておく。
　　駱賓基「生死場、艱辛路——蕭紅簡伝」『十月』1980年第1期　北京出版社　1980年1月
　　陳隄「我所認識的蕭軍」『春風』文芸叢刊　1980年第1期　春風文芸出版社　1980年4月
　　李輝英「三十年代初期文壇二三事」『長春』1980年11月号　長春文芸出版社
　　何宏「値得紀念的小屋——介紹蕭紅、蕭軍在哈爾濱市商布街故居」『開巻』3-7　開巻出版社　1980年12月
（15）葉紫「国防文学的随感二則」『文学界』1-3（林淙選編『現段階的文学論戦』文芸科学研究会刊　1936年10月　所収）
（16）楊騒「看了両個特輯以後」『文学界』1-3　（前掲書所収）
（17）周揚「現段階的文学」『光明』1-2　1936年6月
（18）岡田英樹「『満洲』が生み出した文学」『1930年代世界の文学』有斐閣（1981年10月刊行予定）参照
（19）駱賓基「駱賓基自伝」『中国当代作家自伝』第3輯　中国現代文学研究中心　1979年10月

　　　　　　　　　　　　　初出『立命館文学』430-432合併号　1981年7月2日

【補　論】

　執筆当時は一部しか目にすることができなかったのだが、1984年10月に上海書店から、影印復刻版が出版された。3巻5号（1937年8月）までの全冊と、「戦時号外」第7号（10月30日）、附録『東北作家近作集』を含む完全な復刻版である。掲載された東北作家の作品を補充しておく。

李輝英
　「夏夜」2-12
　「往那里逃」3-5
穆木天
　「全民族的生命展開了」（詩）号外1号

辛労
　「夜襲」（詩）号外6号
林珏
　「血斑」号外7号

第3章 『報告』・蕭軍・東北文学

はじめに

　東北作家群が上海文壇の中に形づくられる過程にあって、雑誌『光明』、『文学界』に依拠した国防文学派（「中国文芸家協会」）が果たした役割の重要性については、すでに論じたことがある。しかし、はるか離れた満洲国（東北地方）の青年たちが、短期間のうちに上海に集結したこと、それも1932年から34年にかけて形成された哈爾濱文学の担い手が、相継いで移動した現象を説明するには、上記の論だけでは十分ではない。前掲論文で「と同時に、二人の青年作家〔蕭軍、蕭紅を指す〕のデビューは、その後に続く東北の青年作家たちに大きな刺激と励ましを与えたと見る」としか、触れ得なかった問題を、ここで少し掘り下げてみたい。

1　雑誌『報告』と蕭軍

　以前わたしは周錦の文章

　　つづいて民国25年11月には蕭軍の義兄弟〔把兄〕高君（かれはかつて東北で遊撃戦を戦い、その上みずから司令官の任に就いたことがある）が代表となって、上に列挙した東北作家の集まりを組織し、雑誌『報告』を出版することを決定した。そのグループは各自が責任を持って原稿を書き、世の人びとに日本軍閥の東北における蛮行、そして東北同胞の不撓不屈の反抗精神を報告した。この雑誌は1期を出したが、責任者がいなかったことと経費の不足から頓挫した。しかし、いわゆる「東北作家」というものも、このようにしてしっかりと確立されたのである。

を引用して、「東北作家」の形成過程を考える上で、雑誌『光明』とともに、この『報告』にも注目したいと述べておいた。執筆当時は未見であったが、そのあとに実藤文庫所蔵の原本を見ることができた。まずこの雑誌と蕭軍とのかかわりから述べてみよう。

『報告』創刊号　1937年1月10日発行　22㎝×15㎝　124頁
　編輯人；黄碩　発行人；費慎祥　出版者；報告社　総経售；聯華書局

　予約購読の案内から見れば、半月刊として刊行される予定であったようだが、わたしの調べでは1号雑誌で終わったようである。
　さて、この『報告』刊行について、蕭軍は次のような経緯を語っている。

　　魯迅先生が亡くなられて間なしのころ、費慎祥という男——かれはかつて「北新書局」で店員をしていたらしいが、魯迅先生に大変な尊敬と忠誠の念を抱いていたので、「北新」を離れ、生活の当てがなくなったとき、魯迅先生は自分が公開出版できぬ本、例えば『准風月談』といったものをかれに印刷させた。そこでかれは、みずから一つの「地下」出版社を起こして、左翼作家のものや公開出版できぬものを専門に出版した——かれとわたしは、魯迅先生のところで知り合いとなった。魯迅先生が亡くなったとき、かれとわたしは「葬儀事務所」でいつも仕事をして、しょっちゅう接触していたので一層親しくなった。あるとき、かれはわたしを引き留めて、自分の「出版社」のために、雑誌を編集してもらえないかと強引に頼み込んできた。わたしは承諾せざるを得ず、かれに代わって『報告』と名付けた雑誌を編集した。2期を出したが、財政のやりくりがつかず、すぐに停刊した(4)。

　また『魯迅学刊』第4期に載った「聯華書局」の項目によれば、費慎祥は

三閑書屋、野草書屋といった名義を使って、魯迅のために印刷、刊行を引き受けていたが、そののち聯華書局と名を定め、1936年はじめに北新書局を離れて独立経営に移った、とする。

　さてもう一点、周錦がいう、軍人の経歴を持ち、この雑誌の代表者で、かつ「蕭軍の義兄弟高君」、あるいは奥付に掲げる「編輯人；黄碩」とはいかなる人物なのか？

　わたしは、蕭軍の軍隊時代の友人で、かつ哈爾濱在住時代、貧困にあえぐ蕭紅ともども何度も経済的援助を与えてくれた黄田（黄之明）ではないかと推測する。黄田は、1930年代前半、哈爾濱の左翼文学者のたまり場となった「牽牛房」（あさがお館）の主人であった。蕭軍は語っている。

　　このころ、奇一家――彼女の夫黄田――わたしの講武堂前後期の同級(6)
　生であるのだが――は哈爾濱にいた。わたしたちの生活が極度に困難な
　ときには、経済面で大きな援助を与えてくれた。ロシア語を学ぶ学費も
　出してくれた。わたしたちが、哈爾濱を脱出する旅費を工面できたのも
　かれのお陰であった。もしこれがなくて、2、3日遅れていれば、わた
　したちは逮捕されていたかもしれないのだ！　上海に出てからも、かれ
　は資金援助をしてくれた。その後いくらかは返済したとはいえ、この恩
　義はずっと肝に銘記している。黄田はその後、劇団の俳優となったが、
　聞けば1945年東北に戻り、病気で亡くなったとか！　淑奇（つまり
　「奇」）については、すでに袁時潔と名を改め、不幸なことに、1937年
　黄田と別れてしまったという。(7)

これに、羅烽の証言を加えることもできる。

　　黄田は当時、香坊警察署の署長であったが、袁時潔の兄は、そのころ
　古参の共産党員であり、黄田はその影響から、毅然として党と革命の側
　に立っていた。35年には、職を捨てて南下した。かつて上海、重慶な

第3章 『報告』・蕭軍・東北文学

どの地で俳優となり、進歩的革命文芸活動を堅持していた。⁽⁸⁾

　わたしは、黄田が哈爾濱を離れて上海に出て、蕭軍と再会するのは、1936年10月ごろと推定するが、「葬儀事務所で仕事をし」云々の時点で、かれが上海にいたことは確実である。軍人高君、編輯人黄碩、そして「牽牛房」主人黄田、この三人が同一人物である説は捨てがたい。

　ついで、雑誌寄稿者の吟味に移る。まず『報告』創刊号の目次を掲げる。

七人集序言	魯迅	碩果（創作）	史塔霞
≪報告文学≫		≪通　信≫	
泉州的一日	冬青	一個華南的特殊区（福州）	丁寧
是誰釈放了他們	林珏	津沽一帯（天津）	勇余
没有犯過罪的罪犯	林娜	歳暮・長春的風情（長春）	孫陵
大羅天上	梅林	東北的孩子們（瀋陽）	高潮
街頭	覚君	慰問（北平）	劉義徳
		≪挿　画≫	
蘇聯的工場文学集団		送別	力群
A・瞿契訶夫作、雨田訳		東北児歌	
≪雑　文≫			
致郭沫若君	田軍	刊前	報告社
両個埋人的坑	亜丁	許広平為徴集魯迅先生書信啓事	
洋書・委員・季先生	曹白		
永久的憧憬和追求	蕭紅		

　この当時、蕭軍は『魯迅先生紀念集』⁽¹⁰⁾の編集に奔走しているところであり、巻頭に魯迅の遺稿「七人集序言」⁽¹¹⁾を配し、また「魯迅先生書信」を募る「啓事」が補白を占めるのも頷けるところである。

53

ロシア文学の翻訳で知られる雨田（許粤華）は、『訳文』編集者黄源の夫人であり、蕭紅の東京留学を世話し、蕭軍ともいたって親密な関係にあった。曹白（劉平若）は、若き木版画家として晩年の魯迅と親交があり、先に述べた「葬儀事務所」の名簿には、蕭軍、費慎祥、雨田とともに名前を連ねている。梅林（張芝田）とは、『青島晨報』編集を通じて知り合い、蕭軍、蕭紅が青島を経て、上海へ脱出する際同行した友人である。
　こうしたことから、執筆者の陣容が、蕭軍との個人的つながりを色濃く宿していることが窺われる。しかし、それにもまして強調しておきたいのは、東北出身者の顔ぶれである。
　蕭軍は田軍の筆名で登場し、東京に留学中の蕭紅の場合は、みずからの幼年時代を回想した短文を提出している。林珏（唐景陽）は、黒龍江省安達県出身で、1935年共産党に入党、前掲「牽牛房」に集うメンバーの一人として蕭軍らとともに抗日文芸活動に参加していた。関沫南はいう。「36年、共産党員作家金剣嘯（巴来）が哈爾濱市で逮捕された〔6月13日〕のち、林珏は哈爾濱を離れ、上海に出た」。また山丁も、

　　　かれ〔林珏〕は、1937年前後に哈爾濱を離れたが、上海では東北作家と一緒になって、抗日活動に従事した。白朗、金人共編の『夜哨叢書』が出版されたときには、資金を調達するため、陳亜丁と二人で労苦をいとわず、上海の霞飛路といったところで露店を開き、競り売りをした。

と、林珏のみならずこれも東北籍の陳亜丁の消息まで紹介してくれている。孫陵（孫梅陵）については、『大同報』副刊「夜哨」からもその名が拾い出せるように、30年代前半の哈爾濱文壇の一員であった。蕭軍みずからも「孫梅陵は、哈爾濱時代の友人である」と明言している。また、蕭軍とのつながりは指摘できないものの、高潮の投稿は、明らかに東北に身を置く者からの「通信」である。

第 3 章　『報告』・蕭軍・東北文学

執筆者すべてについて、その経歴が確かめられたわけではない。それでも以上の事実から――黄田とのかかわりは留保するとして、蕭軍を核とした人間関係、とりわけ東北出身者との密なつながりの中で、『報告』創刊号が編集されたとはいえるだろう。先にあげた周錦の言葉は、そのまま受け取るわけにはいかないとしても、蕭軍を介しての上海と東北のつながりを実証する一つとして『報告』はある。

2　蕭軍と東北文学

　厳密な意味からは東北作家の範疇には入らないが、1927年哈爾濱に来て、『国際協報』副刊「蓓蕾」の創刊に加わって文芸活動を展開し、32年9月、上海へ戻ったという経歴を持つ孔羅蓀は、次のような興味ある言葉を残している。

> 　一般的に見れば「東北人」という三文字は、九一八以前にあっては、ぼんやりとした概念すら持たれなかった。九一八以降、それは一種の恥辱を代表し、抽象的な形で、ある種の屈服主義を代表していた。とはいえ、同時にまた英雄、被圧迫者をも代表していた。（中略）
> 　しかし、最初の数年間は、むしろ前者の印象の方が強かったといえよう。これは実際に体験したことであり、どの亡命者も、最初の数年間は身につまされてきた事実なのである。

とした上で、最近観た夏衍の演劇「一年間」の中に、「××人の蹂躙から逃げ出した東北人」胡明揚が、極端な悲観主義者として描かれている事実を取り上げ、「『東北人』は今に至るも、なお外からのイメージとして、どうしてこのような『印象』が残されているのであろう？」と嘆いている。[17]

　この言葉が語られた時期を考慮すれば、蕭軍、蕭紅が上海に足を踏み入れた1934年ごろは、「恥辱」、「屈服主義」の代表者といった負の「印象」は、

普遍的であったと推測される。張春橋（狄克）批判として話題を呼んだ「我們要執行自我批判」の一文も、なにがしかのこの「印象」を含んだものといえるかもしれない。上海に出た東北人たちは、こうした目に囲まれながら生活を送らねばならなかったのだ。

しかし、「屈服主義」者としてのイメージを打ち破るためには、東北現地に身を置き、みずからの体験を通して得た生々しい証言が求められていた。亡命者みずからの肉声こそ、この「印象」を塗り替え、東北への侵略を中国民族の痛みと認識させる大きな武器であった。

この点からも、蕭軍、蕭紅が魯迅の援助を支えに「八月的郷村」、「生死場」を出世作として、上海文壇に登場し得たことの意味は大きい。さらに蕭軍は、築き上げた地歩を最大限に活用して、東北に残った仲間たちを上海の文壇に呼び込んだ。

先にあげた黄田一家は、蕭軍たちとの親交を伝手に上海へ脱出した。ロシア文学の翻訳家金人（張君悌）を魯迅に紹介し、『訳文』への仲介の労を取ったのも蕭軍である。同じく、哈爾濱にとどまりながら翻訳で活躍した温佩筠の自費出版翻訳集『零露集』（落ちこぼれた露集）も魯迅に紹介している。1934年6月18日、哈爾濱で逮捕され、翌年7月に上海へ逃れた羅烽、白朗夫妻も、蕭軍は生活の面倒を見ながら、魯迅に引き合わせようとした[20]。

『蕭紅書簡』を読んでいくと、哈爾濱時代の友人の弟で、のち上海で「国防文学派」の詩人となった陳、哈爾濱ですでに詩歌を発表していた張璟珊、さらにこの張を加えた「東北哈爾濱から逃れてきた16、7歳の三人の青年」（42頁）への援助のことが記されている。「在上海拉都路我們曾経住過的故址和三張画片」の中では、東北ではないが、青島から脱出してきた三人の友人の世話を焼くくだりが拾い出せる[21]。

仕事を捨て、土地を追われた流浪者は、まず自活の道を探すことから始めなければならなかったであろう。東北でのささやかな創作活動が、そのまま上海文壇の通行手形になるとは考えにくい。上海へ出た東北作家が直面したであろう状況を見通すとき、蕭軍の存在は、上海文壇での橋頭堡の意味を

持った。もちろん、上記の個別事例は、蕭軍の情に厚く義を重んじる性格が(22)なさしめたものであろうが、結果としては、東北作家群形成の無視し得ぬ要因であった。こうした視点からの蕭軍論ももっと注目され、掘り下げられていいと思う。

　文学史の中に、蕭軍の存在を位置づける問題について、もう一点付け加えておきたいことがある。

　満洲の文壇で最も大きな役割を果たした中国人作家古丁は、こう語ったという。

　　食事が済んでから、煙草を吹かし茶を飲みながら僕はちよつと古丁と話したが、小田嶽夫君の訳した「同行者」「第三代」の作者の蕭軍が満洲出身者だつたことを憶ひ出し、また蕭軍は僕の好きな作家なので、蕭軍の作品を読んでゐるかどうかを尋ねると、古丁は全部読んでゐると言つて、蕭軍は英吉利のペン・クラブの会員になり、今倫敦に居るといふ消息まで告げた。それから、古丁は、
　　「蕭軍は本当の作家ですよ。彼は飯が食へない時から作家で通しましたよ」と、激しい口調で言つた。「僕などのやうに決して二重の生活をしなかつた。作家たる者は、食へても食へなくても蕭軍の歩んだ道を行くのが本当ですよ」(23)

また蕭軍みずからが語る、次のようなエピソードもある。

　　わたしたちが上海に来たあと、ある友人がわざわざ哈爾濱から『鳳凰』という誌名の、Ｂ５版の文学雑誌を送ってくれた。なんとこの雑誌(24)は、例の写真〔哈爾濱を離れる前、蕭紅と一緒に撮ったもの〕を表紙に使っているのだ。わたしたちは、当時の映画スター並みに、世にしゃしゃり出たというわけだ。(25)

57

かれが去ったあとの満洲文壇にも、なお蕭軍は強い影響力を持っていたことが分かる。蕭紅ともども、一種の理想化された郷土出身作家として、満洲の人びとの心の中に生き続けていたのである。しかも、こうしたうわべだけのイメージが残されていたわけではない。黄玄（王秋螢）は、満洲の文学の流れをこのように語っている。

　　郷土文芸とは、早くも1934年に、蕭軍が哈爾濱国際協報『文芸』週刊に、「一九三四年以降、全満洲文学の進む道は？」を発表した際に、提出されていたものである。研究討論を経て、これが今後の著作の進む方向であると認め、以後、山丁もずっと郷土文芸を提唱してきた。

　この論文によれば、1937年に「郷土文学論争」に火をつけ、古丁ら「芸文志派」と対立していく山丁の考えには、この蕭軍の遺訓が大きな影響を与えていたということになる。
　さらにいえば、1946年に延安から哈爾濱に戻った蕭軍は、歓呼の声に迎えられ、多くの東北青年の人気を集めるが、その大衆的な支持が災いして、48年の「蕭軍文化報批判」を引き起こすことになる。ここでは、こうした論の全面的な展開は避けるが、文学史的に見て蕭軍の存在は考えられている以上に大きかったのではないかと、わたしは考えている。

3　東北作家の作品——『報告』の世界瞥見

　全面的な抗日戦争勃発を目前にひかえた時期に、大量に生み出された東北作家の作品は、どういった傾向を持ち、中国文学全体にどういう影響を与えたのか？　わたしにとって最も興味ある課題の一つである。しかし今、それにこたえる準備はない。ここでは、冒頭で取り上げた『報告』に登載された作品を取り上げて論じてみたい。
　巻頭言にあたる「刊前」の中で、雑誌の性格をこう述べる。

〔この雑誌は〕作者の方がたが、この世に起こったことを、それはどんな片隅のことでもいいから、あれこれの文学形式を使って報告してくだされはそれでいい。適当な形式が見つからなければ、ただ真実でありさえすれば、「人間」を取り巻くことがらでありさえすれば、本当の事を書いてくだされはそれでいい。わたしたちは、間違いなくその報告を、読者の方がたに受け取ってもらうのだ。

創刊号の目次を見ても、この雑誌が報告、通信といった報道性に特色を求めようとしているのが分かる。社会に生起する事件をつぎつぎと「報告」するのを任務とした雑誌にあっては、日本帝国主義と傀儡政権の支配にあえぐ満洲国からの作品は、群を抜いて異彩を放つ。

「**是誰釈放了他們**」（誰がかれらを釈放したのか）林珏

梧桐河畔の鶴立崗炭鉱が舞台となる。そこで働く労働者は「膏薬型の旗〔満洲国の国旗を指す〕が、炭鉱事務所の門前に立てられてからは」（14頁）、星も太陽も拝めないまま「暑い日に、一日中風呂に入っている豚のように」（15頁）汗と泥にまみれる毎日であった。工賃は支払われず、鞭を持った監督、湯原県山村討伐隊の一部を振り当てた××守備隊の監視の下、炭鉱夫たちは反抗する力も失ってしまっていた。

ある日、「真赤な腕章をつけた」（18頁）ゲリラ隊が炭鉱を襲い、炭鉱夫たちも武器を奪って協力し、ついには勝利を収めた。所長や監督官、それに捕虜兵をたたき殺して山を下り、一部の者は新しい赤い腕章をつけた。

しかししばらく経つと、「日中労働8角、夜間労働1元」の募集広告が貼り出され、希望を抱いた140名の新規労働者が、守備隊に警護され炭鉱にやってくる。

「**両個埋人的坑**」（人間を埋めた二つの穴）亜丁

松花江の北岸には大勢の人間を埋め込んだ穴がある。戦乱と洪水によって土地を失い、哈爾濱へ流れ込んできた流民を一掃するため、清掃車に詰め込んで河原に埋めてしまったのである。
　1934年秋、大黒河から通北までの鉄道敷設工事に、1000名余りの労働者が「1日2角食事付き」の宣伝文句で集められた。だが、塹壕と電流を通した鉄条網に囲まれ、兵士の監視を受ける牛馬のような毎日であった。自殺や逃亡、スパイ容疑で殺される者、あとを絶たず、ついには7、800名にまで減ってしまった。工事が完成し、工賃の支払いを求める労働者への回答は、機関銃の一斉射撃であった。
　かくして「人間を埋めた二つ目の穴が増えた。しかしこの枯草の野原には、翌年雑草が狂ったように生い茂った。」(63頁)

　こうした血なまぐさい凄惨な場面の連続だけが、東北からのレポートのすべてではない。日常生活のひだの中まで染み込んだ支配の現実、その現実に対する反撥と抵抗――こうした報告もまた、同胞は衝撃をもって受け止めたであろうし、東北文学の特色でもあった。

「歳暮・長春的風情」(長春の歳末風景) 孫陵
　「満ソ国境」でまた「不幸な事件」が起きたのであろう。年の瀬を迎えた首都新京〔長春〕の空を、大きな爆音を響かせて「友邦」の飛行機が飛び立っていく。ラジオからは「建国体操」の掛け声が流れ、続いて「カキクケコ」と日本語教師の声が聞こえてくる。「華人」の入国を厳禁しているはずの「王道国家」が、「事変五周年」を記念して、「『王道楽土』の国都の太平な景観に彩りを添えるべく」(104頁)、京劇俳優言菊朋を「外国」から招いた。街に出れば「火焼紅蓮寺」〔上海で作られた武侠映画〕、「歳末大売出」、「密斯東洋女給大募集」といった「さまざまな奇妙な文字」(106頁)が氾濫している。
　こうした長春の歳末風景を織り込みながら、満洲国実業部大臣の丁なる男

が、人相見李東風の姪を、金銭にまかせて手籠めにしようとした事件、羊肉館の主人で回教徒の馬が、息子の年齢を29歳と偽ったばかりに「兵隊にとられて、中国と戦争をしに行く」(104頁)羽目になったといったエピソードを描いている。

「東北的孩子們」(東北の子供たち)高潮

　　「東北人の心はすっかり死んでしまったのか？」これは国民が強く疑問に思っているところであろう。しかし、心配しないでいただきたい。傍観者的に状況を眺めている観念的な人、そうした人びとの心にして、はじめて死んだといえる。帝国主義の蹄の下に、輾転として悶えている人、そうした人びとの心は、一瞬といえども覚醒していない時はない。子供にしてからがそうなのだ。(109頁)

と書き出し、学校生活や遊びの中に見られる、子供たちの反抗精神のあらわれを紹介する。自由画を描かせれば、かならず「中国人××人を殺す」、あるいは「××人中国人を殺す」の絵を描く者があらわれ、「××兵は銅の帽子、娘を見ながらズボンを下げる。"Ba ga ia lu"と、腹をばえぐる」(114頁)といった歌を口ずさむ。あれこれの記念日に駆り出される子供たち、その手に打ち振られる「日満国旗」も、翌日には便所紙として厠の隅に積まれている。こうした細やかな日常生活の描写を通して、子供たちのしたたかな反抗心を浮き彫りにしている。最後に、子供たちの間で流行しているという「満洲国国歌」の替え歌が採録されているので、紹介しておこう。

　　天地内有了新満洲、　　天下に新満洲があらわれた、
　　新満洲便是新地獄。　　新満洲は新地獄。
　　昏天昏地又苦又憂、　　天地は真っ暗、苦しみの上にまた災難、
　　説甚麼新国家、　　　　新国家なんていったって、
　　没有親愛只有冤仇。　　親しみわかず、恨みだけ。

人民三千万人民三千万、	人民三千万、人民三千万、
縦加十倍也不自由。	たとえ十倍になったとて、自由なし。
仮仁義仮礼讓誰肯干休、	偽の仁義に偽礼儀、引き下がったりするもんか、
家己破国己亡怎不追究。	家は崩壊、国亡び、こうなりゃとことんやりゃならぬ。
近之則叫××滾蛋！	近くば、××失せろ！ と声上げて、
遠之不叫××存留！	遠くば、××残れ！ とはいわぬ。

(110-112頁)

＜元　歌＞天地内有了新満洲、新満洲便是新天地、頂天立地無苦無憂、造成我国家、只親愛没有冤仇。人民三千万人民三千万、縦加十倍也得自由、重仁義尚礼讓使我身修、家己斉国己治此外何求、近之則與世界同化、遠之則與天地合流。

むすびに

　東北淪陥区からのレポートは、ときには残虐な、また屈辱的な同胞の姿を、そしてときには果敢な抵抗の勇姿を描き出すことで、異民族支配下の実相を鮮明にした。それは、抗日文学へと歩みを進める上海文壇を先導する役割を担うことになった。しかしその創作は、時として題材の衝撃性にのみ寄りかかった作品、ことさら残虐ぶり、醜悪さを誇張する傾向も見受けられる。しかし、植民地体験という基盤の上に紡ぎ出される満洲国の文学は、関内の同胞に大きな影響を及ぼさざるを得ない。『報告』という小雑誌も、間違いなくその役割の一端を担っている。

＜注＞
（１）「雑誌『光明』の教えるもの——"国防文学"と"東北作家"」『立命館文学』第

430-432 合併号　1981 年 6 月
（２）周錦『中国新文学史』長歌出版社　1976 年 4 月　337 頁
（３）「『満洲』が生み出した文学」『1930 年代世界の文学』有斐閣　1982 年 9 月　272 頁
（４）蕭軍編『蕭紅書簡輯存注釈録』黒龍江人民文学出版社　1981 年 1 月　88、89 頁（以下『蕭紅書簡』と略）
（５）東北魯迅学会編　遼寧省社会科学院文学研究所刊　1982 年 10 月
（６）東北陸軍講武堂を指す。蕭軍は 1928 年春に教育隊、同年冬に砲兵科に入学し、軍人教育を受けた。
（７）前掲『蕭紅書簡』71 頁
（８）金倫「『牽牛房』軼事」『東北現代文学史料』第 2 輯　黒龍江社会科学院文学研究所編　1980 年 4 月　89 頁
（９）前掲『蕭紅書簡』の第 21 信（1936 年 10 月 13 日発）で、蕭紅は「奇たちは元気？……かれらはこれからどこに住むつもりなの？　経済状況はどうなの？」（70 頁）と、上海に出てきた奇一家への気遣いを示し、第 25 信（10 月 29 日発）でも、「奇が来たとき、あなたと明さん〔黄田〕たちは一緒になって、大騒ぎしたことでしょう」（78 頁）とも記している。
(10) 魯迅紀念委員会編　文化生活出版社　1937 年 10 月
(11) 現在、「曹靖華訳『蘇聯作家七人集』序」として、『且介亭雑文末編』に収められている。
(12) 関沫南「作家林珏」前掲『東北現代文学資料』第 2 輯　110 頁
(13) 哈爾濱抗日文芸運動の組織者で、党員作家であった金剣嘯が、1936 年 8 月 15 日、斉斉哈爾で処刑された。上海に出ていた東北籍の作家たちが中心となり、これを悼み、「夜哨叢書」第 1 輯として『興安嶺的風雪』（上海聯華書店　1937 年 8 月）を刊行した。未見資料ではあるが、その目次のみ示しておく。
　　蕭軍「隣居」／靳以「花草的生長」／林珏「寄押犯」／金三「深淵下的哭声」／高潮「奴隷随筆」／巴来（金剣嘯）「興安嶺的風雪」／西水「山西民衆的経験」／達之「華南的一個小村」／陳毅「罪民」／辛労「在黒暗中」／白薇「記家郷」／黎烈文「高爾基在忒斯里」／徐励「在門診問」／艾群「軍中底中秋」
(14) 山丁「文学的故郷」前掲『東北現代文学史料』第 2 輯　96 頁
(15) 前掲『蕭紅書簡』97 頁
(16) 本文で述べた以外には、丁寧については、上海で王韜とともに『蜜蜂』半月刊（1938 年 11、12 月）を編集したこと、関沫南に「叢蕪集──憶丁寧」（大北新報副刊「大北文芸」1941 年 7 月 6 日）という一文があることを知る。また覚君については、雑誌『中流』に北平や大連からの通信、報告がいくつか掲載されている事実を指摘できる。
(17) 孔羅蓀「東北人」大公報副刊『文芸』第 286 期　1939 年 8 月 9 日
(18) この文で張春橋や周揚が、蕭軍の「八月的郷村」には、いくつか事実にそぐわないところがあり、蕭軍はあっさりと東北を離れるべきではなかった、と攻撃を加

え、魯迅が「三月的租界」の一文で、この批判を切り返した。「四人組批判」の中で、この事実が改めて大きく取り上げられ話題となった。
(19) 『零露集』ソビエト・ロシア名作家詩文集　1933 年 3 月
(20) 蕭軍編『魯迅給蕭軍蕭紅書簡注釈録』(黒龍江人民出版社　1981 年 6 月　以下『魯迅書簡注釈録』)第 26 信（1935 年 7 月 27 日発）には、「君の友人が南方へ来たというのは、大変結構なことです。しかし、わたしたちは二、三日おいてからお目にかかろうと思います。今は暑くて、その上わたしの方も少し忙しいですから」(204 頁)とあり、蕭軍は、この友人とは羅烽のことだと注記している。しかし結局、羅烽は魯迅に会うことはできなかったようだ。

また、陳震文「白朗的生平和創作道路」(『東北現代文学史料』第 5 輯　遼寧社会科学院文学研究所　1982 年 8 月)には、「白朗、羅烽は、蕭軍、蕭紅の援助と手配があって、首尾よく上海で、どうにかしばしの身の安定を得たのであった」(81 頁)とある。
(21) 『蕭軍近作』四川人民出版社　1981 年 6 月所収　95 頁
(22) 蕭軍の義俠心に富んだ性格を実証する言葉はいくつもある。例えば『蕭紅書簡』の中で、金人の翻訳に援助を与えた事実を述べたくだりで、蕭軍はみずからの性格を分析してこう語っている。「わたしは自分の弱点がよく分かっている。友人に対していつも『親切にしすぎる』〔熱情過多〕のだ。それがため、時折まったく逆の結果を招いてしまうのだ。今、70 歳を超えたととはいえ、しばしばまた『感情の奴隷』となってしまうのだ」(143 頁)
(23) 浅見淵「満洲作家会見記」『文学と大陸』図書研究社　1942 年 4 月　19 頁
(24) 『鳳凰』奉天（瀋陽）の東方印書館（社主　飯河道雄）から刊行された大型の総合雑誌。中国語の雑誌で、1934 年末創刊、1937 年停刊。
(25) 前掲『魯迅書簡注釈録』26 頁
(26) 満洲国にとどまった作家たちにとって、蕭軍とともに、蕭紅も象徴的存在であった。以下は、満洲文壇で健筆をふるった女性作家・呉瑛の言葉である。

満洲女流文学創作の歴程に於いて、第一に私に止め難い回憶の念あらしめるのは遠く満洲を離れた哨吟である（即ち蕭紅──丁玲に次ぐ中国の女流作家）。このやうな成熟した女流作家の活躍から、私は満洲女流文学に対して極めて高い願望を強く持たされたのであつた。（中略）この二人の女流作家〔蕭紅と劉莉（白朗）〕は、確かに満洲に於いて女流が創作することの基礎を奠定した急先鋒であつた。だから、満洲女流文学の生長過程を語るには永久に哨吟と劉莉との功績を泯滅さしてはならぬのである。

「満系女流文学を語る」山口慎一訳『現代満洲女流作家短篇選集』女性満洲社　1944 年 3 月所収　181 頁
(27) 黄玄「東北淪陥期文学概況（1）」『東北現代文学史料』第 4 輯　黒龍江社会科学院文学研究所　1982 年 3 月　136 頁

初出『外国文学研究』67 号　1985 年 8 月 31 日

第4章　孤独の中の奮闘
——蕭紅の東京時代

はじめに

從異鄉又奔向異鄉,	異郷を離れ、また異郷に向かう、
這願望該多麼渺茫！	この旅に求めるものは、なんと漠たるものか！
而況送着我的是海上的波浪,	しかもあたしを見送ってくれるのは、海の波浪、
迎接着我的是異鄉的風霜.	あたしを迎えてくれるのは、異郷の風霜。
（沙粒　35）(1)（329頁）	（砂つぶ　35）

　哈爾濱から青島へ、そして上海へと流浪を続けた蕭紅は、1936年7月17日、ふたたび異郷日本へ留学の途につく。それも、蕭軍との4年におよぶ愛の共同生活を打ち切って、単独の旅であった。蕭紅25歳の夏である。

　この蕭紅の東京留学時代に関して、これまで十分な解明がなされてきたとは言いがたい。しかし、東京の蕭紅から蕭軍へあてた手紙、それに蕭軍の注釈を加えた資料——『蕭紅書簡輯存注釈録』(2)が発表され、大きな手掛かりが与えられた。今後はこの方面にも研究の手が伸ばされると思うが、本論ではこの資料を中心に据え、若干の資料を援用しつつ、東京時代の蕭紅に光をあててみたい。

1　日本留学の動機と目的

　なぜこの時期に、あえて単身で日本へ渡らねばならなかったのか、その動機と目的について『蕭紅書簡』注釈部分で、蕭軍はこのように整理している。

　　　1936年、僕たちは上海に住んでいた。彼女は肉体と精神の調子が大変悪かったので、黄源兄は一定時期、日本で暮らしてみてはどうかと提案してくれた。上海と日本の路程は遠いとはいえないし、生活費も上海に比べ高すぎることはない。あちらの環境は比較的安定しており、休養もできれば、読書や著作に専念もできる。同時に日本語も勉強できる。日本の出版事業は、わりと発達しているから、もし日本語に通暁すれば、世界の文学作品を読むのに何かと便利になるだろう。黄源兄の夫人華女士(4)も、ちょうど日本で日本語を専攻しているところで、まだ1年にも満たないが、すでにいくつかの短文を翻訳できるようになっている。ましてや華夫人があちらにいて、何かと面倒を見てくれる。……（6、7頁）

　この文章を受けて、蕭紅の研究者として知られる葛浩文（Howard・C・Goldblatt）は、次のように述べている。

　　　ここで筆者〔葛を指す〕は、以前『蕭紅評伝』で述べたところの、蕭紅が日本に行ったのは、療養のためではなくて、彼女と蕭軍の間で感情の折り合いがまずくなったことから逃避するためであったとする見解を訂正させていただきたい。

とし、上記の文章を引用したうえで、

> 今回公表された 20 数通の書簡によって、疑問の余地なく、わたしたちは蕭軍の語る理由が正当だと確信できるだろう。⁽⁵⁾

とする。
　しかし、そう簡単に「確信」していいものであろうか。蕭鳳は『蕭紅伝』の中で、愛の亀裂問題を前面に押し出して、こう推測する。

> 多事の 1936 年を迎えて、蕭紅の心情は落ち込み始めた。つかの間の歓喜は徐々に影を潜め、ふたたび憂鬱と煩悶がこれに取って代わった。その原因は、蕭軍が他の女性に心を移したことによるもので、この事件は蕭紅に大きなショックを与えた。⁽⁶⁾

　また、しばしば引用される文章ではあるが、この問題を考える場合、許広平の次の証言は無視できない。

> しかし、毎日のように 1、2 度訪れるのはかれ〔蕭軍を指す〕ではなくて、蕭紅女士であった。そのため、わたしは最大限の努力を払って時間を作り出し、階下の客間を使って、蕭紅との長いおしゃべりの相手をせざるを得なかった。彼女は、時には気晴らしのおしゃべりもしたが、ほとんどの場合、重い口を開けば、しばしば強い悲しみに襲われ、紙に水を包んだときのように、それがにじみ出てくるのをどうしようもなかった。当然、蕭紅女士も、自制するよう努めてはいたが、ヤカンを熱すれば、かえって外側に水滴が一杯つくのと同じで、隠し通すことはできなかった。
> 　ついに彼女は、日本へ発っていってしまった。⁽⁷⁾

また少し、角度を変えて考えてみることもできる。
　(注 1) で紹介した「蕭紅自集詩稿」には、10 の詩題からなる 71 首の詩篇

が収められているが、そこからは時期によって激しく起伏する蕭紅の胸のうちが窺いとれる。まず初期に書かれた「春曲」は、蕭軍と知り合ったばかりの頃の作品である。

只有愛的踟蹰美麗,	愛し合うことへのためらいのみが美しい、
三郎，我并不是殘忍,	三郎、わたしは決して残酷じゃないのよ、
只喜歡看你立起來又坐下,	あなたが立ちあがり、また腰を下ろし、
坐下有立起,	腰を下ろしてまた立ちあがる、ただそれを見るのが好きなだけ、
這其間,	そこに、
正有說不出的風月.	口には出せぬ情(こころ)のときめきを覚えるの。
（春曲　4）（325頁）	（春の歌　4）

ここでは、三郎（蕭軍を指す）への愛の喜びと陶酔を、大胆率直に謳いあげている。しかし、「苦杯」という組詩では、一転して裏切った者への怨嗟と悲哀が吐き出される。

昨夜他又寫了一只詩,	昨晩あの人はまた詩を作り、
我也寫了一只詩,	あたしも一首書きあげた、
他是寫給他新的情人的,	あの人はあの人の新しい恋人に、
我是寫給我悲哀的心的.	あたしはあたしの悲しい心に。
（苦杯　2）（325頁）	（苦い酒　2）

淚到眼邊流回去,	涙は瞼を流れめぐり、
流着回去浸食我的心吧！	流れ戻ってあたしの心を蝕むのだ！
哭又有甚麼用！	泣いたってどうなるの！
他的心中既不放着我,	あの人の心に、もうあたしが無いのなら、
哭也是無足輕重.	泣いたってなんの足しにもなりゃしない。

(苦杯　9)（326頁）　　　　　　　　　　　　　（苦い酒　9）

　綿々として綴られるこの鬱屈したつぶやきこそが、許広平のいう「強い悲しみ」にほかならない。
　ただ、蕭紅渡日の動機を、すべて蕭軍との愛情問題に帰そうとは考えていない。『蕭紅書簡』において、時には「バイオリン」と「ピアノあるいは管弦楽器」（92頁）、時には「健牛と病驢」（105頁）という比喩で示される、二人の性格の決定的な齟齬がもたらす感情の行き違い、それは、このようにも表現されている。

　　しかし彼女が心の底から、この僕の「烈しく」、かつ「気迫に満ちた」
　　人物像を褒めているのではないのは分かっている。
　　僕の方も、彼女のあの多情多感、気位高く孤高に甘んじ、脆弱な……
　　人間を喜んではいない。これは歴史が作った過ちである！（114頁）

と、蕭軍を嘆かせた性格の違い。これらの矛盾が、貧窮と流浪の果てにたどり着いた安定期（上海時代）の中で、むしろ拡大し、深刻化した。こうした軋轢から生まれる疲労が、大きな背景をなしていたと考えるべきであろう。
　ただ『蕭紅書簡』に収められた手紙を読んでみても、蕭軍との不和を窺わせる言葉や、その裏切りをなじる表現は少ない。むしろ相手の健康を気遣い、思い遣る心が汲みとれる。しかしそれは、蕭紅一流の弱みを見せまいとする「気位高く孤高に甘んじ」る姿勢──「逞強」（勝ち気）（42頁）のあらわれであり、蕭軍を悩ませた口うるさい「小老大婆」（若い婆さん）（66頁）の言葉と受け取るべきではなかろうか。残された手紙の中の、次の告白は、はからずも彼女の本心があらわれたものとして、それ故に日本留学の動機を直接語ったものとして注目していいだろう。

　　均〔蕭軍への呼びかけ〕、あなたはこれまで、こんな生活を送ったこ

となどないでしょう。蛹のように自分を繭の中に巻き込んでしまう。もとより希望も目的も持っている。しかし、いずれもはるかに遠くて、とても大きい。人ははるかに遠く、大きいものにだけ頼って生きていくのはよくないわ。生きていくのは未来のためで、現在のためではない、とはいうんだけど。

　窓に白い月の光が一杯に差し込んでいる。そうしたとき、あたしは灯りを消して、しばし黙って座っていたいと思うの。この沈黙の中で、突如警鐘に似た音が心に鳴り響く。「これこそがあたしの黄金時代ではなかろうか。この瞬間こそが。」（中略）そうだ、あたしは日本にいるのだ。自由と快適、静寂と安穏、お金の心配は何もない。これこそ真の黄金時代だ。籠の中の生活だ。このことから、あたしはまた別のことに思いを馳せる。何ものであれ、あたしのもとへ来ると、とたんに不釣り合いなものに変わってしまい、色褪せてしまう。平穏な状態には慣れていなかったため、この平穏さがいとおしく、また恐ろしい。(91、92頁)

　蕭軍との心の葛藤に疲れ果てた蕭紅は、異郷の地で「自由と快適」、「静寂と安穏」を手に入れた。「孤独」を代償として。
　しかし言葉は通じず、親しい友人もいない。当てにしていた華夫人は早くに日本を去り、日本留学中の弟張秀珂とも会えずに終わった。加えてつぎつぎと襲ってくる肉体の不調。こうした中で、蕭紅は孤独にひたすら耐えた。否、むしろみずから求めて孤独を作り出していた節さえ窺える。

　　虹〔羅烽を指す〕から手紙は来ません。あなたの方から手紙を寄こす必要はないとお伝えください。ほかの人にも手紙を出す必要はないと伝えておいてください。(66頁)

　　奇〔哈爾濱時代の友人〕に手紙を書いて、手紙を寄こす必要はないとお伝えください。(57頁)

第4章　孤独の中の奮闘

　かくして、繭に籠った蛹のような、籠に入った小鳥のような、孤独な生活が続くことになる。時として襲いくる、身を切るような孤独感と不安感、それを撥ね返すために、蕭紅はひたすら仕事に励む。外界との接触を一切拒否して、日本語の習得と著作活動に打ち込む姿、これが東京時代の蕭紅であった。

2　日本語への挑戦

　ここでは、留学生蕭紅をとりまく環境と日本語習得への努力の跡をたどってみる。
　彼女が東京生活のほとんどを過ごしたと思われる下宿先について、最初に触れておこう。
　東京麹町区富士見町２丁目９－５(11)　中村方（24頁）
『蕭紅書簡』に記された住所である。「千代田区麹町各町行政区画変遷表」（昭和33年１月現在）(12)によると、昭和８年７月１日、区画整理によって、従来の富士見町５丁目が２丁目に変更されている。またその後、昭和22年５月３日、地方自治法の施行とともに、麹町区、神田区が合併され、現在の千代田区となった。

　　　わたしの住居の北側は、一帯が勾配のきつい坂になっており、松や柏の樹が植わっている。(13)

と描かれているが、その現場に立つと「勾配のきつい」地形だけは確認できた。この「中村」方の２階、６畳の間で、夏から冬にかけての６か月間、蕭紅は下宿生活を送った。
　ついで、蕭紅が留学していた頃の中国人留学生の状況について述べてみる。

71

一九三六年、一九三七年は、つねに五～六千の留日学生をみた。かつて一九〇五～六年、一九一三～四年の留学生大膨張期についで、これは第三次の隆盛期であった。（中略）
　その原因のおもなるものは、中国人の日本研究熱の勃興と、為替相場の中国人にとっての好転である。(14)

　この当時の中国人留日学生数の正確な把握は困難であったようだが、「昭和十一年春季に於ける留学生の移動状況」(15)なる資料によって、「第三次の隆盛期」の概況を示しておく。

「在東京中国人留学生数」（昭和10年11月10日現在）

		中華民国	満洲国	計
正　式　学　校		1,855	745	2,600
予備校	東亜学校	1,301	648	1,949
	その他	756	162	918
	計	2,057	810	2,867
合　　　計		3,912	1,555	5,467

　この調査では、この数字を基にして、復籍在籍者数を控除し、推定される地方の留学生数600名を加えて、正式学校3200名、予備学校2500名、計5700名を、1935年11月現在の中国人留学生総数としてはじき出している。蕭紅留学1年前の数字である。
　またこの表からいえば、蕭紅が籍を置いた東亜学校は、全予備校生の68％を占める日本語教育の中心であった。「東亜学校沿革概評」(16)にいう。
　大正3年「十月松本亀次郎、吉沢嘉寿之丞、杉栄三郎の三氏設立者となり本校の前身なる日華同人共立東亜高等予備学校を設立し松本氏校長に任ぜり。」
　大正14年4月「財団法人日華学会の経営に移り校名を単に『東亜高等予備学校』と改称」す。

第 4 章　孤独の中の奮闘

「昭和十年五月近年留学生の学歴、年齢、志望等に非常なる変化を来したるを以て、学則の一部を改訂し校名を『東亜学校』と改称せり。」

この当時、校長には細川護立、学監に杉栄三郎、松本亀次郎は名誉教頭の地位にあった。

東亜学校では、専修科1年、本科1年の2年制として、その修了者を正式学校へ送り出すというシステムを採っていた。日本語初修者を受け入れる専修科では、満洲国と中華民国の学制の違いに配慮して、4月と9月の2回に分けて入学生を受け入れている。幸いなことに、東亜学校昭和11年10月31日現在（総学生数1,611名）の「学生学級別人員」[17]の一覧表を見ることができた。この表から、蕭紅が籍を置いたと考えられる専修科第1期生（後期）の学級別構成を表にしてみる。

学級	時間	開班日	人数
1班	午前	9月5日	54名
2班	午前	9月5日	51名
3班	午前	9月5日	48名
4班	午前	9月5日	49名
5班	午前	9月5日	47名
6班	午後	9月10日	54名
7班	午後	9月14日	51名
8班	午後	9月14日	49名
9班	午後	9月17日	47名
10班	午後	9月17日	55名
11班	午後	9月21日	53名
12班	午後	9月21日	53名
13班	午後	10月1日	50名
14班	午後	10月1日	45名
15班	午後	10月5日	48名
16班	午後	10月5日	48名
17班	午後	10月12日	60名
臨時	午前	11月10日	36名

この表をにらみながら、蕭軍へ送った手紙の中で、入学手続きに触れた部分を抜き出してみる。

　　今日わたしは、学費を納めに行き、本を買ってきました。14日から授業に出ます。12時40分から4時間、多いことは多いですが、教科書はたったの5、6冊だけです。ここはすべて中国人で、この学校は中国人のために設けられたものです。(中略)3か月併せて21、2円、もともと5日には開講されていたのですが、わたしが逃してしまっていたのです。(49頁)

　蕭紅は1班から5班までの9月5日開講の午前クラスには手続きが遅れ、結局、14日開講午後のクラス、7、8班のいずれかに籍を確保したことになる。
　この資料には、留学生の内訳についてより詳しい内容が記されており、参考となるいくつかの数値を摘出しておこう。
　蕭紅が学んでいた東亜学校で、彼女の「同郷人」を抜き出してみた。ただし当時の満洲国では、行政区が独特の区割りで細分化されており、一応現在の黒龍江省に属する当時の「省」を抜き出してみた。

学生省別人員（昭和11年10月31日現在）

		男	女	計
中 華 民 国		733	149	882
満洲国	濱　江	109	21	130
	龍　江	21	3	24
	興　安	9	0	9
	三　江	9	0	9
	黒龍江	4	1	5
	黒　河	3	0	3
	その他	489	60	549
	小　計	644	85	729
合　　計		1,377	234	1,611

＊現在の黒龍江省に属する省以外は、「その他」としてまとめている。

　蕭軍との出会いの街であり、初期文学活動の拠点となった哈爾濱市や蕭紅の生まれ故郷・呼蘭を含む濱江省は130名で、満洲国にあっては奉天省287名、吉林省134名に次ぐ大量の留学生を送り出していたことが分かる。蕭紅が正しく履歴書を提出していれば、この女性21名の中に含まれていたことになる。

学生年齢別人員（昭和11年10月31日現在）

年齢	12	13	14	15	16	17	18	19	20	21	22	23	24	25	26	27
人数	1	1	5	5	19	38	79	136	209	197	190	154	132	109	89	62
年齢	28	29	30	31	32	33	34	35	36	37	39	40	41	42	43	49
人数	46	35	28	12	16	11	7	4	11	5	2	3	1	1	2	1

　このとき蕭紅は25歳、20代前半の最も層の厚い世代に属しており、年齢的には特異な存在ではない。

　12歳から49歳まで、「学生学歴別人員」を見ると、大学研究員から小学校卒までの1,611名。実に多様な中国人が、留日学生として一つの学校で机を並べて勉強していたことが分かる。蕭紅もその中の一粒であった。かくも

多様な同胞の中にあって、蕭紅はあくまで孤独であった。留学生友人の名前は、書簡の中にほとんど痕跡をとどめない[18]。

魯迅の死をめぐる次の教場の一コマは、クラスの中で一人浮き上がった、蕭紅の「不調和」な姿をよく物語っている。

> 2、3日して日華学会が魯迅の追悼会を開いた。あたしたちのクラス40数人の中で、魯迅先生の追悼会に行ったのは、たった一人であった。彼女が帰ってきたとき、クラスの者は嘲りの笑いをあげ、彼女は顔を赤らめた。ドアを開け、つま先立ちで音をさせぬよう、そっとゆっくり歩けば歩くほど、かかとの音は響き渡った。彼女が身に着けている衣装は、まったく不釣り合いで、時には赤いスカートに緑の上着、ある時には黄色いスカートに赤い上着といった調子であった。
>
> これが東京で、あたしの見た不調和な人たちであり、魯迅の死が、かれらの間に如何なる不調和な反応を呼び起こしたかということである[19]。

ここにいう「追悼会」とは、11月4日午後1時から、日華学館3階の講堂で開かれた「魯迅先生追悼大会」であろう。参加者約500名、佐藤春夫、郭沫若の追悼演説もあり、盛会であったという。なお、在京の学生も含まれると思われるが、参加した学生は45名であったという[20]。

蕭紅が学んでいた東亜学校について、最後に付け加えておきたいことがある。

「東亜学校教職員」(昭和10年12月末現在)[21]の名簿に、次のような名前がある。

講師：長瀬誠、岡崎俊夫、竹内好（なお、中国語学者でもあり、文学者でもあった魚返善雄の名も見える）。

かれらはいずれも「中国文学研究会」[22]に関係する研究者である。そこで改めて「中国文学研究会年譜」[23]によって、1936年当時の状況を調べてみると、

1935年10月、竹内好、東亜学校講師就任（36年3月まで）
　1936年6月、千田九一、岡崎俊夫に代わって同上講師就任（39年4月まで）
　1936年9月、飯塚朗、同上講師就任（37年12月まで）

といった事項を取り出すことができる。さすれば、蕭紅在学中、長瀬、千田、飯塚が教壇に立っていたことは確実であろう。しかも同研究会は、比較的早くから蕭軍、蕭紅に注目していた。

　1937年5月中旬から7月にかけて、蕭軍「第三代」講読会が持たれている。その成果であろう、第23回例会（7月8日）では、竹内好が『子夜』と『第三代』」と題する報告を行なっている。[25]

　このメンバーの著作には以下のものが確認される。
　千田九一「『第三代』の蕭軍」『中国文学月報』第28号　1937年7月1日
　長野賢「蕭軍のヒューマニズム」『同上』第29号　37年8月1日
　猪俣庄八訳・蕭軍「初夜」『同上』第46号　39年11月1日
　長野賢訳・蕭紅「手」『同上』第58号　40年1月1日

　また、この研究会が主催した郁達夫の講演会に、蕭紅も聴講に出かけている。[26]教場で、あるいは講演会の会場で、研究会メンバーと面識の機会が持てていれば、蕭紅の東京時代ももっと有意義なものとなっていたであろう。

　こうした学習環境の中、蕭紅はどのような態度で学習に励み、どれほどの能力を身につけることができたのか。手紙の記述から探ってみたい。

　第14信（9月10日）
　　日本に1年住んでみても、きっと何の進歩もないんじゃないかと思います。よどんだ水のような1年。1年あるいは数か月しか持たないようなときには、ここを離れるかもしれません。
　　日本語はあまり好きではありません。
　　ロシア語の方を学びたいのですが、日本語は学ぶ必要があるのです。

(49頁)

第22信（10月17日　黄源宛書簡）

　毎日、日本語に時間を割くとすれば、6、7時間は必要です。こんなに勉強していたんでは、まったくたまったもんではありません。1年たてば本当にものになるとしても、あたしはやりません。もし勉強しだしたら、時間がほとんどなくなってしまうでしょうから。(72頁)

第27信（11月6日）

　相変わらず、毎日4時間の授業。自分では少し日本語が分かってきたつもりですが、一冊本を探して読んでみても、何も分かりません。まだ駄目です。あるいは2か月あれば、読めるようになるかもしれませんが、そうあってほしいと願うだけです。(85頁)

第30信（11月24日）

　今とっても嬉しいことは、日本語の進歩がとても速いことです。『文学案内』をパラパラめくってみても、少し理解できます。嘘じゃありません。ほとんど分かるんです。2か月余りかけて、この成果。あたしとしては大いに満足しています。かえって日本語の方が簡単なんです。他の国の文字であれば、2年かけて勉強してもこんな成果はあげられません。(94頁)

第32信（12月15日）

　現在たくさんの言葉が、みんな理解できるようになりました。家を探す場合、家主さんと交渉しても、ほとんどうまくいきます。恐らく東亜学校の時間がたっぷりあって、先生が教室でほとんど日本語でしゃべってくれるお陰です。今、日本に来たばかりの頃を思い出すと、華さんが帰ってしまってからは、本当に困ってしまいました。もう持たないかと思いました。(99頁)

　以上、その時々の感情の振幅が、影を落としているかと思われるが、日本語学習への躊躇、不安に始まり、課題の多さに音を上げ、理解が深まる中で

喜びが増していく……その心の動きがよくあらわれている。

　しかし、この喜びと日本語学習への熱意は、突然中断する。この点に限っていえば、彼女の意志とは思えない。2学期の開講を前にした唐突な帰国で、学習の幕は閉ざされてしまう（帰国問題については後述する）。したがって、帰国後の蕭紅の日本語能力が、以下の如くであったとしても、やむを得ないことであった。

　　蕭紅女士はどこか子供っぽいあどけない容貌だが、丈は蕭軍よりも高く、四股のよく伸びたたくましい軀で、支那女性には珍しい洋装姿、日本にはほんのわずかの期間ゐられたとかで、僕等の会話の間に聞きとれる日本語の片言にぶつかるとそれをうれしさうに何度も繰り返し発音して笑はせるやうな茶目気分なところがある。[27]

1937年春、蕭紅と会った折の、小田嶽夫の観察である。
　以上、東京留学時代のうち、後半の3か月を費やして努力した日本語の学習ぶりをたどってきた。突然の帰国によって所期の目的は達せられず、ここで身につけた乏しい日本語能力が、このあとの創作活動に影響を与えたという証左もない。しかし、多くの中国人留学生の間に混じって、ひたすら孤独を守り、日本語習得に情熱を傾ける姿——これもまた東京時代の蕭紅の一面であった。

3　創作活動と作品世界

　東京の下宿先に落ち着くと、蕭紅は旺盛な創作活動に没頭する。わたしの確認した東京時代の作品（執筆時期と発表雑誌）を整理してみる。

　　「孤独的生活」（孤独な生活）散文　1936年8月9日『中流』1-1　8月
　　　20日

「紅的果園」（赤い果樹園）短篇小説　9月『作家』1-6　9月15日

「王四的故事」（王四のはなし）短・小『中流』1-2　9月20日

「牛車上」（牛車にて）短・小『文季月刊』1-5　10月1日

「家族以外的人」（家族外の人）短・小　9月4日『作家』2-1、-2　10月15日、11月15日

「海外的悲悼」（海外からの哀悼）書簡　10月24日『中流』1-5　11月5日

「永久的憧憬和追求」（永久の憧憬と追及）自伝　12月12日『報告』1-1　37年1月10日

「沙粒」（砂つぶ）組詩　37年1月3日『文叢』1-1　3月15日

　＊以下引用にあたっては「王四的故事」：「王四」、「牛車上」：「牛車」、「家族以外的人」：「家族」、「永久的憧憬和追求」：「永久」、「海外的悲悼」：「海外」と略し、テキストは短篇小説集『牛車上』（文化生活出版社　1937年5月初版）の40年4月再版本を使用する。

　作品分析に入る前に、これらの作品を生み出した蕭紅の奮闘ぶりを、同じく『蕭紅書簡』を使って振り返っておく。

第4信（8月14日）
　原稿、すでに3篇送りました。1篇は小説で2篇は体をなさぬ短文です。今は短文をもう一つ作ろうと考えています。これらを仕上げたあとは、こまごまとしたものは止しにして長いものを作ろうと考えています。（12頁）

第6信（8月22日）
　もし少し精神と体の状態がよければ、すぐにでも仕事にかかりたいと思っています。仕事以外にやることがないんですもの。しかし今日は最悪です。暑気当たりにあったように疲れが出て頭痛がし、耐えられません。（19頁）

第7信（8月27日）

楽しく遊んでいればいいじゃないかとおっしゃいますが、あなたならそうもいくでしょうが、あたしの方はそんなにうまくいきません。ただ仕事をして眠り、食事をとる。これで十分なんです。少しでもたくさん仕事ができればと思っています。（中略）
　もともと25日までには、もう一つの短篇を仕上げるつもりだったのですが、うまくいきませんでした。今、『作家』10月号に向け、3万字の短篇に手をつけようとしています。
　終われば童話にかかります。こんな調子で童話だ、童話だといって、将来書けなくなったときには、バツの悪い思いをしなければならないでしょうね。(24頁)

第9信（8月31日）
　すごいわよ！　これまでの記録を破ったの。今、原稿用紙10枚は、遥かにオーバーしました。すごくうれしい。(33頁)

第10信（9月2日）
　原稿は40枚になりました。今〔激しい腹痛のため〕やむを得ず中止しなければなりません。もしこんなことでなかったら、今日中に50枚にはなっていたでしょう。ここのところ一心不乱にやっているせいでしょう。創作が大いに快調で、愉快です。(37頁)

第11信（9月4日）
　51枚、これで完成です。自分でもよいものが書けたと思います。だからすごくうれしいです。孟は手紙の中で「『作家』と疎遠になるんじゃないですか！」と言ってきてますが、これで恐らくそんなことは口にできないでしょう。1か月半かけて、3万字書き上げたことに、自分でも大いに満足しています。(39頁)

第15信（9月12日）
　あたしの主要な目的は創作にあります。それを妨害する──そいつには我慢なりません。(57頁)

　＊突然、刑事が下宿まで調査に来て、不安と動揺で心が乱されたこと

をいう。

第 18 信（9 月 19 日）
　上海からしょっちゅう定期雑誌が送られてきますが、もうこれ以上はいりません。この 1 か月は何もかも投げうって、ただ童話にだけかかりっきりになりたいと考えています。(63 頁)

　身体の不調に悩まされ、刑事の訪問に心を乱されながら、ひたすら執筆に打ち込む、それは孤独と寂寞を忘れさせてくれる唯一の途であった。しかし、ここまで順調に進んできた創作活動は、突如として途絶する。先に掲げた作品一覧を見ても、「家族」を最後として見るべき作品は執筆されていない。彼女のいら立ちは当然であった。

第 25 信（10 月 29 日）
　童話にはまだ手が付けられてはいません。また目途も立っていません。むつかしすぎます。庶民の中に身を置いたあたしの生活では、あまり役に立ちません。今は 2 万字のものを始めました。だいたい来月の 5 日頃には完成します。その後 10 万字のものにかかり、12 月までには原稿をお示しできるでしょう。(78 頁)

第 28 信（11 月 9 日）
　短篇書き上げておりません。できあがればすぐに送ります。(88 頁)

第 29 信（11 月 19 日）
　〔体調がすぐれずイライラしているとして〕それ故、ずっと仕事は休んできました。あれこれ役にも立たぬ、捉えどころもない想いに浸っています。すぐには文章も送れません。(89 頁)

　執筆計画は持っていたようだが、筆は殆ど進んでいない。9 月から 10 月にかけて、明らかに蕭紅の環境に大きな変化があったことが窺われる。一つには、第 2 節で述べた 9 月 14 日から始まった日本語授業である。1 日 4 時

間の授業とその準備に割かれる労力を考慮すれば、これまでのように著作に専念することは難しくなったであろう。もう一つは、師と仰ぎ、父と敬愛していた魯迅の急逝（10月19日）である。日本にいた蕭紅は、新聞の記事が十分理解できず、22日になってやっと死を確認している。作品「海外」は、その悲しみを綴った蕭軍への手紙が雑誌に掲載されたものである。第29信にいう「あれこれ役にも立たぬ、捉えどころもない想いに浸っています」というのは、魯迅の死を受け止めかねる内心の空虚を吐露した言葉かもしれない。日本語学習に費やされる時間的制約、魯迅を失ったことによる虚脱感、これらが相まって筆を取ることができなくなった、とわたしは考える。

蕭紅はこの矛盾――日本語学習と執筆活動の対立、を解消するため、次のような計画を立てていた。

第26信（12月2日）[29]
　東亜学校は12月23日、第1期が終了します。第2期には個人教授のもとで勉強するつもりです。小説を読みながら、少しは時間を稼ぐことができるでしょう。ここ2か月間、何も書いていません。多分忙しすぎたのだと思います。（82頁）

第33信（12月18日）
　学校の授業は4日を残すのみ、終われば10日間の休暇に入ります。ほかに先生を探すのか、あるいはあの学校でもと通り勉強を続けるのかについては、また後程お知らせします。（102頁）

第2期（1937年1月）以降、この計画が実現されておれば、あるいは日本語学習と著作の両立が可能となり、新たな作品が生まれたかもしれない。しかし、この計画も突然の帰国によって終止符が打たれることになる。

さて、これら東京時代の作品は、どういった傾向を持ち、蕭紅文学の中でどのような位置を占めるのか、以下作品の分析に移りたい。

まず第1節にも引用した「蕭紅自集詩稿」に収められた組詩「沙粒」[30]から

始めよう。

　今、あたしは折に触れていくつか短いものを書き留めています。あなたには送らずに、河清〔黄源を指す〕さんに送るつもりです。というのも、あなたが読めば「心寂しく」ならざるを得ないからです。第三者が読めば、あるいは少し新しい興趣を感じてくれるかもしれません。(94頁)

　この「短いもの」(短句)は、組詩「沙粒」を指すと考えられる。夏頃から書き始められ、離日直前の１月３日まで、折をみて書き溜められた36首からなる詩集である。蕭紅の内面を直截的に述べた詩であるが、東京時代の心境を明らかにするために、先に引用した「苦杯」の一首と比較してみよう。

……	……
他給他新的情人的詩說：	新しい恋人に贈る詩で、あの人はいう；
"有誰不愛個鳥兒似的姑娘！"	"小鳥のような娘を愛しく思わぬ人がいるの！"
"有誰忍拒絕少女紅唇的苦！"	"乙女の赤い唇を、拒む痛みに耐えられぬ人がいるの！"
我不是少女,	あたしは乙女じゃない、
我沒有紅唇了,	あたしには赤い唇なんぞない、
我穿的是從廚房帶來的油污的衣裳.	身に着けているのは、お勝手の油じみがついた着物。
為生活而流浪,	生きるためにさすらい歩き、
我更沒有少女美的心腸.	乙女の美しい心も失ってしまった。

第4章　孤独の中の奮闘

　　　……　　　　　　　　　　　　　　　……
　　　（苦杯　6）（326頁）　　　　　　　　　　　（苦い酒　6）

　ここには愛人への恨み辛み、さらには悲しみといった激しい感情が、そのままの形で投げ出されている。激しくせり上げてくる感情が、生の言葉に託された荒削りの世界である。
　対して「沙粒」では、激情は去り、孤独の悲しみに耐える中から浮かび上がる心情を、奥深い言葉に定着させた淡い水彩画の世界に変わっている。

　我的胸中積滿了沙石,　　　　　　　　あたしの胸には砂がいっぱい詰
　　　　　　　　　　　　　　　　　　　まってる、
　因此我所想望的只是曠野, 高天和飛鳥.　だからあたしの憧れは、広い野
　　　　　　　　　　　　　　　　　　　原と、高い空を行く鳥たちだ
　　　　　　　　　　　　　　　　　　　け。
　　　　（沙粒　13）（328頁）　　　　　　　　　　（砂つぶ　13）

　眼淚對於我,　　　　　　　　　　　　涙はあたしにとって、
　從前是可恥的,　　　　　　　　　　　これまでは恥ずかしいものだっ
　　　　　　　　　　　　　　　　　　　た、
　而現在是寶貴的.　　　　　　　　　　ところが今は、宝もの。
　　　　（沙粒　17）（328頁）　　　　　　　　　　（砂つぶ　17）

　野犬的心情我不知道,　　　　　　　　野良犬の心をあたしは知らな
　　　　　　　　　　　　　　　　　　　い、
　飛向異郷去的燕子的心情我不知道.　　異郷へ飛び立つ燕の心をあたし
　　　　　　　　　　　　　　　　　　　は知らない。
　但自己的心情,　　　　　　　　　　　でも、自分の心は、
　自己却知道.　　　　　　　　　　　　自分が知っている。

85

(沙粒　30)（329 頁）　　　　　　　　　（砂つぶ　30）

心の奥底に沈潜して、自己凝視を経たあとの静謐さがあり、思索的であるともいえる。「苦杯」から「沙粒」へのこの変化の中に、東京時代の蕭紅文学の、一つの特色を読み取ることは可能であると考える。外界との一切のしがらみを取り払った孤独な生活の中で、深く自己を見直していた蕭紅の姿が、ここにはある。

「王四」

　目を真っ赤にして、歩くときにはいつも顎を突き出している王四。主人の家に 10 年以上住み込みで働いてきた老料理人である。主家の信頼も厚く、調理場のことは隅々まで熟知している。

　しかし、年老いて視力も衰え、賃金受領帳に印を押し間違え、若主人から、「王四どん〔老王四〕……あんたも年を取ったな」といわれ、衝撃を受ける。そして「鳥も飛び去り、飛び来たる……人間も腰を上げねばならんのだ……」と、漁師の生活に戻ることも考えたりする。

　ある日、河の水が溢れたとき、かれの必死の働きを見て、「四さん〔老四先生〕って、本当に力持ちだこと」と賛辞が飛び出す。かれは主家の人びとに注目され、尊敬されていることを知って、一層張り切って洪水の中、荷物を運び出すが、その途中未払いの賃金が明記されてあった、あの賃金受領帳を水の中に落としてしまう。水に潜り、探し回る王四を主家の者たちは、「王四が魚を取ってくれているわ！」とはやし立てる。

真面目一途な使用人と王家の人びととの心の断絶を、ユーモアを交えて短くまとめた小品である。

「牛車」

春3月ののどかな山村風景の中を、外祖父の家から帰路につく牛車の上が舞台である。
　街に働きに出ている息子に会うために、外祖父家の女中五雲嫂が同乗し、遠い親戚にあたる舅父を相手に、夫の思い出を語りかける。
　兵士になった夫・姜五雲からの音信が途絶えたまま、残された一人息子とともに日を送り、あきらめかけていたときに、街に貼り出された「告示」によって、逃亡兵が捕らえられたこと、その中に夫の名前があることを知る。夫に一目会いたいと、何度も兵営に足を運ぶ五雲嫂。結局、船で送還されてきた逃亡兵の中に夫の姿はなかった。夫は、逃亡を謀った頭目として、すでに処刑されていたのであった。

　兵にならざるを得なかった状況、逃亡に走らざるを得なかった軍隊生活の耐え難さ、そうしたことには一切触れず、帰りを待ち続けるしかなく、夫に一目会うために奔走する妻の姿を前面に押し出して描いた。それがため、声高な抗議・反抗の声は抑えられ、静かな悲しみの色調に塗り込められる。のろのろと進む牛車の歩み、時とともに変化するのどかな風景と相まって、水墨画のごとき佳作を生み出すことに成功した。

「家族」
　縁のとれた麦わら帽をかぶり、羊の肉を一切口にしようとしない有二伯（幼少の頃母を亡くし、羊の乳で育てられた）。悪戯をしては母親に叱られているばかりの「あたし」とは、何となく心の通じ合う仲である。
　脚に怪我をして、体も弱ってきた有二伯に向かって、母親（有二伯には弟の嫁にあたる）は「お前は、誰におまんまを食べさせてもらってきたんだい。」と口汚くののしる。有二伯はそれに対して、「兄貴である俺は、30年以上もお前さんの家に住んできた……お前さんたちに顔向けできんことは、これっぽっちもしていない。良心にかけても……草一本無駄にしたことはない。……ああ……義妹までが……これもご時世か

……何たることじゃ。言っても仕方ねえことじゃが……人の心はどこへ行ったんじゃ。」と嘆くばかりであった。

　父親（有二伯の弟にあたる）に、人びとの面前で張り倒された二伯は、ますます居る場を失い、家出を実行するが、それも全うできずにすごすごと家に戻ってくる。

　最後は、次の2行で締められる。

　春、あたしは近くの小学校に入った。
　有二伯は、それ以来見えなくなってしまった。

　血のつながった家族からも邪魔者扱いされ、片隅に生きる場所さえ奪われ、惨めな一生を終えていく一人の男を掬い上げた。最後の2行は、社会に何の波紋も呼び起こさない、虫けらのような人間の死を暗示するとともに、傍観者でありながら結果的に加害者であった「あたし」の存在を、苦渋の思いで振り返る作者の姿が映し出されているようである。

　蕭軍との共同生活に材を採る『商市街』(31)、魯迅との思い出を綴る『憶魯迅先生』(32)、そして故郷の幼年時代に思いを馳せる『呼蘭河伝』(呼蘭河ものがたり)(33)、これらを一連のものとして捉えることは可能であろう。これらを仮に「伝記回想体」と呼ぶとして、蕭紅の繊細な情感、細緻鋭敏な観察、そして詩的、絵画的な表現力に支えられた作品として、蕭紅文学の重要な位置を占めていることに異議はなかろう。

　東京時代の作品「王四」、「牛車」、「家族」、「永久」は、この「伝記回想体」につながる作品である。さらに、これらの作品に登場する、王四、五雲嫂、有二伯、祖父は、故郷「呼蘭もの」の集大成となる『呼蘭河伝』の素材となる人物像である。料理人王四は姿を変えて「家族」にも、『呼蘭河伝』にも顔をのぞかせるし、二伯はほぼこのままの姿で『呼蘭河伝』第6章に中心人物として登場し、第11章の盗みの場面は、ほぼ再録に近い。

これら一群の人びとは、悲しくかつ愚かしくも、その日の生活を送ることに精一杯で、自分たちの不幸がどこからくるかも知らない。それでいて、かれらは自分たちの生活をいっかな変えようとはしない。新しい変化に恐懼し、これを排斥する。かくて百年一日の如く、不幸な人びとは不幸なままに一生を終える。そんな呼蘭の街がある。『呼蘭河伝』に流れる基調音は、この東京時代にその雛型が生み出されたといえるだろう。

　また「王四」こそ、集団としての子供しか登場しないが、「牛車」、「家族」、「永久」では「あたし」という少女の目（「家族」では、7、8歳とされる）が設定される。その「あたし」とは、

　「お前という娘は、頑固な悪戯者で、口も達者で……」と舅父をあきれさせる、おしゃまな子供であり（「牛車」）、母親に叱られるとすぐ樹に逃げ登り、卵を盗み出しては隣りの子供に分けてやる。有二伯の盗みを見つけると、それを口実に遊園地へ連れ出させるといった、したたかな悪戯娘である（「家族」）。

　ここに描かれる「あたし」は、蕭紅の幼年時代の自画像である。

　　　一族の者たちの回想によれば、蕭紅は小さい頃大変な腕白者で、頑固
　　であった。しょっちゅう樹に登って、鳥の巣を探したり、隣の子供たち
　　と一緒に飛び出していっては、悪ふざけをする。以前、実母がこうした
　　場に出くわすと、いつもお小言を垂れていたが、すべて後の祭りであっ
　　た。[34]

　世間の苦労を何一つ知らぬ無邪気な子供の視点から描くことで、虐げられた貧しい人びとの惨状は強い輪郭をもって浮かび上がる。その一方「あたし」の主観や自己主張は抑えられ、突き放された現状のみが投げ出される。淡々とした描写の筆調は、こうした構図からも生まれるのであろう。蕭紅文学の代表作『呼蘭河伝』は、こうした習作のうえに花開いたといえる。

東京時代、孤独に囲まれた自己凝視の中で、蕭紅の回想が故郷に戻ったとき、彼女は呼蘭に何を見たのか。何も変わらぬ呼蘭の街であり、人びとの生活であった。しかも少女時代の自分は、これらの不幸とは無縁の、否むしろ抑圧者、加害者の側にいた。そして家からの自立を求める抗争を通して、この世界と決別する。その結果、流浪の生活を余儀なくされ、今、孤独の殻にこもって、虐げられた思い出の人びとと心を通い合わせる。

　幼い「あたし」の目を設定し、その視点から底辺の人びとを掬い上げる、「伝記回想体」の作品は、東京の孤独の中から生まれた。

　『呼蘭河伝』について、蕭紅は死の床にあってこのような言葉を残している。

　　いつの日か、また健康を取り戻したら、あたしはもう一度『呼蘭河伝』の第二部を書きたいものだわ……(35)

むすびに

　1年間として計画されていた蕭紅の留学は、その半ばを過ぎたところで中断する。この唐突な帰国をどう考えるべきか。蕭紅の手紙からは、その気配は読み取れない。

　　あたしはためらったことなどありません。帰国する気になったことなど、一貫してありません。あれは、たまたま冗談をいったにすぎないのです。一度、本当に帰ろうと考えたときは、外的な要因からであって、あたし自身の内発的なものではないのです。(98頁)

　これは12月15日付の手紙である。また第26、33信の引用で示したように、新学期を前にしての日本語学習計画さえ考えていたのである。この突然の帰国理由を解く鍵は、蕭軍の次の言葉だけである。

第4章　孤独の中の奮闘

　　それは、彼女〔蕭紅を指す〕が日本にいた間の事だが、ある偶然のめぐ
　りあわせから、かつて僕は某君と短い期間、感情のうえでのごたごた──
　いわゆる"恋愛"問題を引き起こした。(中略)
　　こうした「実りなき恋」に終止符を打とうとして、蕭紅をすぐさま日本
　から引き揚げさせることに、僕たち双方は同意した。(119、120頁)

　ここまで蕭紅帰国の不自然さを強調しておきながら、なんとも歯切れの
悪い終り方だが、今はこの証言で論を閉じるしかない。
　かくして、1937年1月9日、横浜から出る「秩父丸」の船上に帰国する
蕭紅の寂しげな姿が見られたのである。[36]

<注>
(1) 蕭紅の詩篇をまとめたものとして、現在二つの資料が確認されている。
　① 　余時『蕭紅的詩』1979年5月『海洋文芸』6-7　1979年7月
　② 　北京魯迅博物館魯迅研究室整理供稿「附：蕭紅自集詩稿」『中国現代文学研究
　　叢刊』1980年第3期　1980年10月
　　この二つの資料を読み比べてみる限り、蕭紅手稿の詩集原本は2種類あるようで
　ある。②は、蕭軍、蕭紅が、1937年9月に上海を離れるとき許広平に託した手稿
　原稿で、その後魯迅博物館で保存されていたものだという。本論では、これをテキ
　ストとしている。
(2) 蕭軍編『蕭紅書簡輯存注釈録』黒龍江人民出版社　1981年1月。なおこの資料
　は、『新文学史料』第2輯から連載されたものを、単行本としてまとめたものであ
　る。以下、『蕭紅書簡』と略し、引用はすべて黒龍江人民出版社本による。
(3) 黄源兄は、本名黄河清、蕭軍たちの友人で、当時『訳文』の編集を担当してい
　た。
(4) 黄源夫人華女士について判明したところを記しておく。
　　「許粤華は、あの頃僕の妻でした。抗戦後、僕は新四軍に入っており、僕たちは
　異郷に身を置き、隔たること久し、という状況にあったので、ついには別れてしま
　いました。(中略)
　　粤華は〔日本から〕8月に帰国し、9月2日僕と一緒に魯迅先生を訪ねました。
　(中略)魯迅先生がお亡くなりになり、殯儀館で二晩夜伽した女性は、彼女一人で
　した。」黄源『憶念魯迅先生』人民文学出版社　1981年8月　114頁
　　また、許粤華は「雨田」の筆名で、ロシア文学の翻訳をしていたことでも知られて

いる。
（5）葛浩文「二蕭散記――又論蕭軍、再談蕭紅」劉以鬯主編『漫談中国新文学』香港文学研究社　1980 年　63 頁
（6）蕭鳳『蕭紅伝』百花文芸出版社　1980 年 12 月　78 頁
（7）許広平「憶蕭紅」王観泉編『懐念蕭紅』黒龍江人民文学出版社　1981 年 2 月　13、14 頁
（8）「恐らくまだあなたはご存じないでしょうが、黄の父親の病が重く、お金が続かなくなったために、彼女〔華女士を指す〕はどうしても帰らなければなりません。多分 27 日頃には発つはずです。」19 頁
（9）「珂はすでに、16 日に発って帰ってしまいました。」11 頁
（10）発熱、頭痛、腹痛と、身体の不調はしょっちゅう手紙の中で訴えている。しかもその対処の仕方は、医者にかかるわけでもなく、売薬すら満足に服用していない（日本語が話せず、知人もいないからであろう）。このことから、渡日の目的が病気療養であったとは到底考えられない。手紙の中から、一例だけ紹介しておこう。
　「胃がまた痛くなり、一層ひどくなったようです。食事には大いに気を付けているのですが、よくなりません。1 日のうちに何度も痛みを覚えます。しかし、帰国ということになれば、あたしは帰りません。また来るのは大変なんですもの。日本語を学んで、本が読めるようになるまで、どんなことがあっても帰りません。」（45 頁）
（11）この番地が、黒龍江人民出版社版では、「915」とされ、新文学史料版では「9-5」とされる。当時の住居表示を確かめ後者を採択した。
（12）『千代田区史』中巻　千代田区役所　昭和 35 年 3 月 31 日
（13）蕭紅「在東京」『七月』第 1 期　七月社　1937 年 10 月 16 日　29 頁
（14）さねとうけいしゅう『増補　中国人日本留学史』くろしお出版　1970 年 10 月 20 日　129 頁
（15）『日華学報』第 56 号　日華学会編　1936 年 6 月　51 頁
（16）前掲『日華学報』第 55 号　1936 年 3 月　38 頁
（17）前掲『日華学報』第 59 号　1937 年 1 月　123 頁
（18）留学生の友人として名前を取り出せるのは、『蕭紅書簡』から、華の友人である女子医学生と沈、「在東京」から一林のみである。これらが同一人物かどうかはさておき、極めて乏しい友人関係であったことは推測されよう。
（19）前掲「在東京」30 頁
（20）前掲『日華学報』第 58 号　1936 年 11 月　77 頁
（21）前掲『日華学報』第 55 号　40 頁
（22）東大在学中の竹内好が中心となり 1934 年 10 月中国文学研究会を結成した。翌年 3 月『中国文学月報』を創刊（40 年 4 月から『中国文学』と改題）し、43 年 1 月に解散した。厳しい日中関係の中でも、研究者としての信念を曲げず、同時代中国文学の分析と紹介に努めた。
（23）『復刻　中国文学別冊』汲古書院　1971 年 3 月

(24)『中国文学月報』第26号　竹内好編　1937年5月1日　37頁
(25) 前掲『中国文学月報』第28号　1937年7月1日　77頁
(26) 蕭紅は日本滞在中に、郁達夫の講演を聞きに行っている（第26、30信参照）。このあと、（注29）で触れる鈴木正夫氏の提言に従い、手紙の日付を整理して考えれば、蕭紅の聞いたという郁の講演とは、

「この日〔12月5日〕は、郁達夫『中国の詩の変遷』が予定されていたところ、その前日、郁が留学生の会合で反日演説をしたという理由で出席を禁止され……」
（前掲『復刻　中国文学別冊』53頁）

とあることから、留学生向け「反日演説」であった可能性が高い。
(27) 小田嶽夫「新興支那の作家・知識階級人」『支那人・文化・風景』竹村書房　1937年11月20日　44頁
(28) 孟十還を指す。『作家』の編集担当者。
(29) 郁達夫の来日時期と、この第26信の内容が合致しないので、郁達夫研究者の鈴木正夫氏にお尋ねしたところ、早速に懇切丁寧なご回答をお寄せいただいた。その内容は、『中国文芸研究会会報』第40号に「『蕭紅書簡輯存注釈録』と『郁達夫詩詞抄』の編集ミス」として発表されているので、ここでは触れない。その結論のみを示せば、第26信の日付は、12月2日の誤記か誤読である、というものであった。この指摘で、個々の疑問が氷解したので、指示に沿って日付を改訂した。煩をいとわず即答いただいた鈴木氏に改めてお礼を申し添えておきたい。
(30) この「沙粒」は、最初『文叢』創刊号に掲載されたことは先に示した通りである。これと「自集詩稿」との間にはかなり大幅な異同がある。ここでは「自集詩稿」をテキストとした。
(31)『商市街』散文集、1935年5月15日執筆。上海文化生活出版社　1936年8月刊行。
(32)『憶魯迅先生』回想録、1939年10月執筆、重慶生活書店　1940年7月刊行。
(33)『呼蘭河伝』1940年12月20日執筆、上海雑誌図書公司　1941年刊行。
(34) 張抗「蕭紅家庭状況及其出走前後」『東北現代文学史料』第5輯　遼寧社会科学出版社　1982年8月　187頁
(35) 駱賓基『蕭紅小伝』建文書店　1947年9月再版　香港影印本　152頁
(36) 高原「離合悲歓憶蕭紅」『新華文摘』1981年第2期　新華文摘社　1981年2月25日　176頁

　　　　　　　　　　初出『立命館文学』451-453合併号　1983年3月20日

【補　論】

　1981年1月に『蕭紅書簡』が発行され、蕭紅東京留学時代の個人的感慨を記した私信が公表されたことは、蕭紅研究者、とりわけ日本人研究者には大きな刺激を与えることになる。拙論も、『立命館文学』（第451-453合併号　1983年3月）に発表したものである。(A) 村田裕子「東京における蕭紅とその作品」（『東方学報』第55冊）も、同年同月に公刊された。平石淑子は (B)「蕭紅の蕭軍宛書簡を読む――別離の予

感」(『野草』第64号 1999年8月)、(C)「蕭紅の東京時代」(『アジア遊学』第13号 2000年2月)を発表し、のちに(D)「東京時代」として専著『蕭紅研究——その生涯と作品世界』(汲古書院 2008年2月)にまとめている。繊細な蕭紅の心境を読み取る作品論は、わたしの及ぶところではなく脱帽するしかない。両者とも書簡第27信にあらわれる、蕭軍から送られた「為了愛的縁故」(愛すればこそ)(『文季月刊』1-9 1936年11月)から、蕭紅の受けた衝撃を重視している。村田は「蕭紅は自分の魂の暗翳——我執を発見したために、蕭軍を責める気持ちを抑圧せざるを得なくなった。」「彼女は蕭軍を責めるかわりに、自分を責めなければならない。自分の弱い身体や魂、つまり運命そのものを呪わなければならないのである。」((A) 447頁) と、鬱屈した彼女の心境の根拠としている。

　平石は、わたしの論に対して「魯迅の死」が与えた影響をもっと重視するべきだと忠告した上で、日本留学を断念するに至った蕭紅の心境を、「そして魯迅の死という衝撃を、日本で一人で受け止めなければならなかったことへの苛立ちが、これまで潜在的にあった様々の矛盾を噴出させるエネルギーとなり、「為了愛的縁故」がそれに拍車をかけ、そこへ更に折悪しく蕭軍の「女性問題」を蕭紅が知ることとなった。」((B) 62頁) と、まとめている。

　いずれも、蕭紅東京留学時期の複雑な心境を解明する有力な可能性を示唆した意見である。

　最後に、平石(D)が整理してくれた東京時代の蕭紅の作品目録で拙論では洩れていたものを補足しておく。

「異国」(詩) 36年8月14日 『蕭紅書簡』第4信
「女子装飾的心理」(女性が着飾る心理)(散文)『大滬晩報』36年10月29、30日
「亜麗」(小説)『大滬晩報』36年11月16日
「感情的砕片」(感情のかけら)(散文)『好文章』7号 37年1月10日
「在東京」(散文)『七月』1-1 37年10月16日

第Ⅱ篇　満洲国の文学

第1章 日本人を大胆に描いた作家・田兵
――右派断罪の資料から――

はじめに

　かつてわたしは、「中国人作家が、作品のなかに日本人の登場を避ける傾向にあることは、少し作品を読めば気づくところである。それは在満日本人作家が、意識的に中国人の生活を描き、『満洲文学の独自性』を追求しようとしたことと、みごとなコントラストを形成する。日本人を登場させることは、作家の日本人にたいする態度、ひいては満洲国にたいする自己の立場を、直截的に表明することを余儀なくされる。それを避けたことはあきらかである。」と述べたことがある。その原則的立場は今も変わらないが、畏友大久保明男君から、田兵という作家に正面から日本人を描いた「同乗者」という作品があるとの指摘をいただいた。その指摘を受けて、田兵の作品にあたってみると、ほかにも幾篇か日本人が登場する小説が見つかった。田兵はどのように日本人像を描写しているのか、なぜほかの作家が避けようとした日本人をあえて大胆に描こうとしたのか、かれの特異な立ち位置を探ってみたい。

1　日本人を描いた作品

1）砂金鉱山を舞台とした作品

　まず大久保君が指摘してくれた「同乗者」を取り上げるが、その前に同じ砂金採掘の現場を描いた作品を紹介しておこう。
「沙金夫」（砂金夫）『新青年』1939年11月(2)

　組頭の高をリーダーとする砂金採掘場で働く鉱夫たちを描いている。5年

前までは、砂金を目当てに集まった鉱夫たちで、この小石河口の街も賑わっていた。妓楼、阿片専売館、賭博場、料理店、飲み屋などが軒を連ねていたのだが、砂金が少なくなった今はすっかりさびれてしまった。その上、当局の取り締まりも厳しくなり、鑑札が必要となり、採掘した砂金は金鉱局で現金に換えなければならず、居住証明書を携帯しない者は逮捕されるようになった。高たちのグループは、わずかに残った砂金を求めて働いていたが、ある日、××軍の一斉捜索に遭って二人の仲間が連行されてしまう。

　博打、阿片、女郎買いなど荒くれ男たちの日常生活と砂金採掘の作業現場が詳しく描かれる。

「同車者」（同乗者）『文選』第1輯　1939年12月[3]

　上記の作品は、砂金採掘現場を舞台としていて日本人は登場しないが、こちらの作品は、その鉱山へ警備兵たちを運ぶ日本人トラック運転手が登場する。その最初の登場場面である。

　　司機（職名は運転手）の日本人が出てきた。垢まみれの揉み潰された菜っ葉のような青色の前合わせの仕事着を身にまとい、いらいらした顔つきで、耳の上にちっちゃな戦闘帽を被っているが、それも大きく後頭部の方にずれている。片足を車輪の上に乗せて、全員をぐるりと見まわした。その細い眼が素早くスイカの山に移ると、顔色を曇らせた。
　　「コレ誰ノアルカ？　ダメ、ダメ、スグニ持ッテイキナサイ。役立タズ奴ガ、オジャンニシヤガッテ！」自分だけに通じる日本人の満洲語を使って、とげとげしい口調で舌を回転させた。かれの言葉は、水鉄砲のように噴射されると表現していいだろう。[4]（127頁）

　このあとトラックは出発するが、鉱山の方面からやってくる通行人を見つけては、警備兵と一緒に砂金を持っていないか強引な身体検査を繰り返す。砂金はすべて金鉱局で現金に換えなければならず、砂金を隠して持ち出すことは許されない。そこで、発見すればかれらの小遣い銭となるからである。

この小遣い稼ぎの先頭に立って指揮を執るのが、「自分だけに通じる」「満洲語」を操る日本人運転手である。とんでもない疑いをかけられて、小突き回され、ズボンの中まで手を突っ込まれて、乱暴に身体検査をされる農民たちの姿が描かれる。

２）集家工作をテーマとした作品

満洲建国の早い時期から、土匪や抗日遊撃隊の活動を封じるため、政府は集家工作に力を注いだ。その工作とは以下のように説明される。

「山野に点在する農家を一ヵ所に集中すれば、匪賊に対する糧道の遮断ができ、敵の情報網を断ち切り、わが方にとっては討伐隊の拠点となり部落の共同防衛ができ」る。その方法として、「（２）匪賊の出入り常ならぬ地帯の部落民は監視の目の行き届く地域を指定して移転させ、（３）純然たる匪賊の蟠踞地帯はすべてを焼き払って前項同様指定した地点に強制移住せしめる」というものであった。一つのモデルとして「一〇〇米四方に二米幅の壕を掘り、掘り上げた土を内側に盛り、その上に立てた柱の間に有刺鉄線数条を張りめぐらし、東西または南北二ヵ所に出入り口を設け、そのかたわらに自衛所を置くといった設計である。[5]」

この工作が実施される村落の状況を描いた２作品に注目する。

「荒」（荒れ地）『文選』第２輯　1940年10月

これは集家工作が小さな集落にもたらした悲劇を描いた作品である。県の工作班を率いるのは××科長であるが、招集した農民を前に訓示を垂れるかれの姿はこのように描かれる。

> 科長は、布製の戦闘帽のつばの下に隠れた干からびた瞼のあたりまで手を上げて、挙手の礼をした。（中略）張りのある声を高めて、曲がった口から早口で、聞いても分からない言葉をまき散らした。話しながら、一人ひとりの顔を眼光鋭く舐め回した。（99頁）

この後、「喔咿！〔オイッ！〕」と促された李通訳が、「咳！〔ハイ！〕」と日本語で答えて、科長の言葉を翻訳し工作の内容を説明する場面へと続くのだが、この××科長が日本人であることは明白であろう。
　壕を掘って土塀を築く工程を説明する李通訳の話の中にこんな言葉が語られる。

　　「もし怠けてサボる奴がおったら、保甲長は、かならず警察官に逐一報告すること。軽くても過怠金を徴収する。重ければブタ箱入り、あるいは首が飛ぶ。どうなるかは決まっちゃおらん。こんな奴は国策に反する者と見なされ、くたばっても当然なんだぞ。」(100頁)

　繁忙期の農作業を遅らせるわけにいかないと、工事の延期を申し出た農民孫は留置場へ送られ、土木作業に遅れてきた王老五は過怠金を申し渡される。かれは生活に行き詰まり、病気の妻と３人の子供を道連れに一家心中に追い込まれてしまう。お上からの強引な集家工作の押し付けが、多くの不幸をもたらしたことを暴露した。芽を出したばかりの麦苗と豆苗が、大きく伸びた雑草に覆われ、栄養分を奪われて、萎びてしまった農地の風景が描写されるが、これが題名「荒れ地」の由来であろう。
　ほぼ同じテーマで描かれた作品に「麦春」『新青年』(1940年5・6合併号)(6)がある。「荒れ地」に登場する××科長は日本人であると断定できるが、この作品では、集家工作隊を率いて村に入るのは、協和服に身を固めた県警務科警尉の肩書を持つ呉科長となっている。名前からは中国人のようだが、かれにも通訳がついている。同じように、村人たちに演説する場面を引用してみよう。

　　食事がすむと、呉科長は魏甲長たちに命じて土塀構築にかかわるすべての人びとを招集させた。かれは訓示しようとしたが、酒を呑み過ぎてしまっていたので、訓示の内容を李通訳（口の尖った騾馬(7)）に教えて、自

分に代わって伝えさせた。最後にかれは一言付け加えた。「お前がやれ。いずれにせよ、期限は半月じゃ。1日たりとも遅れてはならんのだ」。言い終わると、綿布団の上に横になり、居眠りを始めた。(462頁)

　この呉科長は、保長の家に泊まると、その家の若い妾を夜伽にあてがわれ、美食を食らい、匪賊出現の報告を聞くと、いち早く逃げ出すといった堕落した、小心な男として登場するが、日本人として描かれた可能性は高い。その匪賊襲撃の様子は次のようなものである。

緊急匪情報告

　鄒所長先生殿
　　主題の件、小垢峰村甲長魏長福から報告いたします。昨夜馬賊50数名が部落に押し入り、冷団長の第7軍と名乗っておりました。言うところによれば、土塀を築くのは、かれらに反抗することであり、言うことを聞かなければ命はないとのこと。また、お前たちが苦しいことはよく分かっておる。土塀を構築するのはさらに辛いことだろうとも、申しておりました。夜が明けると、わたしと孫副甲長の息子と、自衛団員2名を拘束し、洋式銃6丁を奪い、電話線を切断していきました。万般如何ともしがたく、自衛団長を派遣し急ぎ報告いたします。ここに所長のご処置をお願いしますが、そのご恩は感謝にたえません。……(466頁)

　文面からして、組織された抗日遊撃隊かと思われる[8]。その後、拉致された家族の懇願も聞き入れられず、土塀構築の作業は継続するよう申し渡された。
　この2作品は、いずれも集家工作がもたらす農民たちの生活破壊の実情を暴露したものである。

3） 奇妙な外国人

「鵪的故事」（鵪のはなし）金音編『満洲作家小説集』五星書林　1944年3月

　白菜運搬船の集積場に集まった仲買人が、天候の悪化により船の運航が中止となり、その暇つぶしに、一人の男を囲んでその昔話を聞くという設定である。

　満足に飯も食えなかった貧しい子供時代、同じような境遇の5人の子供たちが、街中でつるんで、物を拾ったり、盗んだりして家計を助け、また飢えた腹を満たしていた。最年少の「僕」は、ボスにいじめられ、獲物を巻き上げられていた。ある日、外国の老人から奇妙な仕事を頼まれる。

　　ある外国人の菓子店、その大きなガラス窓の中には、新しい種類のケーキが並べられ、赤や緑の酒瓶とともに、ほかにも大きなパンやてらてらと光る焼き鶏や腸詰といったものも置かれていた。（中略）突然店の中から、顔に干し草のようなひげを生やした老人があらわれた。（328頁）

　日頃、この老人は子供たちを見ると、怒鳴りつけて追っ払うので恐れられていたのだが、この日は笑いながら、仕事をしてくれたら小遣いをやろうと申し出た。疑心暗鬼の子供たちであったが、ボスに命じられて「僕」一人が老人についていく。中庭に14、5個の鳥籠が並んでいて鵪が飼われていた。老人は1羽をつかみ出すと、いきなり生きたまま羽をむしり取ってみせ、10羽の鵪の羽をむしり取ったら小遣いを与えるという。仲間のもとに報告に戻った「僕」は、その残酷な作業に怖じ気づくが、ボスは抜けることを許さず、5人揃って鵪の羽むしりに加わって小銭を手に入れた。この残虐な行為に手を染めたという苦い思い出は今も心に沁みついている、という話である。この昔話を聞いていた二人の男が、このときのボスと仲間であったことが判明してこの小説は終わっている。

　この奇妙な老人は、「外国人」とあるだけで、日本人なのか、ロシア人な

のか判然としない。しかし、老人が使う舌足らずな中国語は、日本人を暗示するこの当時の常套手段であった。

「来、小孩、東辺的看着就明白了。〔オイデ、坊主、東側デ見テイレバ分カルヨ。〕」(329頁)
「小孩、看看吧、這様的、你們通通来吧！　十個的一個銅子給！〔坊主、見テイロヨ、コウヤルンダゾ、オ前タチミンナデヤルンダ！　10羽ネ、銅貨1枚ヤルヨ！〕」(330頁)

しかし、この薄気味悪い老人の残忍な作業が意味するところはよく分からない。鳥籠に閉じ込められ、自由を奪われ、暴力にもなすすべもなく殺される鶉の境遇に、満洲国の民衆の姿を重ねているのかもしれない。

4）悪辣な日本人

　ここまでの作品に描かれた日本人像は、「同乗者」の運転手を除いては、日本人だと明言はしていない。その人物描写を詳細に探ることで読者に推測させるという手法をとっている。同時代の中国人作家も、この方法を使ってひそやかに作品の片隅に、点景として日本人を描いてきた。(10)ところが「江上之秋」（河面の秋）『小説家』芸文志事務会（1940年12月）には、日本人名を名乗る二人の男が主人公として登場する。

　鉄雄は官許の阿片販売所を監督し、違反者を摘発する役人であり、細羽は「××県江上捜査班」で、匪賊や密漁者を取り締まる司令官である。小説の前半は、細羽が、鉄雄一行と部下である二人のロシア人兵士を高速艇に乗せて、巡回監視に出ていく場面である。途中で柳の茂みにひそんでいた小舟を発見し、細羽は躊躇なく発砲を命じる。射殺された3人の苦力の持ち物を調べても怪しいものは何も発見できない。それでも細羽は、残された阿片煙管を証拠に匪賊の一団か怪しい連中と決めつける。その前日にも、鰻と練り板を携帯していた左官職人を射ち殺し、匪賊討伐と報告し、賞金をもらうこと

になっていると自慢する。細羽の言い分では、「お前さんは知らんじゃろうが、この辺りでは匪賊と民衆はこれまでも区別がつかなかったんじゃ。その上奴らは、しばしば変装していやがるんじゃ。」(142頁)と、平然としている。中国人を殺すことを何とも思わず、しかもそのことで褒賞金を受け取り得意となっている悪辣な日本人像を描いている。細羽と別れた鉄雄は通訳の王鵬を連れて「大来村管煙所」を監査のために訪れる。この阿片館を営む宋支配人は、酒と女と阿片でもてなし、鉄雄を骨抜きにしてしまう。接待や贈り物で役人を懐柔して、阿片で儲ける支配人と監査官の癒着ぶりをあぶり出した。

　ここまで露骨に悪辣日本人の悪行を暴露した作品が、検閲を免れたというのはわたしには驚きである。藤田菱花が「江上の秋」という題名で翻訳しているが、その際、鉄雄は王鉄雄に、細羽は趙細羽に書き換えている。また二人が競い合っている妓楼「湖月の花子」も「双玉堂の翠霞」と改めて、いずれも日本人である痕跡を抹消している。王鵬の通訳官の肩書もはずしていることも含め、すべて検閲を警戒しての書き換えと考えられる。

2　作者田兵について

1）「我與小説」(わたしと小説)『芸文志』1-1　1943年11月

　田兵は本名金純斌で、1913年5月関東州旅順に生まれた。33年旅順高等公学堂師範部を卒業。この満鉄経営の公学堂で日本語・日本文学をみっちり学んだことと思われる。その後、大連の小平島で小学校教員を務めるが、この頃から仲間とともに詩作を始める。その文学にかかわる変遷を「わたしと小説」という一文にまとめている。

　34年には、石軍の呼びかけで島魂、也麗、夷夫らとともに文芸結社響濤社を組織している。そして『泰東日報』文芸欄「響濤」や「水笑」に詩を投稿した。その頃の筆名に吠影、黒夢白、金閃、易水などがある。その後、夷夫に勧められ、小説にも手を染めるようになり、新京で発行されていた文芸

雑誌『明明』などに、「T村的年暮」、「老師的威風」、「火油機」(オイル発動機)、「阿了式」(アリョーシャ)を、田兵の筆名で発表した。しかし、これらの作品は、職場と自宅を往復するだけの単調な日常生活を素材にしたもので、創作に行き詰まりを覚えていた。そんなとき、北満に移った石軍が発表する作品に刺激され、生活環境を変えようと決意する。

　ついに故郷を出て、数千里離れた佳木斯近くの、とある県に移り住んだ。その当時、治安は十分に確立されておらず、ちょうど集家工作が行なわれていた時期にあたっていた。土匪が部落を襲い、家を焼き払い、殺傷し、拉致するといったニュースが、毎日飛び込んできていた。1年の半分は、こうした声の中で恐怖を抱きながら、動揺する不思議な原野の人びとに交じって生活を送っていたのである。毎日、驢馬ほどの大きさの馬に乗り、10数名の遊撃馬隊に護衛され、朝から晩まで、風の中、雨の中、雪の中を、甲村から乙村へ、乙村から丙村へと、隆々とした筋肉と野暮ったい風体の奴らを急き立てながら、かれらの巣窟を潰していった。それらすべてが、わたしに与えてくれたものは、目にしたことのない新奇さであり、幻想を抱かせる世界であった。現在に至るも、かれらの顔がしょっちゅう目の前に揺らぎ、その叫び声がわたしの耳を刺激するのだ。(80、81頁)

その後奉天に戻り、そのときの体験をもとに書いたのが、「趙甲長」、「沙金夫」、「麦春」、「柳河一帯」、「同車者」、「荒」、「江上之秋」、「鶉的故事」などであるとしている。

本論で、日本人が登場する作品として分析の対象とした作品は、すべて佳木斯近郊の県で得た「新奇」で「幻想」的な体験から生まれたものだと分かるだろう。しかし、このときの「集家工作」と「匪賊討伐」が、57年に始まる「反右派闘争」で金湯(解放後の名前)批判の重要な根拠とされる。

2）右派断罪の資料から

　田兵の文学についてまとまって論じた評論をわたしは知らない。しかし、反右派闘争のとき、古丁、山丁とともに田兵も右派分子として批判の対象となり、かれらの罪証をまとめた『徹底粛清反動的漢奸文芸思想』（反動的な漢奸文芸思想を徹底的に粛清する）（瀋陽遼寧人民出版社）という本が1958年に出版されている。作品評価は、「文化漢奸」という結論先にありきの分析で、こじつけと曲解に満ちたものであるが、田兵の経歴についてはこれまで明らかにされてこなかった事実が述べられている。

　　金湯（田兵）は、偽満「治安粛清工作隊」の通訳官から「麒麟」の編集長、漢奸文化団体「文活〔話〕会」委員、大地図書公司責任者へと上りつめた漢奸文人である。敵が進める「帰屯集家」、抗聯への「討伐」を現地に立って支援し、哈大道路の建設を監督したのみならず、わが八路軍と抗日聯軍を侮蔑し敵視する反動的な数多くの文章を書き、日本侵略者のために尽力した。それゆえ、われわれは、金湯とは罪状明白な文化漢奸であるといっても少しも過言とはいえないであろう。（79頁）

　　金湯は、「荒」、「麦春」、「趙甲長」、「草原風雨」といった小説の中で、東北抗日聯軍に対して、悪辣な漫罵を吐き散らし、日本の強盗もどきの侵略政策に対して熱狂的な賛辞を送った。

　　上記のこれら作品は、題材も近く、テーマも似通った小説であるが、金湯が偽満樺川県公署で「治安粛清工作隊」に参加し、日本侵略者のために通訳を務めていた際、収集した材料である。当時の樺川は、わが抗日聯軍の活動地域であり、しばしば日本侵略者に反撃を加える事件が勃発していた。（中略）毎日、日本の特務鈴木のうしろについて、馬に乗り樺川太平鎮一帯で「王道楽土」を宣伝し、抗聯を「討伐」し、大衆を脅迫して「集家」と土塀の構築にあたらせた。(12)（81頁）

第1章　日本人を大胆に描いた作家・田兵

　この資料ではじめて明らかとなった、樺川県公署での治安粛清工作に、通訳官として参加していたとの指摘は注目してよい。当時の地図で調べてみると、樺川県は三江省に属しており、省公署は佳木斯市に置かれ、有名な弥栄、千振開拓村もその県内にある。作品「荒れ地」に出てくる地名、七星磖子溝は地図で確かめられるし、「麦春」の蘇家店もある。県内で比較的大きな街太平鎮は両作品に現れる。また「麦春」の舞台とされる小垢峰村は小堆峰村を指すのかもしれない。集家工作をテーマとした２作品は、通訳としての体験を素材にしたものといえる。とすれば、××科長、呉科長は、日本の「特務」鈴木をモデルとしたのかもしれない。ただし、両作品に登場する通訳は、国策のお先棒を担ぎ、農民を恫喝する悪質な人物として描かれる。

　しかし、「河面の秋」に描かれる王鵬通訳は、これとはずいぶん違っている。まず、王は、今の通訳の仕事を嫌がっていて、何とか別の仕事につきたいと願いながら、病気の妻を抱えている身では転職もままならない。そして鉄雄の通訳でありながら、通訳する場面はまったく描かれず、鉄雄の革鞄を抱えて、黙々とかれのうしろにつき従うだけである。かれは、細羽と鉄雄あるいは宋支配人らの醜悪な言動を暗いまなざしで見つめ続けているのである。最後の場面では、帰りを待つ妻の身を案じて、あえて深夜の河に船を出す。二人のロシア兵に守られただけのかれらの船に、匪賊からの銃撃が加えられ、王鵬らの生命も危うい──ここで小説は終わっている。このような王鵬の形象は、矛盾を抱えた田兵の通訳としての心象風景を反映したものとして読むことが可能なのではないか。

　また上記の経歴で「哈大道路の建設」を監督していたとある。実は「荒れ地」の冒頭に、蕭甲長が苦力を率いて「東北国境に直通する国道を建設する」（93頁）場面が数行にわたって描かれる。経歴に不明な点が多い田兵であるが、「治安粛清工作隊」での通訳官、国道建設の現場監督といった経験は、現場で指揮を執る多くの日本人と接触することになったはずである。誠実で良心的な日本人もいたであろうが（わたしはそう信じたい）、傲慢で残酷に中国人を扱う醜悪な日本人を多く目にしたことであろう。そうした実態を

107

観察し得たことが、このように多彩な日本人像を描かせたのである。まだまだ傍証で固める必要はあろうが、右派分子として金湯を断罪する資料が、皮肉にも反日作家田兵を立証する手掛かりを与えてくれたことになる。

むすびに

　わたしたちは、誇りをもって働き甲斐のある仕事につきたいと思う。しかし、植民地国家にあっては、それは不可能に近い。在満中国人作家は、学校の教師、政府や半官半民の機関の職員、出版社勤務、新聞・雑誌の編集などさまざまな職業についている。満洲国にあっては、どのような職種であろうとも、多かれ少なかれ植民地国家の建設に協力することは避けられない。異民族支配のもとで生きる者の宿命である。メシのため、家族を養うためにその矛盾を抱えながら仕事につき、その内面の苦悩を筆に託した。田兵の通訳時代は、国策の最先端に立って任務を果たす役割が与えられていた。植民地国家の矛盾を、最も先鋭な形で認識させられる日常であったと思われる。かれはその状況を逆手にとって、醜い植民者日本人への批判と憤懣を大胆に描いた作家であった。

<注>
（1）「ひそやかな日本人像」『文学にみる「満洲国」の位相』研文出版　2000年3月（151頁）
（2）この作品には、大内隆雄訳「砂金夫」『蒲公英』三和書房（1940年7月）がある。
（3）この作品は、『東北文学研究史料』第5輯（1987年11月）に再録されている。
（4）原文は「硬挺挺」であったが、『東北文学研究史料』では「硬綁綁」と書き換えられている。後者に従って訳しておいた。
（5）『満洲国史　各論』満洲国史編纂刊行会　満蒙同胞援護会発行　1971年1月199頁
（6）この作品は、『東北文学研究叢刊』第2輯（1985年10月）、張毓茂主編『東北現代文学大系』第2集　瀋陽出版社（1996年12月）に再録されている。『新青年』が手に入らないので、『東北現代文学大系』所収のものをテクストとした。
（7）原文は「烏嘴骡子」で李通訳のあだ名である。

(8) この報告書に描かれる匪賊団冷団長の第7軍は統制もとれ、道理を説いて集家工作の中止を村人に説得している。(12)に示した楊麦「清除敵視抗日志士的漢奸文芸——剖析金湯的反動作品」では、この段を引用して、抗日聯軍を侮蔑し、敵視する文章だとして「漢奸文人」と断罪する根拠とした。満洲国にあって「赤匪」、「政治匪」と称された抗日聯軍を描くことは極めて困難であった。肯定的に描けば、たちまち検閲削除の対象とされたであろう。この抗日聯軍像は、田兵が描けた精一杯の表現であった。また「わたしと小説」で引用した最後の段落、「目にしたことのない新奇さであり、幻想を抱かせる世界」、「現在に至るも」目の前に揺らぐ「かれらの顔」、耳を刺激する「その叫び声」は、討伐の過程で出会った聯軍兵士を偲んで書き残した文章だと、わたしは考えている。
(9) 原文は「菓子店」で、本来なら「果物店」と訳すべきであろう。しかし他の作家と同様、田兵の作品にも日本語が混用されることがある。「新様的菓子」という表現もあり、日本語だと判断した。
(10) (1)に掲げた拙論「ひそやかな日本人像」では、日本人が登場する作品として、王秋蛍「血債」、「鉱坑」、「朋友」、小松「洪流的蔭影」、梅娘「蟹」、山丁「残欷者」を取り上げたが、いずれもその風貌やたどたどしい中国語から、日本人と推測させるものであり、かつ物語の展開に重要な役割を果たすといった人物は少なかった。
(11) 藤田菱花訳「江上の秋」『満洲行政』7-10　1940年10月
(12) 楊麦「清除敵視抗日志士的漢奸文芸——剖析金湯的反動作品」本文中で示した『徹底粛清反動的漢奸文芸思想』所収

初出『植民地文化研究』17号　2018年7月20日

第2章　在満老作家からの遺嘱
——馬尋「風雨関東」を読む

はじめに

　かつて満洲国で文学作品を発表し、文壇に名を連ねた多くの中国人作家たちは、1957年に始まる「反右派闘争」で批判の対象とされ、その後「10年の厄災」と呼ばれた「文化大革命」によりさらに苛酷な運命を余儀なくされた。本論で取りあげる馬尋も、「小伝」の中でその事実をこのように述べている。「1958年6月に右派分子とされ、職を奪われ、6級に降格され、要監察処分を受け、農場へ労働に行かされた。」そして84年4月に「馬尋同志の右派問題再審査の結論と処置に対する意見の再審査について」の決定が下されたことで、「実に、26年の長きにわたる歴史を経て、はじめてこの誤審案件が徹底的に正されたのである。」とする。しかし、かれの経歴は、決して特異なものでなく、在満作家の誰もが逃れられぬ苦難の道であった。

　80年代に入り名誉回復が進む中で、こうした老作家は再び筆を執り、空白となっていた満洲国時代の思い出を語り、文化状況に関する事実を証言し、その実態を明らかにすべく努力した。しかし、1910年代生まれが多数を占めるかれらに残された時間はそう多くはなかった。それでも体力と気力のある作家は、大作を残している。「文革」中に書き継がれてきた李克異（袁犀）の長篇小説『歴史的回声』（歴史の谺）が、81年2月に遺作として出版された。これは沿海州を舞台として、清末の帝政ロシアによるシベリア鉄道建設をテーマとした作品であるが、これは4部作の第1部で、日本支配時期を含む東北の壮大な大河小説が構想されていたという。単行本の完成を見ることなく、79年5月、原稿執筆中に李克異は急逝した。劉遅（疑遅）は長篇小説『新民胡同』を残している。店舗が密集した古い歴史を持つ長春の新民胡

同を舞台に、居酒屋に集う人びとや京劇俳優、講談師などの庶民の生活と日本軍兵士や特務などを登場させ、緊張した満洲時代の長春の街を描いている。小説ではないが、より直截的に自分の体験を記録に残した作家もいる。田琳（但娣）は、満洲国時代、国共内戦時期、文化大革命と3度にわたる入獄体験を記録している。その原稿「三入煉獄（鉄窓）———一個留日女性作家的浮沈」（三度煉獄に入る——ある留日女性作家の浮沈）は、ノーマン・スミス（Norman Smith）教授の手にわたり、カナダで出版されると聞いている。王度（杜白雨）が、留日時代に行なった左翼的な文学活動を疑われ、日本の警察に拘留された経験を記録した「日本留学時期文学活動風雲録」も、中国では抄録という形でしか発表できなかった。原稿を託された筆者が『留日学生王度の詩集と回想録』として出版した。上記『新民胡同』も完成から出版まで10年以上の時間を要している。つまりこうした在満老作家の回想に基づく著作を出版するには、現在の中国では多くの困難を伴うようである。

しかし、日本の支配下にあって、自由にものがいえない状況に置かれながらも、あえて筆を執って内面の苦悩を写し取り、社会の暗黒を告発してきた作家たち、また中華人民共和国成立以降は、その在満時代の存在すべてを否定され、筆を執ることさえ許されなかった作家たちが、再び発言を許された中で、否定されたみずからの青春時代の空白を書き残し、みずからへの不当な審判を覆そうと努力するのは至極当然のことである。

小論では、そうした老作家の一人馬尋（金音）が世に送り出した長篇小説「風雨関東」（風雨渦巻く関東）を紹介し、老作家の思いに迫ってみたい。

1　作者馬尋について

先に引用した「馬尋小伝」をもとに、作者の経歴を記しておく。

馬尋、本名は馬家驤、満洲国時代の筆名に驤弟、金音がある。16年9月24日、遼寧省瀋陽市の農村朱爾屯に生まれる。30年、瀋陽興権中学（日本の高等学校に相当する）に入学、学友の姜霊非（未名）、成雪竹（成弦）らとと

もに同人誌『南風』(南郊社、3期のみ)を出版し詩作を始める。31年、「九・一八事変」の混乱を避けて、半年近く北京にとどまっていた。32年、瀋陽第一師範学校に進学し、上記2名と語らって再度「冷霧社」を組織し、『東三省民報』の文芸欄「冷霧」(週刊)を編集・刊行した。ここには、爵青も投稿している。34年、吉林高等師範学校に入学し、美術と音楽を学んだ。38年に卒業後、家族を連れて斉斉哈爾女子師範学校(後、女子国民高等学校)に赴任し、音楽、美術、国語を教えた。42年、一家そろって長春に移り、五星書林出版社の編集を担当し、「青年叢書」や小説集『満洲作家小説集』(44年)の編集などにあたった。45年1月、満映に転じ脚本制作にあたった。以上が満洲国崩壊までの足取りであるが、この間、詩集『塞外夢』(6)、『朝花集』(7)、小説集『教群』(8)(教師たち)、『牧場』(9)を出版している。

抗日戦争勝利後は、満映を引き継いだ「東北電影公司」の制作処長、創作研究室副主任を経て、東北画報社(現、遼寧美術出版社)に籍を移した。そこで反右派闘争に巻きこまれたことは「はじめに」で示した通りである。

2 「風雨関東」について

『風雨関東』(10)の原題は「失了影子的時代」(影をなくした時代)で、83年に執筆され、95年には完成していたのだが、抗日戦争勝利60周年を記念して、10年後に改題してやっと出版が許されたという。「関東」とは、関外、東北、東三省ともいわれ、日本でいう満洲を指す。作品は、序曲、第1部(18章)、第2部(20章)、第3部(24章)、尾声に分かれている。それぞれに、短い惹句が付けられ、中国の伝統的な章回体小説の体裁を採っている。短い章ごとに場面が切り替わり、筋の展開はスピーディーである。作品の舞台も、瀋陽(奉天)、吉林、長春(新京)、斉斉哈爾、大連、鞍山市千山、日本の奈良などを転々とする。また描かれる世界も学園(興権中学、吉林高等師範学校)、抗日戦争の戦場、同地下活動、文化界(文学、映画)、さらには千山の仏教・道教世界と実に多様である。

なお、作者はこの作品において、「奉天」、「新京」といった当時の呼称を避けているので、その意志を尊重し、拙論においても、その表現に従った。

冒頭に置かれた「序曲」に「弧を描いた火線と球形の怪物（瀋陽九・一八の夜）」という章題が付けられているように、関東軍から国民党軍の守衛地北大営へ撃ち込まれた砲弾、すなわち、九・一八事変（柳条湖事変）勃発の描写から物語は始まる。そして「尾声」では、ミズリー号甲板上で行なわれた、日本国代表団の降伏文書の調印式が描かれる。すなわちこの小説は、31年9月から45年9月までの満洲（関東）の動乱期を時間枠とした大河小説である。第1部では瀋陽興権中学を、第2部では吉林高等師範学校を主たる舞台とし、第3部では卒業して各地に散っていった青年たちの活動を描く。10歳代から20歳代にかけての若者たちの青春群像といえるだろう。以下、作品の梗概を紹介する。

興権中学に在籍する崔柏、金雨、肖艾（小艾子）は、「大小哥仨」（三兄弟）と呼ばれている仲良し三人組である。崔柏は、直情径行的な性格で正義感のままに行動し、次々と事件を引き起こす。金雨は、ひたすら詩作に励み、政治的には鈍感で文弱な青年である。小艾子は、優柔不断な性格で、金銭や昇進の誘惑に負けて、権力の手先となって友人を売り渡すまでに堕落する。この三人にかかわる多様な人物を登場させ物語は進行する。

舒先生、範先生、李鳳岐先生や于天柱技師ら愛国人士は、リットン国連調査団が事変発生の地・瀋陽を訪れるのにあわせ、日本軍謀略の証拠を収集しようと計画する。崔柏は学友方錐のドイツ製カメラを借りて、瀋陽の街を駆け回って日本軍の蛮行や軍が貼り出した布告などを盗撮する。しかし崔柏は、街頭でまかれた抗日ビラに興奮し、「日本帝国主義を打倒せよ！　断固として亡国奴にはならないぞ！」（54頁）とスローガンを叫び、あっけなく日本軍に捕まってしまう。李先生らは、関東軍鉄道爆破の謀略に加担させられ、負傷しながらも生き残った農民霍徳厚を保護し、かれを証人として伴い、その他の証拠品を携えてリットン調査団と面会する。

憲兵隊に引き渡され拷問にかけられた崔柏は、「ある大人物」（方錐・方姝兄妹の父親方思夷で、かれは省の主席を務める実力者あったが、満洲国建国後、請われて民生部大臣となった）の口添えで無事釈放された。しかし、リットン調査団に日本軍の罪状を提供した者たちへの弾圧が始まり、崔柏などは瀋陽を脱出する。
　長春に移った崔柏は、興権中学時代に下宿させてくれていた、東北軍兵士である葛天虎の名前を借りて、豊豊旅館にボーイとして潜伏する。この旅館に集まる文化人との交流は後述する。
　同級の江小勃は病弱で、10歳で母を亡くし、父江之明（東北軍第7旅団第3営第9連隊長）の手で育てられた。九・一八事変の折、父親が所属する北大営に砲弾が撃ちこまれる光景を目にして狂乱し、校舎のベランダから転落して骨折する。その後、父親が部下の葛天虎、周東山らをつれて関東軍の包囲網を突破し、馬占山率いる遊撃隊に合流したことを知る。小勃は農民霍徳厚とともに父親を求めて北上する。以上が第1部の概要である。

　吉林の郊外八百隴の地に「満洲国立高等師範学校」が開設された。ここに、興権中学の「三兄弟」、すなわち豊豊旅館のボーイを辞めた崔柏（葛天虎と改名）、一度は進学した師範学校を中退し、于天柱の娘小翠と結婚している金雨、故郷の田舎に戻っていた小艾子が再び顔を合わすことになる。かれらの新しい友人として、モンゴル人学生額爾登科塔古（額爾登）、沈着冷静な林明、関東州旅順から来た「二鬼子」と綽名される尉遅恭、日本人学生椎名満、満洲国の高官を父に持ち、崔柏とことごとく対立することになる佐佐木習一らが新たに登場する。小艾子は、かれの妹が嫁いだ盛文慶が、留日時代の恩師佐佐木有三の推挙で文教部督学官の職を手に入れたといういきさつがあり、その佐佐木の息子習一には頭が上がらず、これ以降反満抗日の動きに敵対する習一の手先となって働くことになる。
　学校内では、深夜にラジオの短波放送から中国語放送を傍受し、関内や世界の情報を聴取する組織（収聴小組）が作られていた。その後、この組織は

禁書を回し読みする「聴読小組」にまで発展する。この秘密組織を指導していたのは崔柏と林明であった。ある深夜、暗闇の中で「収聴小組」の現場に忍び込んだ佐佐木を崔柏が投げ飛ばすという事件が起きた。こうした一連の事件の罪をかぶり、憲兵隊に逮捕されたのは、なんと尉遅恭であった。かれは同胞から「二鬼子」と軽蔑されることに反発し、潔く他人の罪を引き受けたのである。

　平岩晴美は、大連西崗公学堂の教師であったが、恋人の尉遅恭逮捕の知らせを聞いて吉林に駆けつけた。しかし、遅恭は逮捕された直後に拘置所で虐殺されたことを知る。晴美は恋人の遺品をもらい受け、奈良市の実家近くに、かれの遺品塚（衣冠塚）を作るために帰郷する。それにならって学友たちも、八百壠にある山東義園（東北に移住して亡くなった山東省出身者の墓地）の一角に、尉遅恭の遺品塚を作って、大義に殉じた犠牲者を弔った。

　一方、民族を裏切った父親方思夷の行為を恥じ、またこの父の口利きで崔柏を救出したことで、愛する崔柏から逆恨みされていた方姝は、36年4月、新しい天地を求めて奈良女子高等師範学校へ留学する道を選んだ。兄方錐も、父に反発して家を飛び出し北京に脱出する。

　父を探しに出た小勃は、楊靖宇率いる抗聯部隊の一員として遊撃戦を闘い、逞しい赤軍兵士に成長していた。その部隊で、馬占山投降後も抗日遊撃隊で戦闘を指揮し続けていた父江之明と再会することができた。その後、かれは部隊の指示により吉林に戻り、江宏濤と名を変えて、戦友であった朝鮮族の少年朴良哲とともに、永茂写真館に潜んで地下活動を指導することになった。林明、崔柏らは小勃と連絡を取りながら、学園の地下工作を進めていたが、小艾子に密告され、小勃と朴良哲は危ういところで難を逃れ、吉林を脱出する。

　高等師範学校では、キャンパス内に神社が建造され、その前で奉納武術大会が開かれる。剣術で対決したのは崔柏と佐佐木習一であった。事前に小勃と林明は、波風を立てないよう佐佐木に勝ちを譲るよう言い聞かせていたのだが、崔柏はそれを潔しとせず、立て続けに「一本」を取ったが、審判を務

める軍人教官柚木亀二郎は勝ちを認めず「遣リ直シ〔重新来〕！」を命じる。会場が騒然とする中、佐佐木の「一本」が決まって試合は終わった。また訪日修学旅行報告大会に「漢系代表」として演壇に立った崔柏は、準備した日本語原稿を読みあげたあと、突如、中国語で「俺は中国人だ。どうして日本語で話さなけりゃならないんだ？──俺は肉親とも、親友とも生き別れ、死に別れ、みんな離れて行ってしまった……」、「俺の肉親を返せ、俺の親友を返せ……俺に、この俺に返せ」(270頁)と、狂ったように叫び声をあげた。会場は騒然となるが、直前に父親が東安で死亡したことを知らされたショックが、方姝や小勃、尉遅恭などを思い起こさせたのである。

崔柏事件の騒動が収まらぬまま、三日後の12月24日に卒業式を終え、学生たちはそれぞれの就職先に散っていった。以上が第2部の梗概である。

訪日報告会で会場を混乱に陥れた崔柏は、卒業を許されず、国民道徳を教える須郷久吉教諭の家に、「書生」として預かりの身となる。思想感化教育と労働改造教育を施すという名目であったが、勉強する時間も与えられず下男のようにこき使われる。平岩晴美の援助で関内への脱出を計画するが、須郷の家が火事となり、崔柏に放火犯の濡れ衣が着せられ、かれは吉林から逃亡する。その後、地下共産党の指導を受け、漁民や鉱夫に身を変えて地下活動を続ける。しかし、撫順の街で小艾子、特務中尉となった佐佐木習一に見つかり、護送される途中に脱走し、弘一法師と名を変えて千山に籠り、そこで方姝と出会うことになる。

平岩晴美は、崔柏の脱出を援助しようとするが、山海関でかれの到着を待つうち、小艾子に発見され、長春に連れ戻される。父親の命令で軟禁状態におかれ、従兄との結婚を強要されたため、家を抜け出し方姝を訪ねて千山へ逃れる。方姝と再会するが、1年後に病死する。

方姝は崔柏への愛を断ち切れないまま、留日学生阮迪生と結婚する。二人とも漢奸の親を持つ身であった。しかし、阮は「凌昇事件」(11)とのかかわりを疑われ、父親阮俊徳のみならず、かれまでもが逮捕され拘留された。拷問の

ショックから阮は精神分裂症となる。方姝は、精神を病んだ夫と一緒に斉斉哈爾に移り、親戚の方雲亭宅に身を寄せていたが、阮迪生は川に落ちて溺死する。すべてに望みを失った方姝は、出家して尼となり千山の尼寺に入る。

　金雨は高等師範学校卒業後、斉斉哈爾の龍沙にある女子国民高等学校に配属された。この地で詩作のみならずいくつかの小説にも手を染めていた。そして映画の脚本「芸人狂夢記」を満映に送ったところ、その才が認められ、満映に脚本家として採用されることになった。満映時代の金雨については後述する。

　林明は長春女子国民学校に就職し、音楽教師杜娥と出会う。彼女は学生を集めて秘密の青年読書会を組織して禁書を回し読みしていた。林明は、地下党の指導者老邱から、このような忠告を受ける。

　　「杜娥は、愛国の熱情を持って、進歩を追及している立派な娘さんだ。君たちが愛し合ったとしても、誰も何の文句もいわない。──ただし、彼女が参加している青年読書会は、友党の外郭組織なんだ！」それに続けて「東北のこの地にあっては、国共両党は塹壕の中の戦友なんだ。……」といった。
　　（中略）
　　「この組織は比較的広範に広がっていて、こちらの大きな都市では、ほとんど組織されている。当然意味のある仕事ではあるんだが、ただ最近になって、ある地域ではすでにばらされてしまっているんじゃ。……」（340、341頁）

　林明はこの忠告を受けて、杜娥との婚約を破棄した上で、危険が迫ったとき、彼女を関内に逃れさせ、平西八路軍に衛生兵として送り込んだ。この部隊で杜娥は方錐と出会う。

　小渤と朴良哲は三・一五事件[12]で逮捕され、李先生もこの事件で犠牲となる。その後二人は、哈爾濱郊外の平房にあった七三一細菌部隊に送り込ま

れ、ソ連軍の侵攻で秘密が暴かれるのを恐れた日本軍によって毒ガスで殺される。

小艾子は、長春第一国民高等学校の教務主任に迎えられる。妹の夫盛文慶は、満映のスター華燕芬に惚れこんで、妹との離婚を迫ってくる。それに抗弁する小艾子に対し、盛が慰謝料1000元の支払いと、1年後には校長か視学官の職を保証すると提案すると、あっけなく受け入れてしまう。離婚された妹は自殺し、小艾子は特務となった佐佐木の下で、平岩晴美を見つけ出し、崔柏の逮捕に協力する官憲の犬となってしまう。

3　反満・抗日絵巻

この小説で、「三兄弟」の一人金雨が、作者馬尋の分身として描かれていることは容易に推測される。馬尋が斉斉哈爾から長春に出て、最初は五星書林の編集部に迎えられる部分が脱落して、いきなり満映に入社するという経歴以外は、ほぼ金雨の経歴に重なることは、「作者馬尋について」を読めば納得されよう。編集部時代をはずしたのは、より満映の内部描写に力を注ぎたかったからかもしれない。さらに付け加えれば、黎瑛が金雨を前にして、社会に出てからかれの作品は大きく変わったとして、その詩を称賛する場面がある。

「最近わたしが読んだあなたの詩は、昔と随分違ってきたわ。たとえば『非常雑草』の中の、あの『看太陽』なんかも。（口に出して吟じる）

　　看太陽　　　　　　太陽を見る
　　是想一看初昇的　　昇ったばかりの太陽を見たいのだが
　　却総是看落日　　　いつも見るのは落日ばかり
　　立江辺　　　　　　河辺に立って
　　聴蛙鳴　　　　　　蛙の鳴き声を聞く
　　……　　　　　　　……

この詩は、朦朧でもなければ、晦渋でもないと思うわ。主張がちゃんと出ていて読んだ人を覚醒させる作品で、大変素朴だし、その素朴さは美しいわ……」（204頁）
＊当時「太陽」は日本を象徴するものとしてよく使われていた。

として、紹介されている詩が、金音「吉林詩草」（8首）の一つ「看太陽」であることを指摘すれば、モデル説は決定的となろう。
　それでは、自分の分身である金雨を、作者はどのような青年として造形したのだろうか。

　金雨は、詩を作る以外、時局の大事には、これまで興味を感じなかった。この日、小勃を見舞いにいく途中で、侵略者が勝利を誇示する雄叫び〔日本兵が歌う軍歌〕を聞いて、恐ろしくてぞっとした。（18頁）
　「僕はね、世間のことには耳をふさぎ、ひたすら詩を書くことさえできればいいと思っている。シェクスピアのソネット詩、ホイットマンの自由律詩、ヴェルレーヌ、李金髪の朦朧詩、聞一多の格律詩、これが僕の天地なんだ。」（129頁）

　このように描かれる作者の自画像は、日本支配下に置かれた社会の矛盾と身を挺して闘う青年たちとは異質な存在である。金雨の資質について作者はこのように描いている。

　高等師範を卒業して教師になるというのは、満洲国の奴隷化教育の道具としての生活が始まるということだ。しかしかれは、本当の意味でそうした道具になろうとは考えていない。かれには、尉遅恭のように決然として大義に就くこともなく、葛天虎のように知賢に長けた真の勇気も持ち合わせていないし、林明のような人間らしい感情に忠実だということもない。さらには、椎名満のような丁重で慎重な態度もとれない。し

かしながら、かれは邪悪を憎み、「絶望に過ぎる悲しみはない」と言い聞かせて、八百壠での4年間の生活を通してみずから絶望することはなく、奴隷化されることもなかった。そうであるならば、より若い人たちを奴隷化し、絶望させるわけにはいかないだろう。(274頁)

斉斉哈爾の女子高校に赴任するにあたっての、金雨の決意を述べた部分である。詩をこよなく愛し、創作に打ち込みながら、周囲の果敢な闘いには傍観者であるしかなかった金雨。しかしながら、良心を売り渡す奴隷となることは拒否し、未来の希望だけは見失うことがなかった金雨。馬尋が描いてみせた満洲国時代の自画像であった。

したがって、金雨は「反満・抗日絵巻」の主人公にはなり得ず、武術にたけ、感情のままに行動しつぎつぎに事件を起こすスーパーヒーロー崔柏こそがその位置にふさわしい。興権中学時代から千山の弘一法師まで、その華々しい活躍には作為が目立つが、エンターテインメイト性は十分だといえる。

しかし作者は、崔柏の性格を「愚かなる勇者」と決めつけ、「林明や小勃のように沈思熟慮し、鋼鉄の如き規律性を有する人間になれないのだろうか？」(286頁)と自問させている。すなわち、弱虫でいじめられっ子であったが、抗日聯軍の闘いで鍛えられ、みごとに成長を遂げた小勃、両親が革命事業に従事していたため、伯父の家に預けられて育ったが、中学校の図画教師鄭如寿の薫陶を受け、九・一八事変後には共産党に入党していた林明、以前、尚徳（楊靖宇）と行動を共にしていた共産党員であり、興権中学を離れてからは、各遊撃隊を巡回指導し、また各地の地下闘争の指導にもあたっていた隠れた指導者李先生（李鳳岐）らを配置することで、この小説で展開される反満抗日の闘いを、在満共産党抗日史の枠組みに収めている。

それとともに、地下抗日闘争を指導する国民党を「塹壕の中の戦友」、「友党」と表現し、日本人とともに、モンゴル人学生額爾登、朝鮮人兵士朴良哲なども登場させ、抗日戦線上の「民族協和」を描こうとしていることは注目していいだろう。

以上が、この小説の中心テーマであり、ストーリーの骨格部分である。しかし、作者馬尋からのメッセージは、「反満・抗日絵巻」の提示だけにとどまるものではない。

4　満洲国の文化界（モデル探索）

　金雨には、主人公の地位は与えられなかった。しかし詩人金雨を登場させることで、当時の文芸・映画の世界を描くことが可能となった。作者馬尋の創作動機の一つであったろう。まずは登場人物のモデルを探ってみることから始めよう。もちろん、フィクションの手が加わっていることを前提としてのモデル探索である。

1）　文芸界について
馮雪非

　金雨は、『奉天民報』に発表された馮雪非の詩「郷愁」に感動し、二人で相談して、この『奉天民報』紙上に「雨雪」と銘打った、詩を専門とする文芸欄を開設して編集することになる。馮は金雨の1歳年上で、美術専門学校の学生であった。これは馬尋が、成雪竹、姜霊非と社団を組織し、「冷霧」を刊行した事実と合致する。二人の名前を合体させた「雪非」として登場するが、「郷愁」という詩が姜霊非の作品として実在する。馮は、貧困とアヘン吸引の宿痾のために若死にするが、金音は43年9月に、30歳の若さで亡くなった姜霊非を悼んで「想念霊非」という追悼文を残しているが、[13] 70年の歳月を経てもなお、才能ある詩人の早すぎた死を記録に残しておきたかったのだろう。

伍朗太と黎瑛夫妻

　この夫婦が最初に登場するのは、崔柏が偽名を使ってボーイとなり、身を潜めていた長春の豊豊旅館においてであった。伍朗太は、この旅館の出資者

であり、日満文化協会の理事、雑誌『新天地』の主編を務めており、妻の黎瑛は作家で、『南北街』という小説集をすでに出版している。このように紹介すれば、この二人が呉郎（季守仁）・呉瑛（呉玉瑛）夫婦をモデルにしていることは推測がつく。呉郎が編集していたのは『斯民』であり、呉瑛の小説集は『両極』(14)である。黎瑛が金雨の前でこぼす愚痴「わたしが女性だからということで、たくさん喝采の声をもらうのよ。何か会議があれば、いつもわたしを担ぎ出すのよ。本当にくだらないと感じることもあるのよ。」（204頁）――は、呉瑛の本心かも知れない。ここにいう「会議」の最たるものが、呉瑛が参加させられた「第1回大東亜文学者大会」ということになろう。これ以降この小説において、長春の文化状況が黎瑛の口から語られることになる。

郗融

　崔柏が豊豊旅館の泊り客の中で、最も信頼を寄せていたのが作家の郗融であった。崔柏が奴隷化教育を目的とした吉林高等師範学校に入学することに意味があるのかどうかと悩みを打ち明けたとき、郗融は「敵の矛を使って敵の楯を攻めよ！」（106頁）と励ましてくれた。その後、郗融は長春警察に逮捕されるが、脱獄に成功する。須郷家放火事件の濡れ衣を着せられ逃亡していた崔柏は、瀋陽の街で地下活動に従事していた郗融に再会する。そしてかれの口から脱獄のいきさつを聞くことになる。

　首都警察に拘留されていた郗融は、作家の柯東、Wとともに資料室に集められ、特高課のボス大塚大尉から書籍や雑誌の検閲――反満抗日思想の摘発を命じられる。かれらは、「ベテランを放り出し、新人を保護しよう」（371頁）との方針を立て、検閲作業にあたっていたが、郗融は監視の隙をついて脱出に成功した。

　この脱獄劇は、李季瘋のそれと重なる。すなわち、季瘋は、「一二・三〇事件」で逮捕されるが脱獄に成功する。しかし首都警察に再逮捕され、そこで、同獄の作家関沫南、王光逖とともに、文芸雑誌の検閲を命じられる。三

人は相談のうえ「新人を保護し、ベテランを摘発ようと」申し合わせ、検閲結果を報告書にまとめ提出した。しかし、季瘋は隙を見て脱出に成功し、検閲作業は中止となった(15)。

　李季瘋の２度にわたる脱獄は、長春の街を震撼させ、多くの人が知る所であった。しかし、検閲の詳細な描写は、馬尋が80年代に入って手に入れた情報であろう。なお、王光逖をWとイニシャルとしたのは、王が戦後台湾に移り住んだことを考慮したのかもしれない。

　　その一つ一つの犀利な雑文は、すべてが激しい闘いの陣太鼓のように、彷徨する青年に呼びかけ、一つ一つが匕首のように、暗黒の社会を切り裂いている。文章では、青年が苦悶から自棄に陥ることなかれ、努力して自己を充実させよ、と激励している。また迷霧の中から朝焼けの光を見通し、辛苦の中から生きる道を探しあてるように励ましている。発表が可能となるように、文章は持って回った表現で晦渋ではあるけれど、その思想は明確であった。（105頁）

　これは、白蒂の手元から郁融が最近出版した雑感集を借りて、読み終えたあとの崔柏の感想である。李季瘋の雑感集『雑感之感』(16)の内容を的確に踏まえた評語といえる。

田庚・賈寧・商之子

　以下は、黎瑛が金雨に語って聞かせる長春の文学状況である。

　　長春文壇は二つの派閥に分かれているの。賈寧、商之子をボスとする『文思』派と田庚をボスとする『文采』派なのよ。前者は筆と紙、つまり書くことと印刷すること〔写與印〕を主張し、後者は郷土文学を主張しているわ。文思派の二人の主要人物は、日本人とアツアツヨ。文采派は民間の人たちで、しょっちゅうだまし討ちに合うんじゃないかとビク

ビクものよ。

　ある人たちはね、買寧は日本人から文化人の中に送りこまれた特務じゃないかと思っているわ。商之子はもともと、華北で左翼文学活動に従事していて、その後指名手配されたらしいわよ。かれと買寧の日本語は、どちらもずば抜けていて、文章についていえば、それぞれに取り柄があるというところね。

　買寧は鬼才といわれ、商之子の雑文はひたすら魯迅の真似をしたものよ。

　田庚は、商之子の小説は、味を失った塩だと見なしているわ！　しかし商之子の方は、田庚の小説は、素材主義だといっているわ。（205頁）

黎瑛がこもごも語る長春文壇の状況は、80年代以降の研究で明らかにされてきた郷土文学論争の枠組みにぴったり当てはまる。すなわち、古丁（商之子。古丁には史之子という筆名があった）と爵青（買寧）を中心とした『芸文志』派と山丁（田庚。山丁の本名は梁夢庚）を中心とした『文選』・『文叢』派の対立抗争である。爵青に特務のうわさが流れていたことも確認されているし、古丁が北京大学在学中に、北方左翼作家聯盟に参加し、逮捕されて変節したことも事実である。ただ、黎瑛は商之子より買寧に対してより厳しい評価を下している。

　あの二人は、どちらも日本人に利用されているし、またどちらも日本人を利用しているんだと思うわ。商之子は十字路を徘徊しているんでしょうが、買寧の方は、すでに敵の罠にはまってしまっているわ。──二人は好き勝手にのさばって、眼中人無きが如くふるまい、文人の風上にも置けない人たちなのよ！（205-206頁）

『芸文志』派の古丁、爵青に向けての厳しい批判の言葉とは逆に、山丁（田庚）については、非常に好意的で、呉郎夫婦や金音との密接なつながりが強調されている。

> 田庚はここ数年、伍朗太、黎瑛と一緒に『文采』という大型の叢書を刊行したほかに、また不定期の『詩刊』を編集し、金雨の長篇詩「江上夢」を『詩刊』第2期のすべての紙幅を使って掲載した。（375頁）

これを現実にあてはめれば、『文采』は、『文叢』に、『詩刊』は『詩季』に、長篇詩「江上夢」は、金音の「塞外夢」と読み替えられるであろう。この長篇詩はかれの代表的な詩篇である。

豊豊旅館
また些細なことだが、崔柏がボーイとなって潜伏していた長春の豊豊旅館は、伍朗太・黎瑛夫妻と出会い、宿泊する多くの文化人の生態を観察する場所であった。その旅館は、このように描かれている。「三馬路の入り口」にあり、常連宿泊客の特色として、「一つは『文化人』（文化人という呼称は当時非常に流行していた）が多い故に、『文化宿屋』と呼ばれ、二つ目にはお役人が多かったので『役人宿屋』とも呼ばれていた。」（93頁）と説明されている。
一方、呉瑛と親交のあった山丁は、このような回想を書き残している。

> 私は、いつも呉瑛の家に行ったのだった。彼女の住まいは西三馬路の入り口の福峰旅館の二階にあり、（中略）彼女の住まいは「文芸サロン」のようなものだった。そこで皆が議論しながら定期・不定期の刊行物を出し、叢書を編んだ。(17)

125

さらに決定的な証拠を示しておく。柳書琴・蔡佩均が、2009年に馬尋を訪問して聞き取りをして、そのときの口述筆記を整理して発表してくれている。その中で、斉斉哈爾から長春に出てきたときの様子を、馬尋は次のように語っている。

> 1942年、わたしは妻子を連れて長春にやってきましたが、最初は、呉郎、呉瑛夫婦が投資していた福峰旅館に泊まっていました。住居が見つかってからそこを離れて引っ越しました。⁽¹⁸⁾

豊豊旅館は、間違いなく福峰旅館をモデルにしている。

「満洲文芸家愛国決起大会」
　第二十章に、「日系」、「満系」を含む多数の文芸家が招集された「満洲文芸家愛国決起大会」の様子が描かれている。以下は、参加した金雨から見た大会風景である。

> 　商之子が「満系」作家を統括する身分で、一級の日本語を使ってごちゃごちゃと挨拶を述べた後、もう一人の「満系」作家の副統括者である賈寧が、二級の日本語を使ってごちゃごちゃと長ったらしい発言をした。（中略）
> 　片隅で黙って頭を垂れていた金雨は、耳も聞こえず目も見えない白痴になれないのが残念であった。
> 　――絶望に過ぎる悲しみはない！　と、金雨は心の中で繰り返し叫んだ。自分に向かって、また自分と同じ境遇に置かれたこの会場の一人一人に向かって。（402頁）

　黎瑛は、事前に作家代表として登壇して発言することが決められていた。発言原稿は、伍朗太が商之子の審査を受けて作成されたものだっ

た。そのすべてに、分かったようで分からない日本語がちりばめられていた。黎瑛は、意味不明の台本通りに何とか読み終わり、演台を降りた。黎瑛は汗びっしょりとなりながら席に着いたが、もう再び頭を上げようとはしなかった。(403 頁)

　この大会は、43年12月4、5日に、「大東亜戦争二周年」を期して、「満洲芸文聯盟」が主催した「全国決戦芸文家大会」を踏まえたものと思われる。確かに、呉瑛は、「文芸」を代表して意見発表をしているが、古丁、爵青が挨拶を述べたという記録はない。古丁は、「全聯」と「第２回大東亜文学者大会」の報告をしている(19)。
　ただし、この大会を終えた後、大会参加の中国人作家17名が集められ「座談会　怎様写満洲？」(どのように満洲を描くか)が開かれた。ここでは、古丁が司会者として会を取り仕切り、爵青が雄弁をふるい、他の参加者は、無理やり発言を強いられている状況が如実に表れている。馬尋(金音)の発言もいくつかあり、作者は、この二つの場面を合体させて文壇を牛耳る古丁、爵青の姿を浮き彫りにしようとしたのだ、と考えられる。

二人のアヘン中毒者

　黎瑛の言葉を通じて、また金雨の体験という形で、作者はかなり厳しく『芸文志』派の古丁、爵青批判を展開してきた。当時の満洲国の文壇を取り巻く雰囲気は、このようなものであったのかもしれない。『芸文志』派批判の急先鋒であった山丁が、更に厳しく古丁、爵青を糾弾していたことは、容易に理解される。次は、金雨と田庚の対話場面である。

　　「君は才能ある金雨だよ。」
　　「才能ということなら、僕はあのころの馮雪非に遠く及ばないし、こちら長春の買寧にも及びませんよ。」
　　「買寧のことはいうな。彼奴は病気持ちだし、彼奴は中毒患者で、ア

ヘンをやっている。その弱みを日本人に握られているんだ。人生に何の気骨も持たず、一匹の犬ころにも及ばない奴だ!」
　金雨は深い感慨に打たれた。二つの才能、二つの中毒人士。馮雪非は先に亡くなったが、買寧はどうなるのか？　金雨は二人の堕落を強く惜しんだ。(375頁)

　ここでは買寧批判の材料として、アヘンの「中毒患者」という言葉が使われている。また同じく馮雪非までもが、アヘンの宿痾が病死の原因だとされている。フィクションとはいえ、ある程度人物が特定できるこの小説において、二人をアヘン患者と決めつけるには何らかの根拠があったと考えるべきであろう。しかし、その真偽を質す材料を、わたしは持ち合わせていない。今後の研究課題としたい。

2)　映画界について
　また、金雨が満映に移ることで、映画界についても一定の記述が可能となった。ここでも人物のモデル探しから始めよう。

汪策と妻郭敏
　汪策については、このように描かれる。話劇団の演出家から満映の映画監督に移り、そこで「同好の士とともに演劇研究会を組織して、日本や上海など各地から進歩的な演劇関係の書籍を収集し、阿英の脚本『群鴬乱飛』を改題し上演したことで、ついには逮捕されてしまった」(369頁)として、かれの壮絶な最期をこう描いている。

　　尋問されたとき、敵からさまざまに痛めつけられ、侮辱を受けたが、ほどなくして、かれは、士は殺されようとも辱めを受けることはできぬ、と言い捨てて、スチームに頭をぶつけて、出血多量で死んでしまった。(368頁)

これは満映の映画監督を辞して北京に脱出していたが、妻子を訪ねて満洲に戻った際、逮捕されて毒殺されたという王則をモデルにしたと考えられる。したがって、金雨が満映に職を得て、あいさつ回りに訪れた女優郭敏は、王則の妻張敏ということになる。

> 田庚は金雨を連れて家族宿舎楼に住む郭敏姐さんの家を訪ねた。この郭敏は、汪策の未亡人であった。彼女は両親と同居しており、汪策の死後に生まれた遺児も一緒であった。郭敏は、穏やかでおっとりとした性格であり、老け役を演じるのを得意とする真面目な俳優であった。(384頁)

この記述も、演技派として名をはせていた張敏の実像にほぼ重なると考えていいだろう。

黄学謙

大多数の「満系」脚本家に嫌われている「二鬼子」として、制作処長黄学謙が登場する。

> 人びとがかれを嫌うのには三つの理由がある。一つには、言葉がすべて怪しげな関東州の訛りとアクセントであること。二つには、日本留学中に日本人妻を娶ったこと。三つには、何かというと「国策」のテーマを持ち出して、脚本を書かせることであり、最後の一つが最も嫌われていた。(382頁)

これは姜学潜をモデルにしている。姜は日本留学生で、日本人女性と結婚した。協和会に勤めていたところ、甘粕正彦に満映に引き抜かれ活躍し、最後は制作部次長にまで昇りつめた。首都警察に逮捕されるが、甘粕の口利き

で釈放された経験がある。かれは、国民党員であり、満映の接収をめぐっては、最後まで共産党と対決した人物として中国では評判が良くない人物である。47年4月、共産党軍が長春の街に入城した折に、自殺したといわれている。

華燕芬・章天紋・楊柴

有名な女優の華燕芬が金雨と顔を合わす場面がある。盛文慶が彼女に血道をあげ、結婚するために小艾子の妹を離縁し、自殺に追いやった事件の張本人である。彼女は「わたしは独身主義者よ！」(383頁)とうそぶき、田庚は、彼女と結婚したいと望む男はたくさんいるといい、金雨は「妖女」だと恐れる。艶聞の多い女優であるが、作者がモデルを使うとき、その実名の一部を取り入れていることから考えると、季燕芬である可能性がある。彼女は張敏と同じく、「満映俳優訓練所」の第1期生であり、人気スターの一人であった。

台湾出身の監督章天紋は、張天賜を指すと思われる。かれは、09年福建省樟州市の生まれだが、原籍は台湾で、脚本家であり数少ない監督の一人であった。日本人と国策映画の脚本を合作している楊柴は、断定は難しいが、張我権を指すのかもしれない。熙野という筆名で、八木寛・長畑博司と組んで脚本作成にあたったとされる。

脚本家の実態

田庚が金雨に教える脚本家の生活とは、脚本のテーマで制作処長の了解を得られれば、「自宅執筆」と称して家で執筆していればよい。週一回出勤し、外国映画を鑑賞してワイワイやればそれで散会するという。

これは、山口猛が指摘する「国策会社で時間に厳しかった満映だが、制作部、特に脚本関係は、仕事の性格上、必ずしも出社の必要はなかった。それを口実にさぼる連中もいたが」[20]という、脚本家に許された緩やかな職場規律を踏まえたものだろう。しかし、「さぼる連中」については、中国人側にも

言い分があったようだ。田庚は、上の説明に続けて、このように述べている。

> 「満系」の脚本家は、自分の脚本を映画にしようと思っても、それは天に昇るより難しいことなんだ。心血を注いで、満足できるだけの作品を書きあげても、「日系」の脚本家によってズタズタにされ、自分でもわけの分からない得体のしれない代物に替えられてしまうのさ。ましてや誰が、恥を忘れて「国策」の脚本なんぞを書くもんか？　こうして、日が経つうちに、「満系」の脚本家は、お互い暗黙のうちに理解し合って、それぞれが自宅執筆にとりかかることになるんだ。満映の金をもらって、自分の仕事をするんだ。
> みんなが小説や詩を書いて……脚本なんぞは手もつけないんだ。(385頁)

これは、満映におかれた「満系」脚本家の立場を、一部反映した言葉であろう。しかし、脚本家として独り立ちした中国人は存在したし、とりわけ古装片（時代劇）の脚本は、中国人の独壇場であった。その第1作「龍争虎闘」(41年)は、姜衍（姜学潜の筆名とする資料が多いが、杜白雨の筆名とするのが正しい）の脚本で、好評を博した。なお山丁も、梁孟庚の名前で「巾幗男児」、「歌女恨」という二つの脚本が映画化されている。

金雨は「勤労奉仕」というテーマを与えられたとするが、金音が脚本を完成させたという痕跡はない。

5　良心的日本人の登場

この作品には、何人かの良心的な日本人が登場する。この時代を描いた作品には、侵略者の残忍さを一身に集めたような、ステレオタイプの日本人が多く登場するのが一般であるが、馬尋は中国人に寄り添い、抵抗する中国人

をひそかに支援する日本人を描いてみせた。実は、この論文を書こうと思ったきっかけは、作品に登場する日本人の描き方に興味をそそられたからである。

　以下は、平岩晴美が吉林国民高等学校に勤務する椎名満を訪ねて、小さな食堂で昼食を取りながら交わす会話部分である。

　「あたしたち日本人は、ここで何をしたんでしょう？　善良な青年たちは、わけもなく痛めつけられ、死ぬ者は死に、気が狂う者は狂い、半殺しの目にあわされ……吉林に来る汽車に乗っていて、あたしたまらない気持ちになったわ。罪深い事件に出合うたびに、いつも思うのよ、あたしもその一員なんだって！」

　「僕も時には君と同じ気持ちになるよ。日本が中国で悪いことをするたびに、自分にもかかわりがあるんだって。しかし、冷静になって、よく考えてみれば、すべての罪は君の所為ではないし、僕の所為でもないんだ。」

　「しかし、中国の一般の人たちの目から見れば、どの日本人でもみんな悪党になるんじゃない？　今さっき八百瓏の山東義園に行ったら、あの貧しい子供の小牛ちゃんがいったのよ。日本のお姉ちゃんが、どうして中国の学生さんと──お友だちになるのって……」晴美は激したように続けた。「新聞では南京に中華民国臨時政府が成立し、あたしたちの軍隊が、すでに武漢三鎮を占領したといっているけれど、中国の全土を占領することだってあり得ることだと、あたしは思うの。でも、その後はどうなるの？　その後の後はどうなるの？……」

　「晴美さん、こんな話は、やっぱりしない方がいいよ。」満は周囲を見回してそっといった。

　晴美は椎名の声が聞こえなかったようにいった。「いつの日か、あたしたち日本人は、誰も中国人と友だちになれなくなってしまうかもしれないわ！」

「しかしいつの日か、僕たちが公然と、胸を張って中国人と友だちになれることを僕は願っているよ。」(324頁)

　晴美は、恋人の尉遅恭が拷問で虐殺されたことで、崔柏などの抗日運動に協力するようになる女性である。椎名満は、父親がかつて日本の左翼文学運動に参加していて逮捕され、満が16歳のときに獄中死したという経歴を持つ。

　次は、崔柏を取り逃がした警察が、関係した人物を呼び出して、かれの罪証を摑むために尋問した場面である。以下は、捕われた日本人の証言である。

　　阿部良：「葛天虎君は、才能ある人材です！　わたしは生涯にわたって、最も才能ある人材を愛してきました。英才を得て之を教育する。これ乃ち一つの楽しみ──そうでしょう。」(415頁)

そして崔柏に掛けられた嫌疑を一つずつ反論した上で最後にこう述べる。

　「わたしは日本人で、科学者で、業績をあげたいと強く願っている生物学者です。わたしは天皇陛下の臣民で、たとえ最も忠実な臣民でないとしても、非人間的な虐殺者では絶対にありません……
　……すべての残酷な刑罰は、ただわたしの肉体を打ち壊し、わたしの魂を浄化できるだけなんです。でっち上げで人を陥れることは、あなたたちの残忍さと空虚さを暴露するだけのことなんです。」(416頁)

　　椎名満：「崔柏は愛国者だろうって？　その通りですよ。あなた方が、僕に悟らせてくれた通りですよ。僕の父も愛国者でした。国を愛することが、どうして咎められなくっちゃならないんですか？　僕についてい

えば、愛国者に同情を寄せる人間にすぎません。……そうなんです。同情はするんだけれども、何の援助もできなかった。おそらくこのことが、僕の一生の痛恨事となるでしょう。」(417頁)

阿部は高等師範学校の教諭であり、政治からは一歩身を引く姿勢を保持しているが、学者としての矜持を失わない硬骨漢として描かれている。吉林高等師範学校で教鞭をとっていた生物学者阿部裏をモデルとしたのかもしれない。警察の取り調べ場面としては生ぬるいと感じられるし、このように堂々と正論を開陳できたのかという疑問も残る。しかし、作者は、愛国者崔柏を擁護する日本人像を描き出した。

満洲国にあって、植民者と被植民者、軍事力と政治権力を背景にした支配者と被支配者という構造は厳然として存在していた。しかし、日本人の中にも、民族の壁を超えた相互理解に努力した人間がいたことも事実であろう。しかし、そうした「日中の交流」を掬い取ることは、政治的な理由から中国では困難であった。

にもかかわらず馬尋は、良心的日本人を主人公に据えた小説を、これ以外に2篇も書き残している。一つは、79年に執筆された「遠方的隣居」[21]（遠くの隣人）である。

37年の冬、龍沙の女子中学校に赴任した音楽教師梁有声は、同僚の酒井健と親交を結ぶ。酒井は大胆に時局批判を口にし、学校当局にも遠慮なく文句をつける男であった。そうした酒井に共感を覚えながらも、梁は危険なものを感じて心を許した付き合いは避けていた。次は、酒井と梁の心のズレを示した会話である。

「僕たちはどうして親友になれないのかね？　僕たちは同時代の人間だし、どちらも善悪をわきまえる良識を持っている。共通の趣味も持ち合わせている。僕たちはこの世の中のメダカや小エビみたいなもんだ。どうして、自由に一緒になって遊びまわることができないんだろう？

……」
「……」
「君はこんなことを考えているのかも知れないね。何時の日か、僕に裏切られるかも知れないと。君は苦しい目に合いながら、僕の方は法律の制裁も受けずに、のうのうと暮らしているんじゃないかと！」（中略）
「僕はあなたと友だちになりたいと思ってはいるんですよ。しかし、僕はふがいない人間だから、政治にはかかわらない友だちでいましょうよ！」
酒井は、突如として声をあげて泣き出した。（315頁）

ある日、日本留学中の友人から送られてきた上海や日本で出版された「進歩的な雑誌、新刊の小説、詩集」の一部を、女生徒に貸し与えたことで、梁有声は憲兵隊に逮捕される。彼女たちは、学園内に「文学之友」という地下組織を作って、反満抗日の活動を行なっていて、酒井と梁はその指導部と見なされたからであった。酒井は獄中で受けた拷問で、身体障碍者となって日本に送還された。酒井の逮捕拷問の件を知らなかった梁ではあるが、日中国交回復後、酒井の遺族によって、かれが梁有声の身を案じ、かれとの親交をしたためた「心哪、飛向那遠方的隣居」（心よ、あの遠くの隣人のもとへ飛んでいけ）という手記を残していたことを知ることになる。

もう一つは「奇葩——香田淳子的愛情」(22)である。龍沙女子中学校の音楽教師梁有声が聞いた、日本人女性香田淳子が語る数奇な話が中心である。淳子は、京都帝国大学経済学部教授香田清張の妹である。中国人留学生は「自分たちの国を熱愛している人たちで、それは同情に値するし、かれらを援助する価値があるんだ！」（289頁）と考える清張教授は、譚国煥、丁淑雲ら留学生たちの地下活動を積極的に支援している。同じクラスの方啓先も、その影響を受け運動に近づいていく。一方、屈託がなく政治的には無頓着な淳子は、大学受験の補習を引き受けてくれた啓先に惹かれ思慕の念を抱くように

なる。留学生の政治活動への取り締まりが厳しくなる中で、方啓先が友人に送った「義勇軍進行曲」[23]の楽譜が、学内に潜りこんでいたスパイに発見され、一斉検挙となる。拷問を受けて精神に異常をきたしていた啓先に面会を許された淳子は、憲兵が指図する通り、満洲国を愛しているとの文言を自白書に書くよう方啓先を説得する。かれは、怒りから完全に頭が狂ってしまい、淳子に跳びかかり首を絞めようとした。

精神異常のまま龍沙に送り返された啓先を訪ねて、淳子がはるばる日本からやってくる。淳子が梁有声に語る自責の弁である。

「あたしは、もっとも許しがたい愚かなことをしてしまったの！ あたしはファシストの共犯者となって、一人の節操ある正義漢を無恥な裏切り者に変節させようとしたんだわ。」（299頁）

最後に淳子は、眠っている方啓先の傍で、毒をあおって自殺する。

ここに登場する梁有声が、金雨すなわち馬尋を指すことは明らかだろう。しかもこれら「良心的」日本人の形象を通して送り出されるメッセージは、一つである。すなわち、民族的対立におかれた植民地国家にあっては、男女間の愛情（尉遅恭と平岩晴美、方啓先と香田淳子）、あるいは男同士の友情（崔柏たちと椎名満、梁有声と酒井健）を、成就させることがいかに困難であったかを訴えている。時には暴力によって切り裂かれ、時には相互の心情を理解し合えないことで溝を埋めることができない。しかし、作者馬尋は、民族の壁を乗り越えようとする誠実な日本人を描いた。満洲国にあって、こうした日本人は「奇葩」（珍しい花）であったろう。

馬尋は厳然として存在する民族差別社会の中で、誠実に中国人を理解しようとする日本人がいたことを記憶の中にしっかりととどめている。瀋陽師範学校時代の敬愛する日本人教師の思い出を語り、「この先生が、日本人の良い悪いを一概には論じられないことを、わたしに教えてくれました」としている。また、吉林高等師範学校には、多くの日本籍教諭がいたとした上で、

かれらは「二つのグループに分けることができます。一つは学問に集中して政治にはかかわらない人。もう一つは、学生の思想を好んで調べたがる人です。こうした経緯を、長篇小説『風雨渦巻く関東』の中に、書き込みました。」[24]

かれのこうした貴重な記憶から、平岩晴美、椎名満、酒井建、香田淳子、そして阿部良といった日本人像が創り出されたのであろう。「いつの日か、僕たちが公然と、胸を張って中国人と友だちになれる」時代の到来を、馬尋は強く望んでいたのだ。

6　歌で描く日本の風景

　作者の経歴からも窺えるように、馬尋は師範学校で音楽と美術を学び、女子高校でもその科目を担当していた。音楽にも造詣が深かったと思われるが、この小説においても当時流行していた歌謡曲が巧みに取り入れられている。留日女学生方姝が、若草山を散策していたときに、酔っぱらった中年男がしゃがれ声を張り上げて歌っているとして、

　　　跨過大海——屍浮海面
　　　跨過高山——屍横郊野（207 頁）

と、歌詞の出だし部分を書いて、「彼女は耳を蔽いたくなり、足を速めた」と付け加える。これは「万葉集」から採った大伴家持の歌「海行かば」（信時潔作曲。1937 年）を写したものに間違いなかろう。

　　　海行かば水漬く屍
　　　山行かば草生す屍
　　　大君の辺にこそ死なめ
　　　かへりみはせじ

準国歌ともいわれ、玉砕のニュースの前に、必ずラジオから流され、日本人なら誰知らぬ者はない軍歌であった。

またその場面のすぐあとに、「少女〔方姝〕の同級生なら誰もが歌える『九段坂』」を歌いながらやってくる年配の女性が登場する。その歌は、

　　従上野車站来到九段坂
　　我心情急切、有路難辨
　　我手扶拐杖、走了一整天
　　来到九段坂
　　我来看望你呀、我的児（207-208 頁）

として、紹介されている。これは石松秋二作詞・能代八郎作曲「九段の母」（39 年 5 月）であろう。原文は、

　　上野駅から　九段まで
　　勝手知らない　焦れったさに
　　杖を頼りに一日がかり
　　倅来たや　逢いに来た

である。この二つの歌を聞いた方姝は、

　　あの中年男は「平然と死を受け入れる」〔視死如帰〕と歌い、この年老いた婦人は「〔戦死した〕お前のお陰で嬉しい」〔為你高興〕と口ずさんでいる。極悪非道な軍国主義者は、戦争で犠牲となることを高尚な栄誉であると見なしている。このことが悲劇を生み出しているのではあるまいか？（208 頁）

といった感想を漏らしている。

　作者は、この有名な歌の主旨を理解していたこと、「九段の母」のその後に続く「こんな立派な　御社に／神と祀られ　勿体なさよ／母は泣けます　嬉しさに」、「鳶が鷹の子　生んだ様で／今じゃ果報が　身に余る」という歌詞も覚えていたと思われる。満洲国に身を置いていた中国人でも、戦時中の軍歌に馴染んでいたこと、馬尋はその歌を作品に持ち込むことで戦時色に染まった日本人の日常生活の一こまとその心情をうまく描き出したといえるだろう。

むすびに

　作品論としては雑駁な構成となってしまった。この小説は、「反満・抗日絵巻」（第3節）を主題とする作品である。崔柏を軸とした青年たちの不屈の闘争への賛美、そしてその中で犠牲となった人びとへの哀悼を、テーマの中核に据えた小説である。「満洲国の文化界」（第4節）や「良心的日本人の登場」（第5節）として分析したものは、作品の支流である。その主流は紹介するにとどめ（かなり詳しい梗概は示しておいた）、あえてその支流にこだわったのは、研究者としての興味からである。フィクションである小説から、研究課題を見つけようとするのは、作品論の邪道だといわれるだろう。しかし、あえてその邪道に踏み込んだのは、作者馬尋が書き残してくれた「遺嘱」から、わたしとして汲み取れる限りのものを引き出し、研究課題として受け止めたいと思ったからである。本文では展開できなかったが、この作品で、尉遅恭と黄学謙は「二鬼子」という綽名で呼ばれている。中国人が、日本人を密かに「日本鬼子」と呼んで軽蔑していたことはよく知られているが、満洲国では関東州在住の中国人を軽蔑し、日本人の「弟分」としてこの綽名が使われていたことを明らかにしている。内海庫一郎の回想にも「『二大伯』は日本人のあだ名、『三叔』が朝鮮人、『金大哥』が金州（旅順・大連）のあんちゃん。この三者が満洲国政府だ、といわれていた。」と語られている。表

現は違えども、関東州出身者への蔑視があったことは事実のようだ。かつてわたしは、「大連イデオロギー」と「新京イデオロギー」というタームを使って、関東州在住の日本人と「建国」後満洲に渡った日本人との「国家」建設にかける温度差や国策への思いいれの差違を論じたことがある。馬尋や内海が指摘するのは、ちょうどその裏返しの関係にある中国人像である。つまり、満洲国成立までに、すでに20数年もの間、日本の租借地としての歴史を刻んできた関東州、そこに住む中国人は日本語にも親しみ、日本文化と共存してきたであろう。そうした同胞への違和感が、「二鬼子」、「金大哥」といった蔑称を生み出したと考えられる。そうした文化風土が、文学創作の世界にどのような影を落としているのか。これもまた、この小説から汲み取ったわたしの研究課題である。

<注>
（1）以下引用文以外は、可能な限り「19」を省略する。
（2）馬馳「馬尋小伝」『馬尋文集』求真出版社　2009年10月　328、329頁
（3）李克異『歴史的回声』中国青年出版社／広東人民出版社　1981年2月
（4）劉遅『新民胡同』時代文芸出版社　2001年12月
（5）岡田英樹編著『留日学生王度の詩集と回想録——「満洲国」青年の留学記録』「満洲国」文学研究会　2015年7月
（6）金音『塞外夢』益智書店　1941年7月
（7）同『朝花集』大地図書公司　1943年（未見）
（8）同『教群』五星書林　1943年11月
（9）同『牧場』大地図書公司　1944年11月
（10）馬尋『風雨関東』中国文聯出版社　2005年2月
（11）「凌昇事件」とは、1936年4月に興安北省省長凌昇（ダフール人）ら4人を「反満通ソ」の罪名で処刑した事件である。
（12）「三・一五事件」とは、1938年3月15日、共産党や抗日組織に大弾圧が加えられ、387人が逮捕された事件をいう。
（13）金音「想念霊非」『芸文志』創刊号　1943年11月
（14）呉瑛『両極』益智書店　1939年
（15）李季瘋の脱獄事件については、拙論「首都警察による特務工作の実態」『続　文学にみる「満洲国」の位相』（研文出版、2013年8月）参照。
（16）李季瘋『雑感之感』益智書店　1940年12月
（17）山丁「文壇交遊録——女性作家呉瑛の援助（上）」『地球の一点から』90号

1996年5月　4頁
(18)　柳書琴・蔡佩均整理／馬尋口述「従"冷霧"到《牧場》：戦時東北文壇回眸——馬尋訪談録」『抗戦文化研究』第4輯　2010年12月　294頁
(19)　「全国決戦芸文家大会」については、『芸文』（日本語）創刊号（1944年1月）と『芸文志』（中国語）1-3（1944年1月）にその記録が掲載されている。
(20)　山口猛『幻のキネマ——甘粕正彦と活動屋群像』平凡社　1989年8月　141頁
(21)　馬尋「遠方的隣居」『当代』1980年第2期　前掲『馬尋文集』所収
(22)　同「奇葩——香田淳子的愛情」『春風』文芸叢刊　1980年第2期　前掲『馬尋文集』所収
(23)　日本では「義勇軍行進曲」といわれている。田漢作詞・聶耳作曲で1935年に作られた抗日歌曲。中華人民共和国成立後は国歌とされた。
(24)　同注（18）　292頁
(25)　戦時中、日本国内ではラジオ放送と、学校教育を通じて軍歌が国民の中に浸透していったと聞いた記憶がある。それでは満洲国にあっては、どのような形で日本の軍歌が広められたのであろうか。日本人のみならず、中国人はどこまで軍歌に親しんでいたのであろうか。興味ある課題であるが、一つだけ資料を紹介しておこう。東方国民文庫の1冊として『満洲国民歌曲集』第1輯（藤山一雄編、満日文化協会1939年2月20日）が出版されている。

　　国務院総務庁官星野直樹の「序」をかかげた本書は、111曲の歌詞と楽譜を収録するが（冒頭に「君が代」を配し、「満洲国国歌」を二番目においているのには驚いた）、満洲で作られた日本語、中国語の歌とともに、「愛国行進曲」、「軍艦行進曲」（軍艦マーチ）、「婦人愛国の歌」といった有名な日本の軍歌も採録されている。またこの小説に出てくる「荒城の月」、「埴生の宿」も入っている。馬尋は、斉斉哈爾女子師範学校の音楽の授業で、こうした歌を教えさせられていたのかもしれない。
(26)　「内海庫一郎『酒友古丁追想』」前掲『続　文学にみる「満洲国」の位相』390頁
(27)　拙論「大連イデオロギーと新京イデオロギーの相克」『文学にみる「満洲国」の位相』研文出版　2000年3月

初出『中国東北文化研究の広場』第4号　2018年12月10日

第3章　古を論じて今に及ぶ
——満洲国の歴史小説再検証

はじめに

　　この時期には、歴史に題材を採って詩や小説を作るという現象が比較的広く行き渡り、淪陥後期東北文学の突出した特徴となっていた。その原因は、主要には日本・かいらい政権の血腥い弾圧のもと、人びとは慎重になり、現実に触れ、当時の政治状況に違反し、生死にかかわるような災難に遭うことを恐れたからであった。（中略）
　　爵青、古丁といった寵児でさえ、日寇政権の暴威のもとにあって、明日のわが身は保ち難しとの感を抱き、古代人物の生活の中に素材を求めて現実から逃避した。この時期、歴史小説は流行し、爵青「長安城の憂鬱」、古丁「竹林」、劉漢「林則徐」、未名「妻取り換え物語」（「易妻記」）などの作品が大量にあらわれた。（361頁）

　これは1985年2月に発表された、鉄峰の「淪陥時期の東北文学」[1]という論文の一節である。このような古い帳簿を引き出すことは問題かもしれないが、まだ80年代には、鉄峰のこうした乱暴な論考が横行し、東北淪陥時期の文学再評価に大きな障害となっていたのである。黒龍江省社会科学院文学研究所副研究員の肩書きで発表される鉄峰の論文の影響は大きく、満洲国を生きた老作家に動揺が広がり、かれらの間では、「いまは反論を控え、こうした発言の背後を探るべきだ」との指示がひそかに流されていたことを、わたしは知っている。また鉄峰は、黄万華、馮為群といった研究者にも異議を申し立て、激しい論争が展開されたことはよく知られている。
　わたしも、この頃は40代で血気に溢れていたので、鉄・黄論争に口出し

して鉄峰批判の論陣を張ったり⁽²⁾、出版されたばかりの『東北現代文学史』⁽³⁾の硬直した論理展開に異議を申し立てたりした⁽⁴⁾。古稀を迎えて、いまさらこの古い帳簿に難癖をつけるには躊躇を覚えるが、歴史小説が、満洲国の文学の中で量的に一定の位置を占めていたことは、鉄峰のいう通りである。しかしそれらの作品は、かれのいう「現実逃避」なる評価で切り捨てられないことはもちろん、むしろ自由な表現が許されない中、作者の隠されたメッセージを読者に送り届ける有効な手段として機能していたのではないかと考える。鉄峰が名指しで批判した歴史小説を採りあげつつ、満洲国における歴史小説の意味づけを考えてみたい。

1　批判作品の再検証

1)　「香妃」——貞節を守った王妃

　まず鉄峰が指摘した爵青「長安城の憂鬱」であるが、この作品は『麒麟』(2-8　1942年8月) に発表された。

　長安に出てきて科挙の試験に失敗し、失意のうちに暮らす貧乏学生・陸顕の恋物語である。かれは洛陽楼の妓女杜六娘を見初め、故郷の江南へ連れて帰ることを約束する。しかし身請けするだけの資金はない。そうしたかれのもとへ、越南からの一行が訪れ、ある秘薬を飲んで腹中にいる奇虫を吐き出してくれれば、多くの財宝を寄贈するとの申し出を受ける。その奇妙な頼みを聞き入れ、秘薬を服すると果たして奇虫が出てきた。さらに、東海の海岸へ行き、その奇虫を煎じると海中から、童子、美女、老人がつぎつぎとあらわれ、多くの真珠を差し出してくれた。その蛮族の長老がその真珠の一粒を呑み込むと、海水が二つに割れ、龍宮への道が通じ、そこの財宝を手に入れることができた。かくして、陸顕は大金持ちとなり、杜六娘のもとへ駆けつけるが、彼女は陸顕の訪れがないことに心を痛め、病にかかって死んでしまっていたというストーリーである。

　これは明代の通俗小説、李甲と杜十娘の悲恋を、唐代に移し換え、焼き直

したものとも考えられるが、恋愛小説というよりも、怪奇なできごとで彩られた伝奇小説といえるだろう。爵青も短篇小説集『帰郷』（芸文書房 1943年11月）に収録する際には、「長安幻譚」と改題している。架空の世界を楽しむ作品であり、「現実逃避」という批判は許されるかもしれない。

　爵青の歴史小説を論じるなら、「香妃」（『華文毎日』10-4　1943年2月15日）という作品を採り上げるべきであろう。これは、清朝乾隆帝時代の、伝説に彩られた美しい女性香妃に材を得た小説である。新疆ウイグル地区、回族の首長和卓は清軍との闘いに敗れ戦死する。王妃香妃は捕らえられ、乾隆帝は紫禁城の西苑にイスラム風の宮殿を建てて王妃を迎え入れ、その歓心を得ようとあらゆる手段を講じるが、彼女の心は揺らぐことがなかったという。

　小説では、幸せであった伊犂城での生活や、夫和卓の勇姿が回想され、イスラム教の掟としきたりを忠実に守って生きる香妃の日常が描かれる。そして香妃は、乾隆帝のあらゆる誘惑をはねつけ、貞節を守り抜く。

　　　そうなのだ、東国の偉大な帝は、たしかに当代にあって唯一無二の権勢を誇っている。しかし、わたしの身体は捕らえたが、わたしの美貌と愛情は虜にはできない。玉孜巴什の娘の美貌と愛は、永久にあの和卓のものでなければならない。（35頁）

　異国に囚われの身となった香妃の心に去来する亡国の悲哀と、その中でも節を曲げない彼女の生き方は、日本国の虜囚となった満洲国に生きる人びとの慰めとなり、共感を持って受け入れられたはずである。

2）「竹林」──新王朝に媚びを売らない硬骨漢

　雑誌『麒麟』では、「史材小説」と銘打って、いくつかの作品が集中的に掲載されている。上記、爵青「長安城の憂鬱」とともに、古丁「竹林」（2-6　1942年6月）もその一つである。

　これは、3世紀の三国時代、魏から晋へと王朝が交替する時期、老荘思想

に共感し、酒を呑み、清談に耽ったという有名な「竹林の七賢」に材を採った歴史小説である。阮籍、嵆康、山濤、劉伶、阮咸、向秀、王戎の七賢人とも作品に登場させているが、作者の意図は、嵆康の生き方を押し出すことにあったと思われる。作品の中では、七賢人の有名なエピソードが、一見したところ雑多に盛り込まれているように思われる。しかし、作者は次のような一節を書き残している。

　　竹林の名士たちは、このように集まってすでに７、８年になるが、近ごろ、内部の分裂がはっきりしてきた。ある者は仙人になりたいと思い、ある者は高い官位につきたいと思い、ある者は金儲けしたいと思い、ある者は遊んで暮らしたいと思っている。（129頁）

こうした記述に続けて、作者は嵆康の苦悩する姿をこのように描いていた。

　　嵆康、この硬骨漢は、大きな混乱に落ち込んだ。最近「養生論」を脱稿したのだが、依然として内心の苦悶は解消できなかった。
　　竹林の名士たちも、みんな虚偽と狡猾の人間であり、その本性を隠しているのだと悟った。かれは完全に、大きな孤独に陥ってしまった。かれは官位につきたいとは思わぬし、金儲けしたいとも思っていない。最近では、文章の構成力すら枯渇してしまった。終日家に籠もって悶々とし、琴も弾かず、鉄も打たず、あたかも呆けたようになって、一日中口をきかなかった。（129頁）

つまり、竹林の名士といえども身の処し方は一様ではなかった。事実においても、山濤や王戎は晋の高官に昇りつめている。そうした中で、嵆康だけは孤高を守り、官位につかず、心配した山濤が散騎常侍という役職を紹介したときには、怒って「絶交書」を送り付けたほどの男であった。作者古丁

は、世に知られた七賢人の世俗を超越した奇行を綴りつつ、魏の遺臣として、節を守り抜いた嵆康の生きざまを読者に伝えようとしたのである。諸肌脱ぎになった嵆康が鉄を打ち、表敬訪問に訪れた鍾会将軍を冷たくあしらい、恨みを買ったエピソードを作品の冒頭にすえ、その鍾会の讒言から濡れ衣を着せられて、七弦琴を弾きながら処刑の場に臨むかれの姿で幕を閉じるという作品の構成をみても明らかであろう。

　古丁は、史書に残された記述を多く引用してこの作品を構成しているが、その一つに劉伶の「酒徳頌」──小説では「酒徒頌」（酔っぱらいを讃える歌）とふざけている──が引用されている。『文選』（巻47）の原文と比べてみると、「日月為扃牖、八荒為庭衢」という対句が、「八荒為扃牖」と改竄されていることがわかる。わたしはその意味するところを、このように解釈した。大東亜共栄圏建設の口実として盛んに喧伝されていた「八紘一宇」──世界を一つの宇にする──は、田中智学が「日本書紀」を典拠として作った造語であるが、劉伶にかかれば、その「宇」も、かれの「褌衣」にすぎないとして笑い飛ばすところにあったというのが結論である。博識な古丁の手になる作品である。隠された針がもっとほかにも隠されているかもしれない。

　ここで当時の作家が、こうした歴史小説（故事）をどのように評価していたのかについて紹介しておきたい。筆者の辛嘉は、初期の芸文志同人で、爵青や古丁の友人であり、この時期には満洲を離れ、故郷の北京へ帰っていた。

　　　爵青君が歴史故事を書いたのは、新しい一つの試みであった。つまり満洲の文学活動全体において、これまでとは別途の新しい実験であった。ただし去年、古丁君が「竹林」を書いており、これ以外にも、一つ二つ別のものも書かれている。爵青君の「香妃」について言うならば、こうした歴史故事は、今日のわれわれに、ある種の慰めと教訓となりうるだけで、人生への何か積極的な意欲を呼び起こすことはできないかもしれないが、ただこうしたチャレンジは注目すべきである。今日、満洲

の作家たちは、文学的苦悶の時代におかれているが、いささかも落ち込むことなく、文学にしがみついて、さまざまな分野に向かって必死に出路を捜し求めている。「香妃」と「竹林」は、こうしたチャレンジのあらわれであり、文学的にも大変成功したといえるのである。(187、188頁)

辛嘉も、「文学的苦悶の時代」にあって、歴史小説は有力な一つの文学ジャンルであることを認めている。

3）「林則徐」──アヘン焼き打ちの義挙

　中国と交易していたイギリスは、茶や陶磁器、絹織物などを大量に買い付けていたが、毎年生じる膨大な輸入超過を解消するために、植民地インドからアヘンを持ち込み密輸出することでバランスを取ろうとしていた。たびたびのアヘン禁輸令も効果なく、中国の民衆もアヘン中毒の宿痾に苦しめられていた。アヘン禁輸の欽差（特命）大臣に任じられた林則徐は、1839年、広東に乗り込み、イギリス商会や駐中国貿易監督官エリオットに命じ、備蓄されていたアヘンすべてを没収し、海水と石灰を混ぜて焼き払ってしまった。この林則徐の、気骨ある行動を描いたのが、劉漢の「林則徐」（『新満洲』4-6 1942年6月）である。翌年に本格化するアヘン戦争への導線となる事件であるが、英断を下した林則徐は、国民的英雄として、現在でも人びとの心に焼き付いている。

　この事件は、欧米の桎梏・収奪からアジアを解放するという「大東亜精神」を具現化したものであり、大東亜戦争賛美の隊列に連なるものであった。しかし満洲国にあっては、政府によるアヘン撲滅のスローガンとは裏腹に、関東軍の裏金資金として密売されていたことはよく知られていた。満洲国では、イギリスのアヘンではなく日本のアヘンこそが問題とされねばならなかったのである。身体をむしばみ、民族を衰弱させ、国を滅ぼすアヘンの害毒を中国人作家が語るとき、その背後に日本人の姿を思い浮かべていたこ

とを知るべきである。(7)

　以下の引用は、林則徐の質問に答えた村人の言葉である。

　ここの村人たちは、真面目に百姓仕事に励み平穏な生活を送ってきた。ところが、

> 「毛唐どもが、この毒物を持ち込んできてからは、無知な馬鹿どもが、みんな騙されてしまい、悪いこととは知りながら、中毒になって、恥じらいもなく吸ってしまうようになりました。痛ましい話ではございますが、普通の若い娘までが、その悪習に染まってしまい、淫らなことや盗みなどがあちこちで起こっております。特命大使さま、ご覧下さい。水田では、真面目だった者が、昔のように身も心もすべてを農作業に打ち込むことなど見られなくなりました。わたしどもの村では、いくつかの家で、とうとうアヘン吸飲所を開いて専門に商売をする者まであらわれました。もっとも変わったところでは、二軒の家の女が、部屋の中でアヘンを焼き、障子窓からキセルを突き出すと、道行く駕籠担ぎがなにがしかの小銭を投げ入れ、アヘンを吸うようなこともやられています……」
> （63頁）

　ここにいう毛唐（西洋鬼子）は「日本鬼子」に置き換えねばならない。劉漢は、清朝の村里ではなく、満洲国の農村の状況として描いていたはずである。

　未名「妻取り換え物語」については、雑誌『愛路』（1942年）に発表されたらしいということは判明したが、残念ながら入手できなかった。

2　歴史小説の傑作

1）「放牧地にて」——大節を守るだけでは駄目なのだ

　わたしは、李季瘋（風）という作家の壮絶な人生と、歴史小説「在牧場上」

(筆名磊磊生『華文大阪毎日』6-12　1941年6月15日）に感動を覚え、「放牧地にて」と題して翻訳したことがある(8)。もちろん作品の「ヨミ」は読者に委ねるべきであり、解説においても書誌的な記述にとどめておいた。いま満洲国の歴史小説を論じるにあたり、この作品を採りあげ、わたしの「ヨミ」を示しておきたい。

　紀元前1世紀頃、漢の武帝から匈奴に派遣され、当地の内紛に巻き込まれ、囚われの身となった蘇武を素材とした歴史小説である。蘇武は、再三にわたる帰順の説得を拒み、北海（バイカル湖）のほとりで羊飼いをさせられながら、19年間漢王朝への忠節を貫き通したという歴史上の人物である。同時代を生き、匈奴との戦闘に破れ、その家臣となった悲遇の武将李陵とともに、中国では有名な人物である。

　李季瘋が、蘇武を素材として小説に採りあげた理由は明らかであろう。異民族に囚われの身となり、筆舌に尽くしがたい困窮の生活を強いられながらも、漢への忠節を曲げようとはしなかったかれの生き方を、満洲国に重ねて語っていることは容易に推測される。

　作中で蘇武が吟じる詩に、このような一節がある。

　　蘇武は胡にとどまり、節を辱めず、
　　雪の大地と氷の寒空に、困窮すること十九年。
　　渇しては雪を飲み、飢えては毛氈のケバを食し、
　　北海のほとりで羊を飼う。
　　苦難を重ねて、心は鉄石の如く堅い。
　　（中略）
　　海が枯れ、石が朽ちようとも、大節に欠けることなくば、
　　匈奴の心を驚かせ、肝を砕き、漢の威徳に服せし得るだろう。（48頁）

　日本の支配下におかれていようとも、われら中華民族はその誇りを失うことはなく、中華民国への節をゆるがせにすることはない、という宣言と読み

取れるのだ。もしこの小説がここで終わっていれば、前章で検証した歴史小説と同じく、苛酷な環境の中でも膝を屈することなく、信念を貫いた歴史上の人物の生きざまを示し、満洲国の同胞に日本の支配に屈服するなと呼びかけた作品ということになろう。

　しかし作者李季瘋は、頡利図なる人物を登場させ、この忠節に生きる老人蘇武の信念を根底から揺さぶるのである。頡利図は、罪を犯してこの地に流され、監視役として蘇武とともに生活してきた30代の匈奴の若者である。かれは、異民族のもとで節を曲げずにきたという自負心を唯一の支えとして生きている蘇武に対し、忠節を献げる漢王朝は虜囚となったあなたのために何もしていない、といい、降伏して匈奴の臣下となった者と（李陵を指す）、羊飼いとしてこの地で生きていくことに違いはないではないかと詰め寄られる。動揺した蘇武が、どうすればいいのだとこの若者に尋ねると、頡利図の回答は、復讐のために起ち上がれというものであった。

　まず、匈奴の娘と結婚してすでに一子をもうけていた蘇武に、妻と子どもを殺してみろ。できなければ、汗（ハーン）に降伏し、漢の武帝を伐つようにそそのかせ。それも無理なら、ここを脱出して仲間を集め、その力で匈奴と漢を打倒する。そのためならわたしも協力を惜しまない、というのである。

　蘇武が、いずれも夢物語だ、と拒否すると、最後に残された道は、海に跳び込んで自死することだと言い放つ。

　生の支えであった誇りと自尊心を叩き壊された蘇武は、投身自殺を決意するが、幼い息子と妻の呼びかけに我に返り、日常の生活に戻っていくところで小説は幕を閉じる。

　頡利図との対話部分は、おそらく李季瘋の創作であろう。このフィクションが付け加わることで、前半部の忠義に生きる蘇武の痛々しくも凛々しい姿は崩壊し、平穏無事を願ってその日を送る一人の平凡な老人の姿が残される。なぜ作者は、蘇武の生き方を汚すような作品を創り上げたのだろう。

　一つは、漢帝国（中華民国）への批判であろう。捕虜となった蘇武（満洲国）を見捨てたまま、行動を起こさない漢の武帝（蔣介石）に対する批判である。

さらには、日本の支配下にあって、媚び諂わぬことで自己満足している満洲国の人びとへの批判ともとれる。行動を起こさなければ、現状は何も変わらない。現状打破（反満抗日）への蹶起を促す作品とも読み取れるのである。

以上がわたしの「ヨミ」であり、満洲国の置かれた状況をここまで深く掘り下げ、その生き方を問いかけた作品はそう多くはない。文学史に書き留められるべき歴史小説であると考えている。

2）李季瘋という人

この「放牧地にて」という作品を残した李季瘋とはいかなる人物であったのか。『東北文学研究史料』（第3輯 1986年9月）には、かれの逝去40周年を記念して回想録が特集されている(9)。これを参考に、かれの数奇な人生を追ってみよう。

李季瘋、本名は李福禹、筆名に季風、磊磊生、亦酔、方進などがある。1917年遼寧省遼陽の農村に生まれる。31年、奉天第5中学校に入学、35年春、満洲国から北京に脱出し、書店の店員などをへて抗日遊撃隊に入隊するも戦闘に敗れ、38年に東北に戻った。『大同報』の編集にかかわりながら、詩や散文、小説を発表するとともに、秘密結社を組織し、読書会の名を隠れ蓑に抗日地下闘争を行なった。41年「一二・三〇事件」と称される一斉検挙で、特務警察に逮捕される。数日後に隙を見て脱出に成功するが、1月19日に潜伏先で逮捕された。しかし、43年11月5日、新京の留置場から2度目の脱獄に成功し、地下に潜った。このとき、国民党から派遣されていた羅大愚の指導下に入り、地下刊行物『東北公論』の編集などを任された。45年4月、3度目の逮捕となるが、日本の敗戦で死刑は免れ、8月17日釈放された。しかし、国民党からの離党問題がこじれ、8月23日、国民党鉄血鋤奸団の手で暗殺された。28年の人生であった。

経歴からも推測されるように、かれはラディカルで豪胆な青年であった。山丁はその回想記の中で、季瘋の雑文を高く評価しつつ、大胆にもマルク

ス、エンゲルス、レーニンの偉業を巧妙な表現で青年たちに伝えようとしたとして、以下のような文章を引用している。

　たとえば、卞爾〔カール〕の事業が成功にいたらず、衣利起〔イリーチ〕が、その事業を成功させられたのは、イリーチの知恵がカールより優れていたからではなく、イリーチの意志や精力がカールを越えていたからでもない。イリーチが置かれていた環境が、その事業を発展させる条件を、より都合がよいものとして与えられていたからである。これは、社会背景の問題なのだ。(10)

ここでは、「言うことと言わざること」という雑文を示しておこう。(11)

　人は、言うべきことがあれば必ず言うべきであるし、言い得ることは必ず言うべきである。しかし、言うべきことが「時として言い得ないことがあり」、その辛さは「無言」の士などには、到底理解できないものである。
　人が、他人の言うべきことを押さえつければ、そいつは悪漢であり、言い得ないことを無理に言わせるのであれば、そいつは愚者である。
　それ故、「言う」には、おのずと「言う」ことの道理があり、「言わざる」にも、おのずと「言わざる」ことの苦渋があるのである。もしかれが、「言って」おきながら何の道理もなく、「言わず」におきながら何の苦渋もなければ、言語を失ったこうした人類は、「啞」〔啞巴〕と呼ばれても仕方なかろう。（8、9頁）

屈折した表現ではあるが、言うべきことを言い得ない、言い得ないことを無理に言わされる——という環境の中、「言うべきこと」、「言い得ること」を言うからには、そこには必ずや「道理」が無ければならない、とのメッセージであろう。「放牧地にて」は、「言い得る」ギリギリの表現を使って、

「言うべきこと」を言い切った作品である。作者はまだ24歳の若者、かれのラディカルな性格を併せ考えると、作品に対するわたしの「深ヨミ」も、許されるかもしれない。

むすびに

　中国は長い文化の蓄積を有する国である。その長い文化の継承を可能にしたのが、三千年以上の歴史を有するといわれる漢字文化であった。さまざまな史実が、漢字で表記され伝えられてきた。そうして記録された膨大な史実は、詩に歌われ、絵に描かれ、また民間芸能（演劇や歌謡）として伝えられてきた。五四新文化運動以降も、魯迅『故事新編』、郭沫若「屈原」、夏衍「賽金花」、呉祖光「正気歌」といった有名な小説や戯曲が生まれている。歴史的故事に素材を取る文芸創作は、長い伝統に支えられてきたのだ。

　ここに採り上げた香妃、嵆康、林則徐、蘇武らは、中国人なら誰もが思い描くことができる人物であろう。したがって、読者は文章で書かれた内容を越えて、イマジネーションをふくらませることも可能となる。それ故、素材さえ的確に選べば、作者が「言い得ないこと」をも送り届けることができるはずである。「言うべきこと」が、「時として言い得ない」厳しい言語環境に置かれていた満洲国にあって、こうした豊富な文化を背景とした歴史小説というジャンルは、充分に有効な創作手段であったはずである。古丁は、魯迅の文章を評して「かれは今を語って古にさかのぼり、古を論じて今に及ぶ」(12)と述べているが、まさに満洲国の作家たちは、「論古而及今」を意欲的に実践し、読者に向けて「在絶望里覚希望」（絶望の中に希望を求める）というメッセージを伝えようとしていたのである。

　さらに付け加えれば、李季瘋の作品を除いては、全てがアジア・太平洋戦争勃発以降の作品であった。辛嘉の言葉を借りれば「文学的苦悶の時代」にこそ、歴史小説の手法が掘り起こされ、その有効性が発揮されたといえるだろう。

＜注＞
（1）鉄峰「淪陥時期的東北文学」『文学評論叢刊』第23輯　1985年2月
（2）拙論「東北淪陥区文学をめぐる論争——文学法廷から文学研究へ」『立命館言語文化研究』3-5　1992年3月
（3）同編写組『東北現代文学史』瀋陽出版社　1989年12月
（4）拙論「文学評価の基準とその適用——『東北現代文学史』の検討をとおして」『野草』第47号　1991年1月
（5）拙論「古丁と『八紘一宇』」『文学にみる「満洲国」の位相』研文出版　2000年3月
（6）辛嘉「読報章文学諸近作及其余談」『草梗集』興亜雑誌社　1944年4月5日
（7）満洲国の文学作品において、アヘンの害毒をテーマとしながら、日本を批判するという手法が一つの常套手段として使われていたことは、古丁の「山海外経」を論じた際にも指摘しておいた。『続　文学にみる「満洲国」の位相』（研文出版　2013年8月　57頁）参照
（8）拙訳「放牧地にて」『植民地文化研究』第8号　2009年7月
（9）『東北文学研究史料』（第3輯　1986年9月）に「文壇祭」として掲載された追悼・回想文は以下の通りである。（135頁〜147頁）
梁山丁「懐念季風」
李平・鉄漢「生当作人傑——作家李季風越獄犠牲紀略」
張烈「暗夜魔爪——記李季風越獄逃亡前前後後」
（10）前掲　梁山丁「懐念季風」132頁
（11）李季瘋「言與不言」『雑感之感』益智書店　1940年12月
（12）古丁「魯迅著書解題・訳後贅記」『古丁作品選』春風文芸出版社　1995年6月　562頁

初出『植民地文化研究』13号　2014年7月15日

第4章　満洲国の文学研究（於中国）
——資料で語る30年

はじめに

　14年に満たない満洲国の歴史であったが、そこには日本統治のもとで鬱屈した思いを抱えながら忍従を強いられてきた東北人の生活があった。またそうした思いを筆に託して、詩や小説、散文に結晶させた作家たちもいた。しかし中国では、かれらの文学作品を研究することは許されなかった。1945年に抗日戦争の勝利を迎え、満洲国は崩壊したが、48年に始まる「蕭軍文化報事件」、57年「反右派闘争」、66年「文化大革命」といった一連の政治運動の中で、在満作家たちは、「漢奸作家」、「親日作家」とのレッテルを貼られ、批判の対象とはされても、研究の対象とはなりえなかった。

　そうした不当な扱いを受けてきた満洲国の文学研究に光が当てられ、深化してきた研究の流れをまとめておきたい。わたしの手持ち資料に限られるが、できるだけ資料を紹介し、後継者が研究の第一歩を踏み出せるよう配慮した。

1　研究の出発と深化

1）研究雑誌の時代（80年代）

　文化大革命が終息し、在満作家の名誉回復が進行するとともに、満洲国の文学研究にも光が当てられた。その先端を切ったのが79年3月に設立された「東北現代文学研究会」である。翌年の3月に『東北現代文学史料』を創刊し、遼寧省・黒龍江省の社会科学院文学研究所（以下「社文研」と略）が相互に編集を担当し、第9輯（84年6月）まで刊行された。その後、『東北現

代文学研究』と改題して、86、89年に遼寧省社文研から続刊として10、11輯が出されている。非常に早い立ち上がりではあったが、研究対象は蕭軍、蕭紅、舒群、羅烽、白朗、端木蕻良、駱賓基、李輝英といった「東北作家」や金剣嘯、田賁など満洲国で犠牲となった作家が中心であった。この雑誌以外にも、東北地域の大学の紀要や文芸雑誌、また『抗戦文芸研究』、『新文学史料』、『中国現代文学研究叢刊』、『文芸報』、『文学評論』といった全国研究誌にも論文は掲載されてきた。(1)しかし、80年代前半は、『東北現代文学史料』がそうであったように、東北籍ではあるが関内抗日作家の一員として活動した東北作家の再評価や殉難「抗日烈士」の顕彰が主要な研究テーマであった。満洲国にとどまって、創作活動を続けていた作家への論及は、いまだ空白のままであった。こうした状況に一石を投じたのが、張毓茂「要填補現代文学研究中的空白——以淪陥時期的東北文学為例」(『中国現代文学研究叢刊』83年第4期)であった。

　　淪陥時期の東北地域〔すなわち偽満洲国〕の文学についていえば、現存する現代文学史のすべての書物では、全く言及されず、公式の場でこの方面の研究論文を発表した者はほとんどなく、現在に至るも空白のままである。こうした状況を生み出した要因はもとよりいろいろ考えられようが、主要には"左傾"思潮の妨害と破壊にある。(35頁)

"左傾"思潮を克服して、偽満洲国の文学を掘り起こすことによって、東北文学史の空白を埋めるべきであると主張した。この言葉に励まされるように、84年8月に『東北文学研究叢刊』(第3輯から『東北文学研究史料』と改題)が創刊される(なお第2輯からは、主編として山丁、盧湘、陳隄の名前が明記される)。これは黒龍江大学教授で、在満作家でもあった陳隄院長が主宰する哈爾濱文学院が編集・出版するもので、生き残った在満作家に誌面を提供するとともに、満洲国の文学を研究対象とする論文も多数掲載されるようになった。＜東北淪陥時期文学作品選＞という欄を設けて、当時の作品を毎号発

掘・採録する努力も、上記『東北現代文学史料』とは異なり、満洲国の文学再評価に、資料面から貢献せんとする姿勢のあらわれであったろう。哈爾濱文学院（2年制）とは、黒龍江省文学学会が大学レベルの社会人教育を目指して設立した学園で、80年3月26日に開学した。この研究雑誌は、第7輯（88年12月）で停刊に追い込まれるが、その告示文ではこのように述べている。

　　さまざまな原因から、ここに停刊を宣言する。この雑誌は、東北文学を専門的に研究する内部発行の刊行物であったが、関連する国内の専門家、学者から熱い歓迎を受け、東北文学、とりわけ淪陥時期文学の研究に、珍しい貴重な資料を提供してきた。その資料の詳細堅実さや、豊富な作品は、わけても読者の歓迎するところであった。そうした中から、淪陥当時の東北文壇の概況を理解し、中国現代文学全体の欠けたるところを補うことが可能となったのである。停刊を宣言するのは、残念といわざるを得ない！　哈爾濱文学院　一九九〇年三月二六日

　東北淪陥時期（満洲国）の文学研究に寄与してきたことへの自負心と停刊せざるを得なくなったことへの無念さは読み取れるであろう。
　この「告示」は『文学信息』（第47期　90年3月26日）から引用したものであるが、この『文学信息』も哈爾濱文学院が発行するタブロイド版情報紙で、85年6月10日に創刊されている。不定期の新聞という体裁をとるが、多くの在満老作家や研究者の投稿も掲載されており資料的価値は高いといえる。しかし、「内部刊物　注意保存」と注記されており、日本では入手困難な資料である。101期（93年10月15日）までの刊行を確認している。
　東北三省が総力をあげ、また国家からの資金援助を受けて、満洲国の歴史総体を明らかにしようとして、86年10月「東北淪陥十四年史編纂委員会」が発足し、88年12月に『東北淪陥十四年史研究』（吉林人民出版社）が刊行された。96年1月から、『東北淪陥史研究』（東北淪陥史研究雑誌社）と改題

して再出発するが、残念ながら社会科学や歴史研究が中心であり、満洲国の文化研究は必ずしも多くはない。

　以上、80年代に刊行された主要雑誌を中心に概観してきたが、真の意味での満洲国の文学研究が始まったのは、80年代半ばとするのが妥当であろう。個別研究者の努力や在満老作家の証言・回想録は活発であったとはいえ、哈爾濱文学院が果たした役割は大きいといえる。

2) 専著の出版（90年代以降）

　80年代が、各種雑誌を舞台としての研究開拓時代と位置づけるならば、90年代はそれらの成果の上に立って、専著にまとめられていく時期といえるだろう。

　まず先陣を切ったのは、張毓茂『東北文学論叢』（瀋陽出版社　89年3月）であろう。蕭軍・蕭紅論が中心ではあるが、満洲国時期の文学に関する論文も収録している。先に触れた「要填補現代文学研究中的空白」を巻頭に再録しているが、みずからの主張を率先垂範した著作といえるだろう。

　『東北現代文学史』（同編写組　瀋陽出版社　89年12月）：東北三省の社文研が中心となって、79年に東北現代文学史編写協会を発足させ、上記『東北現代文学史料』や『東北地区淪陥時期文芸運動史料彙編』、『東北現代文学大事記』（『彙編』、『大事記』は未見）といった成果を積み重ねながら完成させたものであった。ただし本著は、五四時期から49年までの文学史であり、満洲国時期は「第二編　淪陥時期的東北文学」として記述され、吉林社文研の馮為群、呂欣文が執筆している。

　馮為群・李春燕『東北淪陥時期文学新論』（吉林大学出版社　91年7月）：二人の著者は吉林社文研の所属で、研究の草創期を担った研究者である。満洲国文学の概説とともに、山丁、王秋蛍、田琳など10名の作家・作品論を収める。

　申殿和・黄万華『東北淪陥時期文学史論』（北方文芸出版社　91年10月）：牡丹江師範学院の老・青二人の教員の共著である。「思潮研究編」、「社団流

第4章　満洲国の文学研究（於中国）

派研究編」、「作家研究編」に分けて個別論を収録する。古丁、爵青ら「芸文志」派を論じたものとしては、はじめてのものといえる。

　孫邦主編『偽満文化』（吉林人民出版社　93年11月）：「偽満史料叢書」全10巻の1冊として刊行されたが、文学、映画、音楽、演劇、新聞、放送、宗教、教育など幅広い項目にわたっての論文集である。

　王建中、任惜時、李春林、薛勤『東北解放区文学史』（遼寧大学出版社　95年5月）：45年以降、中華人民共和国成立までの東北文学の歴史をまとめたものだが、その前史として抗聯文学、哈爾濱の初期抗日文学を記述している。

　徐迺翔・黄万華『中国抗戦時期淪陥区文学史』（福建教育出版社　95年7月）：東北、華北、上海などの淪陥区文学について、時期ごとの特色を分析した。満洲国のみならず、中国全体の「淪陥区」を視野に入れて、文学を論じたものはこの著書がはじめてであろう。

　張毓茂主編『東北現代文学史論』（瀋陽出版社　96年8月）：これは後述する『東北現代文学大系』の「導言」部を執筆した研究者の論文を1冊にまとめたものである。

　李春燕主編『東北文学史論』（吉林文史出版社　98年9月）：古代から現代までの東北文学通史である。「第五編　東北淪陥時期文学総体論」が、李の執筆した満洲国の文学論である。なおこの著作は『東北文学総論』（吉林文史出版社　97年10月）の増補改訂版である。

　李振遠主編『長夜・曙光——殖民統治時期大連的文化芸術』（大連出版社　99年9月）：「大連歴史文化叢書」の1冊で、演劇、映画、出版、図書館などに関する論文が中心である。しかし、湯蘭昇・楊力生「1905-1945年日本戯劇在大連演出活動総録」、黎生・藍昇「殖民統治時期在連日本人的文芸社団及其活動」の2論文は、日本でもあまり研究が進んでいない大連における日本人の演劇、文芸団体（俳句・短歌・川柳、演劇、音楽、書道・美術、写真）を整理したもので注目していいだろう。

　孫中田・逢増玉・黄万華・劉愛華『鐐銬下的繆斯——東北淪陥区文学史綱』（吉林大学出版社　99年11月）：東北師範大学孫中田教授が中心となって

まとめた論文集。各章の分担は以下の通りである。孫：「引論：苦難的時代、苦渋的文学」、「"文叢"派、"文選"派與"郷土文学"」、劉：「女性作家群体的小説」、黄：「芸文志派文学的風貌」、逢：「東北作家群的芸術取向」。

　靳叢林訳『偽満洲国文学』(吉林大学出版社　2001年12月)：岡田英樹著『文学にみる「満洲国」の位相』(研文出版　2000年3月31日)を翻訳したものである。

　彭放主編『中国淪陥区文学研究』(黒龍江人民出版社　2007年1月)：主要研究論文の再録と論文目録であるが、その論文採録地域は東北、華北、上海、台湾、マカオ、海外（日本）にまで及んでいる。

　張泉主編『抗日戦争時期淪陥区史料與研究（資料総彙）』第1輯（江西出版集団・百花洲文芸出版社　2007年3月）：冒頭に「"抗戦時期北平反法西斯文学芸術研討会"専輯」を組むなど、淪陥区華北文学に関する論文が中心であるが、満洲国の文学にも紙幅を割いている。日本の大久保明男、橋本雄一、岸陽子、カナダのNorman Smithの論考も併せ掲載している。

　劉慧娟『編年体　東北淪陥時期文学史料』(吉林人民出版社　2008年7月)：31年から45年まで、各年代ごとにその年に発行、発足した文芸雑誌、社団、あるいは文壇に初登場した作家について記述する。

　劉暁麗『異態時空中的精神世界──偽満洲国文学研究』(華東師範大学出版社　2008年9月)：劉が専門とする文芸雑誌の分析とともに、「第四章、第五章では、避けては通れない文学の二つの"悪"の問題を主として議論する」（「導言」）と述べて、これまで研究者が触れてこなかった「附逆作品」（対日協力作品）に踏み込み、『青年文化』、『芸文志』（芸文聯盟機関誌）の作品を検証した。

　斉紅深編著『黒暗下的星火──偽満洲国文学青年及日本当事人口述』（大象出版社　2011年9月）：「中華口述歴史叢書」の1冊で、文学団体「星火」が弾圧された「桃園事件」（44年4月～5月）関係者の証言を集めて、事件の全貌を明らかにしようとした力作である。

　劉暁麗『偽満洲国文学與文学雑誌』（重慶出版集団・重慶出版社　2012年3

月）：満洲国で刊行された主要な文芸雑誌の考察と、103 種におよぶ文芸雑誌の紹介、18 種の雑誌の目次を掲載している。資料性の高い著作である。

　台湾から出された専著にも触れておこう。劉心皇に『抗戦時期淪陥区文学史』（台北成文出版社　80 年 5 月）、『抗戦時期淪陥区地下文学』（台北正中書局 85 年 5 月）という 2 冊の専著がある。両著は姉妹篇で、東北（満洲）、北方（北京）、南方（上海）の 3 地域を対象に、政治的、文学的特色を述べた後、「落水作家」（『文学史』）、「抗日作家」（『地下文学』）に分けて、作家を簡略に紹介している。「落水作家」の根拠は示されていないし、「抗日作家」とされる者も、国民党・共産党の地下活動に参加した者、官憲に逮捕・監禁された者を基準としているにすぎない。荒っぽい論法だが、あまり顧みられなかった台湾出身者及び 45 年以降台湾に渡った作家の紹介は注目される。
　時代は随分下がって、2010 年 6 月に李文卿『共栄的想像──帝国・殖民地與大東亜文学圏（1937-1945）』（台北稲郷出版社）が出版された。明治期から大東亜共栄圏建設に至る日本の言論・思想史を概説したあと、台湾、朝鮮、満洲、中国（華北、華中）の文学状況を論じたもので、個人の論著としてこれだけの広大な構想をまとめたものははじめてであろう。

　ここで、満洲国の文学研究の流れをまとめておく。80 年代初期の研究は、文革以前には比較的高い評価が与えられていた東北作家、あるいは犠牲となった在満作家たちを文革での批判から救い出すことにあった。とりわけ 80 年 4 月に名誉回復された蕭軍研究は華々しいものであった。しかし、満洲国在住の作家にまで再評価の研究が及ぶのは、80 年代後半まで待たなければならなかった。しかもその研究は、「抗日」か「親日」か、「愛国」か「売国」かといった政治基準をめぐる課題が中心であった。その流れは、90 年代に入っても続いている。一例をあげておこう。
　黒龍江省社文研副研究員の肩書を持つ鉄峰は、黄万華や馮為群に論争を挑み、満洲国の文学「再評価」に反対の立場をとってきた。ここでは、第 3 節

でふれる「東北淪陥時期文学国際学術研討会」で、かれが発表した「如何評価東北淪陥区文学——三論東北淪陥時期文学」を紹介しておこう。

　喧伝される満洲国の「明」に対置して、多くの中国人作家たちは、底辺にあえぐ人民の苦しみ、農村の経済危機などの「暗」を描き出した。鉄峰は、これらの作品に対して「これらの作品はある程度、社会の底辺層にいる人民の生活苦を反映しているとはいえ、階級的搾取と階級的抑圧には決して触れようとはしない。かれらの不幸は、いずれも天災人禍、あるいは愚昧落後によって生み出されたもので、社会の陰の部分を少し描きはしても、日本・傀儡政権のファッショ的暗黒統治を決して暴露してはいない。」（17頁）という理由で切り捨てる。

　さらに、在満作家たちがどんな職業に就き、どんな言行をなしたのかが重要だとして、22名の作家の経歴を洗い出し、「ここからは、かれらすべてが日本・傀儡政治と文化統治にかかわってきたことが見て取れよう。」（15頁）と断罪する。

　鉄峰が取り上げた老作家のうち何人かは、このシンポジウムに参加して意見表明を行なっている。まるで被告席に座らされ、検事の罪状告発を聞かされている思いがしたであろう。張毓茂のいう「"左傾"思潮の妨害と破壊」が国際研討会の場で演じられたのであった。

　この鉄論文は、「論文集」には収められていない。採用をめぐって「左右」の葛藤があったであろうことが推測される。

　このように満洲国の文学研究も、「人間善悪二元論」という硬直した理論と論争しながら、それを克服する段階を経なければならなかったのである。「悪」を否定するためには、「善」を強調しなければならない。そのためこの時期の研究では、作家の「負」の面を避けようとする傾向は拭えなかった。2000年代に入ると、劉暁麗、梅定娥といった第2世代の研究者が、こうした限界を乗り越え、「負」の面をも見据えた真実に迫ろうとする、困難な課題に挑戦し始めている。

2 研究資料の出版

1) 満洲国時期の作品再版

　81年8月に刊行された『金剣嘯詩文集』（金倫・李汝棟編　黒龍江人民出版社）、あるいは82年8月出版の『晩晴集——李克異作品選』（北京出版社）が、満洲国時期の作品再版の嚆矢といえるのではないか。金剣嘯は、哈爾濱の地において初期抗日文学運動を指導し、36年6月に逮捕され、8月に処刑された共産党員であり、金倫はその娘である。李克異（袁犀）は、日本支配下の満洲や北京で創作活動を続け、解放後度重なる批判にさらされながら、79年5月26日、遺作となった「歴史的回声」を執筆中に急逝した。『作品選』の「前言」は蕭軍の手になるが、「後記」は妻の姚錦が執筆している。このように80年代に再版された満洲時期の作品集は、作家の遺族や生き残った老作家（山丁が最も熱心であった）自身が編集したものがほとんどである。「落水作家」、「文化漢奸」と誹謗中傷され、批判にさらされるといった不当な扱いを受けてきた作家やその遺族が、社会に対して異議申し立てを行ない、名誉回復をはかろうとした心情は十分に察しられよう。また原典が入手困難な中で、こうした再版事業は研究する上で大きな助けとなる。しかし改版時に「書き換え」られる可能性があり、そのまま研究資料とするには慎重な態度が求められる。

　一例をあげてみよう。多くの研究者が山丁の「緑色的谷」を論じているが、この長篇小説は、42年5月1日から『大同報』（夕刊）に連載されたあと、43年3月15日に文化社から単行本が出た。さらに87年5月になって、著者みずからの手で「東北淪陥時期作品選」と銘打って再版されている。87年版には書き換えがあることは、すでにわたしが指摘しておいたところだが、牛耕耘が修士論文「『満洲国』の『郷土文学』——山丁の長編小説『緑色的谷』論」で、より詳細にテキストの異同を調査して、内容にかかわる重要な書き換えがあることを指摘している。ところが中国人研究者の論文は、大部分が87年版を底本としている——原典では主人公を「林彪」とし

ていたものを、再版ではすべて「小彪」と書き改めているので、いずれの版を使ったかは一目瞭然である。

　作家が過去の作品を再版するとき、自分が納得できる表現に書き改めることは、作家に与えられた権利であるとわたしは考えている。とりわけ、表現の自由を奪われた状況下で、曲筆、韜晦を余儀なくされた作品に手を加え、表現できなかった文章を改定することは認められるべきであろう。ただし、その旨は再版時に明記すべきである。[2]一方、研究者の側からいえば、安易に再版によるべきでなく、初出に当たって論を立てることは当然である。満洲国にあっては、検閲の厳しさから、新聞・雑誌に掲載された作品が、1冊にまとめられ単行本として出版される場合にも「書き換え」問題が生じている。[3]満洲国時期に出版されたものでも、その初出に当たることが求められる。何とも厄介な問題である。

　以上の注意すべき点を踏まえたうえで、贈呈していただいた資料を含め、再版された手持ち作品集を注記しておこう。[4]

　ここでは、研究資料として編纂された再版作品集を紹介する。

　96年12月に『東北現代文学大系』（張毓茂主編　瀋陽出版社）が刊行された。全14冊からなる大部な作品集であり、「総序」は張毓茂が担当するが、以下各巻の「導言」執筆者を紹介しておく。「評論巻」：閻志宏／「短篇小説巻」：白長青／「中篇小説巻」・「長篇小説巻」：高翔／「散文巻」：李春燕／「詩歌巻」・「戯劇巻」：黄万華。なお「資料索引巻」には、19年から49年までの文芸年表と、この間に発表された文芸作品目録がまとめられている。

　この2年後に東北のみならず華北、華中、華南、台湾を視野に入れた『中国淪陥区文学大系』（広西教育出版社　98年12月）全8冊が出版された。「総序」は銭理群で、各巻の「導言」執筆は以下の通りであった。「新文芸小説巻」：范智仁／「通俗小説巻」：孔慶東／「詩歌巻」：呉暁東／「散文巻」：謝茂松、叶彤、銭理群／「評論巻」：封世輝／「戯劇巻」：朱偉華である。「史料巻」の「導言」は封世輝が担当しているが、この巻だけは2000年4月刊行となっている。通俗小説にまで枠を広げたことは、この間の研究の広がり

第 4 章　満洲国の文学研究（於中国）

を示すものである。
　以上二つの『大系』は質量ともに圧巻であり、研究の範囲を飛躍的に深化・拡大しうる条件を整えてくれた。なおこれ以外にも、研究に資する作品の再版がある。
　(穆)儒丐『福昭創業記』（上・下）（吉林文史出版社　86 年 7 月）：「晩清民国小説研究叢書」として出版された。
　孔範今主編『中国現代文学補遺書系』（明天出版社）：これまで批判乃至軽視されてきた作家に光を当てようという大胆な企画であるが、『小説巻三』（90 年 7 月）に梅娘、『小説巻五』（90 年 9 月）に爵青、王秋蛍の作品が採録されている。
　呉歓章・沙似鵬主編『20 世紀中国散文英華』（復旦大学出版社）：優れた散文を地域ごとに叢書としてまとめたものであるが、その「関外巻」（97 年 12 月）には満洲国時期の散文も無視することなく採録されている。
　「中国現代文学百家」は中国現代文学館が編集し、華夏出版社から出版されたシリーズであるが、満洲国の作家としては、『梅娘代表作』（98 年）、『爵青代表作』（98 年 8 月）、『袁犀代表作』（99 年 10 月）が選ばれている。

2）　研究資料の整備
「中国当代文学研究資料叢書」というシリーズがある。個人の作家について、その作品を採録するとともに、研究論文、年譜、作品目録などをまとめた研究資料集である。北方文芸出版社から以下の 2 冊が刊行されている。
　王忠舜編『魯琪研究専集』（87 年）
　周玲玉編『関沫南研究専集』（89 年 1 月）
　上記の叢書とよく似たタイトルであるが、「中国現代作家作品研究資料叢書」も多くの作家にかかわる資料を提供してきた。ここでも二人の「在満」作家を確認できる。
　姚錦等編『李克異研究資料』（花城出版社　91 年 5 月）
　李素秀等編『梁山丁研究資料』（遼寧人民出版社　98 年 3 月）

李凡・杜若主編『中国東北淪陥史論著資料目録』（黒龍江人民出版社　96年5月）：「＜東北淪陥十四年史＞叢書」の１冊として出版された。95年9月までに発行された著書、論文の目録をまとめたものである。文学関係としては、「第二編論文資料、四　文化」、「第三編日文論著、五　文化」が該当する項目である。

張泉主編『尋找梅娘』（台湾明鏡出版社　98年6月）：「＜超級女人＞系列4」として刊行された。梅娘の「自伝」や作品（小説・散文）を採録するとともに、作品論、回想記、日本・カナダの梅娘論を紹介する。日本からは藤井省三、釜屋修、張欣を収録。

陳曉帆編選『又見梅娘』（人民文学出版社　2002年2月）：「漫憶女作家叢書」の１冊として刊行された。交流のあった人々が語る梅娘像がまとめられている。また梅娘の語る自伝や書簡もおさめられる。

　先に満洲国の文学研究には、初出資料を使うべきだと述べた。しかし、当時の新聞や雑誌を手に入れるには大きな困難を伴う。多くの研究者が、最も精力を費やしてきたのもこの類いの作業であったろう。しかし、この情況も大きく変化している。新聞・雑誌の復刻が進んでいる。『盛京時報』（縮刷版）、『大同報』（マイクロ版）などが見られるほかに、2008年5月に北京線装書局から、デジタル化された『偽満洲国期刊彙篇』が刊行された。その第1輯には、『同軌』、『道慈雑誌』、『興仁季刊』、『大同文化』、『文教月報』、『新青年』、『明明』、『商工月刊』、『新満州』、『文選』、『満洲公教月刊』、『麒麟』、『新潮』が収録されており、パソコンを使えば現物のままで読むことが可能である。なお「序文」として書かれた、初国卿「特殊語境中的伝媒──偽満洲国期刊概説」は、当時刊行されていた諸雑誌を概説するが、資料的価値は高い。この「期刊彙篇」は、続輯が刊行される予定であるという。第1輯の中には、わたしが現地の図書館に足を運び、検索し、高額のお金を支払ってコピーして持ち帰ったもの、あるいは全冊コピーが許されず、やむなく部分コピーで済ませたものもある。埃にまみれながら、図書カードをめくってい

第4章　満洲国の文学研究（於中国）

た往事を思い返すと今昔の感ひとしおである。しかし、恨み言はいうまい。これからの若い研究者は、こうした電子情報機器を駆使して、新しい研究の地平を切り拓いてほしい。

　この時期の研究を進めていて悩ましいのが、筆名の問題である。複数の筆名を使うのが当たり前で、作家たちは多数の筆名の陰に隠れて、ひそかに本音を漏らしていたのである。それゆえ、筆名を押さえていないと、新聞雑誌に当たっていても、作品を見逃してしまうことがある。

　この点について言えば、欽鴻・聞彬「東北作家筆名録」（前掲『東北現代文学史料』第6、9輯　83年4月、84年6月、前掲『東北文学研究史料』第6輯　87年12月）を挙げておく。3回にわたって連載された労作であるが、今では入手困難な雑誌かもしれない。しかしその後、対象を全土に拡大して、「中国現代文学史資料彙編（丙種）」の1冊、徐迺翔・欽鴻編『中国現代文学作者筆名録』（湖南文芸出版社　88年12月）として刊行された。中国現代文学研究者必携の工具書である。

3　研究の共同化・国際化

　85年10月15日～17日、黒龍江省文学学会の呼びかけで「東北淪陥期文学研討会予備会」が開かれた。老作家たちの発言を中心としたその一部が『東北文学研究史料』（第3輯　86年9月）に掲載されている。

　その後、87年6月22日～27日、「東北淪陥時期文学学術討研会」が開かれる。当初は国際会議として準備され、わたしにも招請状が届けられたが、何らかの理由で国内だけの会議となったようだ。しかし、「東北淪陥時期研討会会議資料」と銘打って『東北淪陥時期作家与作品索引』（86年9月）、『東北淪陥時期作品選』（87年4月）が準備されていた。哈爾濱市図書館に所蔵されている満洲国時期の作品目録とそのうち113篇を選んで再録したものである。入手困難と思われる各種新聞を丹念に調査した資料であり価値は高い。編集は周有良、林紅、安崎である。

先の『東北文学研究史料』、『文学信息』は、いずれも「内部発行」の刊行物であった。満洲国の文学を、国際的な公開の場で討議・交流するには大きな抵抗があっただろうことが推測される。国際シンポジウム「東北淪陥時期文学国際学術研討会」が、長春徳信酒家を会場に開催されたのは、91年9月3日～5日であった。研究者、出版関係者それに老作家を加えた100名を超える盛大なシンポジウムであった。アメリカ2名、台湾3名、日本からは、村田裕子、岸、岡田が参加した。ここで発表・提出された論文は、『東北淪陥時期文学国際学術研討会論文集』（瀋陽出版社　92年6月）にまとめられている。

　それに先立つ88年、山田敬三を代表とする文部省科研費「『十五年戦争』期の中国及び日本における文壇状況についての日中共同研究」を使って、中国と日本で学術交流とシンポジウムを開催した。その成果をまとめたものが、山田敬三・呂元明主編『中日戦争與文学──中日文学的比較研究』（東北師範大学出版社　92年8月）である。日本語版は『十五年戦争と文学──日中近代文学の比較研究』（東方書店　91年2月23日）。日本側執筆者は、山田、西垣勤、谷口巌、片山智行、松浦恒雄、糸野清明、安井三吉、岡田である。

　92年9月26日～29日、遼寧大学日本研究所が主催して「中国東北與日本国際学術研討会」が開かれた。その成果は、馬興国主編『中日関係研究的新思考』（遼寧大学出版社　93年2月）にまとめられているが、その「文学篇」の日本人執筆者は、鈴木貞美、萩野修二、日高昭二の3名である。

　92年から、日本社会文学会地球交流局と東北淪陥十四年史編纂委員会が共催するシンポジウム「近代日本と＜満洲＞」が、日本と中国交互に会場を移しながら96年まで続けられた。その共同研究の成果は、中国語版『偽満洲国的真相──中日学者共同研究』（社会科学文研出版社　2010年1月）、日本語版『「満洲国」とは何だったのか』（小学館　2008年8月4日）として結実した。また5回に及ぶシンポジウムの発表原稿は、『近代日本と「偽満州国」』（不二出版　97年6月30日）に収録されている。なお、2014年7月19日に『近代日本と「満州国」』として増補・新装版が出版された。

第4章　満洲国の文学研究（於中国）

　2005年10月、韓国円光大学金在湧教授の呼びかけで、第1回国際フォーラム「植民主義と文学」がソウル延世大学で開かれた。日本、中国、台湾の研究者を招聘し、日本の植民地あるいは占領・支配下に置かれたそれぞれの地域における文学の諸相を検証し交流をはかった。2014年の第10回を区切りとして、新しい形態での継続が予定されているが、東北アジアを包摂した広域の植民地文学研究は類を見ないものであり、果たした役割は大きいといえる。日本人の参加者は、大村益夫、岡田、大久保、橋本、西田勝、岸らである。

むすびに

　早くに満洲国の文学研究に着手し、草創期を担った黄万華は次のようにその苦労を語っている。授業の担当コマが多くて、大学の休暇期間を利用して、資料収集に当たらざるを得なかったとした上で、

　　次は経費の乏しさである。このテーマにかかわるすべての費用は、省教委から支給される2000元であった。経費を節約するために、出張して資料を収集する場合も、旅館の地下室に泊まり、即席麺を食べて、多くの資料は書き写しては蓄積していったのである。（前掲『東北淪落時期文学史論』302頁）

　80年代に研究を始めた者は、黄と似たような苦労を味わったであろう。なおかつ中国においては、政治的な枠組みに縛られながらの研究を余儀なくされたことは、本文でも述べた通りである。しかし、それから30年、研究資料の整備も進み、共同研究の輪も広がり、研究ジャンルも多様化している。しかし一方でこの間、多くの老作家は鬼籍に名を刻み、第1世代の研究者も老齢化している。わたしもすでに70歳を超えた。この間の研究の成果と到達点の上に立って、満洲国の文学研究を継承する若い研究者の誕生を

祈って、この拙い論を発表する。

<注>
（1）岡田英樹は、80年代に中国で発表された東北淪陥時期文学に関する論文を丹念に収集して「東北現代文学研究概況——淪陥時期を中心に」（『立命館文学』第513、514号　89年10月28日、12月20日　本文で述べた『中日戦争與文学』に増補再録）としてまとめている。
（2）浦美千代（岡田英樹）が、80年代に再版された作品集に書き換えが多くみられることを指摘し、再版に当たってはその点を明記するよう主張している。「資料再版に関する三つのお願い」（『中国文芸研究会会報』77号　88年4月30日）
（3）岡田英樹『文学にみる「満洲国」の位相』（研文出版　2000年3月31日　158頁）
（4）手持ちの再版作品集をまとめておく。
　　梁山丁編『長夜蛍火』（春風文芸出版社　86年2月）：「東北淪陥時期作品選」として、8名の女性作家の小説を収録した。
　　梁山丁『緑色的谷』（春風文芸出版社　87年5月）：「東北淪陥時期作品選」の1冊で、作者唯一の長篇小説である。
　　黄万華編『新秋海棠』（広西人民出版社　88年9月）：「抗日戦争時期淪陥区小説選」として華中、華北、東北、台湾を含む地域の小説集。
　　梁山丁編『燭心集』（春風文芸出版社　89年4月）：「東北淪陥時期作品選」として20名の作家の小説を収録する。
　　羅顥編『羅麦詩文集』（遼寧少年児童出版社　89年11月）：羅麦（左蒂）は山丁の妻であり、羅顥はその娘である。76年9月に没した母親を追悼して編纂された。
　　李春根編『青春的懐望——青楡詩文集』（瀋陽出版社　91年6月）：87年11月に亡くなった張青楡を追悼すべく編集された。
　　梁山丁『伸到天辺去的大地』（瀋陽出版社　91年8月）：山丁の満洲国、北京時代の短篇小説集。
　　梁山丁『梁山丁詩選』（91年9月）：「哈爾濱文学院系列補充教材之一」として刊行された詩集。
　　冷歌『船廠』（台湾大化書局　91年9月）：満洲国時期の同名詩集を再版した。
　　韓玉成編『東北抗聯歌曲選』（北方婦女児童出版社　91年9月）：東北抗日聯軍で歌われていた歌詞を楽譜付きで収録。
　　劉小沁編『南玲北梅』（海天出版社　92年3月）：「四十年代最受読者喜愛的女作家作品選」として、南の張愛玲、北の梅娘の代表作を収録する。
　　関沫南『流逝的恋情』（北方文芸出版社　92年7月）：関沫南の満洲国時期を含む短篇小説集。
　　劉丹華『旅痕心曲——丹華詩選』（遼寧省作家協会編輯出版　92年9月）：「第一輯　寒夜春光」には満洲国時期の詩が収録されている。
　　劉丹華『春秋漫筆——丹華文集』（遼寧教育出版社　93年6月）：散文と回想録を

収録。

鉄漢『鉄漢創作選集』（春風文芸出版社　93年10月）：小説、散文、雑文、詩詞等を収録。

王建中・卞和之主編『東北革命作家──田賁』（詩文紀念集）（遼寧民族出版社　93年12月）：投獄され犠牲となった田賁の詩文とともに、追悼する回想や評論を付記する。

李春燕編『古丁作品選』（春風文芸出版社　95年6月）：古丁の小説・雑感文を採録するとともに、代表的な古丁論を付す。

張泉選編『梅娘小説散文集』（北京出版社　97年9月）：未発掘の作品も多く収録した作品集。

露野等主編『春花秋月集』（遼寧民族出版社　98年2月）：「当代満族作家文叢」として、関沫南の散文を収録した。

司敬雪『梅娘小説　黄昏之献』（上海古籍出版社　99年11月）：「民国女作家小説経典」として、10篇の小説を収録。

梅娘『学生閲読経典──梅娘』（文匯出版社　2002年1月）：小説・散文を収録。

侯健飛編『梅娘　近作及書簡』（同心出版社　2005年8月）：回想体の散文と梅娘が送った書簡を多数収録。

張泉選編『梅娘：懐人與紀事』（中央広播電視大学出版社　2014年4月）：梅娘が書き残した自伝や友人の思い出、書簡を収録。2013年5月に亡くなった彼女への張泉の追悼文も付けている。

　　　　　　初出『中国21』Vol.43　愛知大学現代中国学会編　2015年8月20日

【補　論】
　こうした、資料を整理するだけの論稿は時間がたてば古びたものになる。この論文執筆後も多くの方から専著をご寄贈いただいている。その感謝の気持ちも込めて補充させていただきたい。なお、論著の多くが博士論文をまとめたものであったり、若手研究者の手になるものである。この研究分野の後継者の層は厚いと確信させてくれる。

馬尋『馬尋文集』求真出版社　2009年10月「中国現代文学館作家文叢」
梅定娥『古丁研究──「満洲国」に生きた文化人』国際日本文化研究センター　2012年3月
范慶超『抗戦時期（1931-1945）東北作家研究』中国社会科学出版社　2013年10月
蒋蕾『精神抵抗：東北淪陥区報紙文学副刊的政治身份與文化身份──以≪大同報≫為様本的歴史考察』吉林人民出版社　2014年9月
祝力新『≪満洲評論≫及其時代』商務印書館　2015年1月
宋喜坤『蕭軍和哈爾濱≪文化報≫』中国社会科学出版社　2015年7月
陳言『忽値山河改──戦時下的文化触変與異質文化中間人的見証叙事（1931-1945）』中央編訳出版社　2016年1月
高興璠『王秋蛍評伝』現代出版社　2016年9月

谷勝軍『≪満洲日日新聞≫研究』厦門大学出版社　2016 年 12 月

　以下は、本論「3　研究の共同化・国際化」で述べた、日本、韓国、中国、台湾での国際シンポジウム「東アジアの植民主義と文学」の成果をまとめたものである。
　劉暁麗・葉祝弟主編『創傷――東亜殖民主義與文学』上海三聯書店　2017 年 2 月
　2015 年 12 月に華東師範大学で開かれたシンポジウムで発表された論文 28 編を収める。
　柳書琴主編『東亜文学場――台湾、朝鮮、満洲的殖民主義與文化交渉』聯経出版公司　2018 年 6 月
　2016 年 11 月に台湾清華大学で開かれたシンポジウムで発表された論文 17 編を収める。

　最後に、この国際シンポジウムで培われた研究者のネットワークを最大限発揮して、『偽満時期文学資料整理與研究』という叢書が刊行された。満洲国の文学研究には欠かせない画期的な成果であったと考えている。わたしが紹介した一文を転載しておく。

『偽満時期文学資料整理與研究』刊行の意味するもの

はじめに

　表題にある『偽満時期文学資料の整理と研究』(以下『整理と研究』)が、2017 年 1 月に北方文芸出版社から刊行された。国家出版基金の出資による全 33 巻からなる大部な叢書である。その広告のキャッチフレーズでは、「国内外の偽満時期文学およびその研究成果を全面的に整理した最初の大型叢書」と謳っている。全巻の冒頭に華東師範大学教授劉暁麗の手になる「総序：東アジアの植民主義と文学」、「凡例」が付されており、主編・監修にはその劉暁麗があたり、編集委員として張泉、李海英、陳言、陳実ら中国人のほかに、金在湧（韓国）、諾曼・史密斯（カナダ）、薛龍（アメリカ）、日本の大久保明男、岡田英樹といった「国内外」の研究者が名を連ねている。わたしがその役割にふさわしい仕事を果たしたかどうかはさておき、企画にかかわった一員として、『整理と研究』の内容を紹介し、この叢書の研究上の意義を考えてみたい。

　劉教授から大久保、岡田、橋本雄ら 3 人にこの企画への協力要請があったのは、2012 年 12 月のことであった。当初は『偽満洲国文学書系』（全 20 巻）の予定で、＜作品巻＞に在満日本人作家の作品集（2 冊）、＜史料巻＞に日本における研究論文目録、岡田への在満老作家からの書簡集、＜研究巻＞に大久保、岡田、橋本の論文集各 1 冊と日本語で発表された論文集 1 冊といった企画であった。原稿締め切りは 2013 年 6 月、出版は翌年 8 月予定というあわただしいものであった。このような短期間のうちに作業が間に合うのかどうか、大きな不安を抱えながらも、年明けから大久保を日本側の統括責任者に据えて作業を始めた。まず日本語文学作品の選定に不可

第4章　満洲国の文学研究（於中国）

欠の存在として西原和海に協力を依頼して、4人の編集体制を組み、作品の選定、著作権者への了解取り付け、さらに研究論文の選定と本人への依頼作業を行なった。一方、確定した日本語原稿を中国語に翻訳し、その訳文を校閲する体制づくりは大久保が一手に引き受けてくれた。2014年2月ごろ、黒龍江省政府の出版資金援助が認められるとの情報がもたらされ、現行の企画に落ち着くとともに、資金面での不安は解消された。その後も多少の紆余曲折は避けられなかったが、叢書『整理と研究』は4年の歳月をかけて出版にこぎつけ、日本側の責任を果たすことができた。なお、橋本は途中体調を崩し、編集作業からはずれたが、予定していたかれの論文集も陽の目を見なかったことが悔やまれる。

　以下、具体的に叢書の中身について紹介する。丸囲みの数字はその巻数をあらわす。（文中すべて敬称略）

1　＜作品巻＞全15巻

　中国人の作品集には、①山丁、②古丁、③爵青、④梅娘、⑤袁犀、⑥小松、⑦呉瑛、⑧朱媞・柯炬、⑨楊絮、⑩慈灯が選ばれている。この企画書を目にしたとき、わたしはその選択に少し疑問を感じた。⑥小松以下の作家は、これまでまとまった再刊本は出されておらず、新規の企画であるが、①から⑤の作家には、すでにいくつかの作品集が刊行されており、重複が避けられないのではないか、かれらに代わって王秋蛍、疑遅、石軍、金音、田兵などを選択する方策も考えられたのではないかと考えたのである。以下、各作品集についてわたしの不安を検証してみる。

　①『山丁作品集』（牛耕耘編）：編者は、山丁の作品集『山風』、『郷愁』所収の作品は避けて、『満洲報』、『大同報』などの新聞や『文選』、『新青年』といった雑誌から小説、散文、詩、評論などを丹念に拾いだしている。日本で発見された新資料『五彩満洲』に収録された古川賢一郎、北村謙次郎、坂井艶司の訳詩は、初めて目にするものである。1987年、著者自身によって復刻された長篇小説「緑色的谷」を、わざわざ「節録」しているのは、山丁による「書き換え問題」を無視して論を展開している現代中国文学研究者への警告であろう（書き換え部分を注記している）。一貫して山丁研究を続けている牛耕耘の執念のこもった編集といえよう。

　②『古丁作品集』（梅定娥編）：李春燕編『古丁作品選』という比較的まとまった作品集がすでに出されている。したがって、収録された小説と散文集『譚』はすべて重複である。編者は、詩集『浮沈』と翻訳作品収録に新味を出そうとしたようだ。わたしは「附逆（利敵）作品」として古丁批判の根拠とされてきた「新生」、「西南雑感」、「下郷」、「山海外経」などを採録して、あえて読者の判断を仰ぐ勇気があってもよかったのではないかと考える。

　③『爵青作品集』（謝朝坤、李冉編）：小説、散文・評論、詩、訳文など25篇を収めるが、「香妃」、「巷」、「画」以外はすべて新しく再刊したものだと、編者は胸を張って明言している。多作の作家であったがゆえに可能となった編集であろう。

　④『梅娘作品集』（張泉編）：梅娘の作品集はすでに何冊か再刊されている。したがって採録された小説はすべて重複するものである。ただし、編者がいう通り数は少

ないが、散文、詩、翻訳に新味がある。
　⑤『袁犀作品集』(陳言編)：袁犀は1937年になって本格的に創作を始めるが、41年には北平に脱出している。したがって満洲時代に残された作品はそんなに多くはない。所収の小説はほとんどが重複している。詩、散文・評論、童話などが新出作品である。

　各巻の編者が、既出版の作品集を念頭に置きながら、作品選択に新味を出そうと努力した姿は読み取れる。しかし、作者によっては残された作品が少ないゆえに、新味の濃淡は避けられなかった。当初わたしの抱いた疑問は、編者の努力により半ば解消され、半ば現実となったといえようか。
　芸文志派を代表する作家であった⑥『小松作品集』(陳実、謝朝坤編)、満洲を代表する女性作家⑦『呉瑛作品集』(李冉、諾曼・史密斯編)、呉瑛・呉郎、山丁・左蒂と並び称される夫婦作家⑧『朱媞、柯炬作品集』(諾曼・史密斯、邱暁丹編)、劇団俳優、流行歌手として名をはせながら文芸作品も数多く残した⑨『楊絮作品集』(諾曼・史密斯、徐儁文、胡笛、李冉編)、軍隊経験者であり童話作家としても有名であった⑩『慈灯作品集』(陳実編)、これらは今回初めてまとめられた個人作品集であり、資料的価値は高く、今後の研究の広がりが期待される。
　このほかに⑪『偽満洲国通俗作品集』(詹麗編)がある。これらの通俗小説は当時、古丁ら新文学を標榜する作家たちから、文壇を独占する悪草として排撃の対象とされた作品であった。しかし、満洲国文学の全体像を俯瞰するためには欠かせない分野である。＜研究巻＞に収められた、詹麗の論文集㉛『偽満洲国通俗小説研究』とともに、貴重な労作である。またユニークな企画として⑮『偽満洲国旧体詩集』(陳実、高伝峰編)がある。旧体詩は、中国文人の素養として親しまれてきたもので、新聞、雑誌に数多く掲載されていたにもかかわらず、研究の対象とはされてこなかった。新聞、雑誌にあたっての丹念な収集は、高く評価されてよい。なお、日本漢詩人の詩も収録されていることを付け加えておく。
　中国人作家の作品収録とは別に、以下のような作品集も刊行されている。⑬『偽満洲国朝鮮作家作品集』(崔一、呉敏編)は、朝鮮語新聞『満鮮日報』掲載作品を中心に、詩、散文、小説、評論を中国語訳してまとめたものである。＜研究巻＞㉘『韓国近代文学和「満洲国」』(金在湧、朴麗花訳)、㉚『偽満洲国時期朝鮮人文学與中国人文学比較研究』(金長善)、㉝『偽満洲国朝鮮作家研究』(李海英編)――ここには大村益夫の論考を含め、19本の在満朝鮮人作家にかかわる論文を収める――と合わせて、朝鮮人作家を知る貴重な手掛かりを与えてくれる。⑭『偽満洲国俄羅斯作家作品集』(王亜民、杜暁梅、巴莉雅編)は、23人のロシア人作家の小説と詩を収録する。こうした資料は、翻訳された中国語を介してではあるが、言語の壁を乗り越えて研究の新しい地平を拓いてくれるはずである。
　最後に、大久保、岡田、西原が編集にあたった⑫『偽満洲国日本作家作品集』を紹介する。われわれが選択した作品の日本語原題を示しておく。
　＜詩＞古川賢一郎「ユイ・リンの像」／「国恥読本」、城小碓「黒麦酒の歌」、坂井

第4章　満洲国の文学研究（於中国）

艶司「曠野吹雪図画」、逸見猶吉「地理二篇」、野川隆「丘の上の鎚地〔ブリンデイ〕」
　＜小説＞青木實「呼倫貝爾」、秋原勝二「膚」、今村栄治「同行者」、牛島春子「祝といふ男」、北村謙次郎「或る環境（序章）」、竹内正一「流離」、檀一雄「魔笛」、野川隆「屯子に行く人々」、長谷川濬「家鴨に乗つた王」、塙英夫「アルカリ地帯」、日向伸夫「第八号転轍器」、横田文子「美しき挽歌」
　＜評論＞青木實「満人ものに就て」、秋原勝二「故郷喪失」、大内隆雄「満系文学の展望」、木崎龍「建設の文学」、加納三郎「幻想の文学――満洲文学の出発のために」
　これらの選定が正鵠を射たものであったのかどうかは、議論の余地はあろうが、われわれとしては、在満日本人作家の人道的正義感、あるいは表現の多様性を、中国語読者に伝えたいと願った結果である。

２　＜史料巻＞全５巻
　⑯『偽満洲国的文学雑誌』（劉暁麗、大久保明男編）は、まず劉が中国語、朝鮮語、モンゴル語、ロシア語の文化雑誌を紹介し、そのなかから、34種の主要な中国語、朝鮮語の雑誌について目録を作成した。大久保は日本語雑誌を担当し、諸雑誌の解説とともに、12種を選んで目録を付している。⑰『偽満洲国主要漢語報紙文芸副刊目録』（大久保明男編）は、『満洲報』（大連）、『盛京時報』（奉天）、『大同報』（新京）、『濱江時報』、『濱江日報』（哈爾濱）という主要４大都市を代表する中国語新聞の文芸欄の記事を目録としてまとめたものである。いずれも膨大なエネルギーを要する作業であるが、研究の第一次資料を検索する有力な目録集である。
　⑱『偽満洲国文芸大事記』（劉春英、呉佩軍、馮雅編）は、1250頁に及ぶ大部なもので上、下２冊に分けられている。上冊は「大事記年表」で、1931年から45年まで、年代ごとに文芸界の活動や関連する歴史的事件を記述している。同種のものに、張毓茂主編『東北現代文学大系』（資料索引巻）に「東北現代文学年表」があるが、こちらは1919年から49年までを網羅するものの、緻密さという点では遠く及ばない。下冊の項目は、「文芸に関連する法律・政策条文」、「主要文芸雑誌新聞の紹介」（これは多くが上記⑯、⑰と重複する）、「文芸諸団体、関連諸機関の紹介」、「文芸家人名録」、「満映関連資料」、「各種文芸賞などの紹介」、「出版社、書店などの紹介」、「映画館、劇場、図書館など文化施設」といった、広い範囲の資料集となっている。「文芸家人名録」について若干の解説を加えておく。在満中国人作家については人名をあげるだけで、その略歴については、銭理群主編『中国淪陥区文学大系』（史料巻）を参照せよとして処理している。そこに漏れた文学を除く芸術家は一項目を挙げて採録している。日本人については、夏目漱石や与謝野晶子のように満洲を訪れたことのある作家や、安倍公房、遠藤周作のように幼少時代を満洲で過ごした作家たちと満洲在住の文芸家（作家のみならず学者や記者など）、そして歌人といった項目を立てて記述している。さらに満洲にかかわった美術家を大量に取り上げていて、さながら「満洲日本文芸家事典」という観すらある。これは大規模な「満洲文化事典」を構想しつつ亡くなった呂元明の遺稿が下敷きになっているのではないかと推測している。もちろん、ロシア人作家、朝鮮人作家、モンゴル人作家もそれぞれ項目を立てて略伝を付けてい

る。人物の選定にバランスを欠くとはいえ、優に1冊の『満洲文芸家事典』となるだけのボリュームがある。

⑲『偽満洲国文学研究資料彙編』（劉暁麗、大久保明男、岡田英樹、諾曼・史密斯、金昌鎬、李海英、王亜民編著）は、中国語、日本語、英語、韓国語、ロシア語で書かれた論文、専著、研究資料などの目録集である。中国語には、香港、台湾の文献目録も含めている。日本語部分については、岡田『続　文学にみる「満洲国」の位相』の＜資料篇1＞「日本における『満洲国』の文学研究論文一覧」に、大久保が整理していた資料データーを使って大幅に増補したものである。さらに戦後復刊された『作文』（56〜208集）から、作家たちの満洲時代の回想、追悼特集などの項目を集めている。日本語の研究文献目録としては、かなり充実したものになっていると自負している。

⑳『老作家書簡』（岡田英樹、劉暁麗、諾曼・史密斯編著）については、個人的な感慨を述べることをお許しいただきたい。わたしは80年代半ばから90年代にかけて、生前に交流のあった老作家やその遺族からいただいた手紙を保存している。すでに鬼籍に入られた作家たちの貴重な証言を、私蔵したまま埋没させてしまってはならないと考えていた。2010年に退職して、最初に手掛けたのがこの書簡の整理であった。面識のあった台湾清華大学柳書琴教授にその資料をお見せすると、手書き原稿を活字に起こすとともに、ぜひ公刊するように励ましていただいた。しかし、私信を公開するためには遺族の承諾を得なければならない。往時の住所では連絡がつかず、途方に暮れていたときに、劉教授から叢書の1巻に加えたいとの申し出があった。遺族から公開の了承を取り、責任は出版社が負うことを条件として出版の運びとなったのである。なお、字数が不足するとのことで、在満日本人作家などからの岡田宛書簡、諾曼・史密斯、劉暁麗保管の書簡を追加して1巻とした。

論文抜き刷りや雑誌、拙い中国語の手紙を送るたびに、丁寧な返信をいただき感激したことを思い出す。研究に役立つかどうかは分からないが、わたしにとっては、積年の肩の重荷を下ろした記念すべき1冊となった。

3　＜研究巻＞全13巻

満洲時代に発行された㉑陳因『満洲作家論集』と㉒大内隆雄『満洲文学二十年』（高静訳）が復刻されている。大内『二十年』の前半（10章まで）は、建国前の文学史を叙述したものであり、資料が散逸した現在では再現が難しい文壇状況を教えてくれる。先に掲げた㉘、㉚、㉛、㉝以外に、㉔張泉『殖民拓疆與文学離散——「満洲国」「満系」作家／文学的跨域流動』、㉕劉暁麗『異態時空中的精神世界——偽満洲国文学研究』、㉙梅定娥『妥協與抵抗——古丁的創作與出版活動』、㉖諾曼・史密斯『反抗「満洲国」——偽満洲国女作家研究』（李冉訳）といった研究専著を収録した。日本からは、上記大内のほか、㉓岡田『偽満洲国文学・続』（鄧麗霞訳）と㉗大久保『偽満洲国的漢語作家和漢語文学』が単著として加えられた。㉜『偽満洲国文学研究在日本』（大久保、岡田、代珂編）には、日本で発表された以下の論文を採録する。

村田裕子「『満洲国』文学の一側面——文芸盛京賞を中心として」、田中益三「日本語化された『満洲』の作家」、張欣「梅娘と『満洲』文壇」、西原和海「『満洲文話会

通信』を読む」、岸陽子「『満洲国』の女性作家呉瑛の文学」、李青「『満洲国』の作家疑遅文学の一考察――『花月集』と『風雲集』を中心に」、平石淑子「蕭紅と哈爾濱――都市の中の孤独」、西田勝「中国農民に殉じた詩人野川隆」、石田卓生「大内隆雄と東亜同文書院」、羽田朝子「梅娘ら『華文大阪毎日』同人たちの『読書会』――『満洲国』時期東北作家の日本における翻訳活動」、韓玲玲「北村謙次郎文学の意味――『ある環境』を例として」、代珂「『満洲国』のラジオドラマと脚本分析」

実は、この巻のタイトルは「偽満洲国日本作家研究」として、在満日本人作家にかかわる論文を集められれば、全体のバランスが取れたはずである。しかし、『満洲文話会通信』、野川隆、大内隆雄、北村謙次郎を採録するにとどまった。これは編者の目が行き届かなかったことも要因の一つであろうが、在満日本人作家の研究が極めて貧弱であることの反映でもある。

なお企画書では、台湾の研究者呂明純『東亜図景中的女性新文学（1931－45）――以台湾、満洲国為例』が収録されることになっていた。どのような事情で掲載されなかったのかは詳らかではないが、長く植民地時代を経験した台湾からは、満洲国の文学がどう見えるのか、叢書の1冊にぜひ加えてほしかった。

むすびに

中国語の作品集には「出版説明」が付けられており、繁体字を簡体字に変換した以外は、原典をできる限り忠実に再現したと断っている。また各作品には出典が明示されており、テキストとして信頼できるであろう。日本語、朝鮮語、ロシア語作品は、翻訳という限界はあるが、それを断れば研究に利用することは許されるであろう。文学研究の出発点は作品であり、その第一次資料が叢書の一環として大量に収録されたことは、まことに喜ばしい限りである。

研究を補助する目録、年表、人名録などを、中国語では「工具書」と称するが、＜史料巻＞は、まさに満洲国の文学研究に有益な「工具書」といえるだろう。今後、満洲国の文学を研究する者は、必ずこの＜史料巻＞を利用することになるだろうと、わたしは考えている。

満洲国は日本が植民地支配を通して作り上げた複合民族国家であった。独立国という体裁をとりながら、内部には支配、被支配の複雑な民族関係が交差していた。したがって、中国人、日本人、朝鮮人、ロシア人、モンゴル人それぞれの立場から見えてくる国家像も異なっていたはずである。研究の面にもそれはあらわれる。日本文学を研究した中国研究者の論文に違和感を覚えることがあるし、わたしの古丁論も中国人に受け入れられているとは思わない。この『整理と研究』が、国や地域を超えた論文を積極的に採録したことで、その差異を確認し、議論を深める土壌を提供してくれたと感謝している。

日本が宗主国であった満洲国を共同で研究する場合、日本人が主体となってかかわることは歴史に責任を持つ者として、避けては通れぬ課題であると考えている。この叢書作成に日本人としての一応の責任を果たせたことを喜んでいるが、その最大の功績者は大久保である。主編劉教授や、現地出版社との折衝、日本人作家遺族との交渉、

翻訳者、校閲者の手配など大久保の奮闘なしにはこの事業は完成に至らなかったであろう。大久保とわたしは15年以上の付き合いだが、かれは2回り下の同じ干支年生まれである。さらにいえば主編の劉暁麗も大久保と同年の生まれである。叢書に名前のあがった面識のある研究者も、30代、40代の研究者が多い。この『整理と研究』は、わたしより2世代、3世代若い人たちによって完成された一大事業である。満洲国の文学研究の未来は、限りなく明るいと確信している。

初出『中国文芸研究会会報』第428号　2017年6月25日

第5章　淪陥時期北京文壇の台湾作家三銃士

はじめに

　1943年1月、日本文学報国会から文化使節として中国に派遣され、中国文化界活性化のテコいれに、半年あまりも奔走していた林房雄は、台湾作家洪炎秋にこんな不満をもらしたという。

　　林房雄、炎秋に「現在の華北文壇、満洲系、台湾系にことごとく占領されしこと、じつに悪むべし」というをきく。炎秋問う「満洲系とは誰ぞ」、かれ曰く「武徳報の柳龍光等、翻編審会徐白林等これなり」、炎秋また問う「台湾系とは誰ぞ」、かれ曰く「張深切、張我軍これなり」、炎秋問いていう「二人で一派を成しうるか」、かれ曰く「この二人、中心たるがゆえに、派というべきなり」。房雄、中国にありて眼中すでに中国なく、また日本国なく、ただかれ個人の利害関係あるのみ。われに順うものは生、われに逆らうものは死、それ房雄の謂いならんや。(1)

　「満洲系」への批判も気になるところではあるが、本稿では、「台湾系にことごとく占領されしこと」という、その実態に限って、考察を進めたい。秦賢次は「抗戦時期の北平にあって、張我軍、洪炎秋、張深切の三人は台湾作家の三銃士といえるだろう(2)」と述べているが、この三銃士がかかわった三つの事件に注目して、淪陥時期（日本支配時期）の北京文壇における台湾作家の役割を考えてみたい。
　以下、簡単に三銃士の経歴を記しておく。(3)
　張我軍（1902-55年）：台北の生まれ、台湾最初の白話詩集『乱都之恋』（1925年12月　自費出版）を出版、『台湾民報』に、詩や小説、文芸理論を発

179

表、台湾新文学の基礎を築いたとされる。1929年6月に北京師範大学を卒業。日本占領下の北京にあっては、北京大学工学院、文学院の日本文学系教授の地位にあり、日本語教育と日本文学の翻訳・紹介に努めた。

洪炎秋（1902-80年）：鹿港の生まれ、29年北京大学卒業後、北大農学院で日本語を教える。34年「人人書店」を開設、日本語教育関係の出版を手掛けた。この時期、北大農学院留平財産保管委員として大学に留まっていた。

張深切（1905-65年）：南投の生まれ、日本の台湾統治に反対し、「広東台湾革命青年団」を組織するなど、政治運動に従事していたが、28年治安維持法違反で逮捕されてからは、文芸運動に転身、34年「台湾文芸聯盟」を組織、『台湾文芸』を刊行した。38年北京に渡り、北京国立芸術専科学校の教師兼訓育主任となる。同校を追われて一時帰国するが、41年再び北京にもどり、新民印書館に勤務する。

1　第一の事件──『中国文芸』乗っ取り事件

張深切が、堂ノ脇光雄、浦野寿一郎らの支持を得て『中国文芸』を創刊したのは、1939年9月1日であった。

> われら国家の変革を恐れず、ただ人心の死滅を恐る。いやしくも人心死滅せずば、国家の命運危機に瀕し、民族滅亡に至るも、なんぞ愁うることあらんや？（中略）
> 　国破るべし、党滅すべし、悪除くべし。されど文化滅亡すべからず。われら一日国家なくとも可なり、一日文化なきは不可なり。文化は国家の命、人類の精神的糧なればなり。

創刊号「編輯後記」に見る言葉だが、張深切の、この雑誌にかける意気込みが伝わってくる。「一日国家なくとも可なり」とは、亡国の民として生きる台湾人の凄味すら感じさせる。それはさておき、この雑誌は、「北京の文

第5章　淪陥時期北京文壇の台湾作家三銃士

壇は、いま非常に情けない情況だ。事変後、何人かの文芸著述家は、足を洗う者は足を洗い、南下する者は南下した。これまで華北文壇を支えてきた主要な作家たちは、みんな重慶政権下に走り、糊口をしのいでいる。これがため、ついに文芸は、一時的な停頓におちいった」、といわれる情況の中から、はじめてあらわれた、大型の本格的な文芸雑誌であった。

　北京に残った周作人も、創刊号から原稿を寄せ、この雑誌を支援している。「今回、われらが周作人もついには数年来の沈黙を打ち破り、毅然として『兪理初の諧謔』という興味ある一篇を寄こしてくれた」との感謝の言葉が、「編輯後記」に見える。張我軍（小生、迷生）、洪炎秋（芸蘇）も、同郷の友人への協力は惜しまなかった。精力的に投稿するのみならず、張深切が、義父の病気で帰郷しなければならなかったときには、張我軍が編集担当を代わってやったし、なによりも、総代理取扱店として雑誌の販売を引き受けたのは、洪炎秋が経営する「人人書店」であった。

　順調にすべりだした『中国文芸』であったが、ほぼ一年を経過したとき張深切は、当時華北の文化界を牛耳っていたといわれる華北駐留軍情報将校山家亨に呼び出され、唐突にこの雑誌の接収を通告される。そのいきさつは、張深切の回憶録『里程碑』に詳しいが、何ゆえに、また何を目的に、山家が強引に雑誌を接収したかについては言葉を濁している。洪炎秋は、かれに代わって、その背景をこう説明する。

　　その後、ある人がひそかに伝えてくれたところによると、本誌には、ときとしてタブーに触れる文章が顔を出し、「反動」に近いと見なされていて、張君もしばしば呼び出しを受け、訊問を受けていたという。最後には、敵軍報道部に差し押さえられ、かれらから派遣された武徳報社に接収され、継続刊行されることになった。しかし、おかげでわたしは、文章をつづる負担からは逃れられたのである。

45年4月、理由不明のまま、突然張深切が、日本軍に逮捕されるという

事件も起こっている。これらを総合してみると、張深切は、日本軍の一部から要注意人物としてマークされており、当然かれが編集する雑誌も、歓迎されていなかったことが窺いとれる。その点を押さえた上で、ここではもう少し、別の角度から、乗っ取り事件の背景を探っておきたい。

　第3巻第1期（1940年9月1日）から、編集者は張深切から張鉄笙へ、総代理店が人人書店から華北文化書局へ、印刷所が新民印書館から砂漠画報社へと変更される。華北文化書局とは、武徳報社発行の定期刊行物の販売を一手に引き受けていた書店（住所は武徳報社に同じ）で、この段階から『中国文芸』は武徳報社の傘下に組み入れられたといえよう。しかし、張鉄笙の「編輯後記」などを読んでいくと、定期購読者の扱いなど、かなりの実務がかれ個人の肩にかかっていたようである。第4巻第3期（1941年5月5日）から、こうした営業実務の一切は華北文化書局に移管され、印刷所も武徳報社に移された。ここに、『中国文芸』は、名実ともに武徳報社に取り込まれたといえる。

　武徳報社の業務は、1938年9月15日に『武徳報』（旬刊）を創刊するところから出発する。その発行所は、華北臨時政府治安部内に置かれ、治安部総長斉燮元をトップにまつりあげている。その新聞は、一般に市販されることなく、軍部や警察関係者にのみ配布されていた。(8)ある種の謀略新聞ともいえるが、この特殊な業務から、広く文化一般の出版事業へと業務を転換させていく過程を、亀谷利一の言葉で確かめておこう。1941年8月に書かれたものである。亀谷は、「満映」から北京に移り、管翼賢のあとを継いで、武徳報社社長の椅子に座った男である。

　　事変以来、軍部および政府は、戦争第一主義なる宣伝報道政策をとってきた。ここにいう戦争第一主義なる宣伝報道政策とは、敵を粉砕し、その戦闘力を壊滅させるとともに、わが方の戦争の意義および目的を、敵人には無論のこと、一般民衆にも普及徹底せしめんとする宣伝報道のことである。

ここにいうところが、『武徳報』刊行の目的とほぼ合致するとみてよい。「しかし現在、大規模な戦闘はすでに終わりをつげ、大局的な治安は徐々に回復しつつある」と、情況の変化を押さえた上で、華北の文化について、次のように分析する。

　事変以降の華北各地、とりわけ北京、天津、青島での出版物市場も、ほとんど上海租界で発行される出版物に独占されており、これらの出版物は、最初きわめて激しく、鮮明な形で敵意をむきだしにしながら、日本および新中国政府を攻撃し、誹謗することを専らとし、重慶政権および英米その他第三国側の最前線の役割を果たしていた。しかし、日本軍の戦果が漸次拡大し、中国新政権の統治力および支配地域が徐々に増大するにつれ、かれらは政策を変更し、うわべでは、新しい事態にひたすら順応するかの態度をとり、その露骨な敵意を粉飾して、検査当局の目を巧妙にたぶらかすという戦法をとってきている。（中略）
　かくして、上海の租界文化およびそこで生み出された、文化の結晶たる上海の雑誌なるものの立場と性格は、疑いもなくわれらの敵である。表面的には美しい言葉をつらね、友好的態度を示してはいるが、ある種の許しがたい目的と野心をひそかに隠し持っている。

こうした分析の上に立って、以下のような方向を提示する。

　華北雑誌と上海租界文化とは、絶対に相いれぬ立場と性格を持っており、華北雑誌は今後、日本軍と政府、および関係方面の強力な指導援助のもとで、急速に発展成長していくはずのものだ。現在すでに、上海の租界雑誌を充分に圧倒するだけの勢いを見せ始めている。[9]

ここに示された戦略目標のもと、武徳報社の出版活動の戦線は一気に拡大

された。

1939年2月	民衆画報創刊（〜39年6月）→時事画報（39年12月〜43年12月）
1939年10月	改造創刊（〜40年8月）
1940年2月	民衆報創刊（〜44年4月　週刊で始まり、40年7月1日より日刊）
1940年6月	北京漫画創刊（〜43年9月）→華北漫画（44年2月〜44年5月）
1940年9月	婦女雑誌創刊（〜45年7月）
1941年1月	国民雑誌創刊（〜44年12月）
1941年6月	新少年創刊（〜45年7月）

　これ以外にも、『児童画報』（→『児童世界』）、『児童新聞』、『中華週報』（1944年9月24日〜45年8月19日）、「民衆叢書」、「武徳報叢書」、「万人文庫」（1942年1月〜43年2月）といったものが刊行されていた。なお1945年1月5日、「戦局苛烈なるとき、資材節約のため、日本華北軍報道部当局は率先して、みずからが直接指導し発行せる刊行物を縮減する方針をたて」、武徳報社は解散する。そして、すべての雑誌が整理され、『中華週報』、『婦女雑誌』、『新少年』のみが、中華週報社から継続刊行されることになる。

　この一連の事業の中に「1940年9月　『中国文芸』接収」という一項を組み入れてみれば、見えてくるものがあろう。華北唯一の文芸雑誌で、すでに「5000から6000部」という発行部数をほこっていた『中国文芸』を乗っ取ることで、武徳報社の出版活動は、「上海租界文化」に対抗する布陣を敷くことができると考えられたのである。

　張深切との面談の最後に、山家亨はこう付け加えたという。「われわれは何もいらない。ただ中国文芸、この四文字さえあればそれでいいのだ」と。

　かくして、台湾作家三銃士は、この雑誌からそろって手を引くことになる。なお周作人も、第3巻第6期（1941年2月1日）以降は、寄稿しなくなったことも付け加えておく。

2　第二の事件——『芸文雑誌』創刊をめぐって、張深切玉砕する

　武徳報社に支えられた『中国文芸』は、二つの方向に力をそそいだ。第一は、新人作家の育成である。北京にいた既成作家のほとんどが、「足を洗う者は足を洗い、南下する者は南下し」、残った者も、沈黙をつづける中、北京文壇を担う新しい作家の出現は、急務の課題であった。新しく『中国文芸』の編集にあたった張鉄笙は、こう語っている。

　　わたしは中国文芸の編集を引き継いだその日から、一つの考えを固めていた。この雑誌を簡素化し、新進の著作仲間に提供して存分に利用してもらう。そのため、名をなした老作家たちには、あまり原稿を依頼しなかった。これが中国文芸の特徴であるとともに、その唯一の欠点でもあった。(12)

　その努力の結果、名も知られていなかった若い作家が文壇に登場し、少しずつ活気も生まれてきた。
　第二の活動は、こうした新しい作家を組織し、文学運動を展開することであった。少し詳しく触れておこう。
　張鉄笙らによって1941年1月19日結成された「華北文芸協会」は、6か月の短命で幕を閉じることになる（その会報『華北文芸協会会栞』は4期まで、『中国文芸』に掲載されている）。
　これにかわる「華北作家協会」は、1942年9月13日に発足する。準備段階では、武徳報社刊行の雑誌を軸にした、雑誌編集者の組織化が目指されていたが、その後の検討をへて、作家個人を結集する方向へ転換され、武徳報社、あるいは『中国文芸』とは一線を画した組織に落ち着いたようである。(13)
しかし、その準備段階から参画し、「作家協会」幹事長の任につくのは、『華文大阪毎日』の編集から、満洲『大同報』の編集をへて、1941年10月、武徳報社編集部長の要職についたばかりの柳龍光であった。さらに、採択され

た協会規約「経費」の項目に、「関係当局、文化機関および雑誌社よりの資金援助でこれを補助する」とあるが、当初の活動経費7500元は「華北政務委員会情報局5000元、武徳報社2000元、新民会500元」の分担でまかなわれたという。1944年1月から、華北作家協会機関誌『華北作家月報』と『中国文芸』が統合され、協会発行の『中国文学』が創刊されることになるが、その発行は武徳報社に委ねられた。

以上のことから、武徳報社－『中国文芸』・『中国文学』－華北作家協会という三位一体の体制が確認されるだろう。そしてこの勢力が、日本政府を後ろ盾にしながら北京文壇全体をリードしていくことになる。

さて、興亜院華北連絡部に身を置き、北京日本大使館の調査官をつとめた志智嘉九郎は、その北京時代を回想して、「第一回大東亜文学者大会が終った頃から」北京文壇には、上記武徳報社の流れとは別に、二つの系統が現われたといい、「その一つは、新民印書館を背景とする芸文社であ」り、「いわば北大組であ」った。いま一つは、「第三の系統、系統ということばは適当でないかも知れないが、林房雄が日本文学報国会の代表として北京に常駐したことである」と述べている。志智がいう、この三つの系統が激しくぶつかり、からまりあう事件が、1943年に起こった。張深切の言葉で経過を記しておこう。

「華北最高指令部報道部長が、突如人を派遣して、わたしとの会談を求め、周作人と協同して、もう一度、新しい文芸雑誌を出してはどうかともちかけてきた」ので、新民印書館からの発行を検討していたところ、林房雄がわりこんできて、日中合作の組織をつくり、そこから雑誌を発行する案を押し込んできた、という。

その結果、「芸文社」という名の新しい文芸団体を組織し、周作人を社長に推挙し、尤炳圻、陳綿、傅惜華、傅芸子、瞿兌之、張我軍、蔣兆和、それにわたしが編集委員につくとの案が決められた。何回か会議を開いたが、林房雄と沈啓无が邪魔をするため、会議を重ねれば重ねるほど紛糾し、成立のめどが立たない。わたしは一切の病根は、林房雄と沈啓无にあると断定し、

周作人にかれらの話しに耳をかさないように進言、あわせて、林房雄が主編となることには断固反対すると表明した。これがため、わたしと周作人の胸にしこりが生まれてしまった。

最終的には、張深切が芸文社からも、新民印書館からも身をひき、沈啓无は、芸文社から出す別の雑誌『文学集刊』の編集にあたることで決着がついた。[16]

『里程碑』の記述からは、周作人を間にはさんでの、張深切対沈啓无・林房雄の対立構図は見えてくるが、その対立の背景は見えてこない。この事件を書きとめた前掲「張深切日記」にも、「今更ら文人の醜態に嫌気をさしてこれより離れんと心境極めて明朗、新しい時代は新しい人を要求するが、旧態依然のものには用がない筈だ。無理にそれを抱込まうとするところに無理があり、今日の結果を来たしたのである。自分〔張〕は今となつては寧ろ瓦全よりも玉砕を望む」[17]と、いさぎよい決別の心境は書きとめているが、事件の原因、対立の中身にまで筆は及んでいない。

わたしは、この事件の背景には、北京文壇の深刻な矛盾がはらまれていたと思う。さきの志智嘉九郎の図式を借りれば、若手作家を結集した武徳報社のグループ（ここでは、その代表として沈啓无・柳龍光が登場した）と、北大組を軸にした新民印書館グループ（その象徴として周作人がいた）。両者の合作を目論みながらも、下からの強い反発で混乱を与えただけで終わってしまった林房雄。張深切は、みずからを「玉砕」させることで、新民印書館グループの意図を貫徹させた。これがわたしの結論である。

『芸文雑誌』は、1943年7月1日に創刊されるが、「この雑誌、一に運動なく、二に主張なし。しかし、必ずしも、沈黙しなければならず、曖昧であらねばならぬ、ということでもない。要するにこの雑誌は、『ぜひ……しなければならぬ』といった理論を持たないのである。本来からいえば、出さねばならぬといった理論さえ必要ないのである」というごく控えめな言葉が、創刊号の「発刊詞」であった。

これに対し、半年後に『中国文芸』を改名した、新しい装いで出発する

『中国文学』「代創刊詞」（柳龍光）では、こう宣言する。

1943年10月、政府主催の第2回全国宣伝会議で提起された「戦時文化宣伝政策」を全面的に支持する立場を表明した上で、「こうした課題を担って、『中国文学』は中国文学協会成立の年、大東亜文学者大会が中国で挙行される年に刊行された。これは、おおいに大胆な仕事だと、自覚している。この仕事を担うことの栄光を感じるとともに、不安にたえない。ただ会内外の『文学報国』を志す人たちが、共同して前進してくれることを期待するのみである」と、締めくくっている。

時勢が要請する社会的使命を、積極的に受け止めていこうとする姿勢と、そこから一歩しりぞいたところで、静かに文化を語り合おうとする者との差は明白である。その違いを外から見ると、こうなる。

> もし、華北作家協会が青年作家の文学活動を代表する集団とするならば、芸文社は、強いていえば、老作家の集団となろう。（中略）
> 『芸文雑誌』の創刊にあたっては、運動なく、主張なく、ただ雑誌をやるために雑誌をやるとしてきた。こうした態度は、当然ながら、刊行物それ自身の無目的性につながるはずである。誌面で、もっとも激しい批判を受けたのは「青年文壇」という欄であり、ここには青年からの投稿を専ら収めるが、この「青年」の基準が確かにあいまいで、『芸文雑誌』は、「青年読者」に販路を広げはしたが、青年の創作を励ますことになったかといえば、つまるところ、この点が弱かったということだ。[18]

『芸文雑誌』の編集方針が、新しい文学の繁栄を願う人びとに、ある種の失望を与えていたことも事実であった。

> 『芸文』が世に出てから、内容の「硬さ」と「旧さ」で評判をとった。（中略）
> これは、純文芸雑誌としての生命を支えるものは、やはり創作でなけ

ればならぬということによる。もし、力のある創作が不足し、短論、考証や小品文のたぐいで表面を飾りたてているだけならば、最後には、灌木、雑草だけの庭園となり、その生命力の所在を明らかにはできない。最低でも、長篇の、あるいは比較的長い作品一篇は掲載するべきだ。しかしこれまで、『芸文』には載ったことがない。[19]

　半年あまりも中国に滞在し、日中合作の雑誌創刊に精力を傾けた林房雄のねらいは完全にうらぎられた。

　　北京文学界の情況は、実に繁雑きわまりないもので、純粋の文学運動に対して、障害があまりにも多すぎる。われわれの６か月におよぶ悪戦苦闘、少なからざる人物との口論。非難もされ、攻撃もされたが、同時にまた少なくない新しい、気心知れた友人もできた。そしてどうにか、文学雑誌を創刊するところまでこぎつけられた。(中略)
　　北京に芸文社（周作人氏主宰）が成立し、『芸文雑誌』と『文学集刊』を発行した。芸文雑誌は文化総合雑誌であるが、新中国文学運動の主体とはなりえない。沈〔啓无〕君の信念は、良心と情熱を持った文学者を結集して同志となし、青年知識階級の中に深く根をおろして前進するとき、第２次中国文学革命運動は、はじめて可能となる、というものである。それゆえ、沈君は努力して奮闘し、仲間を集めて、別途に『文学集刊』を刊行したのである。[20]

　これは、「新中国文学運動の主体とはなりえない」とする『芸文雑誌』の発行を許し、「第２次中国文学革命運動」に、周作人らのグループを引き込めなかった事実を、みずから認めたものであり、林房雄の敗北宣言とも見なせるものである。
　林が期待を寄せた、沈啓无主編の『文学集刊』は２期を刊行するにとどまり、『芸文雑誌』は1945年５月まで刊行され、周作人は最後までこの雑誌

に執筆を続けた。

　この「玉砕」以降、張深切は一切の文化関係の仕事と手を切り、そのまま日本の敗戦を迎えることになる。残るは台湾作家二銃士である。

3　第三の事件——張我軍文学者統合計画を粉砕する

　1943年から44年にかけて、中国の文壇は、文学者の全国統一組織結成に向けて、激しく揺れ動いていた。北京文壇で、もっとも活発に活躍した一人が沈啓无である。第1回につづき、第2回大東亜文学者大会にも参加した沈は、その報告の中で、このように述べている。

　　本大会終了後、わたしはこの会幹部の人と個人的な話し合いを持ちました。かれらが熱心に話してくれたところでは、第3回大会は中国で開催してほしいが、については、開催前に中国で、日本の文学報国会のごとき組織を確立すべきだとのことでした。わたしは、いま文学に従事されているみなさんに、特にこの点について注意をうながしておきたい。わたしたちが、強大で、重厚な文学団体を持たなければ、この局面にふさわしいとはいえないだろうことを。(21)

　第2回大会をとりしきったばかりの、日本文学報国会事務局長久米正雄は、10月28日から2か月近く、中国、満洲を飛び回り、次期大会の開催と、統一組織結成に向け奔走していた。その最後に、久米の得た感触は、非常に楽観的なものであった。

　　少くとも第3回大東亜文学者大会を中国側において開催する件については協力を惜しまないとの言を得て、周作人氏が決して動かないのではなく、たゞ時期を待つて居られるのだといふ印象をうけた。(中略)
　　いづれにしても華北側の意見はすでに沈・柳二君の合作により在来の

華北〔作家〕協会を発展解消して、それに上置きたる芸文雑誌の編輯陣を加へた大同団結、といふのであるが、割合に早く実現する可能性のあることを私は予見することができた。[22]

しかし事態は、久米が期待する通りには進まない。1944年1月10、11日、南京では政府宣伝部の呼びかけで、「中国文学協会」結成へ向けての第1回準備会が開かれ、2月15日には、龔持平、柳雨生、草野心平が、打ち合わせのために北京へ派遣される。ところが、南京側から持ち込まれた政府案は、北京の若手作家の受け入れるところとならなかった。華北作家協会では、急遽2月27日、「中国の統一的文学団体を組織することに関する座談会」を開いて対策を協議した。ここでも、積極的に発言するのは、沈啓无であった。

　　昨年の第2回文学〔者〕大会の場で、われら中国代表が、第3回の中国開催案を実現させようと努力しているとき、われらが華中、華北代表の間には、すでに意見の不一致が見られました。当時われらは東京帝国ホテルに泊まっていたのですが、その場で柳雨生および陶亢徳両氏は、この案に不賛成の意をあらわしました。その主な言い分は「政府に経費がない」ということでした。しかし、そのときわれわれは、政府からの支援は当然あったほうがよいが、なくても民間主宰で動き始めていいのではないかと考えていました。

さらに、今回の派遣団の行動については、

　　かれの進め方は、某個人〔周作人を指す〕の支援を取りつければそれでよしとするもので、他の方面には、充分かつ正式の連絡が徹底されませんでした。今回の新組織の構成と人選については、われらの既成の文学団体によって、自発的に推進され、公選されるべきであると考えま

す。かれらの上から下への指名派遣のやり方は、われらの意見と隔たりがあるといわざるをえません。⁽²³⁾

と、上意下達の一方的な進め方に抗議している。ここからは、政府のお膝もと南京でつくられた文芸政策と北京の考え方とのズレ、あるいは、北京若手グループの大きな自信と積極的な意気込みが感じとれる。

　この座談会では、出席者の総意として南京政府に対する4点の要望事項がまとめられた。

一、新組織の発動は、華北文学者の自主的発現をまって、民間文学者の集団とされることを期待する。
二、新組織の準備委員選出は、華北文学者の公選によるべきであり、上からの指名であってはならない。
三、新組織の準備事務とその運営は、華北の既成文学団体である華北作家協会が軸となり、全責任を負って遂行されるべきである。
四、新組織の名称は、全華北を代表する意味あいを含むべきである。[24]

　かくして、全中国の統一組織を結成する運動は、むしろ北京文壇（華北作家協会）が全体をリードする形で、順調に進展するかに思われた。事実、2月21日付『民衆報』は、「戦時宣伝文化政策完成す／中国文学協会まもなく成立／周作人を会長に」という、大きな見出しをつけて、上記南京からの派遣団の訪京を報じているし、『華文毎日』12巻6期（1944年6月1日）の「文化城」欄には、「中国文学〔協〕会華北分会、4月23日北京で正式の成立大会挙行、銭稲孫氏を会長に推す。また上海分会も同日成立、陶晶孫会長に就任」といった、見込み記事さえ載せていた。しかし、この『華文毎日』が発行された6月には、中国文学協会結成の動きは、完全に頓挫していたのである。

　周作人が、第2回大東亜文学者大会の発言をとらえて、「老作家について」

(『中華日報』3月12日）に始まる一連の片岡鉄兵批判を展開し、それに連なるものとして、沈啓无への「破門声明」（3月15日）を発表して、日中の文学界に大きな衝撃を与えたたことは、よく知られている(25)。そして、この周作人の突然の行動が、ここまで順調に進んできた組織工作に大きな障害となったことも事実である。しかし、この周作人の行動に付随して、ここまでの華北作家協会のやり方に対する不満や、批判が噴出したことは、あまり触れられてはいない。

　組織化推進役の一人であった柳龍光は、「この間の周先生の『破門声明』発表以降、『個人的愛憎あるいは派閥の私見から異分子を排除する事件』が、つぎつぎと発生した(26)」と、にがにがしくつぶやいている。また『国民雑誌』第4巻第3期（1944年3月1日）では、中国文学協会結成についての意見を募集し掲載しているが、この段階にあっても、表の動きとは別に、さまざまな考えが、内部に渦巻いていたことが窺われる。

　　もっとも憎むべき、もっともくだらない奴は「ごろつき」根性の文士である。平素思惑が通らないため、ひとたびチャンスとみるや、尻馬に乗ってひっかきまわし、仲たがいさせる。本当に他人を倒せといわれれば、それをやる力はないくせに、他人がやれば、やきもちを焼いて、攪乱をはかる。結果は「ぶち壊しにしかならない」。（中略）
　　組織当局が、一度「陰謀」をはかって、徹底的にこうした輩を故郷のいなかへ追っ払ってくれることを期待する(27)。

　はじめに全体を見通してみると、最初から、このことに本当に熱心だった人は、どれほどもいない。まず不熱心な人についていえば、この手の人は、二つに分けられる。一つは、こうした文学組織とみずからの執筆活動とは、まったく無関係だと考え、ただ自分が筆をとって書ければそれでよしとする。当然のことながら、言外に軽蔑の気持ちを込めつつ、こうした活動は馬鹿騒ぎにすぎないと考えている。二つめは、文学

は政治にかかわり、一体となるべきではないと思っている。この二つの見解には、おのずと愛すべき真実は含まれてはいるが、いずれも現状に対しては、消極的、冷淡な対処の仕方といえるだろう(28)。

　現在、このことから紛争、分裂、連合、排斥……といった事態が生まれているが、これらは文化運動にあるまじき現象であり、少しでも文芸界に注意を払う人なら、みんな明白なことである。根本的な原因は、すべて個人から発していることにある。ある人が別の人間を打倒せんと考えてやっているか、あるいは、別の人が第三の人間の印象がよくなかったので、この団体の指導権を一人占めしようと考えてやっているのだ(29)。

　北京文壇のこうした内部矛盾は、まだ充分に実態を把握するまでには至っていないが、張域寧の評論「作家協会は変わった」(『新民声』1944年10月19日)をきっかけに引き起こされる、柳龍光との論争にまで尾を引く、根深い(30)ものであったことも事実である。

　さて、華北作家協会先導による、組織統一をめぐるこの紛争の中で、残された三銃士の一人、張我軍はある決定的な役割を果たしたと思われる。

　3月9、10日、華北作家協会は、第19回幹事会を開き、中国文学協会華北分会へ改組するための準備委員会を発足させた。メンバーは、評議委員から沈啓无、陳綿、張我軍、尤炳圻、幹事会から柳龍光、張鉄笙、徐白林の7名であった。張我軍と尤炳圻を入れたのは、芸文社との関係を慮ったものであろう。このあと、沈啓无が傅芸子に差し替えられるが、おそらく「破門声明」の影響であろう。

　この準備委員会の経過を、柳龍光が『中国文学』1巻5期(1944年5月20日)の「編輯後記」に詳しく書きとめている。それをいま、メモ風に整理してみよう。

3月22日　第1回準備会

会の名称を「中国文学協会華北分会」に確定す
　　組織規定草案を通過さす
3月28日　第2回準備会
　　張我軍氏、私事多忙をもって尤炳圻氏に託し、辞職を申し出る
　　予算草案を検討のうえ修正す
4月7日　第3回準備会
　　張我軍氏また欠席
　　理事会の人事を決定す
　　あわせて成立大会の時期を4月23日と定める
4月15日
　　ここまでの決定事項を伝え、成立大会への出席を要請するため、張我軍、柳龍光の二人が、管情報局長と劉教署文化局長に面会
4月18日　第4回準備会
　　張我軍氏、成立大会の延期、ならびに作家協会はこの成立大会の前に解散すべきことを、突如提案す

　工作は「以後停滞し、今日まで順延されている」との言葉で、柳龍光の記録は終わっている。
　この不可解な張我軍の行動を解明するだけの資料は持たない。ただこの時期の、周作人の行動と無関係であったとは思われない。とにかく、張我軍の態度豹変によって、中国文学協会は、陽の目を見ることはなかったし、当然と見なされていた周作人の会長就任も実現することはなかった。第3回大東亜文学者大会は、周作人の出席もなく、主宰する文学者の組織も持たぬまま、「中国文学年会」を大会前日に開くことで、お茶を濁すしかなかった。[31]
　華北作家協会は、9月24日、第3回全体会員大会（「決戦文学者大会」と呼称）で、大幅な機構改革を決定するが、その役員名簿に張我軍の名前はない。

むすびに

　淪陥時期北京文壇の台湾作家ということであれば、当然、鍾理和（1915－60年）にも触れるべきであったろう。しかしご覧の通り、台湾作家の行動を借りて、当時の北京文壇の概況を明らかにしたいとの意図から出発したものであったので、文壇の中心からはずれた位置にあった鍾への言及まで筆が及ばなかった。ただ「台湾系にことごとく占領されしこと」という実相には、少し近づけたのではないかと考えている。しかし、こうした三銃士の行動を支えた「内なる思い」、ということになれば、今回ほとんど展開できなかった作品分析にまで下りていかなければならない。さらにこの時期の北京文壇全体を見わたそうとすれば、対立関係にあった、武徳報社グループの実態解明が不可欠である。またこのグループには、かなり多くの満洲国脱出組が加わっていたことも確認されている。こうした「満洲組」の、北京文壇における位置づけも検討課題となろう。残された課題の多さを確認するようなまとめとなってしまった。

　ごく最近、北京市社会科学院文学研究所の張泉氏から、『淪陥時期北京文学八年』（中国和平出版社　1994年10月）という著書が送られてきた。本論でも一部引用させてもらったが、これは8年におよぶ、日本支配下の北京文学について、全面的に論を展開した労作である。この業績の到達点を確認しながら、上記諸課題に取り組んでいきたい。

〈注〉
（1）「張深切日記」5月6日。この日記は、黄英哲氏が張深切の遺族から委託されたもので、1943年3月1日から6月3日までを記録している。『野草』第56号（1995年8月）に、木山英雄の「解説」を付けて発表された。
（2）秦賢次「台湾新文学運動的奠基者——張我軍」『中国現代文学叢刊』1990年第3期　8月　236頁
（3）三人の作家の経歴は以下の資料に詳しい。中島利郎「張我軍について——その略歴と著作」『咿啞』第24・25合併号　1989年7月、戴宝村「一生喫『国語飯』的学者社長——洪炎秋」台湾『近代名人誌』第4冊　自立晩報社　1987年、黄英

哲「張深切略年譜」(2稿)『台湾文学研究会会報』第15・16合併号　1990年6月
なお張深切編集による『現代日本短篇名作集』(新民印書館　1942年8月)の訳者は次のような顔ぶれである。三銃士のつながりを示す一つの証左であろう。
武田鱗太郎「裸婦」洪芸蘇(炎秋)／菊池寛「超乎恩仇」張我軍／志賀直哉「献給祖母」蘇民生／谷崎潤一郎「悲嘆之門」尤炳圻／徳永直「薩摩辞書」張紹昌／横光利一「秋」張深切

(4) 史策「北京文壇近況」『華文大阪毎日』第3巻第2期　1939年7月　40頁
(5) 張深切が編集を担当した『中国文芸』第1巻第1期 (1939年9月)から第2巻第6期 (40年8月)までに、誌上に発表された三銃士の作品を抜き出しておく。
　　張我軍：「秋在古都」(1-1)／「京劇偶談」(小生)(1-1～-3)／「関於中国文芸的出現及其他」(迷生)(1-1)／「代庖者語」(1-3)／「評菊池寛的『日本文学案内』」(1-3)／「編後記」(1-3)／「須多発表與民衆生活有密接関係的作品！」(1-5)／「病房雑記」(2-1～-3)／「一個聚会的雑談」(張我軍、張深切ほか)(2-3)
　　洪炎秋 (すべて芸蘇の筆名)：「偸書」(1-1)／「健忘症礼賛」(1-2)／「閑話鮑魚」(1-3)／「関於『死』」(1-4)／「賦得長生」(1-5)／「就『河豚』而言」(1-6)／「我父與我」(2-1)／「馭夫術」(2-3)／「辮髪茶話」(2-4)／「貌美論」(2-5)
　　張深切：「随便談談」(者也)(2-1)／「廃言廃語」(者也)(2-2～-6)／「戦争與和平」(2-3)／「編後記」(1-3を除く)
(6) 『里程碑——黒色的太陽』聖工出版社　1961年
(7) 「小引」『閑人閑話』中央書局　1948年　3頁
(8) 「疑問的鑰匙」『国民雑誌』第4巻第10期 (1944年10月　21頁)に解説された箇所を引用しておく。
　　武徳報は、専ら治安部隊と警察を対象とした新聞であり、その内容は、武人の参戦精神を昂揚し、必勝の信念を強化し、軍事科学知識を注入するを旨とする。市場にはまだ公開販売されていない。
(9) 「華北的雑誌現状及今後新文化的建設方策」『国民雑誌』第1巻第8期　1941年8月　34～36頁
(10) 「順応時局要請、武徳報社断然解散」『中華週報』第17号　1945年1月4日　9頁
(11) 前掲『里程碑』549頁
(12) 「編輯後記」『中国文学』第1巻第4期　1944年4月　72頁
(13) 張鉄笙「籌備経過」『民衆報』1942年9月14日
(14) 張泉『淪陥時期北京文学八年』中国和平出版社　1994年　109頁
(15) 「弐人の漢奸」(私家版)1988年　153～156頁
(16) 前掲『里程碑』581頁
(17) 前掲「張深切日記」4月22日
(18) 黎建青「一年間的華北文壇」『華文毎日』第12巻第2期　1944年2月　14～15

頁
(19)　秦明「十二月文芸概談」『国民雑誌』第 4 巻第 1 期　1944 年 1 月　58 頁
(20)　「新中国文学的動向――與沈啓无君的談話」『中国公論』第 10 巻第 2 期　1943 年 11 月　56〜57 頁
(21)　「関於大会的印象――一九四三年九月一五日在北京広播電台講稿」『中国文学』第 1 巻第 1 期　1944 年 1 月　28〜29 頁
(22)　「満華文学界の動向」『文学報国』第 13 号　1944 年 1 月
(23)　「関於組織中国統一文学団体座談会」『中国文学』第 1 巻第 2 期　1944 年 2 月　21 頁
(24)　同上　24 頁
(25)　この件については、次の文件が詳しい。木山英雄『北京苦住庵記――日中戦争時代の周作人』筑摩書房　1978 年、倪墨炎『中国的叛徒與隠士周作人』上海文芸出版社　1990 年
(26)　「編輯後記」『中国文学』第 1 巻第 5 期　1944 年 5 月　72 頁
(27)　呂奇「中国文学協会與中国人」『国民雑誌』第 4 巻第 3 期　1944 年 3 月　65 頁
(28)　辛嘉「冷淡的一面」同上　66 頁
(29)　呂珏「断想・雑感・期待」同上　67 頁
(30)　新民声副社長、中国公論編集長張域寧が、『新民声』（1944 年 10 月 19 日）に発表した「作家協会変了」なる一文を、さらに『中国公論』9 月号に転載したことを受けて、柳龍光が、「両読『作家協会変了』後書」（『中華週報』第 12 号　1944 年 12 月 10 日）という反論を加えたことに始まる。張は『新民声』（1944 年 12 月 18 日）で反撃し、少虬は『中華週報』第 16 号（1945 年 1 月 7 日）で、柳の弁護にまわった。張域寧は、作家協会が「華北特殊化」の路線を歩んでいること、武徳報社に隷属していることを批判している。
(31)　この「文学年会」については、楊光政「中国文学年会記」（『雑誌』第 14 巻第 3 期　1944 年 12 月）に詳しい記録がある。
　　　初出『よみがえる台湾文学――日本統治期の作家と作品』東方書店　1995 年 10 月 30 日

【補　論】
　台湾作家、戦時期北京文壇のいずれについても予備知識がない中で、1994 年 11 月に台湾清華大学で開かれた「頼和およびその同時代作家――日本統治期台湾文学国際学術会議」で発表するために準備した論稿である。「三銃士といいながら、二銃士しか書かれていない！」などと皮肉られたりもした。穴の多い論文だが、その後、北京文壇については、「山丁の北京時代」、また「3　第三の事件」の項目については、「大東亜共栄圏のほころび――第 3 回大東亜文学者大会の実相」、「大東亜文学賞授賞の波紋――袁犀『貝殻』を読む」（いずれも『統　文学にみる「満洲国」の位相』所収）といった形で、課題を深めるきっかけを与えてもらった。
　本文で、張泉『淪陥時期北京文学八年』を取り上げているが、氏はその後『抗戦時

期的華北文学』（貴州教育出版社　2005 年 5 月）という増補版を上梓されている。そこでは「第 7 章　居京台湾作家與民族文化認同」として、張深切、張我軍、鍾理和、洪炎秋の四銃士を取り上げ、その業績をまとめておられる。ただ残念なことに、張我軍が態度を豹変させ「中国文学協会華北分会」の結成を妨害したことについては、「しかし実際には、こうした結果を招いた原因は複雑であり、多くの要素が影響を及ぼしたのであろう。」（270 頁）として、その要因を究明できていない。現在でも未解決の課題として残されている。

第6章　満洲国の雑誌・新聞と文学作品

はじめに

『満洲日日新聞』（以下『満日』と略）に、町原幸二がこんなエッセイを寄せている。

> 私は旅行に出かける時、サンデー毎日、週刊朝日、オール読物、新青年の四冊の中で、目次の面白さうなのを選んで何か一冊買ふ。この間奉天に行つた時は、週刊朝日春季特別号を買つた。（中略）旅行から帰つて来て内地新聞を十日分見る。四月号の総合雑誌四つの広告を丹念に読む。(1)

町原幸二は本名島田幸二、『作文』の同人で、『是好日』（作文発行所　1940年5月25日）という随筆・小説集を残している。引用したのは身辺雑記風のエッセイで、取り立てて問題にすることはないようだが、町原の読書対象がすべて日本国内の雑誌、新聞であることに、引っ掛かりを感じる。在満日本人の読書実態はいかなるものであったのか。こうした切り口から、まず問題を立ててみよう。

1　日本語雑誌の出版・流通状況

同じく『作文』の同人で、満洲国文芸界の問題点を鋭い理論で抉ってきた加納三郎（本名平井孝雄）に「満洲の雑誌は何故売れぬか」という、刺激的な題名の文芸批評がある。

加納は、満洲の雑誌は「満洲の問題・思想・生活・感情を正しく映して」

第6章　満洲国の雑誌・新聞と文学作品

いないのではないか、と問題を立て、次のように主張する。

　　かう云ふ問ひを出してみよう。さうすれば満洲の雑誌の地位が浮き彫りされるかも知れない。
　　在満インテリゲンチヤは満洲の雑誌を買ふだらうか？
　　大抵の知識人は、何か一冊中央の総合雑誌を買ふのが常識である。然し満洲の雑誌を「金を出して」買ふ人は尠ないのではないだらうか。
　　（中略）
　　内地の新聞をとつてゐる者も、きつと満洲の新聞は読むに違ひない。単に早く読めると云ふばかりではなく、満洲の新聞は、内地の新聞から得ることの出来ないものを与へてくれるからである。（中略）満洲新聞の現地性が読者を吸引するのである。[2]

　加納の論旨は明快である。在満知識人に「金を出して」でも雑誌を買わせるためには、満洲国の総合雑誌が、新聞の持つ現地性（現地主義ともいう）を誌面の中に確立することであるとする。
　それではまず、購買意欲をそそらないとされる満洲国の雑誌について考えてみよう。ここでは、「文芸作品の掲載誌」という観点から、主要雑誌を簡単に振り返ってみる。すると、純文芸雑誌と呼べるものは、ほとんどが同人雑誌であったことが確認できるだろう。

　大連で満鉄社員を中心として、1932年10月に『文学』が創刊され、33年4月より『作文』と改題して1942年12月まで続いた。全55輯を刊行し、最高時には2,000部を印刷していたという。満洲国で最も息の長い同人文芸誌であった。主な同人には上記二人のほかに、青木實、安達義信、竹内正一、秋原勝二、城小碓、小杉茂樹、落合郁郎、日向伸夫、吉野治夫、古川賢一郎、島崎恭爾、坂井艶司、大谷健夫、富田寿、宮井一郎、松原一枝、三宅豊子、池淵鈴江らがいる。[3]

201

1932年9月、新京で奥一、西田悟朗らが中心となって『高粱』（双発洋行内文芸誌高粱社）が創刊され、1935年10月に終刊を迎える。近東綺十郎、杉島豊比古、稲垣啓、丘はるみ、岩崎ハチロー、山谷三郎らが参加していた。
　また同じ新京には、新京文芸集団があり、不定期刊で『蒼叢』、『新土』、『凍土』、『赭土』、『隘衢』などと誌名を変えて、6号（1938年3月）まで刊行したという。宍戸貫一郎、大脇一雄、奥一、下島甚三、今村栄治らが同人であった。
　1938年10月には、北村謙次郎が主宰する『満洲浪曼』が産声を上げる。長谷川濬、横田文子、木崎龍、坪井与、緑川貢、逸見猶吉、今井一郎、大内隆雄、飯田秀也など多彩な顔ぶれであったが、40年11月に6輯を出して息が切れた。
　これ以外にも、1939年3月に撫順で出された『断層』、奉天医科大学の『医科』、1937年5月に『新京』から名前を変えた『モダン満洲』（小原克己主幹）などの誌名や「満洲ペン倶楽部」という同人組織は拾えるが、その実態はほとんど不明である。
　詩を専門とした同人誌では、関東州大連で発行された『鵲』がある。1934年11月から1941年まで継続し、投稿者には井上麟二、滝口武士、小池亮夫、八木橋雄次郎、西原茂、三好弘光などがいる。この雑誌の終刊号と踵を接するように、1941年5月に大連で『満洲詩人』が刊行された。発行人：井上麟二、編輯人：川島豊敏で出発し、同人52名（中国人を含む）を抱え、全満洲の詩人に門戸を広げた詩雑誌であった。1945年1月（第23輯）まで確認している。
　『満洲浪曼』が満日文化協会から一定の資金補助を受けていた以外は、これら諸雑誌は、すべてが文学愛好者の資金と熱意で維持・運営されてきた。1941年3月、「芸文指導要綱」が出され、その方向に沿って8月に芸文聯盟が結成されると、個人的な同人誌活動は認められず、それらに代わる文芸の受け皿として1942年1月、芸文社から『芸文』が創刊された。しかし文化総合雑誌と謳いながら、文芸作品への誌面提供は少なく、不満が多かったの

で発行所を芸文聯盟に移して(1944年7月号より満洲文芸春秋社)、1944年1月から新たな『芸文』が継続刊行される(45年5月号まで確認)。

　以上が、満洲国における文芸専門雑誌全体のスケッチである。発表舞台は狭く、当然これら諸雑誌を手に取ってみる読者層も限定されたものであったろう。それを補完するものとして、総合雑誌の『満蒙』、『新天地』[5]、『満洲公論』[7]などが、誌面の一部を創作欄として提供した。時事評論雑誌『満洲評論』[8]、あるいは哈爾濱図書館館報『北窓』[9]、『満洲行政』[10]、『満洲経済』[11]、『旅行満洲』[12]、『満洲観光連盟報』[13]、満鉄社員雑誌『協和』[14]といった半官半民の雑誌――それも、文芸とは無縁と思われる雑誌も、貴重な誌面を文芸に提供している。

　『月刊満洲』[15]は、最高の発行部数を誇っていた大衆雑誌であったが、社主城島舟礼(徳寿)の固い信念で、大衆小説に固執して純文学には冷たかった。

　短歌や俳句雑誌にまで手を広げる余裕はないが、以上取り上げた諸雑誌が、在満日本人作家が作品を発表できる主な舞台であった。

　それでは、加納が「何か一冊中央の雑誌を買ふのが常識である」としていた「中央の雑誌」(日本国内出版の雑誌)とはどのようなもので、どれほどの部数が輸入されていたのであろうか。復刻された『満洲国現勢(康徳六年版)』に、次頁のような資料が掲載されていた。

　1938年以降、日本人の移住人口が増加するなかで、雑誌の種類も、輸入量も増えていったと考えられる。

　町原が「内地新聞」の広告欄で総合雑誌の目録を読んだ、と書いているが、満洲国発行の日本語新聞を見ても、これら内地雑誌の目録広告があふれかえっている。先に述べた満洲国内の雑誌のうち、広告料が払えない同人雑誌は当然掲載されていない。在満の総合雑誌や大衆雑誌は時折顔を見せるが、数で圧倒されており、あたかも日本内地の新聞を見ている感があり、その広告料収入は、満洲国の新聞経営にとって貴重な財源であったに違いない。

1938 年 2 月輸入雑誌（安東経由分）

婦人雑誌		実話読物	390
令女界	744	その他	
主婦之友	26,952	改造	2,933
婦人公論	5,604	中央公論	3,129
婦人倶楽部	16,593	文芸春秋	3,278
婦女界	1,362	日本評論	1,627
婦人画報	292	短歌研究	152
若草	364	俳句研究	103
娯楽雑誌		世界知識	479
キング	26,682	ダイヤモンド	1,604
日の出	10,955	受験と学生	1,024
講談倶楽部	11,420	雄弁	1,197
富士	9,800	現代	1,362
オール読物	2,991	科学画報	440
話	2,626	無線実験	427
モダン日本	1,847	科学知識	214
実話雑誌	4,183		

＊「輸入出版物」(16)より作成。なお、「子供雑誌」、「映画雑誌」の項目は削除した。

　それでは、このように日本から輸入される出版物と、満洲国内で出版される書籍・雑誌との比率はどのようなものであったのか。岡村敬二『満洲出版史』（吉川弘文館　2012 年 12 月 20 日）が格好の資料を提供してくれている。この本は満洲における出版事業を跡付けるとともに、出版統制や外国からの移入などについても法令や統計資料を駆使して実証的に検証したものである。1942 年 2 月・5 月期の統計を示したうえで、岡村はこのように結論づける。

　　ところでやはりここにも見えることは、「国内自給率」とでもいうべき満洲国内で出版される出版物の配給量の低さである。日本および満洲

第 6 章　満洲国の雑誌・新聞と文学作品

国での配給出版物のうち、満洲国内での配給の割合をこの統計に基づいて計算してみると、新京特別市 14.1％、奉天市 17.0％、濱江省 10.6％であった。在住の日本人にとって、内地の書籍や雑誌への需要が大きいということは理解したうえでも、満洲内での出版物刊行の自給率の低さ、つまり満洲国内の日本語出版物および「満語」と称される中国語の資料の出版活動が、依然として進展を見せていないということを指し示している。(17)（原文の漢数字を算用数字に改めている）

　かれが使用した統計表は、管区別、省別に区分けされた詳細な資料であるが、ここでは満洲国全体の数値だけを写しとっておく(18)。なお、岡村は合計の数値が合わない部分は「ママ」として正確を期しているが、その点は無視しておく。

「日本並国内書籍、雑誌、省別配給部数」（康徳 9 年 2 月期）

日本書籍配給部数	499,122	国内書籍配給部数	165,420
日本雑誌配給部数	601,016	国内雑誌配給部数	89,473
日本書籍雑誌合計	1,100,138	国内書籍雑誌合計	254,893

（『満配月報』康徳 9 年 6 月号）

　これは、出版物の種別を問わずに出された数値である。日本と満洲国の文化成熟度を考慮すれば、わたしが関心を持つ文芸関係の出版物には、もっと大きな格差があると予測される。

　もう一点、ささやかな資料を掲げておこう。植民地文化研究会編『≪満洲国≫文化細目』（不二出版　2005 年 6 月 20 日）は、文学作品を中心として、満洲国の居住者あるいは居住していた者によって書かれた出版物の「書目」である。ここに取り上げられた書籍 543 点（中国語書籍を除く）のうち、112 点が日本国内での出版であった。浅見淵編『廟会――満洲作家九人集』、石森延男『咲きだす少年群――もんくーふおん』、松原一枝『ふるさとはねぢ

あやめ咲く』、北村謙次郎『春聯』、竹内正一『哈爾濱入城』、日向伸夫『第八号転轍器』、山田清三郎『北満の一夜』など、これらは間違いなく満洲国を代表する日本語作品といえるが、いずれも出版社は東京であった。印刷・出版環境においても彼我の格差は歴然としている。

　ただし1943年ごろから日本国内の物資不足（紙不足）から、紙を求めて出版社が満洲国へ移転する、あるいは版下を満洲国に送り印刷するという逆転現象が生まれているが、今はこの問題に触れない。

　さて以上の考察からいえることは、日本と満洲国の間には、政治的な意味での国境は確かに存在した。しかし出版文化という面から見れば、国境は存在していなかったといえるのではないか。日本語出版文化圏という視点で眺めてみると、圧倒的な質と量を誇る日本国の出版界の片隅に、与えられた政治的意味づけ——優秀なる日本文化によって現住諸民族固有の文化を指導する——に支えられて、かろうじて満洲国の出版界がその存在を保障されていた、これが現状であったろう。一極集中の東京と地方都市という日本国内の関係が、そのまま日本国と満洲国の関係に当てはまるというのは、少し乱暴な言い方であろうか。

　「国境」ということでいえば、日本国内発行の出版物には「外地価格」が設定されていた。つまり満洲国内でこれらを買うと、少し割高になるのである。在満日本人読者からは不満の声が高まっていた。そして1939年12月に、書籍の輸入・配給を一元的に支配する満洲書籍配給株式会社が設立され、懸案となっていた日本から輸入される書籍の外地定価（およそ5分増し）が、「図書は〔1940年〕3月21日から定価販売が実施されることになり、そして雑誌については5月号から適用されるに到った」[19]とする。読者の強い要望に応える施策であったとはいえ、これは日本国内の出版物の氾濫を許し、在満の出版界に打撃を与えることになったはずである。

第6章　満洲国の雑誌・新聞と文学作品

2　新聞小説と日本人作家

　新聞の紙面下段に、一流作家の連載小説を載せ、読者の心をつかむという編集方針、これは日本独特のやり方かもしれない。新聞の販売部数を伸ばし、作家には安定した執筆料を保証し、なおかつ同人誌・文芸雑誌では望むべくもない広汎な読者に作品を届けるという独特の日本文化である。満洲国の日本語新聞も、基本的にこの方針を踏襲し、有名作家の作品を長期にわたって連載している。しかしその紙面は、すべて日本国内の作家に独占されてきた。たとえばこんな記述がみえる。1936年8月から、『満日』の夕刊小説として、1か月読み切りの中篇小説を掲載したが、「満洲在住の作家としては、三宅豊子の『羽音』が登場したのみで他は中央の諸作家の作に俟つた。」[20]

　1939年に入ると、『満日』が中篇小説を懸賞募集して、入選作を新聞に掲載するという試みを行なっている。現地作家による新聞連載小説という画期的な企画であったといえる。入選作は以下の2篇である。

　北尾陽三「舗子（ブーツ）」（「凍土に培はれるもの」を改題）1939年4月14日〜6月20日　全55回

　漣晶子「ザオドスカヤ街」1939年6月21日〜8月25日　全57回

　中篇小説であったとはいえこの企画は好評で、『満日』では、詮衡経過や書評座談会を開くなど大きな反響があった。この企画は単発で終わったが、このことをきっかけとして、新聞社が地元作家を冷遇しているとの批判の声は高まってくる。以下は、田中総一郎の提言である。

　　私の見るところでは、満洲の新聞は、もつと満洲に住む文芸人に舞台を与へる余地がある。連載小説なぞは、満洲に住むデイレッタントでない真の文芸人に書かしてもいいのではないか。さういふ人が現在ゐないといふのならば養成すればいい。内地作家のみに依存してゐる現状では、日本で発達した自由主義的新聞企業の物真似であるといへる。[21]

207

また、文話会1940年度総会に、斉斉哈爾代表として出席した上野凌嶸は、「満洲国内発行の日、満字新聞小説を在満作家に執筆させるやう斡旋の件」という要望事項を提出して、文話会が組織としてこの問題に取り組むよう要請した。それに対する吉野治夫事務局長の回答は、「すでに新京日日新聞等はある欄において、これを実行しており、又満洲新聞、満洲日日新聞等も目下企画中であるから遠からず実行することと思ふ。」(22) という、いたって傍観者的なものであった。
　しかし、こうした作家たちの抗議の声は一定の効果があったのかもしれない。北村謙次郎は「康徳八年度の芸文界回顧」と題して、1941年度の新聞小説を紹介している。

　　『満日』『満新』『哈日』等が、地元作家に紙面を開放する企は昨年来活発化し、それぞれ幾篇かの収穫を得た。『満日』に「成吉思汗」（楳本捨三）、「春聯」（北村謙次郎）、「牝虎」（バイコフ・上脇進）、「歳月」（富田寿）の各長篇があり、『満新』に「□宿」（北尾陽三）、『哈日』に昨年来懸賞募集中の現地報告文学二篇と並んで「哈爾濱入城」（竹内正一）、「阿片戦争」（楳本捨三）が発表されて世評を呼んだ。(23)

　多くの遺漏は免れがたいが、満洲国の日語新聞に採用された在満日本人の作品を列挙してみよう（短篇小説は採用しない。また上記で言及した作品は除く）。

『満日』（奉天）
　田中総一郎「蒼空の歌」1938年
　石森延男「もんくうふぉん」（長篇童話）1938年
　長谷川濬訳・バイコフ「虎」1940年6月25日〜10月3日（夕刊）　全85回
　伊地知進「大陸無限」（軍事小説）1940年10月12日〜1941年3月23

日　全160回

北尾陽三「白い夜」1942年

黒沢忠夫「エミグラントの歌」1942年12月2日〜1943年3月23日　全100回

大内隆雄訳・古丁「新生」1944年

『満洲新聞』（新京）

藤川研一「王属官」（大同劇団日本公演脚本　牛島春子「豚」を改編）1938年10月〜11月9日　全24回

尾田幸夫「暁の満洲」（建国10周年記念懸賞当選作）1942年2月3日〜7月5日　全150回

山田清三郎「建国列伝」（第一部〜第三部）1942年7月17日〜1944年

『哈爾濱日日新聞』（哈爾濱）

大内隆雄訳・山丁「緑なす谷」1942年

　拾い出したものはその一部に過ぎないことを認めつつも、あまりにも貧弱といわざるを得ない。かつ、「建国小説」、「歴史小説」というジャンルが多く目につく。取り上げた日語新聞は数種類のみとはいえ、夕刊を含めれば、1紙で複数の小説欄を擁する新聞もあり、掲載スペースはかなり広かった。それらを合わせれば、日本国内作家執筆の小説は膨大な数に上るが、ここでは『満日』掲載のものから、いくつかを紹介しておこう。

（1937年）武田麟太郎「愛すべき哉」／大江賢二「五軒長屋」／榊山潤「匂ふ花びら」／間宮茂輔「愛情多岐」／鷲尾雨行「織田信長」・「続篇　織田信長」／木村荘十「黒船秘帖」・「奔流」（1942年）

（1938年）宇野千代「女王蜂」／村松梢風「大地の春」／伊藤永之介「娘地主」／浅原六朗「大地の曙」／天郷伸一「龍宮姐御」

(1939年)井伏鱒二「一路平安」／村上知行「銃声」・「龍興記」(1943年)／和田伝「北の地平線」／神田松鯉「大久保彦左衛門」／悟道軒円玉「遠山の金さん」・「初登城」(1943年)

(1940年)小此木荘介「血の朔漠」(大島与吉原作の戯曲を小説に改編したもの、日露戦争秘史)／上泉秀信「愛と鞭と」／濱本浩「御一新」／岡成志「栄華物語」／澤田久弥「春の嵐」／林房雄「壮年」・「青年の国」(1942年)

　4年間の『満日』紙面を調べてみたが、純文学もあれば、大衆小説もあり、さらには講談師も執筆している。層の厚さを感じさせるとともに、読者の興味を惹きつける作品が顔をそろえているといえる。
　田中や上野は、「新聞小説」を在満の作家たちに執筆させよと、迫った。しかし、上記の作品と比較したとき、在満作家の中に、長期にわたって小説を連載し、読者の関心を買い、新聞の売り上げに貢献できるだけの力量を備えた作家が何人いたのであろう。歴史の浅い満洲国の文壇は、新聞連載小説を自前で担い得るだけの力量をまだ持ってはいなかった、これが実態であったろう。次の一場面も、作家みずからが自分たちの限界を認めた証左となろう。
　『作文』が開いた座談会で、新聞懸賞小説の選者に関する次のようなやり取りがあった。

　　富田；満新で長篇小説を三千円で募集してゐるぢやないか。
　　宮井；選者の大佛、阿部、山田、尾崎、これは面白い顔ぶれだと思ふ。
　　小杉；満洲側が一人は少いわ。
　　竹内；しかし外にないだらう。新聞としてこの人と思ふひとは。
　　富田；それはどういふことかね。
　　竹内；選者もポスターヴァリューだから。
　　小杉；満洲のことを書く小説なんだから、満洲なりにこつちで選ばなくちゃ。

竹内；しかし哈日の選でさへ、この連中がやるんかね……と言つたもの
がゐるさうだからね。いはんや三千円の小説だからね。
小杉；三千円がナンかね、今日の三千円は……
青木；しかし随分変つてきたよ。昔は日本の田山花袋が選をしたんだ。[24]

　満洲国発行の新聞が、在満日本人に懸賞金付きの作品募集を呼びかけながら、その選者には日本の著名な作家（大佛次郎、阿部知二、尾崎士郎）を並べなければならないという現実、つまり在満作家ではネームヴァリューの点で見劣りがして、投稿者の関心を惹きつけられないという現実――その矛盾に反発を感じながらも、受け入れざるを得ないという満洲国の現状が見えてくるであろう。
　こうした点をズバリと指摘した人もいた。雑誌記者・編集者として、日本国内で長い間作家と付き合ってきた池島信平が、「満洲文芸春秋社」設立のために渡満し、抱いた感想は「ただ自分が編集してみてわかったことは、なんといっても満洲在住の日系作家の力量不足ということである。」さらに続けて、こうも述べる。

　　どうしても満洲の日系作家はどこか甘やかされたところがあって、性根がすわっていない。だから伸びない。満洲国弘報処［情報部］あたりがあまり力を注ぐために、かえって逆に作家が伸びないのではないか。まあ悪口をいって失礼だが、ここで作家といわれている人の大部分は、日本の旧制高校の文芸部員程度の力量しかない。[25]

　これは戦後語った言葉ではあるが、池島のいう「甘やかされたところ」を、より具体的に述べ、より辛辣に批判した在満作家がいる。

　　押売、義理買ひの作品集を揚揚と自費で出版したからとて、どうしてそれで俄に内地文壇の先輩と太刀打ち出来るものか！

まして満洲内の新聞雑誌のつま̇に̇、一度や二度作品を発表した位で、そんな大それた謀反気を起こすなど、まことに噴飯ものであると言はねばならない。
　満洲に在住するが故に、出版や発表の機会に恵まれすぎてゐるといふ事実を忘れ果てゝ、いつぱし胸を張つてゐるのは、何とも笑止の限りである。
　かくて私は、満洲にはまだ日本人作家の一人すら存在しないのだと言ひたい。だれもかれも文学愛好の埒内(ラチ)にうようようごめいてゐるのが、粉飾のない「満洲文芸」の現状ではなからうか。(26)

　筆者の工(たくみ)清定は、1936年に満洲に渡った。撫順高等女学校の教師を経て、『月刊満洲』の編集長に迎えられる。通俗歴史小説を得意として、長篇小説を含む多くの作品を満洲の地に残している。上記の文章も、「純文芸小説」のみを重視し、「大衆文芸の小説」を冷眼視する文壇への批判を意図したものである。かれは、大衆小説の入選経験者によって作られた「さむらい社」(大阪)の同人であった。その集団は、「満洲の新聞雑誌のやうな舞台も与へられず、まして作品集出版など、おそらくは一生夢にも見られないであらう、わびしい彼ら」(27)であったとする。そうした日本国内での厳しい創作環境を経験した者としての、在満日本人作家への批判であったろう。

3　新聞小説と中国人作家

　中国語新聞連載小説は誰によって、どのような形で担われていたのであろうか。というのも、日語新聞の場合は、現地作家の力量不足を、日本国内作家に肩代わりさせる形で文芸欄の充実を図ることができた。しかし、満洲国政府は、関内からの刊行物の輸入を厳しく制限し、取り締まってきた。北京・天津・上海・南京で出版された新聞・雑誌、書籍を在満中国人は公然と目にすることが許されなかったのである。当然のことながら、新聞の連載小

説を関内の作家に依頼することなどできるはずもなく、満洲国の新聞小説は、在満中国人によって担われなければならなかった。

　在満日本人にもいえることだが、満洲国の中国人作家は、年齢も若く、創作経験も浅かった。日本人の場合、「建国」前から、あるいは渡満前から、執筆を始めていた、あるいは習作経験を持っていたという作家は、相当数にのぼるであろう。しかし、「建国」前から一貫して作品を発表し続けている中国人は、いわゆる旧小説を専門とする作家たちであった。かれらに対立した新小説の担い手は、ほとんどが「建国」後に創作活動を開始した作家であった。かれらの年齢も、創作経験も、日本人作家に比べてはるかに幼かったといえるだろう。ここで、満洲国における、旧小説と新小説の対立について少し補足しておく。

　比較的早くに（1939 年）新聞連載小説を発表した疑遅は、ある座談会で発言を求められ、執筆動機をこのように述べている。

　　疑遅；僕が「同心結」を書いたときは、人に催促されて書いたんだし、
　　　　自分としても期待はして居なかつたんだが、ただ章回小説の地盤を取
　　　　りたかつたので……[28]

　ここにいう章回小説（旧小説）と新小説の対立は、中国「五四文学運動」以来の課題であるが、満洲国においてもその問題は引き継がれていた。日本でも通俗文芸と純文芸の対立はあったが、対立しつつも両者が共存できるだけの読者層と出版基盤が確立していたため、相互に棲み分けつつ競い合う土壌ができていた。上記の在満日本語新聞小説を見ても、両者は混在して掲載されている。中国でも、上海や北京といった商業ジャーナリズムが発達していた地域では、両者の共存は可能であった。しかし、満洲国ではイデオロギー的対立に加えて、限られた出版空間で相手を排除して自分たちの発表場所を確保しなければならないという事情があった。疑遅がいう「章回体小説の地盤を取」るとは、このことを意味している。この旧小説排斥の急先鋒の

一人が古丁であった。かれは、1937年に『明明』という文芸雑誌の編集にかかわると、いち早く旧文学（通俗文学）排撃の論陣を展開した。満洲国の新聞で、通俗文学の作品を掲載していないものはないとした上で、

> 通俗文学の作家は、小市民の落伍した意識を利用して、繰り返し一連の武俠、哀情、香艶、偵探といった章回体小説を濫造して、文学の前進を妨害している。
>
> しかしわれらが批評家たちは、些細とは思われぬ通俗文学問題に対して、まったくとまではいえないにしても、消極的な態度をとる者が多い。これはいわゆる"費厄・潑頼"（Fair Play）の精神であり、いわゆる"水に落ちた犬は打たず"という紳士的な態度である。しかし筆者は最初から、これは文学上の一つの段階における、重要な課題であると認識している。もし文学の新生を願い、また新しい文学を渇望するなら、批判しなければならないのみならず、容赦なき批判を加えるべきである。もし自然に自滅するのに任せるというのであれば、通俗文学の問題をあまりにも軽視しすぎである。[29]

として、旧文学との対決を強く促している。

しかし、注意を促しておきたいのは、古丁らが批判する旧小説は、文語文で書かれていたわけではない。早くに鉄峰[30]、村田裕子[31]たちが指摘しているところであるが、中国東北で長い歴史を誇る『盛京時報』では、1910年代の後半から白話（口語）小説が、すでに登場していた。したがって、新旧の対立といっても言語をめぐるものではなく、古丁のいう「任俠もの」、「お涙もの」、「艶もの」、「探偵もの」といった作品の中身をめぐる対立であった。それゆえ、商業ジャーナリズムが幅広く確立していれば、両者の共存は十分可能であった。しかし、穆儒丐「栗子」（1936、37年　全149回）、「福昭創業記」（1937、38年　全369回）、「西遊記」（1936、37年　全268回）、張青山「水滸拾遺」（1937、38年　全128回　以上『大同報』）。張青山「洪武剣俠図」（1939、40

年　全710回　『盛京時報』）といったように、熟練した筆づかいで「濫造」される旧小説（通俗大衆小説）は、長期にわたって新聞紙上を独占してきた。

　非力な若手作家は、こうした「大作家」に占拠されていた新聞小説の世界にどのように切り込んでいったのか、その成果の跡を拾い出してみる。まず、文芸評論の分野で活躍していた呉郎が、1939年度の「満洲文壇」にあらわれた長篇小説について記述した文章を紹介する。

　　わたしはかつて、「満洲文壇の決算と展望について」という文章で、昨年度における新文芸の大きな収穫として、以下の点を指摘しておいた。それは、『大同報』に連載された王則君の「昼與夜」、夷馳君の「同心結」、『泰東〔日〕報』に掲載された黄旭君の「失了方向的風」、および『健康満洲』での拙著「断続層」などである。(32)

　月刊雑誌の『健康満洲』は省かねばならないが、若手中国人の新聞連載新小説が登場するのは、在満日本人作家とほぼ同じ、1939年頃とするのが妥当であろう。ここでもいくつかの新聞から中国語作品（翻訳を含む）を取り上げておこう。

『大同報』（新京）
　李君猛訳・夏目漱石「草枕」1938年9月30日～39年6月11日　全90回
　雪笠訳・火野葦平「麦田里的兵隊」1938年10月22日～？／同「海與兵隊」1939年2月15日～？
　王則「昼與夜」1939年3月11日～6月2日　全65回
　夷馳（疑遅）「同心結」7月13日～9月20日　全68回
　梅娘訳・久米正雄「白蘭之歌」11月28日～1941年1月23日　全117回
　金音「生之温室」1940年4月25日～6月30日　全55回

姜霊非「新土地」(懸賞当選小説) 7月7日〜11月2日　全82回

　李光月「光陰」(同上) 11月3日〜1941年5月11日　全121回

　李夢周「夫婦」1941年11月9日〜1942年4月10日　全55回

　山丁「緑色的谷」1942年5月1日〜10月31日　全106回

　金音「教群」不明

『盛京時報』(奉天)

　里雁「晨」(文芸募集作品一等当選作品) 1940年9月1日〜12月22日　全107回

　柯炬「餤」(同上二等当選作品) 1941年1月9日〜3月1日　全43回

　克大「黎明」(同上三等当選作品) 3月14日〜4月28日　全44回

　王秋蛍「河流的底層」6月8日〜8月18日　全70回

　李牧之訳・佐藤八郎「愉快的反対者」8月19日〜24日　全6回

　章勁然訳・徳国法朗塞思・愛剣徳克「治羞記」8月25日〜30日　全6回

　疑遅「酒家與郷愁」9月9日〜9月25日　全15回

　励行建「年前年後」9月26日〜10月12日　全16回

　山丁「梅花嶺」10月18日〜10月27日　全10回

　小松「楽章」10月28日〜11月6日　全10回

　霊非「人生劇場」11月8日〜11月27日　全20回

　任情「山村」11月29日〜12月21日　全20回

　呉瑛「僵花」1942年1月25日〜2月22日　全20回

　爵青「月蝕」3月1日〜4月21日　全37回

　呉郎「参商的青群」5月1日〜6月1日　全29回

　野鶴(李喬)「盲」6月21日〜7月28日　全26回

『泰東日報』(大連)

　小松「無花的薔薇」1938年6月〜?

疑遅「松花江畔」不明
黄旭「失了方向的風」1939 年
小松「北帰」1940 年
朝雲「純情」不明
爵青「黄金的窄門」1943 年
田兵「幸福的人們」1944 年

　旧小説のように 1 年を超える長期連載には遠く及ばないが、確保した新小説の地盤を、短篇小説で補完しつつも、継続して守り抜こうとの意志は感じられる。なおかつ、こうした文芸欄の革新は、自然に生まれてきたものではない。たとえば王秋蛍や成弦は、1938 年に『盛京時報』文芸部員の職に就いている。『大同報』でも、王則、弓文才、1940 年には李季瘋が入社している。こうした若手作家の編集努力によって、新聞小説の地平が拓かれてきたとみるべきであろう。

むすびに

　以上、満洲国の雑誌や新聞を材料に文学作品発表の現場を検討してきた。日語文学でいえば、在満日本人作家の作品を調べるだけでは、満洲国の現状をとらえたことにはならない。在満の読者は、日本国内の作品に取り囲まれ、それを享受していたというのが現状であった。在満作家は、満洲国独自の日本文学の花を咲かせようとして努力していたのであるが、日本国から自立した、満洲国独自の文壇を確立するにはまだまだ多くの時間と労力が必要とされ、いまだ草創期にあったというのが現実であったろう。文芸に関する限り、加納が期待する満洲雑誌の「現地性」は、いまだ道遠しといわざるを得なかった。
　一方、満洲国の中国文学という立場に立てば、圧倒的な質と量を誇る日本文学が移植され、中国語の文学がその波に呑み込まれ、埋没してしまう危機

を感じざるを得なかったに違いない。1937年、古丁は「写印主義」を唱道して、作品を書き、印刷して読者に届けることこそが肝要であると主張した。もちろんこれは上記引用文に見て取れるように、旧文学との対立の中で、新文学の領域を確保することの重要性を述べたものであった。しかし、日本文学と中国文学の対立という点からみれば、旧小説も含む中国文学の陣地を確保するための「写印主義」であるべきではなかったか、とさえ思えてくる。

　新文学を担う中国人作家は創作経験も浅く、執筆・出版状況も圧倒的に不利な立場に置かれていた。しかしかれらは、困難な環境にめげることなく、中国文学の陣地構築のために努力し、健闘してきたことは、十分に認められるのではなかろうか。

　資料面での杜撰さが残ること、作品内容の質の問題には触れえなかったことを、今後の課題として筆をおく。

＜注＞
（1）町原幸二「『大連に行く女』と『大連の少女』」『満日』1938年4月9日
（2）加納三郎「満洲総合雑誌論――満洲の雑誌は何故売れぬか」『満日』1938年7月24日～28日　全4回
（3）『作文』は、第55輯の発行所を奉天に移すことで、それ以降の継続を許可されなかった。このように大連（関東州）と満洲国では出版統制や検閲制度は異なっていた。したがって問題によっては、日本国、関東州、満洲国の差違に注意しながら論を立てる必要がある。しかしここでは、関東州と満洲国の区別をせずに論を進めている。
（4）大連発行の『満洲詩人』は、「要綱」の趣旨に反して、45年まで刊行が許されている。おそらく注3で述べた事情によるものであろう。
（5）満洲文化協会　1920年9月～1943年10月　全281冊
（6）大連新天地社　1921年1月～？
（7）満洲公論社　1922年7月～？
（8）大連満洲評論社　編集；橘樸、小山貞知ら　1931年8月～1945年7月号　週刊
（9）編集者；竹内正一　1939年5月～1944年3月　全26冊
（10）満洲行政学会　1934年12月～1941年7月
（11）満洲経済社　1940年1月～1944年12月
（12）誌名は『観光東亜』、『旅行雑誌』へと改題。日本国際観光局（ジャパン・ツー

第 6 章　満洲国の雑誌・新聞と文学作品

　　　リスト・ビューロー）大連支部　1934 年 1 月〜1944 年 8 月
(13) 満洲観光連盟機関誌
(14) 1927 年 4 月〜1944 年
(15) 1928 年 10 月、『月刊撫順』（月刊撫順社）創刊。その後『月刊満洲』と改題、1936 年に本社を新京へ移転させた。
(16) 「輸入出版物」『満洲国現勢（康徳六年版）』満洲国通信社　1939 年 8 月 5 日（復刻版）466 頁
(17) 岡村敬二『満洲出版史』吉川弘文館　20012 年 12 月 20 日　143 頁
(18) 同上　141 頁
(19) 同上　93 頁
(20) 『満洲年鑑（昭和十三年・康徳五年）』満洲日日新聞社　1937 年 11 月 18 日　410 頁
(21) 田中総一郎「文化時評──作家の自活」『満日』1940 年 9 月 3 日
(22) 「国内新聞の連載小説を国内作家に依る執筆要望」『満洲文話会通信』35 号　1940 年 7 月 15 日　5 頁
(23) 北村謙次郎「康徳八年度の芸文界回顧」『満日』1941 年 12 月 10 日
(24) 座談会「満洲文学を語る」『作文』50 集　1941 年 7 月 20 日　95 頁
(25) 池島信平『雑誌記者』中公文庫　1977 年 6 月 10 日初版　1985 年 2 月 10 日 6 版　136、137 頁
(26) 工清定「青空夏雲──満洲文芸雑感」『満日』1939 年 8 月 3 日〜6 日　全 4 回
(27) 同上
(28) 「新春座談会」『満洲文話会通信』29 号　1940 年 1 月 15 日　11 頁
(29) 徐匇（古丁）「評陶明濬教授著　紅楼夢別本」『明明』1-2　1937 年 4 月 1 日　26 頁
(30) 鉄峰「二十年代的東北新文学」『社会科学輯刊』第 78 期　1992 年 1 月
(31) 村田裕子「一満洲文人の軌跡──穆儒丐と『盛京時報』文芸欄」『東方学報』第 61 冊　1989 年 3 月
(32) 呉郎「略論長篇小説的写作（一）」『盛京時報』1940 年 1 月 6 日

　　初出「戦後日本 70 年暨東北師大日本所成立 50 周年国際学術研討会」（発表原稿）
2015 年 12 月 4、5 日

第7章 「大連イデオロギー」の体現者・竹内正一

はじめに

　わたしはこれまで、在満の中国人作家を主な研究対象としてきた。満洲の日本人作家について本格的に論じるのは、これがはじめてである。その冒頭に竹内正一を採りあげるのは、この間の資料収集努力によって、かれの満洲時代の作品をかなりの部分押さえられたことにもよるが、なによりもその経歴に食指が動くのである。

　満洲国のイデオロギー状況を説明するとき、「大連イデオロギーと新京イデオロギーの相剋」という言葉がよく使われた。わたしもこの視点を借りて論を展開したこともある。まず北村謙次郎の回想によって、その「相剋」なるものを再確認しておこう。北村は、「協和服を着込んで建国精神や協和理念を」吹聴してまわる連中を、「新京イデオロギー」と規定した上で、対立する「大連イデオロギー」についてこう述べている。

　　満鉄マンあたりによつて代表される自由主義的な大連イデオロギーなるものが、はつきりこれと対立することとなつた。もともと関東州や満鉄附属地に住み、長年に亘りこつこつ一家をなしたという連中は大正年代の思潮を背景とすると同時に、自由港大連の影響もあつて、考え方が小市民的、自由主義的なのは当然である。これを大きく支えるのが、満鉄という大温室であつた。平たくいえば、大学出を列車車掌として使用し、行く行く幹部に育て上げるという資本主義下の満鉄背広服式考え方と、軍部や協和会を背景とし、強力な統制国家を推進させようとする満州国官吏の協和服式思想との対立ともいえるものであつた。別にいえば新京イデオロギーなる思考形式が、ナチやフアツシヨの影響もあつて恐

ろしく鼻柱が強く、けつきよく「乃公出でずんば」式のヒロイズムが鼻につく気配が濃かつたのに対し、いつぽう日本の非常時体制をも併せ考えるとき、十年一日のような、そしていかにも腰弁的で個人的な立身出世主義のかたまりともみえる大連イデオロギーなるものが、逆に古風な感じで映つたことも事実だつた。⁽³⁾

　このような構図の把握が有効であつたのかどうか、またここにいう「大連イデオロギー」なるものの実態は如何なるものであつたのか、そのことを竹内正一を通して考えてみようと思うのである。少なくとも竹内の経歴は上の条件を充分に満たしている。

1　竹内正一の経歴

　1974年3月10日に死去した竹内正一をしのんで、かれの所属する同人誌『作文』はその第97集（1974年10月1日）を「追悼号」とした。以下の記述は、そこに掲載された「略年譜」を手がかりとする。

　竹内は1902年6月12日に大連市に生まれている。ただし本籍は神奈川県に置かれていた。父は明治の末年に満洲にわたり、『満洲新報』大連支社長をつとめた有名なジャーナリスト竹内垣道（黙庵）である。小学校までを大連で過ごしたあと、中学校から大学までは東京生活である。1926年早稲田大学文学部仏文科を卒業ののち満鉄に入社し、大連図書館に勤務、1934年1月には哈爾濱満鉄図書館館長に就任。翌年3月の北満鉄路譲渡とともに、中東鉄路中央図書館（のち哈爾濱図書館本館となる）を引き継ぐことになるが、1937年4月その主事の席につく。1945年6月、満洲出版文化研究所の理事となり哈爾濱を離れるが、満洲国時代の主な仕事は図書館業務であり、主な生活地は哈爾濱であった。

　大連図書館員時代、職場仲間とともに同人雑誌『線』⁽⁴⁾を発行、そののちその後身ともいえる『作文』の同人に加わり創作活動をつづけた。また哈爾濱

図書館時代、文化総合雑誌としての性格をもつ館報『北窓』(1939年5月15日〜44年3月25日　全26冊)を刊行して、北満の地で気を吐いたことはよく知られている。この時期、竹内が発表した小説は40篇あまりにのぼるが、日本国内発行の『新潮』、『早稲田文学』に掲載されたものが8篇ある。これは早稲田大学仏文科時代の同級生、浅見淵の援助によるところが大きいと推察されるが、日本でも比較的名の知られた在満作家であったといえるだろう。1944年11月、南京で開かれた第3回大東亜文学者大会には、満洲国代表として参加しており、これらを総合して竹内を、満洲国を代表する作家の一人と位置づけることに異議はなかろう。[5]

さきに竹内の「経歴に食指が動く」といったが、ここには「在満二世」の問題も含まれる。かれは「日本と満洲との、いづれにも故郷を持ち、いづれにも故郷を感じるとき、吾々はそのいづれの土に還るべきだろうか」[6]という問題を立て、「故郷」(『満洲新聞』1940年8月)という作品を書いた。日本を訪れたさい、先祖の墓参りをしたときの感懐をつづったものだが、

　此の土地が、この紺空の下が、この麥畑のなかが、やはりこれが現実の故郷と言つて差支へないものなのだらうか。誰一人知人もなく、親戚もなく、勿論住む家もない、ただ一握の土を劃つた墓地のみ残されたこの地を、やはり自分は故郷と呼ぶべきであらうか。(中略)最早一生涯日本に帰つて住まうなどとは夢にも考へてゐない父ではあつたが、軈て幾年かの後、墓を持たなければならなくなつたとき、それでも満洲のどこかに骨を埋めることを希つてゐるのだらうか。そしてその希ひは、なんの疑ひもなんの不安もない、十分に満足した裏心からのものとして受取つてよいのだらうか。[7]

と、書いている。父の墓問題にこと寄せて、満洲に根を張って生きようとする日本人の、不安定な帰属感覚を描いてみせた。これは、「満洲国家建設のために、日本人はこの地に骨を埋めるべきだ」といった「当為」から出てく

る感覚ではない。満洲に生をうけ、この地に生きていくことを必然とされた日本人が、ふと感じる「故郷喪失感」なのである。竹内の作品で比較的評価の高い、白系ロシア人を描いたエミグラントの世界（後述）は、かれのこの秘めた感覚とどこか共鳴しあうものがあったのだろうと考えられる。

2　『氷花』、『復活祭』の世界

　竹内には、短篇小説集『氷花』（作文叢書1　作文発行所　1938年12月20日）、『復活祭』（満鉄社員会叢書第55輯　満鉄社員会　1942年5月5日）、『向日葵』（新京近沢書房　1944年8月）、『明日の山河』（満洲時代社　1944年12月未見）、長篇小説『哈爾濱入城』（東京赤塚書房　1942年11月10日）が残されている。ここでは、この中から『氷花』と『復活祭』をとりあげ、竹内文学の原型を浮かび上がらせたい。収められた作品を、素材とテーマで分けると、以下のような三つのグループに整理できる。

1）　哈爾濱・日本人

　このグループに属する作品としては、「世界地図を借りる男」（1934年5月脱稿　『作文』1934年5月）、「ある女」（1934年11月脱稿　『作文』1934年11月）、「土地」（1935年5月脱稿　『作文』1935年5月）、「友情」（1936年1月脱稿　『作文』1936年1月）、「懐疑家」（1935年12月脱稿　『新天地』1936年2月）、「寒暖」（1938年10月脱稿　『作文』34輯　1938年11月）がある。いずれも比較的初期の作品である。

　「土地」、「友情」、「寒暖」では、キャバレーやダンスホールに快楽を追い求め、生活が困窮してもそれを改めることができない、どこか投げやりで、退嬰的な若者の姿が描かれる。そうした最底辺の生活でも、生きていくだけのたくましさは持っている。「彼〔木村〕には愈々となれば満人の仕事場の隅に寝て、高粱飯をうまさうに食ふだけの度胸と、経験があるだけに、ゆつくり落着いてゐられた。」[(8)]

19世紀末フランス・デカダンス文学の影響といえなくはないが、竹内はこうした作品を通して、「魔都」といわれた歓楽街・哈爾濱の頽廃的側面を写し取ろうと意図したと考えられる。

　　僅か一年か二年のうちに、骨の髄まで泌みこんだ、土地の匂ひといふか、空気といふか、それは、斯ういふ特殊な都会にあつては、不思議な魅力を感じさせるものであつた。（中略）例へ今日の食に困惑しながらも何とか餓死することもなく、暮して行けるところに、このH──の形造つた社会のどこかに、大まかな間隙があるのではないだらうか。その間隙のもつ誘引力が、何時とはなく、意識しないうちに上林を、この土地から離れがたいものにしてゐるのではなかつたらうか。(9)

　冬の厳寒期だけ毎日のように図書館にやってきて、世界地図を借り出し眺めている「ルンペン風の男」、いつか館員の話題となるが、暖かくなるとぷっつり姿を見せなくなる。そしてある日、競馬場の駐車場でのんびり車の整理をしている男が発見され、何となく安堵の気持ちが広がるのであった、とする「世界地図を借りる男」。また、大連から哈爾濱に転勤となった「彼」を頼って、哈爾濱に出てきたダンサー・エイ子の中に「ちよつと見ると如何にも放縦な生活の中に沈溺してゐながら、反つて普通の女より以上の節操と、一見情熱的な閃きに燃えながら、底に理知の冷たさをたゝえてゐる」(10)姿を発見する、という「ある女」。いずれも哈爾濱という街を舞台に、貧しい日本人の生きざまを、温かく包み込むような視線で描いている。

2）　哈爾濱・エミグラント

　ここには「流離」（1937年9月脱稿　『作文』27輯　1937年11月）、「ギルマンアパート点描」（1938年2月脱稿　『作文』30輯　1938年3月）、「裸木」（1938年4月脱稿　『作文』32輯　1938年7月）、「復活祭」（『新潮』37-6　1940年6月）、さらに作品集にとられなかった「しびるすきゑ・ぺるみに」（『満洲行政』6-2

1939年2月）などがまとめられよう。

　ここでは貧困にあえぎ、明日の生活に希望を見い出せない白系ロシア人の姿が執拗に描かれる。その困窮の一因に、北満鉄路の接収によって多数のロシア人がこの地を去り、多くの仕事が日本人にとって替わられていく状況を押さえているのが特色である。竹内の経歴を見てわかるように、かれが哈爾濱に転勤した翌年に、北満鉄路の譲渡は行なわれている。この地においてロシア人の生活には未来が存在しないこと、凋落だけが待ち受けていること——竹内はこのことをよく承知していたし、その具体例も目にしていたと思われる。ロシア人の守衛が亡くなり、その遺族の行く末を慮って、「殊に相手が、この新しい国で、例へどんな理想のもとに保護され、救済されやうとも、到底これから日本人や満人の間に生活して明るい前途を予想できるとは考へられない、この窮迫してゆく種族であるだけに(11)」、といった感慨が述べられる。

　くわえて職を失い、生活苦にさいなまれても帰るべき故郷を持たぬ白系エミグラント（ユダヤ民族）は、さらに悲惨である。「香港、上海、天津、ハルビンと東洋の都会を南に、北に彼等の一族は流れ流れて一生を終る宿命を持つてゐるのだ(12)」。そして春の到来を告げる民族儀式・「復活祭」にかけるかれらの思いをこのようにつづっている。「八十幾年の長い人生を過して、最早なんの希望も欲望もなく、ただ一年に一度のこの自分達漂泊の種族の最大の祭だけを、何よりも大きな道標として数へつつ送り迎へして来た老人(13)」、「生れてから死ぬまで、遂に自分達のほんたうの祖国といふものを持つことのできないこの民族の、ただ一つの故郷としての宗教への郷愁ででもあつたのだらうか(14)」。ステレオタイプのエミグラント像との評価もあるようだが、竹内が哈爾濱の地において、もっとも強い関心を抱き、多くの筆墨をついやして語ろうとしたのが、このエミグラントの世界であった。

3）　哈爾濱・中国人

　「白眠堂径租」（『満洲浪曼』第2号　1939年2月）、「馬家溝」（『新潮』36-9

1939年9月)、「孤児」(『早稲田文学』7-6　1940年6月)などがこれにあたる。

　ここには同じく貧しい中国人に向きあいながら、その中で逞しく、したたかに生きる人物が登場する。「白眠堂径租」は「もと道外の平康里の三等妓館の女だつたが、落籍されて王のところへ来てから、その持前の勝気な性質で、十何年か吸つてゐた阿片も止め、眼に一丁字もないが、曲りなりにも数字ぐらゐは書くやうになり、そして、山のやうな負債を背負ひながら、この白眠堂径租の経営をやつて行く」(15)秀芳が、日本人住人と激しくやりあいながら、アパートの新たなスチーム代の徴収に成功する、という話しであり、「馬家溝」でも、ぐうたらな夫にかわって、姑、義弟四人の生活を支えるため、身重の体をおして働く王秋琴の姿をスケッチする。「孤児」には、両親を亡くした袁仲達が、兄たちの世話にもならず、日本人家庭のボーイとなり、雇い主からもその忠勤ぶりが認められていく話しが描かれるが、物売りとの値段の交渉で、一歩も引かずに強引に値切る袁少年の姿を眼にして「しかし、これは強ち、日本人のところで働いてゐることの得意さからばかりではなく、先天的に子供ながら、満人特有の利害観念の強いといふことが原因してゐるからでもあつた」(16)との、日本人の感想が添えられている。作者の描く「逞しさ」が、当時固定化されていた一般的「中国人像」に流し込まれる危険性を有していたとはいえ、これらの中国人像も竹内文学の一角を形づくるものであった。

　これらの作品を総合して、竹内文学の特色をまとめる前に、当時の評論家がどのようにかれの小説を読んでいたのかを確かめておこう。

　　"氷花"九篇のいづれの一篇を読んでも、登場する如何なる人物にも憎しみを感じない。否、全く反対に、美しいヒユーマニズムを感ずるのである。(中略)
　　この九篇の小説に不満を感ずるものありとすれば、竹内氏の社会や民族に対する思索に、いさゝかの批判性をも見出し得ない点にある。(中

略）思想の欠如と社会批判の皆無に就ての不満を、美しい温い人間性が救つたのである。(17)

　竹内正一氏の作品を読むと、私はいつも、一種しみじみとした情緒の世界に引込まれる。（中略）
　勿論、竹内氏がいつまでもさういつた特色にとどまつてゐるかは疑問であり、この作品集のなかでも「寧安覚え書」などには、氏の新方向への意識的な努力も感じられるのである。(18)

　竹内正一は、文学における傑れた一種の風景画家である。北満の北欧風な相貌を帯びた異国的風物から、詩的哀愁に溢れた場景を切取つて来て、清澄な美しき三色版として作品に展開する。（中略）
　竹内正一の作家としての冷静な傍観者的態度は、じつにこの人間としての無力感から胚胎してゐるのだ。それと共に竹内正一の創作衝動は、かういふ得体の知れぬ哀愁に涵された時にはかに生色を帯びてくる。（中略）
　竹内正一が十九世紀的諦観を潜めた詩人的作家に終始してゐるところに、同時に現代の作家としての若干の不満が感じられる。(19)

　三人の評価は、ほぼ同じところをついているといえるだろう。つまり、竹内の「美しい温い人間性」、「しみじみとした情緒の世界」、「詩的哀愁に溢れた」情景に魅力を感じながらも、「思想の欠如と社会批判の皆無」、「十九世紀的諦観を潜めた詩人的作家」にとどまっている点に批判が集中し、「新方向への意識的な努力」を求めるというものである。
　ここまでの竹内は、満洲とりわけ哈爾濱という土地と人間（日本人、ロシア人、中国人）は描いたが「満洲国」は描かなかった、といえるのではないか。竹内の小説には、国家が求めるものを受けとめ──それには批判もあれば、合意もある──、政治的にかかわっていこうという姿勢が皆無であっ

た。北満鉄路接収によるロシア人の零落を取りあげ、エミグラントの絶望を描いても、その背景に迫っていこうという意志はない。作者はあくまで傍観者であり、目の前にある現実を切り取って投げ出し、哀感を誘うだけである。民族間の交流・葛藤を描くには好材料と思われる、異民族が混住する素材（「ギルマンアパート」、「白眠堂径租」）を俎上に乗せても作者の関心は逸れたところにある。こうした竹内の行き方に、「建国理念」、「五族協和」を謳いあげ、「祖国」日本の戦争遂行に協力せんと意気込む在満日本人（新京イデオロギー）が、「不満」を感じるのは当然であったともいえる。

竹内正一が、同人仲間であった青木實の作品集『北方の歌』を批判した文章がある。竹内は青木が、「この国の人口の半分を占める農民層」を積極的に採りあげ、「異民族への理解を高めるためと云ふ強い意欲」を有していることを貴重なものとしながらも、

　　同時にこの意図が余りに性急に作品のなかに手軽に首を突き出さうと焦つてゐるやうなところに、青木君のこの系列の作品群の最も大きな欠陥が感じられると思ふのである。（中略）
　　猶ほ満農を対象とした、時としては単なる政治解説的な小説に腐心する所以のものは、全く君の満洲国に生活するものとしての社会的良心が、君の文学と余りに強く結びつき過ぎ、（中略）この系列の作品には、屢々私は大きな不満を覚える場合があるのである。それは余りに文学的な昇華が足りないとも思はれ〔る〕作品が少く〔なく〕ないのである。[20]

こうした青木文学に対する「不満」を裏返したところに、竹内文学は存在した。ただ、竹内が上記のような政治状況に鈍感であったわけではない。前掲「故郷」という作品では、日本を訪れ「応召軍人を送る幟旗の立った家」を眼にし、また「出征兵士を送る」一団に出逢った場面では、

　　いま更に、同じ地続きの大陸の一角で、いま自分と同じ日本人が、生

第7章 「大連イデオロギー」の体現者・竹内正一

命を賭けての戦を闘つてゐる事実をふと感じ、その大陸の他の一隅から、何事もない、如何にも穏かな旅行者のやうに、故国に帰つて来てゐる自分を振り返つて、なにか異様なあるまじき思ひを、一瞬間経験するのだつた。（中略）
　その度に俊吉はいま何年振りかで自分の帰つて来た日本の重大な姿が、だんだんはつきりして来るやうな気がするのだつた。
　彼はその度に呆然とし、その度に自分の身の置き処に窮するやうな思ひに、その瞬間悩まされるのだつた。(21)

と、俊吉にその内面を語らせている。しかしそのかかわり方は、決してポディティブなものではない。ある種の「後ろめたさ」といったもので、この姿勢も竹内文学に一貫したものである。

3　『向日葵』・『哈爾濱入城』の世界

　しかし竹内の作品にも変化が訪れる。それは1941年7月に発足した満洲文芸家協会が、国策に沿った形で文学者を動員し、現地視察を義務づけたからである。作品集『向日葵』に収められた「向日葵」（1942年11月30日脱稿『北窓』4-6　1942年12月）、「早春」（『満洲公論』1943年11月）、「鶴岡」（書き下ろし）はすべて、この現地視察体験にもとづく作品である。「鶴岡」を例にあげて分析してみよう。
　『満洲芸文通信』（2-9　1943年10月15日）によれば、満洲労務興国会の要請で、文芸家協会が「勤労増産運動」の現地視察団を派遣、鶴岡炭坑班は、8月29日出発、8日間の予定で、メンバーは、竹内正一、金音（中国詩人）、根本義康（画家）の3名であったという。(22) 同号には、竹内のレポート「坑道を行く」を含む「鉱工増産現地報告」が掲載され、その「まえがき」にはこう記されている。

決戦下満洲では如何に戦力増強が果されつゝあるか、この国家的要請に応へて全満の鉱山工場に於ける勤労精神の昂揚に資すべく文芸家協会員六氏は労務興国会の派遣により去る八月中全国各地の鉱工現場に趣きつぶさに実情を視察研究するところがあつた。この四篇はその現地報告である⁽²³⁾。

この文章から、当時の雰囲気をある程度嗅ぎとることはできるだろう。竹内の「鶴岡」にも、それにふさわしい記述が見られる。

　それこそこの大東亜の生きとし生けるものが、明日の正しい生存のために、凝つと踏みしめ、持ち耐え、かの邪悪にして暴戻なる国々を必ずや撃ち砕き、踏み靡さねば止まない決意の下に、熱火と燃え立つてゐるこの秋なのだ。さうして、いま現に行ひつゝある俊吉たちの、この短い旅行と雖も、畢竟この未曾有の大戦争に、勝つて勝つて勝ち抜くためにこそ、全国民が打つて一丸となつてどうしても、遂行しなければならない増産の、それも戦力の培養に直接影響のある重工業方面の、命を削るやうな当事者の、決意と努力を、まざまざと目の辺りに見聞し、体験して、これを文筆に絵画に思ふさま再現し弘報しなければならない任務を持つて出かけて来たのでこそある⁽²⁴⁾。

　当時の常套句をちりばめ、充分に「国家的要請に応へ」る任務を自覚した文章だといえる。
　ところが先のレポート「坑道を行く」で描かれた坑内採炭の様子やそこに働く労工の姿は、小説「鶴岡」では全12章のうち、わずか第7・8章が割り当てられたにすぎない。視察で得た材料を小説化するにあたって竹内は、二つの課題をふくらませた。一つは全山の労工を差配するという把頭・杜文祥の描写である。賭博と女に明け暮れていた不逞無頼の男が、「二頭」（組頭）に抜擢されてからは身も心も鉱山にささげ、今では労工募集には欠かせない

存在になっているという話柄である。把頭制度の仕組みとともに、それを取りしきる男の姿が魅力的に描かれる。もう一つは、同行した画家根本義康（作品では成田としている）の人物描写である。作者はこの男を、徹底的にこき下ろすのである。大飯喰らいの上、意地汚いほど酒に眼がなく、道中では子供への土産物ばかり探し回り、目的たる鉱山の視察に入ってもスケッチ一つするでもない下劣な男として描かれる。実在のモデルがはっきりしているのに、ここまで書いてもいいのだろうかと危惧を覚えてしまうほどである。そして小説は、宴会の席でしつこくからみ、酒を強要する成田を怒鳴りつけ、もう一人の同行者金音（作品では鏘々）と宿にもどる場面で終わっている。

　俊吉はいつの間にか、すつかりこの満系の詩人に深い親しみを感じてゐる自分を見出して、思はず肩でも組んで歩きたくなつた。（中略）〔かれが先ほどの宴会で歌った歌をねだって、それを歌ってもらいながら〕俊吉はその嫋々とした余韻に引き入れられるやうに耳傾けながら、何か人なつかしい想ひに浸りつゝ、遠い炭坑街の明りをめあてに、暗い野道を辿つてゐた。[25]

かくしてこの小説は、嫌悪すべき日本人にかわって、異国の詩人との交情にぬくもりを感じるという余韻を残して――つまり文学的に「昇華」されて終わるのである。「決戦下満洲では如何に戦力増強が果されつゝあるか」を課題として現地視察に入り、その課題に一応こたえながらも、竹内的情緒の世界を色濃く残した作品となっている。

　同じ問題を「向日葵」でも指摘できる。哈爾濱芸文協会から俊吉ら5名の者が文芸（小説や短歌、俳句、あるいは絵画）を開拓地に根付かせ、育てるため、アルカリ地帯に建設されたR開拓団に派遣されることになる。しかし現地では、慰問演芸団のようなものと誤解し、舞台まで作って待ちかねていたという。

小説では俊吉の動機を、

　　開拓地の芸文工作とか、芸文指導とか大それた名目で乗込んで来たからと云つて、他の人は兎に角俊吉自身元より、そんな嘗つて経験したこともないやうな仕事に、自信のある筈とてもなく、たゞかう云ふ機会を利用して（中略）開拓事業といふものを、眼の当りに勉強したいといふ虫の良い考へではあつたが、[26]

と正直に述べ、開拓地でのとまどいと居心地の悪さを丁寧に描いていく。
　団の青少年たちが、本当のことを知ったとき、「彼等の失望を思ふと、俊吉は心窃かに、こゝへやつて来たことさへ悔まれるのだつた。舞台まで造つて――その舞台に立つて、自分たちは一体なにを演つたら良いのか[27]」と悩み、結局座談会を開くことになったが、夜、集まってきた少年たちを前にしても、「いつの間にかぎつしり詰つて、肩をくつつけ合せて並んでゐる少年たちの、驚くやうな熱心な凝視に射竦められたやうに、戸迷つてゐる自分自身の姿こそ、もつと惨めなものではないかと疑はないではゐられなかつた[28]」と、俊吉のいたたまれなさが述べられる。
　しかし、少年たちが最後まで熱心に話しを聞いてくれたことを知り、

　　だがその時、俊吉の胸には沸然として湧いてくるものがあつた。それは今度のこの企ての一行に加つて以来、無意識のうちに彼が求めてゐて今迄得られなかつたこの仕事に対する温かい喜びであつた。それはかれ自身に、更にこの仕事に対する新しい自信と熱意を蘇らせるものであつた。[29]

と、これまでの不安やいたたまれなさが解消された、として小説は終わる。
　現地に入り団の幹部や、青少年と接触が持てたのであるから、開拓の苦労や増産への努力が語られて不思議ではない。しかし竹内の手になると、一種

の心境小説という形をとって終わるのである。

　もう一点指摘しておくと、開拓団に衛生指導員として派遣されている堀田開拓医の問題がある。小説ではこの人物を、事業の失敗からやむなく開拓医になった男で、そのため使命感も薄く、幹部風を吹かしたがる人間として否定的に描かれ、開拓地における医療のあり方にまで言及している。のちに竹内は、「ルポルタージュ風の作品」を「殊更に小説めいたものにしたいといふ大それた野心から」、否定的部分を誇張して描いたが、堀田医師はあくまで「架空の人物」であると弁明している。ここにも竹内の「人間」に対する関心の深さとフィクションへのこだわりが感じとれるとともに、あの成田についても同様の動機がはたらいていたのではないかと思われるのである。

　哈爾濱を舞台とした作品世界（第2節）とは、素材も異なり、テーマも大きく違ってきている。それは時代が、社会がかれに要請したものであり、それに応えようとした竹内の努力の結果の表れである。作品集『向日葵』の「あとがき」で、作者はこう語っている。

　　満洲の文学もこの時局下にあつて、いろいろ考へられ論じられ、随分むつかしくなつて来た。さうしてこの時代の作家として生きようためには、もつともつと苦しまねばならないであらう。そこで私は私なりの苦しみをし、脱皮し、そして新しい作品を生んでゆく、これ以外には私の創作する途はないやうに考へられる。(1943.12.18脱稿)

　ここにいう「苦しみ」とは、単なる言葉のあやではないと思う。「時局」の要請に応えようとしながら、政治的プロパガンダには追随できず、みずからの「文学」に忠実であろうとすると、かれの人間に対する強い関心、情緒的なもののとらえ方、自分に正直でありつづけようとする姿勢、これらが災いして、結局中途半端な作品しか作れなかった。これが竹内のいう「苦しみ」であった。

竹内を論じる場合、かれの唯一の長篇小説「哈爾濱入城」(『哈爾濱日日新聞』1941年2月5日から連載)をはずすわけにはいかない。しかしここでは、本論の主旨「竹内文学の破綻」という視点からのみ採りあげておく。この作品は満洲事変後、正確にいえば1931年12月20日から関東軍の哈爾濱出兵までを描いた歴史小説である。竹内は、事件にかかわる中心人物を軸に描くのではなく、木場俊夫という青年の行動を通して、この歴史的事件を描こうとした。しかし、父の再婚相手のロシア女ターニヤとの葛藤、勤務先の同僚との交際、そして友人である白系ロシア人青年男女との交流といった日常を描きこめば描きこむほど、事件の推移やその政治的・歴史的背景の説明がおろそかになる。この作品では、「風雲」1章をさいて満洲事変の解説にあてたり、作中唯一の当事者であり、特務機関で働く田川中尉に事件の背景を語らせて処理している。
　この作品を書評で採りあげた岸山三平は、「極めて幅の狭い一種の市井小説の延長にしか過ぎない」といい、

> 　だが竹内氏の小説技法といふものは小味な繊細なものであるだけに風俗小説、市井小説としては一種のまとまりを見せてゐるものゝ、満洲国建国、三国勢力の複雑微妙な均衡関係の如き壮大な政治的歴史的背景を十分に生き生きと描くにはどうも不向きのやうであり(中略)、欲をいへば壮大な背景と小道具めいた前景との不均衡をもつと作者が意識して整理して欲しかつたこと、哈爾濱の歴史的消長がもつと追究されてもよかつたと思はれる。(32)

と、批評を締めくくっている。「小道具めいた前景」とは、まさに第2節で述べた竹内文学の「原型」であり、もっとも得意とするものであった。そうした世界と、「壮大な歴史的政治的背景」を融合させることは、竹内の力の及ばぬところであった。いみじくもこの「哈爾濱入城」は、竹内の作家的資質の限界性を証明するものとして書かれたといえよう。

4 「むすび」にかえて

　以上で論はほぼ尽きたのだが最後に、作品集『向日葵』に採られた「風俗国課街」（『新潮』39-9　1942年9月1日）に触れておく。『向日葵』の「あとがき」によれば、「朝霧」（未見）を採用するつもりであったが、頁数の関係でこの作品に差し替えたという。開拓団や、鉱山を訪れて書いた3篇とは、まったく異質の作品であり、作品集の中のすわりも悪い。

　「別に大して出世できるといふ的もなく、また儕輩を押しのけてまで栄達を求めようといふほどの気力もなく、いつも相変らぬ平凡な何の変哲もないその日その日を送つてゐる」、という平凡を絵にかいたような亮三・美保夫婦の日常を淡々とつづった作品である。埠頭区のアパートから馬家溝の国課街（ゴーゴリースカヤ）へ引っ越しをする顚末を書いたものだが、何か事件が起こるわけではない。ただ、鉄道関係の仕事についていた美保の弟啓介が、「西南の国境に近い辺りに突発した政治的な問題」で援助を求められ、「時に依れば可成の危険は覚悟せねばならない」任務に派遣されることになる、というエピソードを最後に挿入し、当時の政治的緊張感が表現されている。亮三は、「日頃、我儘な勝手坊主の厄介もののやうにしかみえない啓介」に、「何か民族の宿命とでも言つたものを無意識のうちに背負ひ」、「何の躊らふところもなく驀地に生死の境を踏み越へてゆく新しい人間の姿」を見て取るのだが、ただしかれの心に生じたものは、「狼狽に似たもの」と「多少の羨望」であり、傍観者としての姿勢に変化はない。

　この亮三夫婦ものは、時代状況が切迫していく中でも書き継がれていく。「途――「風俗国課街」のうち」（『芸文』2月号　1944年2月1日）であり、「日ごよみ」（未見）である。

　「途」においても、「できることなら市井の間に、ひつそりと人目につかない貧しい夫婦きりの暮しをこそ望んでゐた。侘び住居といふ言葉がなによりも、いまの亮三の心境にぴつたり当てはまつてゐるやうな気がするのだつた」と、ここでも亮三の姿勢に変化はない。ただ、家の前の道路が舗装さ

れ、人の往来や車の交通量が増える中で、亮三は哈爾濱の街全体の変化をそれに重ねながら、「これはある時代が生れやうとする陣痛期であつた。――そしてこのやうな息苦しい時の流れのなかに、自ら耐え、自ら支えてゆくことのできるものゝみが、今この国では要求されてゐるのだと」考え、「ともすれば疲れやうとする己れの心に与へる鞭として、亮三は己れの心を省た」といった自省の表現は書かれるが、だからといって亮三が変化し行動に立つわけではない。島田清はこの作品を、「五十ちかい男を主人公として、哈爾濱の風俗をうつし出したもので、気楽に書き流した街の描写には一種の魅力があり、激動する時代の息吹をうけて変わりゆく街の風貌を描いて楽しく読めた」と、評価している。

「日ごよみ」については、長谷川濬の書評を手がかりに概要を探るしかない。長谷川によれば、亮三は、「もはや中年者で、気概も野望も失つた平凡な庶民の生活をすつかり身につけた退嬰的な安月給取り」として描かれ、「住居の窓から憮然として眺める街路、行人、樹木、畜類、近所の住人、或は院子内で出会ふ日本人、満人、ロシア人との交渉等を、平凡に書きつづつた随筆的心境小説と」ということになる。

そして「私にはむしろ哀愁のみが犇と胸に迫つて来た。愚鈍に生き延びてゐる市井の人人の憂へなき姿、俗塵にまみれた凡俗な亮三をも含めて、人間の生きる悲しさを私は感じた」と感想を述べ、「情熱、衒気、感嘆……これ等をそつちのけにして外界を淡々と眺め、描く処に竹内氏の風俗作家たる面目がある」と竹内文学の特色を述べる。ついで長谷川は、「竹内氏はもはや脱皮出来ず、甲羅を経て、定位置にべつたりとへばりついて了つた。『日ごよみ』を心たのしく書き、その中に安住の場所を求めてゐる」と、無理をせず、自然体で筆をとる竹内の姿を想像し、だからこそこの作品を読んで、「温かく呼吸し、血脈を打つ竹内氏の生身にふれて思はず胴震ひした」とまで書いているのである。

この「国課街」シリーズは、第2節・竹内文学の「原型」への回帰といえるものであり、『向日葵』で味わった「苦しみ」はここにはもう見られない。

そうして、1945年という段階まで、こうした竹内文学を許容し、評価する人たちを満洲文壇に見いだせたことは、なにか救われる心地がするのである。

　以上ここまで、竹内正一の文学とその軌跡をたどってきて、当初目論んでいた「大連イデオロギー」の文学的展開の一部をかいま見た気がする。もちろんその表れにはさまざまな形があるだろう。しかし在満日本人作家の多くが、満洲国の国造りを至善のものと考え、そこに生じる諸矛盾を「建国理念」のロマンの中に溶かしこんでしまうといった道をたどる中で、竹内のような最後まで自分に正直な作家がいたということは、満洲国の日本文学をもう少し多様で、ふくらみのあるものとしてくれたのではないだろうか。

〈注〉
（１）西田勝を団長として、1997年から4度にわたって、中国東北地方の大学・図書館をめぐり資料収集にあたってきた。本論で使用した資料もその成果に負うところが大きい。苦労をともにした同行のみなさんに感謝したい。なおその成果の一部は、『東北淪陥期文化の基礎研究』（2001年6月）にまとめられている。
（２）拙著『文学にみる「満洲国」の位相』（研文出版　2000年3月31日）では、「大連イデオロギーと新京イデオロギーの相剋」と章題をつけて、日本人の満洲国における文学を概括している。
（３）北村謙次郎『北辺慕情記』大学書房　1960年9月1日　52頁
（４）「満洲事変」が始まる前、大連図書館の館員が集まって出版した小型文芸パンフレット。同人には長谷川泰造、青木實、大谷武男、高木征三、竹内正一らがいたが、「三号雑誌で終わったように思う。五号とは続かなかったのではないだろうか」（竹内正一「『線』と当時の人々（下）」『作文』第87集　1972年5月1日　5頁）ということであった。
（５）1941年12月31日に起こった「哈爾濱左翼文学事件」で逮捕された関沫南、陳隄が口をそろえて、この弾圧事件の背景には、1940年11月、北村謙次郎、竹内正一らが、かれらをヤマトホテルへ呼びだし、開催した「日満作家座談会」なるものが思想調査の場であり、あの二人は「特務」であったと回想している問題（前掲『文学にみる「満洲国」の位相』119頁）に関して、新しい事実が判明したので、二人の身の潔白を証明するため記録しておく。

　『満洲文話会通信』（第40号　1940年12月15日）によれば、1940年11月18日午後6時から、ヤマトホテル小食堂において、大北新報と哈爾濱日日新聞共催による「日・満系作家座談会」が開催されたという。日系側出席者：田中總一郎、北尾陽三、高崎草朗、竹内正一、相原信生、横川一成、山口もと子、中国側出席者：

沫南、陳隄、金明（王光逖）、衣氷、牢罕、蕭戈であった。
（6）「あとがき」『復活祭』（満鉄社員会　1942年5月5日）396、397頁
（7）「故郷」前掲『復活祭』253頁（なお本論では、作品集に収められた作品はできるだけその初出を示すように努めたが、引用にあたっては作品集掲載のものを使用する。）
（8）「友情」『氷花』（作文発行所　1938年12月25日）9頁
（9）「土地」前掲『氷花』36頁
（10）「ある女」前掲『氷花』119頁
（11）「裸木」前掲『氷花』144頁
（12）「流離」前掲『氷花』44頁
（13）「復活祭」前掲『復活祭』102頁
（14）同上　103頁
（15）「白眠堂径租」前掲『復活祭』42、43頁
（16）「孤児」前掲『復活祭』162、163頁
（17）西村真一郎「竹内正一論——"氷花"を中心として」『満洲浪曼』第Ⅲ輯　満洲文祥堂　1939年7月23日　225頁
（18）山田清三郎「序」前掲『復活祭』1頁
（19）浅見淵「序」前掲『復活祭』3〜5頁
（20）竹内正一「青木實『北方の歌』出づ」『北窓』5-1　1943年3月20日　116、117頁
（21）「故郷」前掲『復活祭』237、238頁
（22）「満洲芸文界彙報」『満洲芸文通信』2-9　1943年10月15日　54、55頁
（23）「鉱工増産現地報告・まえがき」前掲『満洲芸文通信』2-9　8頁
（24）「鶴岡」『向日葵』（新京近沢書房　1944年8月30日）25、26頁
（25）同上　109、110頁
（26）「向日葵」前掲『向日葵』121、122頁
（27）同上　118頁
（28）同上　147頁
（29）同上　148頁
（30）「早春」前掲『向日葵』166頁
（31）「あとがき」前掲『向日葵』259頁
（32）岸山三平「書評」『芸文』2-2　1943年2月1日　184、185頁
（33）「風俗国課街」前掲『向日葵』211、212頁
（34）同上　252〜254頁
（35）「途」『芸文』2月号　1944年2月1日　74頁
（36）同上　82、83頁
（37）島田清「満洲文学の表情」『芸文』5月号　1944年5月1日　52頁
（38）長谷川濬「『日ごよみ』をよんで——断片的印象として」『芸文』5月号　1945年5月1日　70頁

(39) 同上　71頁

初出『立命館文学』573号　2002年2月20日

【補　論】

　この論の抜き刷りを秋原勝二氏に送ったところ、「竹内正一論に因んで」(『作文』第181集　2002年9月) という手厳しい書評をいただいた。この論の物足らなさは「生ぬるさ」であるとして、

　　そこにいた竹内正一は生傷をうけており、真の姿はそういうところにはないように私は思う。
　　竹内正一が、満洲文学人の長兄であるために求められ背負わされることになった苦しみや、満洲文学界の代表株として政府筋の表向きいろいろな行事や新聞社などの会合にひっぱりだされ、物を言わねばならなかった後期の言動は、彼にとっては如何にも気の毒な成行きであった。特に大東亜文学者会議の満洲国側の代表などに就かせられ動いたのは、むしろ悲劇でさえある。(46頁)

と、竹内が満洲文学界に置かれていた立場にまで目を配るべきだと助言していただいた。『向日葵』「あとがき」で竹内が語った「苦しみ」は、単に創作上の問題だけにとどまるものではないということだろう。また次のような日常生活における竹内像は、傍に身を置いた者でしか分からない姿である。

　　当時彼は品行方正な家庭人であるのを好まなかった、というよりもむしろそれを否定していたのかもしれない。律儀な生活は性に合わず、そんなものは文学の敵であるとみていたような気もする。平凡な日常を嫌って、いつも危険な崖っぷちをふらつく生活を愛しているのか、生真面目な青木実は、とてもそれを嫌って、時には非難し反撥さえしていた。
　　竹内正一は、根はやさしい人であるのに、いつも一歩あやまれば顛落の危険な道をみつめてそれに近づくのでなければ心安まらぬ人であった。(49頁)

　作品を読む限り見えてこない竹内像であり、2-1) で分析した「日本人」も、もう少し深いヨミが可能となるかもしれない。ともあれ、拙論の「生ぬるさ」を補足するものとして引用させていただいた。

第8章　在満作家青木實
――「満人もの」、そして戦後

はじめに

　満洲国の日本文学を論じる場合、青木實ははずせない存在であろう。それは、14年に満たぬ短命に終わった満洲国にあって、1932年（以下19を省略）10月から42年12月まで文芸同人雑誌『作文』刊行の実務を担ったこと。そして日本の作家に向かって、「満人もの」を書くことを強く主張し、みずからも実践して多くの作品を残したことによるだろう。「満人」とは、在満中国人を指し、当時中国人の一般的呼称であった「支那人」と区別していた。ここではそうした青木實の文学について考察する。まず『作文』第166集（97年9月）に掲載された「青木實略年譜」（24、25頁）をもとに、かれの略伝を紹介しておく。

　09年4月4日　東京市下谷区金杉上町に生まれる
　28年3月　法政大学商業学校卒業
　同年4月　満鉄東京支社入社
　30年12月　満鉄大連図書館司書に転勤、渡満にともない、東洋大学夜間部文学科中退
　32年10月　同人雑誌『文学』（第3輯から『作文』と改題）創刊、発足時同人に安達義信、落合郁郎、小杉茂樹、城小碓（本家勇）、島崎恭爾、町原幸二（島田幸二）
　33年4月　熊沢七重と結婚
　40年4月　奉天鉄道総局愛路課に転勤
　42年12月　『作文』終刊（全55輯）

46年9月　日本へ引き揚げ
50年7月　国立国会図書館主事
64年8月　『作文』復刊
97年4月20日　逝去（享年88歳）

なお、復刊『作文』は、青木のあとを秋原勝二（渡辺淳）が引き継ぎ、かれが亡くなる2014年7月（第208集）まで継続された。青木が満洲時代に刊行した作品集には、以下のものが確認されている。

（A）『花筵』（随筆集）大連詩書倶楽部　34年12月1日
（B）『部落の民』（随筆・小説集）満鉄鉄道総局附業局愛路課　42年3月31日
（C）『北方の歌』（小説集）国民画報社　42年12月10日
（D）『幽黙』（随筆・小説集）作文社　43年4月25日（1）
（E）『文芸時論集』（評論・随筆集）奉天大阪屋号書店　44年8月25日
（以下、必要に応じて本文中の引用はその記号を使う）

1　「満人もの」

青木が「満人もの」の代表作家と呼ばれるのは、在満中国人を素材とした多くの作品を残していることはもちろんだが、中国人を描くことを、日本人作家の「当為」として強く主張したことである。中国人社会を描くことのむつかしさを語りながら、それでも満洲国にあっては中国人の内面に食い入った創作に努力すべきだと繰り返し述べている。ここでは『新天地』（18-1　38年1月）に発表された評論「"満人もの"に就て」を紹介する。

まず「日常の生活の上で、僕らが意識するとしないとに拘はらず、満人との間にもつ交渉といふものは絶大である。一言にして言へば我々の生活は、総べて満人の上に成立してゐるといつても過言ではない」（99頁）として、

満洲国にあっては、衣食住すべての面で、圧倒的な数を占める中国人の働きによって成り立っているとの認識を示す。その上で、その中国人の置かれている相対的な地位についてこう指摘する。

　我々が、他人からバカ！と突然怒鳴りつけられてもそれに対して、静かに詰問することも亦時には高飛車に反抗的になれやう。しかし被害者が我々の周囲の満人諸君であるときはどうであらうか？仮に彼に言ひ分あるとしても「暗い沈黙」を守ってしまふ場合が多い。内心はどうあらうと、表面的に反抗したり、理屈を主張することは少い。彼らが知識的分子であれば、一層その「暗い沈黙」は根深い禍因を形造つてゆく。（中略）
　感情の相克ばかりでなく、利害の衝突、これも亦民族的対立の上には避けられない。文学の徒が、理非曲直の正義派であるからは、人種を異にしようと正義に組みしなければならない。（100頁）

　それでは一体満人の内の、如何なる階級に属する人達を対象として書かうとするのか。平々凡々たる庶民の群をである。戦争があらうと、内乱があらうと、匪賊が往行しやうと、旱害、水害、虫害に怖びやかされやうと、国家が変らうと、物価が奔騰しようと、小さい蝸牛のやうな一家の生活を黙々と守り、いつの世も多く恵まれるといふことをしらないし、途断へるといふこともない庶民の生活にこそ親愛なものを感じ、書きまくりたい無限の魅力もある。（101頁）

青木の人道的正義感とでもいうべき性格がよくあらわれた評論である。中国人の「暗い沈黙」の中に民族対立の禍根が蓄積されると指摘する。別の文章では、「満洲で小説を書くものに与へられた一つの義務であると自分は信じてゐるものである」(2)とまで言い切っている。こうした強い正義感と義務感から生み出された「満人もの」を、そのテーマから三つに分けて紹介してみ

たい。

1） 農事合作社運動

短篇小説集（C）には、北満農事合作社運動に取材した作品が多くまとめられている。そうした一連の作品の創作動機を、青木はこのように語っている。

> 満洲の農村に対して、何等実際的な見聞ももたない僕が、好んで農事合作社の問題などを小説の上に選んできたのは、農事合作社の仕事こそ、その運用の如何によつては日工、年工といつた農業労働者を負債から救ひ、いつの日か彼らが渇望する耕す自分の土地を与へ得ると信じたからであつた。その農事合作社の仕事を実際に見、僕の小説に生々しい息吹きを与へたいといふ気持ちが、僕を綏化に行かせた。(3)

> 書物で私は北満の綏化に一点の灯のやうに燃え上がつた農村協同組合運動を知り、またその主眼が勤労農民の幸福に置かれてゐたことに、なにか私のひそかに理想としてゐたものが形象されたやうなふかい悦びを感じ、いくつかの合作社運動に取材した小説も書いてきた。(4)

中国東北の農村は、農産物流通機構を一手に掌握した糧桟（問屋）制度によって成り立っていた。地主・商人（糧桟）・高利貸しという三位一体の土豪劣紳によって、農民たちは搾取され抑圧されてきたのであった。この伝統的制度にくさびを打ち込むため満洲国政府は、34年に金融合作社、37年に農事合作社を立ち上げて農村市場の統制を図ろうとした。橘樸が唱える「新重農主義」の影響を受けていた佐藤大四郎は、濱江省綏化県に入り、この農事合作社運動に農本主義の理想を実現しようとする。農村に小作農や雇農を中心とした実行合作社を組織し、かれらの自立を促すことで旧い糧桟制度を切り崩そうと考えたのであった。かれらの運動は「北満型農事合作社運動」

あるいは「濱江コース」とも呼ばれ有名となるが、40年、金融合作社と農事合作社が興農合作社に統合されることで、佐藤らの夢は絶たれた。さらにこの運動にかかわった人びとは、41年11月、関東軍憲兵隊によって「在満日系共産主義運動」の罪名のもとに一斉検挙された。

　青木は、貧農救済、農民の自立といった運動の趣旨に共感して、創作への意欲を掻き立てられたと思われる。以下その作品を紹介する。判明したものについては、その初出を示しておく。

「**農業倉庫**」『作文』39年5月
　春耕資金の信用貸し付けを受けた××屯の実行合作社信用股長を務める曹福栄から、水害のため収穫が減り、貸付金回収を延期してほしいとの要望が出された。県合作社職員の芳川が被害状況を調査するため村に入る。初期合作社運動の混乱した状況と、農民の理解を得ることの困難さが描かれる。曹が提出した正確な被害報告が認められ、返済の一年延期が了承された。
「**農事合作社職員の手帳**」『協和』39年4月
　上記と同じ任務を帯びて××屯へ向かう途中の合作社職員の「私」が、トラックに乗り合わせた警察所長とその運転手から村の治安工作と匪賊に遭遇したエピソードを聞く。
「**屯のはなし**」
　第一話『協和』39年8月
　地主の小作をしながら、盲目の父と女房、さらに3人の子供を養っている馬良元は、新しくできた金融合作社が無担保、低金利で現金を貸してくれるとのうわさを聞く。しかし合作社の融資金は、地主の手に握られており、救済を必要とする貧農の所には回ってこない。
　第二話『三田文学』41年1月
　白菜漬けに必要な塩を農繁期の一日をつぶして街へ買い出しに行き、雑貨商へ持ち込んだ大豆を安く買い叩かれる馬大徳。青田買いで手に入れた金で、10数頭の子豚を買って飼育していた周徳明は、豚ペストで全滅させて

しまう。こうした貧しい村にも、農事合作社の宣伝工作隊が入り、農耕資金の無担保金融、日用生活必需品の共同購入、農事改良指導といった政策が熱っぽく語られ、貧しい農民たちに一縷の希望の光が差し込むのであった。

第三話『三田文学』41年1月

　実行合作社が作られたばかりの屯の話である。生活も便利となり、穀物も正当な価格で買い上げられ、村人の生活も安定してきた。しかしその裏で、不正も生まれてくる。村の購買股長は共同購入した生活用品を県城まで引き取りに行ったことを理由に各家から3銭ずつを徴収した。また合作社から借りた資金を、かさ上げした金利で貧しい農民に又貸しして儲ける者もあらわれた。

　ここまで紹介してきた作品は、農事合作社運動を描いたものだが、いずれも習作に近い短篇小説といえよう。これらの作品を集大成するかたちで、「北辺」(5)が書かれた。これは（C）全体の半分以上の頁数を占め、青木には珍しい4部構成からなる中篇小説である。

　××県農事合作社に働く主人公秀島は、左翼運動から転向して満洲に流れてきた青年である。張学良政権の政策に批判的であった金山子屯の地主王秀忠は、秀島らが進める合作社運動に理解を示し協力的であった。一方、糧桟福裕号を営む柳河堡子の地主劉玉東は、合作社の運動を目の敵にしている。劉は、王秀忠が匪賊に寝返ったとのデマを流し、討伐隊が金山子屯を攻撃する事態となる。秀島は対峙する王のもとへ身を挺して駆けつけ、双方の誤解に基づく対立を解消した。こうした筋書きを縦軸としながら、秀島を満洲へ招いてくれた学友本間健一参事官の匪賊帰順工作中の壮絶な最期、日本料亭で働く仲居みち代との恋愛などが描かれ、小説としての感銘を与えている。

　なお、金融合作社が行なっている、土地を担保とした地主や富裕層への金融政策では、農村の矛盾は解決されない。実行合作社を作り農村の実態を踏まえた貧農への無担保、信用貸しこそが農村救済の道である、と秀島が強く主張する場面が描かれているが、これは経済部金融合作社と産業部農事合作社との根強い対立の一端を踏まえたものである。

興農合作社中央会の雑誌『興農』の編集者であった上野市三郎は、(C) を取り上げた「書評」で、このように手厳しく批判する。

　　この作家の逞ましい作家意識と視野の広さは相当高く買はれていゝ。しかし、個々の作品についてみるときは、概して芸術的完成から遠いことが指摘される。（中略）
　　素材的興味が露骨で、概念的でゝなる。すこし極端な言ひ方をすれば、パンフレツト的知識に一応の粉飾を施したにすぎないやうなものさへなる。
(6)

手厳しい評価ではあるが、中篇小説「北辺」以外は、合作社の政策が語られるだけで、それを肉付けする叙述がない。工作の対象とされる農民像も画一的で、個性が感じられない。上野の「芸術的完成から遠い」との評価は受け入れざるを得ないであろう。
　なお（C）には、後述する「青服の少女」、「砂塵」、「不幸について」も収められているが、「満人もの」とはちょっと言いがたい「**呼倫貝爾**」（39年12月）という作品もある。
　大学生安藤次郎は夏期休暇を利用して、ホロンバイル高原にある恵東公司で実習生活を送ることになる。この公司は農場経営とともに、森林の伐採事業を行なっている。安藤は冬に伐採した材木を、河に流して流送する仕事に就く。27人の「カザツク」人夫を監督するのは「一人は満洲事変に出征して匪賊の二、三人は射ち殺したことのあるといふ兵隊上りの男で、もう一人は北満で長いこと憲兵をしてゐたといふ」（17頁）屈強な二人の男であった。かれらの人使いは乱暴で、人夫がもたついていると容赦なく河に突き落としてしまう。蒙古人のオボ祭りでは、招待された日本の知名人士が横暴にふるまい、記念写真を撮るときには、写真館グリゴリーの新妻とその妹を無理やり両腕に抱きすくめて写真に納まろうとする。白系ロシア人グリゴリーと親密になっていた安藤は、いたたまれなくなって二人を救出する。撮影後、そ

の有力者の取り巻きから「我々が許可証を取り上げたら、彼らは商売は出来んのですよ。」(26頁)と恫喝される。

こうした表現は、その後の検閲で、削除されるのだが(7)、青木が最も嫌悪した日本人の異民族に対する優越感、傲慢さへの憤りをストレートに吐き出した短篇として、評価に耐える作品である。

2) 愛路運動

青木は40年4月、奉天にある鉄道総局殖産局愛路課に転勤となる。

> そのころ私は、鉄道総局内でも一風変った仕事に従事していた。満洲全体の一万キロを突破した鉄道沿線の、その沿線住民を鉄道側の味方につけるための工作の元締めだった。
> 満洲国軍の中には、鉄道警護軍という特殊任務をもった部隊があり、私たちの仕事はそれと合作によって成立していた。(8)

その愛路課宣伝係主任は大庭武年で、その下で青木は月刊誌『愛路指導者』、『大東亜戦争宣伝資料』の編集を担当し、機関誌『愛路』(中国語月刊誌)に投稿もしていたという。

この愛路課宣伝係に移ることで、大連図書館時代には無縁であった沿線住民を組織しながらの愛路運動をテーマとする創作が可能となった。それらの作品をまとめたものが(B)である。これは「随想」6篇、「小説」7篇からなる作品集であるが、作品の舞台となるのは、鉄道警護分所と呼ばれる直接農民と結びついた愛路運動の現場である。以下は青木自身が解説する分所の役割任務である。

> 鉄道沿線両側各五粁以内の村落を指定して鉄道愛護団を組織し、村長を団長に、村民をすべて任意に団員とみなしてゐる。匪賊情報を駅の鉄警分所に連絡させ、また洪水、脱線等には自発的に出動して、復旧の応

援をし、団員は交替に線路を巡察して匪賊の妨害などを未然に防いでゐる。

　さういふ沿線農民の労に対して、鉄道側では、優良種子の配給をしたり、映画班を出して娯楽に恵まれない農村に慰安を与へたりしてゐる。⁽⁹⁾

　もちろん青木は奉天の「元締め」であり、鉄警分所の経験はない。各地から送られてくる報告書や、時には現地視察に赴いてみずから見聞した事象やエピソードを素材として小説に仕立て上げた。「随想」にはこうした小説の素材となるメモ風の文章がまとめられているのだが、ここでは7篇の「小説」に注目する。

「鉄警日記」『満洲』41年4月⁽¹⁰⁾
　日本人分所長とその妻、2歳になる長女、それ以外はすべて中国人農民という寒村の鉄警分所長の日記である。匪賊出現の報が入り、愛路義勇隊を召集して夜間線路巡察を指揮するといった事件以外は、ほとんど起伏のない日常生活が描かれている。しかし、言葉の通じない中国人に囲まれ、熱を出した幼子に心を痛める妻の心細く寂しげな姿に鉄警分所の厳しい生活が窺われる。

　気になったところがある。密偵がもたらした情報「忽有大青蛇、一条長可一丈、其妻見之、幾乎嚇死、然並未傷人而逃」を、「細君はびつくりして驚きのあまり死んでしまつた」と解釈し、「事実をたしかめたその上で、弔問に出かけてやらうと考へる」（68頁）とあるが、「嚇死」は「びつくり仰天した」といった意味である。

「部落の民」
　小作人洪海昌は、山東省の同郷人で固められた村にあって、山西省出身の新参者であったため、村人からのけ者扱いされている。しかし、かれは熱心な鉄道愛護分団員であった。ある日、かつての村で匪襲を受けたときの匪賊の男を見かけて鉄警分所に通報する。匪賊一味は逮捕され、洪は表彰される

とともに、村人の尊敬と信頼を受けるようになる。
「濱洲線にて」『協和』41年1月
　龍泉泡村が匪賊集団に占拠されたとき、鉄路愛護分団長寗万祥は、弟が人質にとらわれているのを知りながら、村を抜け出し警護分所へ匪報を伝える。匪賊は一網打尽となるが、弟は匪賊に射殺され犠牲となった。
　まったく同じテーマで「語り岬」『蘭花香る国』吐風書房（42年5月）が書かれている。こちらの美談の主は、龍泉泡の分団長方君となっていて、叙述が細かく、単純な英雄像とはなっていない。方は表彰を受けたあとも、村に帰ろうとはせず、弟を犠牲にしたことへの屈託を抱えて悩み、最後には鉄道の仕事に就きたいと申し出る。以下は、方君の心を思いやる「私」の心情である。

　　方君が判つきりと国家意識を持ち、自分の弟を犠牲にして連絡したことがお国の役にたつたのだといふ考へ方でもしてゐてくれたら、彼の嘆きといふものも自ら別箇の形をとつてゐたらう。ところが現実の方君の気持には肉親の弟を失つた、とんだことをしてしまつたといふ以外にないのだから、精神的にも救はれないのである。（203頁）

日本人側の「私」の願望が述べられるが、その裏には中国人「方君」の絶望が隠されていて、それは「私」の手が届かぬ世界である。
「未明の屯」
　(C) 所収の「屯の話」第二話と同作品であるが、馬大徳が街で鉄路愛護団の表彰式に遭遇し、かつて宣伝隊として村を訪れた巡警や分所長と会話を交わす場面が挿入されている。
「承古線」『新天地』41年11月
　承徳と華北の古北口を結ぶ鉄路を走る「厚生列車」の活動を描く。沿線住民の慰問と愛路宣伝を兼ねたキャンペーン列車で、主な駅で演芸や映画、そして雑貨の即売を行なっていく。しかし作品には、慰問行事はまったく描か

れず、華北と満洲を往来して密輸にかかわっていると疑われる怪しげな日本人男女の描写が中心となる。

「屯の挿話」『満洲観光』40年3月
　熱心な愛路義勇隊員である王万福が、街へ出て酒を飲み、2、3人の「鮮人」と喧嘩となり殴られて逆上し、気が狂ってしまったという。分所長の「私」は、深夜にもかかわらず王家に出向き、興奮して暴れる万福の気持ちを落ち着かせてやり、村人から称賛される。

「分所生活」
　分所長の日記。鉄路愛護協和青年団の再編成に取り組む苦労話。

　「農事合作社運動」も鉄道を警護する「愛路運動」も満洲国建設の重要な政策であった。こうした政策が実施される現場において、農民がこれをどう受け止め、また指導にあたる日本人がどのように苦闘しているかを描こうとした。
　先に引用した「"満人もの"に就て」の中で、青木はこのような思いを述べている。

　　彼らが口に出して言ひ得ざることを代弁し、（といふことは、良き意図のもとに発するもののみに限ること勿論である。）彼らの真実の生活面を描写し、若し為政者をして何らか反省し、参考の資ともなれば、これも亦一面の利であらう。（102頁）

　先に「北辺」で紹介した、「金融合作社批判」などもその一例であるが、作者は農村政策の不備や、政策がゆがめられ、また村民に浸透していかない現状を訴えている。匪団は農家に泊まらず、道案内させた農民には20円、30円とお金を握らせるので匪団の動きがつかめない現状「濱洲線にて」。統制された日用品が配給制度では円滑に回らず、闇買いに走らざるを得ない状況「農村の表情」。国兵法が施行されてからは若者が徴兵を忌避して、年齢

を高く偽る風潮があること、愛路課が月２回発行している「愛路壁報」も文盲が多く、字の読める農民も、流言蜚語を放つ者と疑われるのを恐れてあまり内容を語ろうとしないこと（以上「分所生活」）。これらは現場から掬い上げた為政者への政策提起であろう。

　こうした政治と向き合った「満人もの」に対して、『作文』創刊時からの同人であり、大連図書館の先輩でもあった竹内正一は、思いやりあふれる温かい口調ながら、青木作品の欠点を鋭く指摘する。

　　特にこの国の人口の大部分を占める農民層について、これをある時には、為政者と一緒になつて、又ある時には更にそれ以上に、深く鋭く、考察し批判し観察して、その作品の中に情熱を以てこれを盛り込み、そこに自己の満洲に在つて文学することの悦びを発見しやうとする作家は、今のところ君より他には無いのではないかと思ふ。（中略）異民族への理解を高めるためと云ふ強い意欲の程が窺はれて、私は頼母しく思ふのであるが、同時にこの意図が余りに性急に作品のなかに手軽に首を突き出さうと焦つてゐるやうなところに、青木君のこの系列の作品群の最も大きな欠陥が感じられると思ふのである。

　　これは青木君の文学にとつて、一つの大きな危地であることを感じさせると共に、このやうな時代に生まれて、このやうな世情のなかで文学するものにとつても亦、等しく考慮しなければならないところではなからうか。（中略）そして嘗つて数年前「花筐」のやうな極めて情感の溢れた美しい小品散文集を著はして私たちを感動させた青木君が、現在最も強い情熱を傾注しつゝある自己の文学方法の、最も大きな欠陥を知らぬ筈もなく、気のつかない筈もないと私は思ふのである。而も敢へてその危険を冒しながら、猶ほ満農を対象とした、時としては単なる政策解説的な小説に腐心する所以のものは、全き君の満洲国に生活するものとしての社会的良心が君の文学と余りに強く結びつき過ぎ、ある場合寧ろそれを圧迫しようとしてゐる為めではないだらうか。[11]

青木の創作動機とその意欲に賛辞を送りながら、素材を文学的レベルまで熟成しきれていない「この系列の作品群」への批判は、わたしも同意するところである。しかし青木の「満人もの」は、こうした「系列」だけに終わるものではない。

3） 平々凡々たる庶民の群
　ここまで取り上げてきた作品は、いずれも一つの政策をもとに、指導する側（日本人）と指導される側（中国人）との葛藤というパターンを逃れることはできなかった。しかし、こうした政治を正面に据えた作品ばかりではない。「小さい蝸牛のやうな一家の生活を黙々と守り、いつの世も多く恵まれるといふことをしらない」庶民の生活を切り取った作品に見るべきものがあり、一つの「系列」と見なすことができる。

「青服の少女」
　第一話（37年5月）
　幼くして両親を失った芳梅は、行商人の祖父と祖母の手で育てられた。彼女が住む満人部落は、最近新しく建築された日本人住宅に取り囲まれるようになった。ある日、芳梅は物干しから飛ばされた浴衣を拾って、持ち主の日本婦人に手渡したが、

> 「……本当にちつとも油断もスキもありはしない……」
> 　誰かと話し合つてゐるらしい今の婦人の疳高い声が塀の中から洩れた。
> 　芳梅は、どういふわけかしらぬが、ふツと哀しみを覚へてきて、居なくなつた母親の名を呼んだ。（132—133頁）

　芳梅に日本語が理解できたとは思えないのだが、その瑕疵を差し引いても余韻の残る作品である。

第二話（37年5月）

　日本人の社宅に接した満人部落。冬には燃え残りの石炭や燃料となる木材、春になると、虫干ししてある冬物の衣服など、子供たちの窃盗が絶えない。一人の少年が盗みで捕まり、交番へ引きずられていく。「それを笑ひながら眺めてゐるのは、洋車夫や、通りがかりの同人種だ。」（138頁）

　二話とも、日本人との貧富の差によって生じる軋轢を少女、少年の姿を通して描いている。

「砂塵」36年10月[13]

　煉瓦工場に雇われている張鳳山は、崩れた煉瓦の下敷きとなり大けがを負った。働けなくなった張の家に、寡婦と同棲して甘い汁を吸っていた××公司のトラック運転手権伯山が下宿人として入り込む。権はすぐに張の妻と肉体関係を結び、一家の主のようにふるまい始めた。娘の秀華もふがいない父に白い目を向けるようになる。傷が癒えても元の工場では雇ってもらえず、権の口利きで××会社の小使の職を得る。妻を寝取られ、家庭では居候のような扱いを受けても反抗できないみじめな男の姿が描かれる。最後は、「張は秀華を抱き上げた。五つの娘は、彼になぢまない、冷めたい他人のやうな眼つきをしてゐた。（中略）張の鼻先に水ツ洟が光つてゐた。」（159頁）という哀愁を帯びた文章で終わっている。

「殺意」『作文』36年8月

　旱魃から凶作に見舞われ、耕作を老父と妻に任せて、曹は満鉄付属地にある××商社にボーイとして雇われる。しかしこの商社の社長は、鉱山や森林を売買する怪しげな山師で、不況を理由に賃金を支払ってくれない。3か月で給料の安い農園に転職するが、故郷に残した幼子が熱病にかかり重篤だという知らせが届く。薬代を送金するため未払い賃金を請求すべく商社を訪ねたが、姑に口汚くののしられ、曹はかっとなり傍にあった手斧を老婆の脳天に振り下ろしてしまった。

「土工苦力」（37年12月）（D）

　山東省にある故郷が洪水、蝗害さらには干害に見舞われて、劉は家族を残

して北満へ出稼ぎに出てきて、苦力として働いてきた。冬の到来とともに土木工事も打ち切られ、劉は蓄えた小銭を懐に、奉天から大連を経て故郷へ帰ろうとしたが、文盲のかれはどの窓口で切符を買っていいのかわからない。そこへ「白い手の平」をした親切そうな男があらわれ、切符を買ってくれた。ところが切符は蘇家屯までのもので、劉はなけなしの金から追徴金を支払う羽目になる。

「一農夫」『作文』37年11月[14]

　孟家屯の小作人孟が県城へ収穫した玉蜀黍を売りに行く。ところが匪賊の密偵がつかまり、昔馬賊であったという蠟燭問屋に通匪の疑いがかけられ、軍隊が警戒にあたっていた。そこへ孟があらわれ、兵士に声をかけられたかれは動転して逃げ出し、逮捕されて留置場へ。心配した村人が孟を請け出しにきたときには、かれは気が触れてしまっていた。

　これら4篇は、労働者、農民を素材としている。痛めつけられ、虐げられても抵抗する術もないかれらの生活を抒情の筆に溶かし込んでいく。

「不幸について」『新天地』36年4月[15]

　土木工事請負××組出張所で小使として働く孫青年。下痢と腹痛で早退させてもらった翌朝、隣家の馬車挽きの親爺が急な病で亡くなってしまった。孫は葬儀の手伝いを口実にまた早退を願い出た。その翌日、病気療養のため妻と一緒に実家に戻っていた娘の容態が急変し危篤に陥ったとの連絡が入る。数日の休暇と給料の前借を頼むが、主任はむべもなくはねつける。「孫は日本語が達者すぎるくらゐ巧くて調法だが、その日本語に時々騙されることがあつていかん」（68頁）といった主任の疑心暗鬼が、感情的に爆発したからであった。孫は、死に瀕する娘やそれを見守る妻のことを思い、涙を流しながら家路につくのであった。

「奇怪なる一日」『作文』41年9月

　ある平凡な中国人サラリーマンの災難続きの一日を描いた。遅刻も多くあまり熱心とはいえない何子義は、出勤の途中乗っていた三輪車が横転し、したたかに腰をぶつけた。遅刻した何が出勤簿に捺印しようとすると、出勤簿

は臨時調査のため人事課に回されている。故郷の父親からは、送金増額を求める手紙が届いている。家に帰るとかれの名刺を持った男が、送別会の分担金と偽って妻から10円を徴収していったという。散々な一日が終わったかと思われたその深夜、末っ子が熱を出してうなされている。「どうやらいやなことは昨日一日では終止符をうたなかったらしい」（225頁）という一文で終わっている。青木には珍しいユーモア小説である。

「**暁闇**」『満洲公論』43年12月(16)

　朝鮮国境に近い図們鉄警分所の現場から、奉天本社に転勤となった朝鮮人金田昌樹（金昌樹）の話である。現場勤務と本社でのデスクワークの違いに戸惑いながら、同胞民衆への宣伝活動というなじまぬ任務を与えられる。金田は、「半島人」が結成した協和楽劇団の慰問巡回公演を引率することとなった。公演を終えたところで、劇団は解散に追い込まれ、主事が財産を独り占めして団員は路頭に迷うことになる。金田はまた同胞とのコネを巧みに使って、同郷人の就職を斡旋し、頼りがいのある人物として有名となる。その後かれは軍属として南方に出征したという風の便りが届いた。

　「満人もの」という枠を離れるが、その行動や価値観に違和感を覚える朝鮮族の青年を描いた。「南方」への「出征」という終わり方に、金田の行く末を案じる作者の思いが感じられる。

　国策の枠を離れて、平々凡々たる庶民の生活を描くとき、青木の筆はのびやかとなり、慈しみや哀感あふれる「満人もの」が紡ぎ出される。描かれた「満人」にも個性と表情が見えてくる。こうした一連の作品には、高い評価が与えられていいだろう。

2　歌人としての青木實

　青木は、短歌の世界から文学の道に入った。しかもその創作はかなり早かった。

短歌を作るようになったのは、大正の末年勤め先の満鉄東京支社の友人本吉丈夫君に勧められて、彼の属した土屋静男先生の「あしかび」に投稿するようになってからだ。おそらく十七、八才の頃だったと思う。[17]

　その後、短歌同好会「勁草社」に参加し、そのときの指導者宇都野研を偲んだ「宇都野研先生」（33年5月）が作品集（D）に収められている。満洲時代は短歌同人の世界から離れるが、戦後国会図書館に勤めてからは館内に組織された「双樹短歌会」の一員となって月一回の例会にも出席している。歌の上でも、仕事の上でも先輩にあたる岩渕兵七郎に触れた回想記で、自分の短歌集『口籠り歌』を贈ったところ、岩渕から過褒とも思われる手紙をもらったことが記されている。

　　兄〔青木實〕の歌は憶良的であると云える。生活的、現実的である点において、しかもその写実は時に鋭く、こまやかで、又繊細である。そして何よりも、否第一に挙ぐべき特徴は「誠実と愛」の歌であることであり、この点においても現代の山上憶良である。まさに現代第一級の写実的歌人であり、生活派歌人である。[18]

「現代の山上憶良」という評価が正当かどうかはさておき、青木文学を、この短歌の世界の延長線上でとらえる人は多い。青木とともに『作文』を支えてきた秋原勝二は、その追悼号でこのように語っている。

　　だが、青木さんの本領は歌人であり短篇作家である。そのいのちは切り口の鮮やかさであり、言葉の適格さにある。それは短歌による日本語の美しさの吸収であろう。土壌には父母への屈折した思慕、妹への身をよじるほどに切ない愛情がある。不正を憎む心、弱き者に寄せる熱いまなざし、必死に努力する者への賞賛、黙々と走る見知らぬマラソン走者に行き遭った路傍でとつぜんひとり熱狂的に拍手する彼である。[19]

第 8 章　在満作家青木實

　秋原がいう「青木さんの本領」が最も発揮された作品集が『幽黙』（D）であった。筒井俊一も『北方の歌』と比較してこのように述べている。

　　それが「幽黙」になると、突然日本的な風情が溢れてくる。日本的なといふのでは漠然とするが、繊細な感じ方、愛情のもち方などといふ所に、「北方の歌」の強さと別個のものを見出すといふ意味なのである。小品などには特にその可憐なほどの感情が現はれてゐて私はかふした一面に初めて接したのである。
　　「北方の歌」の方は日常描く満洲文学の観念的なものゝ現はれであり、「幽黙」の方は青木君の人間的な一面をむき出しにしたものであらうと思ふ。[20]

　多くの人が称賛する『幽黙』であるが、この世界を紹介するのは難しい。何が描かれているのかではなく、情景をどう切り取り、どう表現されているのかが大切であるからである。
　作品集は５部構成である。
　「第１部　旅や空」は、旅の記録やその土地の思い出をまとめたもので、９篇が収録されている。沿線の風景や車内での会話などが淡々と綴られているが、「南京物情」（38年12月）を取り上げてみる。日本軍の南京占領によって各地の政府機関や大学、図書館から接収された膨大な蔵書を調査・整理するために大連図書館から派遣されたときの道中見聞記である。「南京に平和の日が再び訪れて、もう十ケ月に近い。」（22頁）といいながら、建物は破壊され、廃墟の街となっている。ハンコの軸に「南京入城記念」と彫ったものや「歓迎！皇軍サマ」という札を吊るした兵隊さん相手の店屋が営業を始めている。コンクリートで固められたトーチカを覗くと「一番高い位置に銃眼のあるところに、支那兵が一人ミイラのやうになつて仰向けに死んでゐた」（29頁）と、激戦、虐殺のあった街並みが、ほとんど感情を交えずに描かれ

257

ていく。最後の場面は、その朝未明に、鉄道爆破の工作がなされた場所を通過した際の車外の風景描写である。

　僕らの列車が通過するとき、その沿線に点在する或る部落が焼かれてゐた。草葺きの屋根から、紫色の煙りを上げてゐる。ふと気づくと、林のかげの家からは、真赤な炎がメリメリと吹き出してゐた。それは稲が黄いろく、実を垂れてゐるいくつもの田を隔てた、家々であつた。しづかに燃えてゐるだけで、とほく稲田のはてを運河を往来する舟の白帆が、一つ、二つ、ゆるやかに動いてみえた限り、人影といふものが、全く見えなかつた。(32頁)

　鉄路破壊を企てた残兵を掃討するための村落焼き打ちの現場であるが、青木の手にかかると、水彩画で描かれた農村のスケッチのようで、作者の戦乱に対する感慨は押し殺されている。
　「第2部　私事抄」(11篇)、「第3部　貝殻」(22篇)は、いずれも渡満前の幼少期の思い出や渡満後の身辺雑記を綴った短篇である。「竹さん」(38年3月)：江戸ッ子で気風のいい筆屋の職人竹さん。子供のころ映画をオゴツテもらったこともあった。後年、今はチンドンヤになっている竹さんに出会う。「僕を見つけると「やア！」となつかしさうに声をかけたが、直ぐ芝居がかつた口調で、「身は零落してこの始末」といふと、ドン！チヤチヤンと、太鼓と鐘をならしてみせた」(112頁)。
　「車内で　二」(37年1月)：5、6人の苦力が電車に乗り込み腰を掛けた。若い女車掌は、その中の一番汚れた着物をまとった男に「来！」と顎をしゃくって座席から立たせてしまった。「彼は一所懸命、前の方に首を垂れたり、後ろの方に手を回したりして、自分の着物の汚れを見ようとしてゐた」(99頁)。「郊外」(38年4月)：某社の独身寮、瀟洒な洋式住宅、さらに日本人の果樹園に周囲を取り囲まれて、たった1軒取り残された夫婦二人だけの満人の農家。覗き込むと「その薄闇のたゞよつた家の中から、二人はぢつと戸外

の男を見つめた。眼には、不安とほんの微かな敵意をたゞよはして」(130頁)。

　いずれも1頁に収まるほどの短文だが、そこに漂うペーソスは十分に短歌の世界に通じるものがあろう。

　「第5部　幽黙」(17篇)は、フィクションを交えた掌編小説を集める。先に紹介した「土工苦力」、「奇怪なる一日」もここに収められている。「**新線風景**」(38年12月)：新しく敷設された路線を走る列車に、2歳ほどの男の子を抱えた日本人と中国人二組の夫婦が、偶然向かい合わせの席に腰を下ろした。子供たちは、スチームで曇った窓ガラスを拭きあうことで親しくなる。ビスコを分け合って食べたりしていたが、日本人の子供が相手の手を引っ張り泣かせてしまう。日本人の母親は子供を叱りながら、中国人の子供を抱き上げたが、その子は小便をちびって膝を濡らしてしまう。「満人夫妻は、さつと顔の色を変へた。頬の線を固く硬ばらした。」(254頁)しかし、日本人の細君は笑って応え、夫は「不要緊、不要緊」と繰り返して、二組の夫婦は笑顔で別れた。「**喪服**」(33年4月)：友人の宇田君が女性店員に惚れてしまった。かれは便箋10数枚になる「小論文といつて恥ずかしくない」恋文を送った。彼女からは「電報のやうな」断りの手紙が届いた。宇田君は夏だというのに、黒サージの服をあつらえ、これは僕の喪服だといって、街を闊歩している。

　些細な日常生活の一こまを鮮やかな切り口で取り出し、抒情溢れる掌編にまとめ上げる。青木文学の真骨頂といえるだろう。

　「第4部　一家抄」(15篇)ここには、両親や義兄、妻や子どもなど肉親にまつわる作品がまとめられている。「**父の原稿**」(34年3月)『大連新聞』：両親を連れて大連に移住したが、何もすることがない無聊な父を見かねて、「僕」が日露戦争の回顧録でも書いたらと勧めると、小学校も出ていない父は一か月近くも費やして14枚ほどの原稿を書き上げた。しかし、その原稿は活字になることもなく、今も「僕」の机の引き出しに眠っている。「**土筆摘み**」(33年8月)：友人と散歩中、土手で土筆摘みをしている人たちに出

会った。その土手に兵隊さんが使うような大きな水筒が落ちていた。家に帰って妻に拾ってきたよ、と見せると、「なぜかしらんが顔を赤くして、いやよいやよと羞かしがつた。安サラリイマンはこんなことでもなかつたら臨時の収入なんていふものは一つもないんだぜ」（145頁）と「僕」は答えた。次の日曜日、妻と二人で土筆摘みに出かけたが、その弁当包みの底にはあの水筒が忍ばせてあった。

なお、秋原がいう「土壌には父母への屈折した思慕、妹への身をよじるほどに切ない愛情がある」という評語は、青木の私小説「父の記」『作文』42年12月、「父との間」『作文』33年12月、「由縁（ゆかり）の人々」『新天地』43年1月（以上はいずれも『旅順・私の南京』所収）などを踏まえて語られたものであろう。青木一家の家族構成は複雑であり、肉親同士の愛憎の葛藤の中でかれは育った。上記「父の記」を参考に、その家族史をまとめてみる。

日露戦争の旅順総攻撃に白襷隊の一兵卒として参加した父親は、帰国後10歳年上の母親と結婚する。母にはすでに長男と二人の娘があったが他家に預けられる。結婚後、青木本人と妹が生まれる。手斧の鍛冶職人であった父は、関東大震災で家を失い、新たに金物屋を始める。翌年、生母は喘息に苦しみながら腸チブスに罹って死亡。父は再婚し、妹は芸妓屋へ引き取られる。父は梅毒から盲目となり、商売にも失敗して、青木が両親を連れて渡満することになる。その後、義兄（ちょうな）が東京で一膳飯屋を開き、両親を引き取るも、2年後に義兄が死亡し、すでに結婚していた青木が再び両親を引き取ることになる。大連に両親と妻、それに3人の幼子を残しての奉天への単身赴任となるが、1年ほどで家族社宅が与えられ一家そろった生活を送ることになる。その奉天で敗戦を迎える。

こうした複雑な家族史を描き出した最後に、主人公謙吉（青木）はこのような思いにたどり着くのであった。

　　自分の好き勝手なことをしてきた俺だといふ……だが、父の一生を思

ふと、やはり不自然な結婚が、大きく影響を与へてゐるやうに謙吉には思はれてくるのだつた。そしてその不自然な結婚によつて生まれ出た謙吉、マキ。それから早く父に死別し、母からも別れ別れに育つた謙吉の三人の義兄義姉。さういふ不自然な結婚をしなければならなかつた、謙吉、マキの母。人生を誤まつた気の毒な父、不幸で可哀さうだつた母。謙吉は次第にさう思ふやうになつてきてゐた。(122頁)

青木はこの『幽黙』の「あとがき」で、「今度校正で読んで見て、自分の関心を持つて描いている世界が、人生の落魄面とでも呼ぶべき方向に在ることをはじめて気づき、やはり性格の根ざすところは争はれぬものと感じた」(282頁)と述べているが、この作品集全体を覆う哀愁の基調音は、不幸で恵まれぬ家族の中で培われた「性格の根ざすところ」から生まれたものといえるだろう。

青木文学の本領は、政治的なものからは程遠いところでひっそりと紡がれてきたといえるのではないか。しかし満洲の地で太平洋戦争の勃発を迎え戦時色が強まる中、かれもまた「聖戦完遂」の大合唱に巻き込まれていく。(E)に収められた「時論抄」は、すべて戦争協力を呼びかけた評論であった。戦争勃発一周年を迎えた一文を引用しておく。

　　文学はその特質たる人間の感情に訴へるところの立場より国民の聖戦貫徹、米、英への憎悪感、その撃滅について思想、感情の統一集中に向つて全面的に機能を発揮しなければならない。(中略)
　　文学の永遠を説いて、眼前の問題にかかずらうことを潔しとしないのが、最も純粋に文学を擁護し、文学的に生きたかの如き見解を採るものは、文学至上主義乃至芸術至上主義の灼印の下に今日に在つては抹殺し去るべき徒輩と自分は信ずるものである。[21]

青木の正義感が、そのまま戦争協力の号令に乗り移ったような勇ましい文章であるが、青木にはそれを実践に移す力はなかった。43年1月に関東軍報道隊演習に派遣され、ルポルタージュの形で発表した「国境の兵」(22)を除いては、「吉林」『作文』（40年7月）が目につく程度である。これは大戦勃発前に書かれたものだが、吉林を舞台とした歴史小説である。吉林の歴史的沿革史を軸にしながら、日露戦争、その後の邦人居住権獲得、初代領事の着任と、吉林の日本人史が語られている。しかしこの大河小説を予測させる長篇も「前篇」で終わっている。

　　この小説は、こゝで終つてゐるのではない。（中略）
　　吉林、そこに日本人が幾多の辛酸を尽くし、民族共栄を理想とし、根強く延びてゆくためには、尚ほ幾多の障害と困難があつた。満洲帝国建国といふ光栄の日を迎へるまで、なほ幾多のエピソートを展開しつゝ物語られなければならない。（73頁）

　満洲旗人韓家の三男紀沢を登場させ、壮大な歴史に絡んでくることを予感させるが、後編が書かれたという痕跡はない。フィクションを交えながら歴史絵巻を完成させるだけの力量は、青木にはなかったといわざるを得ない。「文学至上主義」を抹殺し、「聖戦協力」の声を大きくすればするほど、かれの筆は停滞の道をたどらざるを得なくなった。

3　戦後の青木實——復刊『作文』のこと

　青木は、44年4月の異動で鉄道総局から奉天鉄道局の一係長に転出し、列車運行の現場担当であったことから応召を免れ、敗戦後も長春鉄路公司関連の仕事に就き、夫婦と5人の子供、青木の両親、妻の母親ら一族を引き連れ、46年9月に無事日本へ引き揚げることができた。
　一度は、故郷を満洲国と定め、そこに骨を埋める人生だと決意した人びと

が、すべての財産を捨て身一つで、落ち着き先も定かでない日本に引き揚げる——敗戦と満洲国の崩壊は、みずから起こした侵略戦争のあまりにも大きな代償であった。

戦後無事日本へ引き揚げてきた『作文』同人も、各地に散らばり、文学を云々するどころではなかったのだが、それぞれの生活が安定するとともに、『作文』復刊の機運が生まれてくる。

戦後の『作文』復刊に触れる前に、満洲国で刊行された同人文芸雑誌『作文』についてまとめておく。まず竹内正一は、大連図書館に移ってきた青木について、このような回想を残している。

> 満鉄東京支社から青木實君が入ってきた。その若々しさに溢れるような笑顔は沈滞した大連図書館の空気に一抹の清風を送り込むような思いがあり、彼の清新な文章や短歌の才能は満鉄の機関誌「協和」の一頁を飾り同好の士は日に日に彼を取りまいて新しい文学グループを形成していった。[23]

その館員だけを集めた文学グループの一つから『線』という「小型の文学パンフレット」が生まれたとするが、その後、在連の詩人グループも糾合して『作文』という同人組織に発展したことは、冒頭の「略伝」に示した通りである。隔月刊の雑誌を維持することは容易ではない。第6輯（33年12月）を出したところで同人組織が解散し、解散に納得しない青木と安達義信が、二人だけでわずか4頁の第7輯（34年2月）を刊行するという危機もあった。しかし、同人の結束はこの危機も乗り越え、39年ごろからは100頁を超える雑誌へと成長する。第40輯（39年11月）は、記念号として320頁の大冊となった。第50輯（41年7月）に掲載された会員名簿には29名の名前が載っている。2000部程度の発行部数であったが、寄贈分を含めほぼ完売したという。会費収入に頼らなくとも、「作文叢書」と銘打って同人の詩集や小説・随筆集も発行できるだけの財政力量も備えるようになっていた。当初

は大連在住者を中心としていたが、その後同人が満洲全土に拡散し、そうした現状に合わせるため発行所を関東州大連から奉天に移す申請手続きをしたところ、雑誌の整理統合を進めていた満洲国により継続は認められず、第55輯（42年12月）を「終刊号」としてその幕を閉じたのであった。同人色が強く、セクト的だとの批判もあったが、文化未成熟の満洲国にあって、作文叢書も含めた文学活動の成果は、大きなものがあったといえるだろう。

　さて、52年ごろから東京在住の『作文』同人が集まりを持ち始めたという。各地に散在する同人の消息も明らかになってきた63年11月、島根県津和野在住の町原幸二が、ガリ版刷りの『作文通信』を発行、連絡のつく20名足らずの会員に郵送された。これは8号まで月刊で発行されたが、これで一気に再刊の機運は高まり、64年8月、復刊『作文』創刊号が出された。発行所は東京久留米町にあった青木方、37頁、頒価100円、同人23名の出発であった。「復刊」の華々しい挨拶もなく、終刊号の体裁をそのまま引き継いだような静かな船出であった。巻末に添えられた青木の「『作文』復刊について」という文も、「"作文"復刊のまことにささやかなその第一号を、古川賢一郎、吉野治夫、日向伸夫にまず捧げたい」（37頁）と、すでに死亡の報がもたらされていた同人への追悼の言葉で締めくくられている。いかにも『作文』にふさわしい再出発であった。

　戦後の『作文』は同人の結びつきを大切にした。同人の誰かが作品集を出版すると、必ず雑誌で取り上げ書評しているし、誰かの訃報を聞くと追悼特集を組んでいる。『作文』第208集（2014年7月）に「物故同人表」として、亡くなった同人の死亡年月日と、追悼特集を組んだ『作文』の号数が記録されている。ここでは、その同人の氏名だけを掲げておく。

　木崎竜（仲賢礼）、野川隆、日向伸夫（高橋貞雄）、加納三郎（平井孝雄）、吉野治夫、古川賢一郎、坂井艶司、安達義信、長尾辰夫、中山美之、長谷川濬、竹内正一、舟橋破魔雄、三宅豊子、滝口武士、落合郁郎、（落合利巨）、八木橋雄次郎、麻生錬太郎、中川俊夫（佐々木正）、高木恭造、大野沢緑郎、

古屋重芳、福家富士夫、島崎恭爾、宮井一郎、上野凌弘、町原幸二、大森志郎、宗英子（宗エイ）、中尾彬、池渕鈴江、富田寿（高橋敏夫）、江頭正子、青木實、大谷健夫（大谷武男）、城小碓、浅川淑彦、小杉茂樹（小杉福次）、井上郷（井上三郎）、吉田紗美子、佐々木和子、松原一枝（古田一江）計42名

　この終刊号に記載されている『作文』同人は、わずかに3名。その中の秋原勝二が、2015年4月17日に亡くなって、『作文』は自然死のように静かに息を引き取った。

　満洲そして文学を唯一の紐帯として、創刊から82年間、間に20数年の中断をはさみながらも同じ同人仲間の手で雑誌が継続されたことは驚嘆すべきことである。青木實は後半の10数年間を見届けられなかったが、この長い『作文』の歴史を底辺で支え続けた一人であった。満洲国での55冊、戦後の153冊、在満作家たちによって築き上げられた膨大な記録の価値に思いを致すとき、青木の果たした功績に、わたしは頭を下げざるを得ない。

　復刊『作文』において、青木は妹の死や妻の看護といった家族のことや、満洲の回想、身辺雑記など、『幽黙』の世界を延長した抒情的散文を数多く残している。さらにライブラリアンとして「満洲文芸資料」という関連資料の発掘・紹介に力を注ぎ、「作文ノート」という形の記録集などに力を入れ、忘れられつつある満洲国の実態を後世に伝える作業に精力を傾注している。こうした青木の努力を含め、復刊『作文』は、満洲国を再検証する上で、掘り尽くせぬ宝庫を提供してくれている。

むすびに

　わたしは在満中国人作家王秋蛍氏から、奉天を拠点に活動していた『文選』同人と、在奉『作文』同人が日中作家の座談会を開く機会があり、座談会が終わって帰る途中、日向伸夫から「日本帝国主義の侵略行為に大変不満だ」との言葉を聞いたという主旨の手紙をいただいた。それを翻訳して青木

氏に送ったところ、青木氏は日向氏の言葉にこだわりを示し、「しかし漠然とだが、釈然としないものが私の頭の中に消え残っている」として、こう続ける。

　　私には、異国人の前では言えない言葉である。もし真実そう思うなら、それに対して自分は反対の行動の何をしてきたであろう。少くとも形の上では、そのお先棒を担ぐ仕事の一端に参加しているだけではないか。

　王秋蛍の記憶する、日向の言葉が正確であったかどうかはさておき、帝国主義的侵略行為の一端を担っていたとの自覚を持っていたならば、被侵略者の前では口にできない言葉だと、青木はいう。また同じ文章の中で、王秋蛍たちは、日本人に対して「猥りに馴染もうとしない」人たちであったとして、「同じような心の負い目はむしろ我々日本人にこそ多分にあり、殊に私はその気持ちが勁かった。」と自省の弁を述べている。

　もちろん、戦後になって書かれた文章であり、当時こうした立場が明確に意識されていたかは疑問である。しかし「満人もの」の主張の中にも、中国人を素材とした作品の中にも、なにがしかの「負い目」を感じて生きている青木を見出すことは可能であると思う。

　正義感と義務感に突き動かされて執筆された、「社会的良心」が突出したような「合作社運動」、「愛路運動」に材を採った系列作品には、芸術的昇華が足りなかった。そして抒情的短歌の延長線上にある『幽黙』の世界が、青木文学の「本領」であるとするならば、「庶民の群」系列の作品は、その豊かな抒情性ゆえに、青木の「本領」が発揮された「満人もの」といえるだろう。そして弱き者、虐げられし者への同情、憐れみにとどまらず、植民地に生きた日本人の「負い目」も滲み出た作品群と評価できる。

　最後に、本文でも引用したが、戦後出版された青木の作品集を掲げておく。すべて非売品であるが、在満時代の作品も多く収録している。

『満洲にて』（小説集）作文社　80年7月10日

『旅順・私の南京』（小説集）作文社　82年12月1日

『外地・内地拾遺』（随筆・小説集）作文社　93年5月20日

『口籠り歌』（歌集）作文社　第1集～第4集　73年12月～95年12月

『小歌文集』（歌論集）95年12月22日

<注>
（1）「幽黙」とは、中国語で「ユーモア」を意味する。『花筵』に収録される15篇の随筆はすべてここに採録されている。したがって、『花筵』の増補版ともいえる。検閲で削除された「奇怪なる一日」を補充して、『幽黙』武蔵野書房（97年2月5日）が再刊されている。
（2）「あとがき」『北方の歌』364頁
（3）「北満の空」39年10月　40頁『幽黙』所収
（4）「綏化への旅」43年7月　259、260頁『文芸時論集』所収
（5）「北辺」4部作は最初、以下のように分割して発表された。第1部『満洲浪曼』39年12月、第2部『作文』39年11月、第3部『新天地』39年12月、第4部『作文』40年1月
（6）上野市三郎「青木實著『北方の歌』寸評」『満洲芸文通信』2-3　43年3月　78頁
（7）「呼倫貝爾」の初出は『東辺道』（第2号　39年12月）であるが、『北方の歌』に収録されるとき、削除された箇所がある。本論で引用した「射ち殺した」、「我々が許可証を取り上げたら……」という表現は削除されている。拙論「消し去られた日本語」『続　文学にみる「満洲国」の位相』研文出版（2013年8月）参照
（8）「旅順」『作文』78年6月　55頁
（9）「愛路運動雑話」2頁『部落の民』所収
（10）この作品は『満洲国各民族創作選集』第2巻　創元社（44年3月）にも収録されている。
（11）竹内正一「青木實著『北方の歌』出づ」『北窓』5-1　43年3月　116、117頁
（12）戦後刊行された『満洲にて』には、「青衣の少女Ａ」『満洲グラフ』（37年5月）として収録されているが、「浴衣」が「ハンカチ二枚」に、「芳梅はどういふわけかしらぬが」という部分が「芳梅は、何を言われたか、その意味もわからぬまま」と、書き換えられている。
（13）これは最初「張といふ男」と題して、『満蒙』17-4（36年4月）に発表された。『作文』に再録されるとき、大幅な削除が行なわれている。権と張の妻の肉体関係を暗示する場面が多いのだが、前掲「消し去られた日本語」で詳しく論じている。
（14）この作品は、作品集『廟会』竹内書房（40年5月）に収録されている。
（15）この作品は、「孫の不幸」と改題して『満洲文芸年鑑』第1輯（37年10月）に

収録されている。
(16)　この作品は、戦後「金昌植」と改題して『作文』(70年3月)に再録された。
(17)　「終りに」『口籠り歌』作文社　73年12月　144頁
(18)　「岩渕兵七郎さん」『旅順・私の南京』126、127頁
(19)　秋原勝二「その人は」『作文』97年9月　42頁
(20)　筒井俊一「文芸時評——文学出版と作品評」『満洲芸文通信』2-7　43年8月　33頁
(21)　「大東亜戦争と満洲文学」42年12月　9、10頁『文芸時論集』所収
(22)　『北の護り——関東軍報道隊作品集』満洲新聞社　43年11月。並びにその第5章以降を基に書き換えた「小さな記録」『新天地』(43年4月)がある。
(23)　竹内正一「『線』と当時の人々」『作文』第81集　70年10月　12頁
(24)　『作文』第50輯(41年7月)に掲載された「作文総目録」(第1輯〜第49輯)を参考にしている。現在手に入る戦前の『作文』は23冊程度である。
(25)　西原和海編『満洲引揚げ文化人資料集』第4巻　金沢文圃閣(2016年3月)所収
(26)　「二人の友」『作文』137集　87年7月　9、10頁
＊論文執筆にあたっては、西原和海氏から貴重な資料の提供をいただいた。ここに感謝の言葉を申し添えておく。
　　　　　初出『ことばとそのひろがり』(6)立命館大学法学会　2018年3月14日

第9章　影印復刻本の解題・解説（4篇）

はじめに

　西原和海氏監修による影印復刻版『満洲開拓文学選集』（全18巻）が、ゆまに書房から公刊された。「数多い類書の中から、満洲農業移民をめぐる様々な事件、問題などを扱った、欠くべからざる内容のもの、稀覯の書を精選し、構成した。小説、紀行文、評論、ドキュメント、歌曲などの幅広いジャンルを通して、読者は、満洲開拓団、義勇軍の実態をリアルに感じ取ることができるに違いない。」（「凡例」より）とする。原資料はすべて西原氏提供によるものである。

　監修者の依頼を受けて、以下3巻の「解説」を執筆した。枚数の制限もあり、必ずしも論文とはいえない文章ではあるが、巻末にまとめて掲載しておく。

　同じく、西原和海氏の斡旋により、金沢文圃閣から公刊された『「満洲国語」――「満洲国」の言語編制』：『日語版』（全3巻）（2016年11月）／『満語版』（全3巻）（2017年5月）には大久保明男と共同で「解説」を担当した。いずれの企画も西原氏の業績に帰すべきものであり、そのお手伝いをさせてもらったに過ぎないのだが、氏への感謝も込めて論文集に収めさせていただいた。

1）　久米正雄『白蘭の歌』（第9巻　2017年4月）

①　作家久米正雄について

　久米正雄（1891年11月23日～1952年3月1日）は、長野県上田町に生まれた。上田尋常小学校の校長であった父由太郎が、1898年、小学校で起きた

火災によって、天皇のご真影を焼失してしまった責任を取って自決したため、母方の福島県安積郡桑野村に移る。久米は「早成の才人」といわれている。中学校時代から俳句に親しみ、その句作は河東碧梧桐が主導した「新傾向運動」のホープと絶賛された。1914年、東京帝国大学文学部英文学科に在籍中、成瀬正一、松岡譲らと第3次『新思潮』を創刊し、その2月号に発表した戯曲「牛乳屋の兄弟」が高く評価された。1915年、夏目漱石の門下生となり、翌年、芥川龍之介、菊池寛らと第4次『新思潮』を発行し、その創刊号に父の自決を素材とした「父の死」を発表するが、これがかれの小説の処女作といっていいだろう。この年に大学を卒業した。1918年、『時事新報』に連載した「蛍草」が好評を博したが、これは漱石の娘筆子への失恋事件が下敷きとなっており、私小説と通俗小説を合体させたともいえる作品である。これ以降、純文学といわれるものに対抗するかたちで多くの通俗小説を発表し、この道の大家と見なされるようになる。1935年には菊池寛によって創設された芥川賞、直木賞の選考委員（1942年まで）になる。1938年6月、『東京日日新聞』（以下『東日』）の学芸部長に迎えられるが、同年7月日本文芸振興会常任理事、8月、内閣情報部が呼びかけた漢口陥落を視察する従軍部隊（ペン部隊）に参加、また文学報国会常任理事兼事務局長（1942年6月）など日中戦争から太平洋戦争へと戦時色が強まる中で、国策への協力姿勢を強めていく。「白蘭の歌」執筆も、「筆を以て参戦する」久米の実践の一つであったといえよう。

② 小説「白蘭の歌」について
　この長篇小説は、1939年8月3日から翌年1月9日まで『大阪毎日新聞』（以下『大毎』）と『東日』に同時連載されたのち、1940年3月21日、新潮社から単行本として発売された。
　物語は、満鉄建設局の測量・設計技師松本康吉が、赤城山のふもとにある寒村渋江村に10年ぶりに帰郷するところから始まる。死の床にあった老父は、屋敷田畑はすべて抵当に入り、多額の借金を抱えていることを伝えて息

を引き取る。康吉は、満鉄を辞して退職金や共済貯金などを借金の返済に充て、家をたたんで家族そろって満洲の開拓地に入り、拓士として新しい生活を始めることを決意する。三江省湯原地区六合屯での開拓農民の家族生活が前半部である。入植したその年の7月、盧溝橋事変が勃発し、満鉄では奉山線（奉天－山海関）以外に、万里の長城を貫き華北とを結ぶ第2の鉄道・承古線を建設することを決定した。短期間で完成させねばならないこの難事業に、優秀な技師であった康吉が呼び戻され、再び満鉄で鉄路敷設に献身する康吉の姿が後半部となる。貧困な農村を救済し、食糧増産をめざす開拓移民団の送り出し、日中全面戦争を輸送面で支える日満合同の鉄道建設、いずれも当時の重要な国策であったが、小説では登場人物が熱っぽく政策を語るという安易な形で処理されている。満蒙拓殖会社の社員で六合屯の開拓団団長を務める貴志の分村移民奨励の演説（134〜38頁）、第1次、第2次試験移民が拓いた弥栄・千振開拓村の歴史（270〜72頁）、康吉の上司である満鉄建設局長八馬が語る満鉄の歴史と存在意義（198〜204頁）、満鉄社員秋山三郎が康吉を説得するために語った承古線建設の意義（389〜96頁）などに政治的メッセージは凝縮されている。

　しかし、時局評論や論説を引き写したような主張だけでは、読者の興味関心を惹きつけることはできない。新聞連載にあたって久米正雄もこのような抱負を語っている。「但し今まで大陸を書いたものは、いづれも固苦しいやうな感じを与へて大方の興味を惹かなかつた恐れがあるので、その点は大いに考慮し、十分面白い小説を書こうと思つてゐる」（『東日』8月1日）。通俗小説家を自認する作者の才能が存分に発揮され、複雑な男女の恋愛劇が展開され、「十分面白い」メロドラマができあがった。

　恩人の遺児である京子の幸せを願う老父は、康吉との結婚を承諾させて息を引き取る。しかし京子は弟徳男と恋仲の関係にあった。康吉は遺言通り京子との祝言を済ませたのち、徳男、京子とともに開拓地に入り、1年間の清い関係を続けたあと、京子の意思で三角関係に決着をつけること（全体主義愛）を提案する。愛される二人の男との微妙な共同生活を縦糸にしながら、

園芸技師加島伯父の姪（亡妻の末妹）規矩子、満鉄建設局長八馬の娘杏子が、康吉に好意を寄せる女性として登場する。さらには「大陸小説」にふさわしく、康吉の中国語教師である李雪香の直情径行的な愛の行動が場面を盛り上げる。こうして、主人公康吉を取り巻く二重三重の恋愛劇が「大方の興味を惹」く、面白い通俗小説となっている。

　もう一点、この小説の盛り上げに使われているのが、承古線建設を妨害せんとする抗日ゲリラと康吉たちとの銃撃戦である。わずかな手勢で襲撃を迎えうつ満鉄の職員と、その戦闘で命を落とす康吉と李雪香、息絶える間際の耳に届く援軍の銃声……。通俗小説のクライマックスとしてはみごとな仕上がりといえるだろう。

　剛毅な性格で決断の速い主人公康吉と、優柔不断で軟弱な徳男、自立心旺盛でみずからの道を切り開く規矩子と自我を殺し運命に耐え忍ぶだけの京子、恩義に生きる忠実な作男嘉平などの性格もメリハリがあり、エンターテーナーとしての力量を感じさせる小説である。

　しかし、ストーリーの面白さを追求するあまり、不自然さを感じさせる展開もある。祝言をあげておきながら、１年後に正式の夫婦を決めるという康吉、徳男、京子三人の共同生活（全体主義愛）も観念的なものであり、弟の行く末を慮って、突然規矩子に結婚を申し込み（彼女は直前に貴司と婚約していた）、満鉄からの要請に、徳男と京子の結婚を勧める書置きだけを残して工事現場に駆けつける。そして、晴れ着を着て現場を訪れた京子の愛の告白に「肉体以上の、神聖なる結婚」（411頁）を誓い合う——この独りよがりな主人公の行動は、読者の「もどかしさ」を掻き立てるのに効果はあっても、作者の作為が鼻につく展開である。

　李雪香の伯父程応祺は、両替商と薬舗を営む豪商で、阿片の密貿易にも手を染めて、満洲に「禁煙令」が施行されたため、天津への移住も考えている悪人として描かれる。その息子梯雲は従妹にあたる雪香に結婚を迫り、雪香はその嫌な従兄から逃れるために康吉との婚約を懇願するという設定になっている。しかし、抗日ゲリラに走った李雪香を目覚めさせ、梯雲を射殺して

康吉のもとに駆けつけさせたのは、雪香が「ユキカ」という日本人であったという事実を知ったからである。「親日家で豪族である」(423 頁) 程応祺は、日本人夫婦から遺児となった雪香を引き取り、「飽く迄自分の子として、満洲人として育て上げ」(425 頁) た、とされている。前半と後半で、程応祺の人物像は大きく変化し、梯雲と雪香は血のつながらない兄妹ということになる。兄からの求婚を雪香は受け入れることができるであろうか(彼女は養女という事実をまだ知らなかった)。

それぞれの防衛隊が背後に控えている中で、ゲリラ側と満鉄側の軍使として雪香と康吉が対峙する緊張した場面において、ながながと交わされる愛と裏切りに関する対話――雪香日本人論もここで語られる――これも不自然だと感じられる。

作者の恣意的な作為が目立って、長篇小説としての完成度は高いとはいえないだろう。

先にも述べたように、原作は最初新聞連載小説として始まった。連載終了後、3 か月ほどして単行本が出版される。しかし、連載小説は未完のままに終わっている。連載の最終回、第 158 回 (1月9日) に付けられた「作者附記」は、こう述べている。「本小説は、初め百五十回の予定で書きはじめましたところ、思ひの外に長びいて、収拾がつきませんので、一と先づここで打切ります。長い間の御愛読を感謝します。」

おそらくこれは、紙面の企画にかかわる問題であろう。前年の 12 月 22 日の『東日』には、「次の朝刊小説　新春一月十日から連載」として、菊池寛「女性本願」の予告記事が掲載されていた。したがって単行本の「軍使」(411 頁) 以下のクライマックス場面は、新聞読者は目にすることができなかった。

単行本にするには一定の時間的余裕があり、上に述べた瑕疵を含め、不自然さを手直しして整合性を持った作品に仕上げることはできたはずである。しかしいくつかの字句訂正は見られるが、大幅な改訂は見られない。新聞連

載の章題「入植　四」（第107回　11月18日）以降が、単行本では「金色の村」（274頁）という章題に替えられている。

　また新聞には、以下のような「作者附記」が添えられていたが、単行本では削除された。

　李雪香が歌う中国語「何日君再来」には、日本語訳が付けられている（214頁）。新聞のその回の末尾に、「篇中詩句の意訳、不当なる点多かるべし、大方の叱正を乞ふ」（第83回　10月25日）との断り書きがある。

　秋山が、承古線建設のために康吉に協力を要請すべく、召集を受けた東宮中佐の決意を語って聞かせる場面がある（395頁）。新聞では「本小説第九十回東宮大佐に関する例話は、日満親善を強調するための、単なる伝説で事実は無根です。此際それをお断りして置きます。」（第153回　1月4日）との附記が付けられている。「第九十回」は誤記であろう。

　そのほか単行本には、一部削除された箇所がある。弟徳男がいない畑仕事の最中に、京子の目に入った塵を、康吉が彼女を引き寄せ、舌で瞼を舐めて塵を取り除いてやった後の高ぶった気まずい空気のなかで、京子が漏らす言葉である（343頁）。＊太字が伏せ字部分。

　　「ね、兄さん。兄さんには、私の唇なんぞ、どうせ**汚れて**ゐるから、**お厭**でせうけれど、私一度はせめて兄さんに、**拭いて**頂きたいのよ。……さうした方が、私公平だと思ひますわ。それで何だかトントンですわ。」（第132回　12月13日）

以上、連載と単行本の異同をいくつか指摘しておく。

③　増殖する「白蘭の歌」

　久米正雄の原作「白蘭の歌」は、当時の文芸界に大きな反響を巻き起こし、様々な分野に波及することになる。一連の流れを年譜としてまとめてみる。

<1939年>
3月末から2か月間、久米正雄と木村千依男が満洲へ渡り、取材旅行を行なう
7月　　　東宝映画・満映合作の映画撮影開始（脚本木村千依男／監督渡辺邦男）
8月3日　『大毎』・『東日』に小説の連載始まる（挿絵小林秀恒）
11月1日　明治座11月興業として新生新派による演劇が上演される（脚色金子洋文／主演花柳章太郎）→1940年1月から京都南座で公演
11月14日　コロンビアレコードから主題歌「白蘭の歌」のレコード発売（久米正雄作詞／竹岡信幸作曲／歌手伊藤久男・二葉あき子）。裏面は映画挿入歌「いとしあの星」（サトウハチロー作詞／服部良一作曲／歌手渡辺はまこ）
11月30日　日本劇場にて映画封切→12月22日　大陸劇場（満洲）にて封切

<1940年>
1月9日　　連載小説158回で連載終了
3月21日　新潮社より単行本出版（挿絵小林秀恒）
＊梅娘訳「白蘭之歌」1939年11月28日から1941年1月23日まで『大同報』に連載（全117回　挿絵高夢幻）

　1938年10月に川口松太郎を主事にいただいて旗揚げしたばかりの「新生新派」劇団が、明治座で「白蘭の歌」を公演した。つづいて、映画が完成する前にコロンビアレコード社から主題歌「白蘭の歌」、裏面に挿入歌「いとしあの星」を吹き込んだレコードが売り出される。そして最後に前篇・後篇を合わせた映画「白蘭の歌」が上映される。まだ新聞連載が継続している短期間のうちに、「白蘭の歌」フィーバーが巻き起こったのである。ここでは、

原作の映画化について少し触れておこう。

「待望の本格的大陸映画、"白蘭の歌"撮影始まる」との記事を紹介する。

　　新しき大陸文学の第一声として久米正雄氏が麗筆を振つて本紙に連載中の「白蘭の歌」は東宝映画と満映の提携第一回作品として映画化されることとなり、今春久米氏とともに二カ月余にわたつて満洲各地を踏破した木村千依男氏が久米氏の指導の下にまづ前編の脚本を執筆、渡辺邦男監督が演出にあたり、主演者は、久々で現代劇に出演する長谷川一夫に東宝の名花霧立のぼると新星山根寿子を配し、これに満映の銀星李香蘭が加はり日満スターの銀幕交驩がはなばなしく行はれることになつた。

　物語は回を追ふに従つて満洲を舞台として展開されるので長谷川一行四十名渡満して、小説の進行と並行して満洲各地の大陸的な風物を背景としてロケーションを行ふことになつた。

　連載中の新聞小説と並行して映画撮影が行はれることは、わが国においては初めての試みで新鮮にして雄大な大陸映画の誕生が各方面から期待の的となつている。(『東日』1939年8月23日)

　東宝映画は1936年に創設されたばかりの新興映画会社であり、主役の長谷川一夫も松竹から移籍して間無しであり、李香蘭に至っては、満映の新星とはいえ日本では無名に近い女優であった。満映との合作というはじめての試みも含め東宝映画としては社運を賭けた映画作りであったろう。映画脚本では、原作の枝葉末節を切り落とし、徳男と京子は婚約者として描かれ、杏子、規矩子との絡み合いを背景に押しやり、康吉と雪香の「日満一徳一心」の恋愛を前面に押し出した。また後篇では熱河現地にロケをした鉄道建設と最後のゲリラとの激戦を中心として描かれる。娯楽性という点では、明らかに原作を凌ぐものとなっている。かくしてこの映画は大ヒットし、翌年、東宝映画は長谷川、李香蘭のコンビで「支那の夜」、「熱砂の誓ひ」(いずれも華

北電影公司との合作）を世に送り出し、「大陸三部作」と称された。また、満映スター李香蘭の名前を一躍日本中に知らしめ、1941年2月、彼女の歌謡ショーにおいて「日劇七回り半」と呼ばれる騒動を引き起こしたことはよく知られている。

　このように小説「白蘭の花」は決してすぐれた作品とは言いがたいが、「満蒙開拓」や「大陸文学」を語る上で欠かせない作品となったのである。

2）　大瀧重直『解氷期』（第8巻　2017年4月）

　作者の大瀧重直は、秋田県由利郡岩谷村の出身で、中学校卒業後、東北地方で長い歴史を持つ秋田魁新報社に入社する。かれは、『満洲農村紀行』（本シリーズ第13巻に収録、以下『紀行』）の「あとがき」に、「昭和十四年の初秋」満洲に渡り、農村各地を見学して「約一ヶ年を費やして帰つた」と記している（307頁）。その後も2度3度と満洲の地を訪れているが、当時の日本人旅行者とはずいぶん異色の満洲行であった。日本国内の諸機関から派遣されたわけではなく、また満洲の協和会などの招待を受けたわけではない。あくまで一見学者として、雑誌社や新聞社からの原稿料をあてにしながら、基本的には自費による旅行であった。さらにかれは、日本人の開拓村を見学するより、日本色にまだ染められていない現地農民が暮らす農村を好んで訪れている。それは、満洲「建国」により変貌しつつある農村の生活、「建国理念」としての「民族協和」が浸透する中での農民の意識の変化に大いなる喜びと期待を抱いていたからである。そうした見聞をエピソード風にまとめたものが、上記『紀行』であり、その取材をもとに小説化したものが、1943年4月に出版された『解氷期』（海南書房）である。

　県協和会本部事務長・影山隆正を主人公にして、県内の村落で起こるさまざまな問題を処理していく苦労話が描かれている。哈爾濱から開原へ行く列車に乗り合わせた朝鮮人農民開拓団の描写（第4章）、重病の婆さんに対す

るにぎやかな厄払い（第14章）、中国人国民学校の開設（第14章）、日本人開拓村（秋田村）の見学（第19章）、日本内地からの「視察団」が「飲み歩き、遊び歩く」だけの遊興にふける姿への批判（第20章）などは、この『紀行』にその素材となる逸話が記録されている。

　影山が協和工作に従事するのは、ソ連から接収されたばかりの北満鉄路の小さな駅を抱える県城である。日系は10数人しかおらず、県公署、農事合作社、協和会、それに満鉄に勤務する職員たちで、白系ロシア人の割合は高い。時代は、1937年の日中事変勃発を前後する数年間である。盧溝橋事変の報が伝えられると、影山は「建国の道が漸くひらかれたのに、日本はさらに三千万の民の安危をその肩に負つて、荊棘の道に立つたのであつた」（第9章　124頁）との緊張感を覚える。さらに、このような感慨が続く。

　　影山は、これからの協和工作の困難さを思はぬわけにはゆかなかつた。この国の民とて、その基を河北、河南、とほくは中支に持つてゐるものもある。彼等がこの事変の成行きに、どういふ感じを抱くのか、そして、それをどう導いて行くか、そのことはこれまでにない複雑な方法を、より大きい努力を要するにちがひないとも考へた。（第9章　126頁）

　　ともかく、建国以来、かつてなかつた試練が、主として精神的なものから国民の上にやつて来てゐる。言はゞ、自分たちは分家して来た弟とすれば、兄分と親とが争ひ始めたといふ事になるわけだ。見知らぬ者同志の争ひは納まることも案外に早いことがあるものだが、兄弟分の争ひはむしろ激しくふかい。（第9章　132頁）

　面白い比喩を使っているが、中華民国（兄）から分家した満洲国（弟）が、日本国（親）と一緒になって兄と争わなければならなくなった戸惑いを告白した場面と理解できる。「建国」以来、中国人との融和に努力してきた在満日本人にとって日中戦争の始まりは、それまでの努力を水泡に帰しかねない

選択であったはずである。日本国内からは聞こえてこない声であり、国策に対する精一杯の抗議とも受け取れよう。

　こうした時流に流されない冷静な作者の目は、中国人農村社会が抱える矛盾をしっかり見据えている。第1章に登場する劉森は、警官訓練所で訓練を受けながら、影山の部落巡回にもお供する22歳の若者だが、兄は抗日運動に参加し、捕らえられ銃殺されている。村人たちからは、日本人に協力する劉森母子は白眼視され、村から排斥されている。影山と行動を共にする劉森は、村の情報を密告していると疑われてもいる。影山は、信頼できるこの若者を、戦友であった参事官に頼んで母親ともども熱河の地へ警察官として送り出す。抗日戦争で犠牲となった兄と、日本に協力する弟――「兄が賊軍、弟は官軍」（16頁）と表現しているが、村人たちの寄せる心情がどちらにあったのかを、作者は理解していたはずである。

　張家屯の屯長張栄山は、県内有数の大地主である。日本人には協力的で、国民学校建設にあたっては、用地と経費の半額を寄付すると申し出てくれた。しかし、その裏で学校の傍に自分の経営する店舗を開設しようとしていることが判明する。また、警備道路の建設に、張家が雇用している苦力を賦役として派遣してくれるが、県や協和会から与えられる日当金を給料から差し引いていることが暴露される。親日と見られる地主も、損を取り戻す計算は、したたかに立てているのであった。

　富豪の天昌福は、県協和会の分会長、県道徳会の分会長に選ばれた名士であった。ところが、複数の妾を抱え、アヘン中毒患者であることが判明する。辞任させようと考える影山に、県の李行政科長から、「アヘン戒煙所」に入りアヘンを断つことを条件に、地位の保全を求められる。あくまで自分の地位を守ろうとする富豪の姿が読み取れる。

　またある部落では、奉天に住むという得体の知れない男がやってきて、地券を見せて小作料を6年ほど前から取り立てているという。農民たちはいわれるままに支払ってきたというが、影山たちの調査で根拠のないことが判明する。「満系の発言には、裏に裏があるものと見なければならなかつた」

（132〜33頁）と、中国人のしたたかな生き方は、繰り返し描かれる。

　　満洲の休日は、ともかく多かつた。（中略）日本の大祭日と満洲の大祭日に共通の日曜、それに各民族の祭日がある。降誕祭に、けふの復活祭、晴明節に中秋節、蒙地ではオボの祭、ハイラルではタタールたちの祭日もこれに加はる。どう考へても、休日が百日近かつた。

「これは、何等かの工夫のいることである」（264〜65頁）との感想で締めくくられるが、各地を遍歴してこそ得られる矛盾した満洲の実情であろう。
　第13章では、県公署から資金を貸与して農地を開拓し、仕事を求めて移動する雇農を定住させる村造りの様子が描かれている。現地で指導にあたるのは、25歳の若い拓政股の職員・清川である。現場の農民から「小僧」呼ばわりされながら、中国農民を説得し誠実に任務を遂行している。影山たちに語るその苦労話では、耕作地が完成に近づくと、各地から親類縁者が続々と押し寄せ、400人の収容予定が500人を超えて増え続け、自分の力では抑えきれないと愚痴をこぼす。また雨期に入り県公署からの食糧輸送が途絶え、かれをやきもきさせるが、農民たちは悠然としたもので、粟と豆の入った薄い粥を一日一食摂るだけで、後は体を動かさず寝て暮らしている。その「悠々閑々」たる「糞度胸」（181頁）には、あきれかえるしかない、という。土地を手に入れ、耕作が始まっても女たちは働こうとはしない。せいぜいが炊事するだけで、庭掃除、片付けもしないし、野良に出ようともしない。オンドルの上でぼんやりしているだけだと憤慨する。新しくできた県公署を、農民たちは「衙門」と呼んでいる。かれらにとって衙門とは、いかに不当な扱いをされようとも従うしかない「恐ろしい役所」（188頁）、「恐怖の門」（192頁）なのだと、経験豊富な影山らに教えられる。この章では、若い未熟な清川の口を借りて、農民たちの身に沁みついた、日本人には理解しがたい習性が詳細に語られる。
　『紀行』では、農場を襲った匪賊たちを、村人と一緒になって追撃するエ

ピソードが描かれていたが、第11章では、影山が一人で移動中に5人の匪賊と遭遇する緊迫した場面が描かれる。かれは銃を連射しながら、一人を射殺、一人に傷を負わせて中央を突破し難を逃れる。この壮挙はたちまち県全体に広がり、影山は英雄としてもてはやされる。また、影山が県の職員たちと一緒に黄羊（野生の羊で蒙古羚ともいう）狩りに出かける場面がある（第16章）。広野を逃げ惑う黄羊の群れの中に突っ込み、トラックの上から銃を乱射する風景は壮観であり、これらフィクションを交えたエピソードは、小説としても楽しめるであろう。

　最後に、気がついた誤記・誤植を示しておく。山崎静江とすべきところが山沢静江となったり（第12章）、日本開拓団団長の小野が小山と誤記されたりしている（第19章）。また中国人がよく口にするといわれている「没法子」が、「没有子」と誤ったかたちで何度か使われている。校正の甘さは気になるところである。

　この作品は、1944年6月に第1回大陸開拓文学賞を受賞している。このときの候補作品は、湯浅克衛「鴨緑江」、張赫宙「開墾」、北条秀司「東宮大佐」、松原一枝「ふるさとはねぢあやめ咲く」であった。

　大瀧は満洲在住の作家とはいえない。農事合作社運動に従事して現地農村へ深く入り込んだ作家、野川隆、塙英夫らは優れた農民文学を残している。しかし、かれらは合作社創設の指導者として、明確な任務を帯びての農村入りであった。一方大瀧は、見学者として傍観者的な観察が許された作家であった。指導者としての立場を離れ、別の視点からの描写や体験に根差した実情把握が可能となり、作品に独自性が付与されることとなった、といってもいいだろう。

　なお、この本の装丁は、柳瀬正夢によるものである。

3） 大瀧重直『満洲農村紀行』（第 13 巻　2017 年 10 月）

①　作者大瀧重直について

　大瀧重直（1910 年 11 月 5 日～1990 年 11 月 4 日）は秋田県の生まれ。29 年中学校卒業後、秋田魁新報社に入社する。かれが文学の師と仰ぎ、最初の長篇小説『劉家の人々』（満洲開拓社　1941 年 6 月 20 日）に序文を寄せた島木健作は、この頃の大瀧をこのように紹介している。

> 　昭和十三年の夏に私が東北地方を旅行して秋田へ行つた時、大瀧重直君は秋田市外の茨島といふところへ、開墾小屋のやうな家を建ててそこに住んでゐた。御物川へ行く道の向うの原つぱのなかに、ぽつんと一軒その家は建つてゐた。彼はただひとりそこに住んで、土地の新聞社に勤めるかたはら、畑を起し、野菜などをつくつてゐたのである。由利郡岩谷村の出身である彼は、勤め人の身になつてのちも、農民生活から全く離れ去るといふことを好まなかつたのであらう。さういふ生活のなかから生れ出る文章を、彼は時々同人雑誌に発表してゐた。彼は東北地方の農民の生活を、非常によく観察してゐた。（島木「序　大瀧重直君」『劉家の人々』1 頁）

　文学を志しながらも、農民の生活から離れられぬ大瀧の性格をよくつかんでいる。また島木は、かれの旅行好きをこのように表現している。

> 　大瀧君は旅行ずきで、内地の諸地方をよく歩いてゐることを私は知つてゐる。彼は金のかからぬ旅行をするほかない。宿屋へはとまらず、三等の夜汽車のなかで寝て、一週間でも十日でもさうして旅をつづけてゆくのである。
> 　彼の満洲行きも亦さういふ旅にほかならなかつた。彼は途中、未知のいろんな土地に立ち寄り、朝鮮へも寄つて、少い費用で充分に旅をたの

しみながら、日数を経て満洲へはいつて行つた。彼にはどこか飄々乎たるおもむきがある。私は彼のさういふ風格を愛した。(上記島木「序」2、3頁)

　常人では及びもつかない満洲単独旅行が、なぜ大瀧には可能であったのか。島木の言葉は、そのヒントを与えてくれる。大瀧は一介の「見学者」として、満洲の農村を自由に跋渉している。協和会や満拓の職員でもなければ招待されたわけではない。『満洲農村紀行』に県立農場に働く現地農民とのこんなやり取りが記されている。「見学にきてゐると答へると、どこから月給を貰つて見学にきたのだといふ。自分でもつてきてゐるといへば、へへえといふ顔つきをするのである。」(「満人国民学校記」135頁)
　島木健作が渡満した折、哈爾濱のヤマトホテルに出迎えた大瀧が、満洲での生活を尋ねられてもう少し詳しく生計のことを述べている。

　　「一年分は持ってきているんです。そのほかに葬式代二百円あります。いまのところ、島木さんとは全くちがった方法で原稿の約束をしました。日本の雑誌一つ、満洲一つ、それに定期的に新聞が四つですから、三年分の勉強の費用は目算があるのです。私は戦争の成行きは分りませんので、ここと北京、京都、東京、信州の山小屋の線上で、みっちり勉強したいのです。」(大瀧重直『ひとびとの星座——回想の文学者たち』「島木健作」国書刊行会　1985年4月25日　88頁)

　雑誌社や新聞社からの原稿料をあてにしながら、基本的には自費による「金のかからぬ旅行」——いざというときの「葬式代」を準備しながら——であった。しかも大瀧が目指すのは、日本人移民団が送り込まれ建設された開拓部落ではなかった。上記島木との対話の中で、多くの日本人作家が訪れて記録に残している「開拓村はまだ見ていない」ことに驚き、その理由を島木が尋ねると、

「まだまだ何年か先のことです。これから朝鮮の移民の人たちの村、次がロシア人たち、蒙古人の村とそれぞれ一豊年の予定できたのですから……まだまだ先があるんです。開拓地は一番最後になるはずです。それに開拓地は火事場のような騒ぎですから……」(上記「島木健作」88頁)

と、答えている。かれが目指すのはまだ日本色に染められていない現地人が暮らす農村であった。しかし、日本国内の旅行とは違い、日本人との交流も少なく、日本語も話せない現地の人びとの中に分け入って十分なコミュニケーションは取れたのであろうか。双山子屯の部落に入って中国人女性の宣撫隊員が新生活運動の宣伝を行なっているとき、かれも請われて日本の農村女性の生活について演説をした。そのときは王君が通訳している(「女子宣撫隊と共に」111頁)。中国人国民高等学校開設準備にあたる中国人教師と一緒に寝泊まりしたときには「菓子をだし、彼等に私は挨拶をする。用事は十五、六の単語をのぞき、あとは全部筆談といふことにする。」(「満人国民学校記」126頁)。白系ロシア人の村で牌長ロシアエフと交わす会話は「満語と英語」であった(「白系露人村紀行」195頁)。こうした記述を見れば、大瀧は中国語に堪能であったわけではない。蓄えてきたわずかの資金をもとに、日常会話的な中国語をあやつって(もちろん中国語の「勉強」に励みながら)、日本人が少ない現地農村に飛び込んで生活を送る——こうした体験をもとにまとめられた記録集が『満洲農村紀行』であった。

② 『満洲農村紀行』について
　この紀行文の背景を、「あとがき」でこのように記している。

　　満洲農村における原住民の生活研究を志して、私が渡満の旅にのぼつたのは、昭和十四年初秋であつた。北満濱洲線安達駅より十数里の曠野にある興亜農場に一先づ落ち着き、私の見学は始まった。

その農場には、日本人を指導者として、日、満、鮮系の各青年が附近の満人の指導に当つてゐるのであつた。私はそれらの人々と共に生活しつつ、あるときは熱河に、あるときは蒙地に、或は開拓地へと旅をつづけ、約一ケ年を費して帰つた。
　この本におさめた文章は、その後さらに二度渡満して見学したときの印象も加へたものである。紀行と言はんよりは、生活記といふべきものであらう。（「あとがき」307 頁）

「あとがき」の最後に、「皇紀二千六百二年盛夏　新京の旅先にて」と記すように、この本の原稿は 1942 年の夏、4 度目の満洲旅行の途中に脱稿して出版社に送られた。
　作者が「生活記といふべきもの」というように、農村滞在中に見聞した農民たちの日常生活を、書き留めたもので、比較的まとまった読物もあるが、多くは逸話、エピソードといった類を集めたものである。濱江省安達県杏樹崗にある日本人が経営する興亜農場を拠点として各地を見学した記録である。近くの部落へは馬に乗って移動し、農民と寝食をともにし、「満人の家々で蚤としらみにはいささか自信のついた私も、この南京虫氏にはほとほと弱つてしまつた。」（86 頁）とあるように、村人に溶け込んだ生活を送っている。かれはバリカンを持ちこんで、他人の頭を刈ってやるとともに、そのお返しに自分の散髪も済ませていたという。生活費を切り詰める一つの智慧であろう。
　さて、満洲の奥地に何度も足を運び、長期にわたって現地農民との共同生活を送る生活に駆り立てた動機は何だったのか。
　こんな場面がある。双山子屯の王発氏の家でお正月を迎える。協和会工作員の王君が蓄音器を持ちこみ、「協和行進曲」（中国語版）を流しながら集まった家族に歌唱指導を始めた。それを隣の部屋で聞きながら、

　　此の鉄路からはなれた奥地、この間まで一年に五度も六度も匪賊にや

られてゐたといふこの部落に、いまかうした新しい国の光をもとめる歌が歌はれだしてゐるといふ事実の前に、私はまことに名状すべからざる感慨を覚えるのであつた。(109頁)

と、「私」は深い感動を覚えている。また杏樹崗屯で行なわれた満洲国軍志願兵検査に立ち合い、多くの村々から集まった青年を前にして、このような感慨にふける。

この国ではいま、なにもかもが新しく芽生えつつある。精神も生活も、それらはすべて新しい革袋に盛られつつ、ゆたかに育くまれやうとしてゐるのであつた。(117頁)

通学途中の朝鮮人女学生が巧みに日本語を操るのを聞いて、「私は胸のせまるものをどうしやうもなかつた」(77頁)、「五個月ぶりで会ふ白系露人の協和会職員である若いG君の日満語の上達には私も舌をまいた。」(279頁)といった感動も述べられている。「建国」を経て日々変化していく満洲の農村、「民族協和」の理念や日本語が着実に浸透していく現実を目にして沸き起こる熱い思い、これが大瀧をして満洲に赴かせる動機であろう。故郷の秋田をはじめ国内の農村は、日中戦争からアジア太平洋戦争へと戦時色が強まるにつれ、農村の青年たちも軍隊にとられ、国内では明るい未来が展望できない中で、満洲農村に対する幻想が大瀧の満洲行を後押しした、というのは穿ちすぎた見方であろうか。

しかし、与えられた任務や権限があるわけでもない一見学者が、村の中でどのような生活を送っていたのであろう。先にあげた国軍志願兵検査に立ち合って、県から派遣された徐庶務科長に選考の意見を求められて、「私は見学者としてそのことに言葉を容れることのできぬのを口惜しく思つた。」(116頁)と述べている。志願兵選抜といった重要な案件に、何の資格も持たない自分が口を入れるべきではないと考えたからである。とはいえ、匪賊を警戒

して村の自警団団長と夜回りをする場面も描かれている。「深夜の追撃戦」は、農場を襲い日本人青年を殺して逃亡した匪賊集団を、厳寒の深夜に追撃するという緊張した一章である。「私」も村人とともに銃を持って参加している。作者自らの行動はあまり描かれることはないが、村人たちの日常に溶け込んで生活を送っていたことが分かる。

　12、3才の男の子、女の子、さらには妙齢の令嬢までが平気でタバコをふかしている姿に眉を顰め、同室の男がやたら痰を吐き、手鼻をかむ習慣に辟易する様子などは、日本人旅行者がよく指摘するところである。さらに、女性を商品の如く売買する「身価」制度とその豪華すぎる結婚式（47頁）、病人の厄払いのために太鼓たたきを雇い、慰問にきた村人に御馳走をふるまう風習には、「病人はうんうんとうなつてゐる筈なのに、かうした騒で病気を追払はうとは、ともかく想像以上の習慣であらう」（38頁）と驚きを隠さない。男も女も裸で布団をかぶって寝る習慣――見かねて自分の越中褌をつけさせた（71頁）、日本の開拓村ではまず共同浴場を作るのだが、中国の農民は、せいぜいが洗面器のお湯で体を拭く程度で済ましている（93頁）といった、風俗習慣の違いが細かく描写されている。そして作者は、そうした違いを文明対野蛮といった二元論で切り分けるのではなく、風土や歴史の違いの中にその原因を探ろうと努力している。「白系露人村紀行」（193頁）の章では、地位や財産を失い亡命してきた白系露人が、酪農で身を立て、貧しいながらもクラシック音楽を聴き、絵画で部屋を飾り、ダンスに興じ、日曜日には教会での礼拝を欠かさないといった、文化と伝統を大切にしている姿に感動を覚えている。日本人の開拓村については、同郷の秋田村を訪れ、久しぶりに聞く秋田弁やおばこ節に心を和ませ、団の抱える問題が記録されている。また秋田県から来た視察団が、哈爾濱や新京の大都会で遊興に明け暮れて、この秋田村さえ訪れようとしない態度に憤りをぶちまけている。先遣隊を率いて東満の開拓地に向かおうとする団長に対して、満語の講習会を週2時間程度開くこと、満人、鮮人、白露人の営農を研究し、参考とすることとともに、日本内地の新聞や雑誌を取り寄せ団員に読ませること、蓄音器を購

入して音楽を楽しませるなど娯楽を大切にすることなどをアドバイスしている。

　作者は政府の手になる開拓農民のための『満洲読本』の編纂を提言しているが（251頁）、大瀧自身がみずからの体験を踏まえ、この『読本』に書きたいことが山ほどあるのではないかと思ったりする。文化、伝統の違いを指摘しながら、その差異を含めて受け入れようとする姿勢、その底辺に流れる農民たちへの愛情、これらが国策文学という枠にとどまらない紀行文となっていると思われる。

4）　満洲国語研究会と雑誌『満洲国語』について

①　民間組織「満洲国語研究会」

　『満洲国語』は「満洲国語研究会」が発行する機関誌である。

　建国大学教授で本研究会の幹事長を務める日本語学者丸山林平が、1939年10月7日の発会式で「本会設立経過報告」を述べている。それによると、この年の3月ごろ、民生部、満日文化協会、建国大学の関係者が集まった折、満洲国の国語問題を研究しようという話題が持ちあがり、丸山が研究会規約などの素案を作り、各方面と折衝にあたったという。計8回の設立準備会がもたれて、10月の発会式を迎えることになった。研究会の目的は国語の研究と普及にまとめられるが、「会則第四条」には以下のような事業計画が盛り込まれている。

　　一、国語の基礎的調査及び研究
　　二、公衆に対する日満語の講習会
　　三、新聞、雑誌、ラヂオ、レコード、トーキー映画等による正しい国語の普及
　　四、図書及び雑誌の刊行
　　五、その他必要と認める事項[1]

こうした民間の研究会（民生部からの資金援助あり）が組織されるには、そ
れを必要とするだけの政治的背景があった。

1937年7月、満洲国の大きな機構改革が行なわれ、教育行政が新しく生
まれた民生部の所管となる。その年の5月2日に新学制が公布され、関連
する法令（諸学校規定など）が準備されたのち、翌年1月、実施に移された。
日本人以外の現地の子弟を対象とした初等教育では、国民科の中に国語科を
設け、日語・満語、地域によっては日語・蒙語を国語として必修科目とし
た。それまで外国語科目として教えられていた日本語に、「国語」という地
位が与えられたのである。1938年2月には、民生部に満語調査委員会が設
けられている。この時期は、中国語、日本語、蒙古語それぞれに、国語とし
ての規範化が求められていたことになる。それは学校教育のみならず、公文
書や「会則第四条第三項」にあげたマスメディア全体の使用言語にかかわる
大きな課題であった。「満洲国語研究会」は日本語と中国語を対象に、「国
語」規範創出のための調査・研究とその普及に貢献せんとする民間組織で
あった。研究会のもとに、日語研究委員会、満語研究委員会、農鉱工用語調
査委員会、地名調査会、アルタイ諸語研究委員会、公文書類口語化委員会な
どが設置されていく。

研究会の組織体制を見ておこう。中央銀行総裁であり参議府参議を務める
栄厚が会長に座り、副会長には、国立博物館副館長藤山一雄、弘報協会理事
長から満洲国通信社社長に移った森田久、総務庁次長から民生部大臣になっ
た谷次亨の3名が任命される。評議員は88名（うち日本人68名）、その中か
ら幹事として33名（うち日本人16名）が選ばれている。幹事長には丸山林
平のほか、中央放送局局長馬象図がその任に就いた。なお、1940年9月に
は、評議員4名（うち日本人3名）、幹事6名（うち日本人4名）が追加補充さ
れている。民間の研究組織としては、大げさすぎる感は否めず、おそらく上
からの指名によって組織されたのであろう。

② 機関誌『満洲国語』の性格

　機関誌『満洲国語』は「日語版」と「満語版」の2種類が、1940年5月に同時出版された。そして翌年3月に「日語版」は11号、「満語版」は8号を出して停刊する。

　今では死語となった「満語」について触れておく。当時の日本では中国語を「支那語」と呼びならわすのが一般であった。しかし、満洲国ができてからは、中華民国（支那）から独立した「国家」であることを強調するために、満（洲）人、満（洲）語という表現が使われるようになる。一方、清王朝を建設し、満洲国5族の一つに数えられていた満（洲）族の言葉は、「満（洲）語」と称されてきたのだが、この雑誌では「固有満語」として区別している。日本人は「支那語」、「満語」を気兼ねなく使っているが、中国人には蔑称として抵抗感があったと思われる。ある座談会で陳松齢（辛嘉）が「アメリカの国家として英語を以てアメリカ語と言つて居るでせうかね。」と発言[3]しているが、これも「満語」に対する皮肉と聞こえなくもない。また古丁が、みずからの母語についての愛着とその言語創造について熱く語った「『話』的話」では、「支那語」、「満語」という用語を一切使わず、「漢語」で[4]通していることにも毅然とした態度が見て取れる。安藤基平「満洲国語運動の提唱」にある「支那の問題」との表現が、翻訳では「中国之国語問題」と[5]され、逆に杜白雨「関於標準語」に出てくる「所謂満語、並不能和中国話分[6]開来想」が、「ひとり満語といつてもそれを支那語と切離しては考へられないことである」と訳されている。こうした些細なところにも、日中の民族的なせめぎあいが見て取れるわけで、日中双方の用語の使い方にも注目してほしい。

　さて、雑誌『満洲国語』は、菊判サイズで頁数もそれほど多くはない。『日語版』は第8号まで、『満語版』は第6号まで同じ表紙図案を使っているが、藤山一雄がデザインしたものである。本文の挿絵は、白崎海紀によるものとされるが、『満語版』第6号からは今井一郎が担当している。

　『日語版』は、国内いくつかの研究機関での所蔵が確認できるが、全冊を

そろえているところはない。さらに『満語版』となると、その所在を確認することさえ難しい。

　雑誌の発行所は、もちろん「満洲国語研究会」であるが、発行人は陳邦直となっている。かれは満日文化協会所属で、協会が発行する「東方国民文庫」シリーズ発行を担っていたことで知られている。かれが執筆にかかわった『汪精衛先生伝』、『鄭孝胥伝』、『羅振玉伝』などは、この「国民文庫」の1冊である。また少虬の筆名で『満語版』にも執筆している。編輯人は『日語版』野村正良（第7号より斎藤一正）、『満語版』陳松齢（満日文化協会）であり、いずれも研究会所属の職員を束ねる主事を務めている。研究会の事務所は満日文化協会に置かれ、雑誌発行の実務は協会が担っていたと思われる。

　雑誌の性格は、研究会が目的とする国語の「調査・研究」と「普及」とに分けられよう。『日語版』は日本語の研究と中国語の普及、『満語版』は中国語の研究と日本語の普及を目指した。『日語版』は当初100頁程度で出発したが、第6号から70頁程度に減らされる。その号の「編輯後記」には、このような断り書きがある。「本号から講座を主として、頁数を少くすることにした。講座の内容充実に就いては、種々計画中である。もちろん、論説、研究発表等は大切であるから、今後は計画的に編纂の上、単行本として発行しやうと思ふ」(72頁)。『満語版』についても出発時には100頁程度で推移したが、第4号からは80頁程度に減頁している。「編輯後記」にあるように、研究会の機関誌でありながら、誌面構成を見る限り必ずしも「調査・研究」に重点が置かれていたわけではない。

　「論説、研究発表等は」、「単行本として発行しやうと思ふ」とあるが、その実態は詳らかではない。ただ『日語版』の創刊号から連載され、雑誌の停刊とともに中絶した丸山林平「敬語法」が、『日本の敬語法』（健文社　1941年9月）として、完成されたかたちで出版され、その表紙カバーに「満洲国語研究会叢書　第一篇」と記されている(7)。ただその続篇があるのか、別の形式の単行本があったのかなどについては確認できていない。

③ 『満洲国語』の「調査・研究」

　雑誌の「調査・研究」について、特徴的なことをあげておく。

　まず、『日語版』から『満語版』への翻訳転載問題に触れておこう。

　『満語版』の巻頭に置かれる「楔子」、「誌論」は、無署名ではあるが、すべて『日語版』「巻頭言」の翻訳である。2度にわたる座談会記録「満洲と言葉」（『日語版』第1、2号）、「語学検定試験委員座談会」（『日語版』第9、10号）は、ほぼ同時掲載となっている。また日本国内から招いた日本語学者の講演記録、服部四郎「満蒙地方の言語に就いて」（『日語版』第5、6号）、神保格「日本語の諸問題と日本語の教育」（『日語版』第9、10号）は、『満語版』に翻訳転載されている。「学校参観記」（本会同人）という、中国人子弟が日本語を学ぶ教育現場に取材したユニークなレポートも、すべて『満語版』に掲載されている。これ以外に『満語版』に掲載された翻訳論文を調べてみると、谷崎潤一郎「関於現代口語文法的欠点」（第3、4号）、李甲基「諺文片語」（第3号）、島崎藤村「給習作文章的人」（第5号）、H・G・威爾斯「人類的語言」（第6号）、卡阿「現代中国語科学」（第7号　魚返善雄からの重訳）、山田孝雄「仮名的意義及其発生」（第8号）を含めて、計19本（このうち5本は『日語版』からの転載）にのぼる。

　これに対して『日語版』に掲載された中国人の論文は、発会式での会長栄厚の挨拶以外は、馬象図「満洲国語を論じて放送用語に及ぶ」（第1号）、張漢仁「口腔と発音」（第10号　ただしこの論文は、張が日本語で書き下ろしたもの）、それと先に述べた古丁、杜白雨の論文だけである。『日語版』においても学術研究論文と呼べるものはそう多くはない。日本語普及の必要性や言語政策への提言、といったものが多く目につく。しかも日本民族の優位性を論拠に、「東亜共通語」としての日本語普及をファナティックに主張する論者も多い――さすがにそういった論は『満語版』に翻訳されることはなかった。

　『満語版』においては、学術性という側面ではいっそう侘しい感は免れない。中国人側の中核的存在であった陳松齢は、編集者時代をこのように振り

返っている。「執筆者の数は限られており、そのほとんどは素人であった。それゆえ書かれたものの多くは、国外あるいは先人の意見を紹介したり、書き写したものであった。」[(8)] これは編集者としての正直な心情であったろう。そのため、かれは文学者仲間に呼びかけて、随筆、小説、戯曲などの原稿で誌面を埋めざるを得なかった。『満語版』第7号には、外文、高瑩の随筆と疑遅の掌編故事が登載されているが、その号の「編輯室」にはこのような言い訳が載っている。「三氏の文章は、言語問題とは直接的な関係はないとはいえ、間接的には言語問題の研究に、面白く奥深い暗示を与えてくれている」(78頁)。苦しい言い訳で、『満語版』における研究面での力不足、専門家の陣容の乏しさは否めない。

「言語問題の研究」に「奥深い暗示を与えてくれる」かどうかはさておき、ここで作家と『満洲国語』のつながりについてまとめておく。

まず『日語版』に登場する作家の名前を拾い出してみる。藤山一雄、仲賢礼（木崎龍）、吉野治夫、大内隆雄、金沢覚太郎、筒井俊一、緑川貢、北村謙次郎ら8名の作家が執筆している。かれらはいずれも『満洲浪曼』の同人か、あるいは同誌への投稿者である。『満洲浪曼』は、北村謙次郎が中心となって、1938年10月に新京で創刊された文芸雑誌である。1940年11月に第6号を出して廃刊し、1941年5月、満洲浪曼叢書『僻土残歌』を刊行している。広く執筆者を募り、満洲国を代表する日文純文芸雑誌であった。なお『満語版』第6号以降の挿絵を担当した今井一郎は『満洲浪曼』の装幀を任されている。

『満語版』では、以下のような作家名があげられるであろう。杜白雨（王度）、〇古丁、〇外文（単庚生）、光天、〇少虬（陳邦直）、〇爵青（劉佩）、〇辛嘉（夏簡、陳松齢）、〇非斯（李松伍）、石軍、高瑩、〇疑遅、君猛（李廼楊）、〇辛実。このうち〇を付けたのが芸文志事務会の役員である。中国語文化雑誌『明明』が1938年9月に停刊となったあと、そのメンバーが芸文志事務会を組織して、1939年6月、純文芸雑誌『芸文志』を創刊した。この雑誌は第3輯（1940年6月）で終わりを告げるが、事務会として『読書人』（1940

年7月)、『文学人』(1940年8月)、『小説家』(1940年12月)など多様な文芸誌を刊行して、新京の中国語文芸界を盛り上げた。事務会の役員ではなかったが、杜白雨、光天、石軍、さらには研究会会長栄厚までもが『芸文志』に原稿を寄せている。

　以上から分かるように『満洲国語』と文学者のつながりとは、『満洲浪曼』と『芸文志』メンバーとのつながりと言い換えてもいいのである。どちらも新京に拠点を置く文学集団であり、満日文化協会から補助金をもらうほどの親密な関係にあった。それゆえに『満洲国語』の内容を豊富化することに寄与できたともいえるし、新京に限定されて、全満の文学者の結集を阻害することになった、ともいえよう。

④　「普及」を担う『満洲国語』

　一方、「普及」の面については、多くの紙幅を割いて充実した編集内容になっている。『日語版』では、田中辰佐武郎の「現代支那語法」を連載し、初級・中級の「満語講座」を設け、高級中国語学習者には、胡適「終身大事」（戯曲）、田漢「蘇州夜話」（戯曲）、張天翼「奇怪的地方」、周暁波「風潮」（映画脚本）など、会話を主体とした文章を選んで対訳を付け、教材としている。満映の周暁波を除いてはすべて関内の作家であるが、胡適を教材に選んだ池田良太郎は「満日語対訳」と表題を付け、田漢を教材とした大内隆雄は「支那新劇対訳」としている。「満語」を教えるのか、「支那語」を教えるのか、日本人の間にも混乱はあったようである。

　『満語版』においても、丸山林平「現代日本語法」を連載し、初級・中級・高級「日語講座」を開設している。高級講座では、夏目漱石「吾輩は猫である」、「三四郎」、菊池寛「父帰る」、島崎藤村「故郷」（童話）といった有名作家の一節を教材にして、日満対訳、語釈を付けて高級日本語学習者に対応している。丸山林平が建国大学2年生、杉村勇造が綏中国民高等学校の中国人学生の中から、優秀な日本語の「書簡」や「作文」を選んで紹介しているのも語学講座の一端と考えていいだろう。

そして両者が一致して力を注いでいるのが「語学検定試験」への対策である。試験実施の概要、合格者一覧、試験問題の解答・解説、さらには関係者による座談会まで、受験参考書の性格が色濃く出ている。語学検定試験についていえば、満洲建国以前にも関東庁や満鉄がその職員や巡査を対象に中国語検定試験が行なわれていた。しかし、1936年8月から、政府が主催する語学検定試験が実施される（最初の1、2回は総務庁、38年からは民生部の主催）。合格者には語学加俸が給付され、官吏採用にも有利に働いたとされる。1940年度検定試験の受験者数は以下の通りであった。⁽⁹⁾

日　　語	29,358
露　　語	405
蒙古語	65
満　　語	6,878
合　　計	36,706

　語学講座と検定受験対策は、販路拡大の有力な企画であり、「国語普及」の有効な方策の一つであったろう

　さて、この研究会が満洲電信電話株式会社と満洲帝国教育会と共催して（民生部の後援）取り組んだ大きなイベントが、初等教育の生徒たちを対象とした「日本語朗読大会」であった。『日語版』第11号の付録として、その「要綱」と「課題文」が挿まれている（『満語版』は本文に組み込まれている）。本来であれば、地方大会を勝ち抜いた学校の代表によって競われる決選大会（ラジオを通じて全国放送される）――国民学校（4月20日）、国民優級学校（5月18日）――の結果が、華々しく誌面を飾るはずであった。しかも雑誌の最終号には「次号予告」」の目次が掲載されているにもかかわらず、『日語版』、『満語版』とも、1941年3月で、その刊行が打ち切られる。その突然の廃刊理由は不明である。ただ、この雑誌が最終号を出した3月には、総務庁弘報処から「芸文指導要綱」が公布され、民間の文芸団体が解散に追い込まれ、官製の「芸文聯盟」に統括されていく。それとともに文芸雑誌も廃刊させられ、新規の発行は許されなくなる。あるいは、こうした一連の文化

統制のあおりを食ったとも考えられる。

　この後「満洲国語研究会」は、満語調査委員会ともども、この年の12月、新しく発足した満洲国国語調査委員会に吸収合併されたことは確認できる。

むすびに

　昨年2015年は「戦後70年」という節目の年であり、かつての日本が、近代化の過程で作り出した、アジアにおける植民地・占領地を再検証し、日本の現状を見つめ直す絶好の機会となった。「戦後70年」とは、「満洲国崩壊70年」でもある。満洲体験者はその多くが姿を消し、その体験談を聞き取ることも困難となった。歴史のかなたに埋もれてしまう恐れがある満洲国であるのだが、研究の分野ではここ数年、ブームと呼んでもおかしくない研究熱の高まりが見られる。しかもそれらは、従来手薄とされてきた文学、映画、教育、宗教、言語、放送といった広い意味での文化研究が高まりを見せている。その高まりは、日本のみならず、中国、台湾、韓国、アメリカなどにも見られる現象である。これらを担う満洲体験とは無縁の若き研究者が、今一番求めているのは一次資料の発掘・公開である。『満洲国語』の運命は1年に満たぬものであり、『日語版』と『満語版』を合わせても20冊に届かない雑誌である。しかし、統一した「国語」を創出しようという熱意や日中双方の「国語」に対する認識のズレも読み取れる貴重な資料である。また、副産物といえるだろうが、作家たちの言語にかかわるさまざまな意識も教えてくれる。この復刻版が、今の研究熱の高まりに大きな一石を投じてくれることを期待している。

＜注＞
（1）「本会記事」『日語版　満洲国語』（以下『日語版』）第1号　96～99頁
（2）1938年から実施に移された「新学制」では、初等教育を「国民学校」（低学年4年制）、「国民優級学校」（高学年2年制）とした。
（3）『日語版』第1号　53頁

（4）『満語版』第3号
（5）『日語版』第1号
（6）『満語版』第4号　2〜3頁
（7）西原和海氏からのご教示によりこの資料の存在を知った。全14章からなる文法書であるが、「第八章第一節　本来の敬譲助動詞」までが『日語版』に連載されたものである。「序」の日付は1941年7月となっており、雑誌停刊の時点で原稿はほぼ完成していたと思われる。その序文にも、奥付けにも「満洲国語研究会」とのかかわりを窺わせるものは見られない。
（8）辛嘉「写在『国語』廃刊以後」『草梗集』（興亜雑誌社　1944年4月　57頁）。この本は著者が北京に移ったあと、友人の外文、辛実らの援助を受けて満洲で出版された随筆集である。
（9）第5回検定試験（1940年度）の受験者数は、『日語版』第7号にも発表されているが、数値に違いがある。ここでは後から発表された『日語版』（第9号　74頁）を使っている。

【補　論】
　大久保明男の「解題」「『満洲国』の言語政策と『満洲国語』」は、『満洲国語』廃刊の背景について、貴重な論証を提供してくれている。
　日本国内において、1940年11月「国語対策の根本方針」が策定され、その課題の一つに大東亜共栄圏への日本語の普及が掲げられ、翌年4月「日本語教育振興会」が発足する。そして、

　　「大東亜における日本語教育およびその普及に関する諸問題につき権威ある研究実践の紹介を図り併せて日本語教育関係者の連絡機関たらんことを目的」として機関誌『日本語』が創刊されたのである。（356頁）

とする。つまり、宗主国日本が、大東亜共栄圏を視野に入れた「日本語教育およびその普及」に乗り出し、その結果「日中語の研究と普及」を目指した『満洲国語』は、中国語が切り捨てられ、機関誌『日本語』に吸収されたということになる。『満洲国語』の執筆者もこの雑誌に投稿し、問題とした「日本語朗読大会」も、現地報告として『日本語』に掲載されているという。

＜付録Ⅰ＞　先輩・友人への追悼文集

はじめに

　文学の研究は、指導教官がいて手取り足取りして教えられるものではない。特にわたしが在籍した京都大学文学部中国語・中国文学専攻科は、古典文学を専門とし、錚々たる古典の泰斗を擁する名門であったが、現代文学の専任は置かれていなかった。加えて、1968年に修士課程に入学したわたしは、翌年1月からはじまった「大学紛争」に翻弄され、授業が再開されたのはその年の11月ごろであったと記憶している。したがって、研究の基礎も身に着けず、確たるテーマも持たぬまま、大学を飛び出したわたしを、研究者として育ててくれたのは、民間の自主的研究団体・中国文芸研究会であったと思っている。年齢も出身校も異なる研究者（その卵も含めて）が、現代中国文学の研究という一点で集う広場であった。今から50年も前のことである。

　この間には、多くの人びととの出会いと別れがあった。親しくしていただいた方がたの思い出を語ることは、この中国文芸研の活動も含め、わたしの研究遍歴を振り返ることにもなる。昔の追悼文をまとめ、わたしの「終活」にレクイエムの一節を添えておきたい。

新村徹：1936年2月、京都市生まれ。桜美林大学助教授（没後、教授昇任）、
　　　　1984年10月21日、交通事故のため逝去。享年48歳
阪口直樹：1943年2月、大阪生まれ。同志社大学教授、2004年8月29日、
　　　　癌のため逝去。享年61歳
太田進：1930年、上海市生まれ。同志社大学名誉教授、2012年11月12日
　　　　逝去。享年82歳。

〈付録Ⅰ〉　先輩・友人への追悼文集

呂元明：1925 年、遼寧省丹東市生まれ。東北師範大学教授、2014 年 12 月 28 日逝去。享年 89 歳。

木村一信(かずあき)：1946 年 4 月、福岡市生まれ。大阪成蹊短期大学学長、2015 年 9 月 26 日、膵臓癌のため逝去。享年 69 歳。

1　追想断片──新村さんと『野草』

呼びなれた「新村さん」で語ることをお許しください。

▼新村さんにはじめてお目にかかったのは、いわゆる「大学紛争」が吹き荒れていた 1969 年、僕の大学院 1 回生の時である。『野草』創刊号（1970.10.10）「新中国文芸論争年表」＜付記＞の中で、新村さんはこう述べておられる。

> この年表の作成は 1969 年 3 月にはじまる。当時、6・7 名のメンバーが集まって、中国近・現代文学の研究会（仮称・新中国文学研究会）をはじめた。研究の共同テーマとして選んだのが、現代文芸思想論争の問題であり、研究会は、その手はじめとして、各メンバー手持ちの資料を持ちよって、まず年表を作製することにした。（中略）
> 　今回、この新中国文学研究会が基礎となって、新たに中国文芸研究会が発足し、季刊会誌を発行する運びとなった際、既作製の年表を資料として連載してはどうかということになった。そこで、年表の完備を期するために岡田、小池、新村が担当して、再度はじめから整備をしなおし、その上で会員若干名が分担して出典を確認し、一層の拡充をはかった。(94 頁)

この年表作製に僕がどうかかわったのか、今はほとんど記憶にない。ただ、年代別にびっしり事項が書きこまれた新村さんの大学ノートだけが、かすかに目に浮かぶ。

▼研究会が発足して 3 年目の頃だと思うが、財政的危機に直面し、会の内部

から「研究会の任務は終わった、解散すべし」との意見が出され、議論になったことがある。僕の記憶も定かではないが、継続を強く主張されていた新村さんが「ガリ版刷りになっても続けよう。ガリ切りは僕が引き受けてもいいよ」とおっしゃった一言ははっきり憶えている。蠟原紙に鉄筆でカリカリと字を刻むしか印刷方法を持たぬ頃である。新村さん独特の端正な字体は、このガリ切りの修練から生まれたと聞いたことがある。この技能は、1974年6月に発行したガリ版刷り「中国文芸研究会会誌『野草』の刊行を維持するための募金の訴え」に生かされることになった。

▼東京に移られてからはお会いする機会も少なくなったが、新村さんは『野草』が発刊されるたびに買い取って、入会しようとしない"固執的人"に売りつけ、宣伝して下さっていた。この『野草』第35号の編集を東京のメンバーにおねがいしたのも、新村さんの提案があったからである。関西中心の僕たちの研究会にとって、新村さんは東京出張所のような存在であった。

▼今回、思いがけず『野草』発行元の采華書林が連鎖倒産し、再度の危機に直面した時、僕は真っ先に新村さんにお伝えした。新村さんは「なんとしてもここを乗り越えて『野草』の刊行だけは続けて下さい。僕もできる限りのことはしますから」とおっしゃって下さった。そこには「ガリ切りは引き受ける」とおっしゃったと同じ心が流れていたと思う……日本中国学会の前夜、お亡くなりになる2週間ばかり前のことである。

▼研究室におじゃました時、「こんなものがあるんだよ」と、満洲国で刊行された童話シリーズを見せて下さった。『野草』に連載中であった「中国児童文学小史」が進めば、いつか触れられる資料であったろう。新村さんの遺志を守って、なんとか『野草』を継続させる目途は立った。しかし「児童文学小史」の続篇が、誌面を飾ることはない。

初出『野草』第35号　1985年7月30日

2　嗚呼哀哉！　阪口直樹君

　8月11日消印の葉書で、「月末に退院後、現在自宅で療養中です」との連絡をもらっていたので、阪口君の訃報は、ほんとうに寝耳に水であった。存分に酒を酌み交わすことは無理でも、無駄口をたたき合う日は来るだろうと信じていたのだが……。

　僕がかれに研究会事務局の仕事をバトンタッチしたのは、1988年度のことである。この年の総会議案に「事務局代表　阪口直樹」の記述がある。翌年発行の『野草』（第44号　89年8月1日）「野草漫語」で、「これまでは、担当者を割り当てる立場にあったから、うまく逃げおおせてきた。その按排権を譲ったとたん編集責任者のお鉢がまわってきた。ささやかなものにしろ、握った権力は手放すべきではなかったと後悔している」と、例によって物議をかもしそうな一文を、僕がしたためている。かれが武漢大学への留学から帰国したところをとらえて、「一年間、ええ思いしてきたんやから」などといって、おしつけたように記憶している。それ以来、体調を崩して任に堪えられなくなるまで、かれはずっと研究会の中核に座っていてくれた。かれに任せておけば、ということで僕の腰はだんだん退けていくのだが、かれは、宇野木、松浦、青野といった若年層（？）の力を引き出しながら研究会の活動を着実に大きく育てていってくれた。

　そんなこともあって、阪口君との思い出といえば、記憶のかなたにかすんでしまったとはいえ、やはり70年代から80年代、研究会が同人誌的な色彩をとどめ、未熟ではあったが熱気に満ちていた頃が一番なつかしい。その頃の記憶を呼びさまそうとして、『野草』や『会報』を繰っていて驚いたことがある。これまで研究会では、その節目ごとに〇〇記念と銘打って記念号を発行してきている。

　①「野草創刊10周年記念号」『野草』第27号（1981.4.20）
　②「会報第50期記念号」『会報』49-51合併号（1985.2.15）

③「野草 15 年記念号」『会報』58 号（1986.3.30）
　　④「会報 100 期記念号」『会報』99-101 合併号（1990.3.31）
　　⑤「創立 20 周年記念号」『野草』第 47 号（1991.2.1）
　　⑥「会報 150 期記念号」『会報』148-150 合併号（1994.3.30）

　お祭り好きのわが研究会であるのだが、驚いたことに、樽本色一杯の③を除いては、阪口君がすべて編集を担当してくれていたのである。かれが歴史の節目ごとに記念号の編集実務を担ってきたことは偶然ではあるまい。研究会の運営に責任を持ち、その実務をしっかり支えてきてくれたことの証が、こうした事績として残されてきたのだと思う。

　若い頃には「何でも屋」とからかわれながら（わたしもからかう側の一人なのだが）、最後にはその研究領域の広さを、みごとに一本の太い線にまとめ上げている。定例研究会では、研究発表に必ずコメントをつけて若い人を励ましてきた。研究会のあとの懇親会では、「宴会の盛り立て役」として、欠かせぬキャラクターであった。高島俊男氏は、こんな阪口評を残している。「そして、常務として常に軽薄さを忘れぬ阪口直樹さん。この人がいるかぎり、『野草』の雰囲気が暗くなる気づかいはない」（上記③）。馬鹿騒ぎの大好きな僕は、阪口君のこんなところに一番惚れていたのかもしれない

　いまはご冥福を祈るのみ。

　　　　　　　　　　　　　　　初出『野草』第 75 号　2005 年 2 月 1 日

3　「中国文芸研究会」空白の一年——太田進先生を偲んで[1]

　中国文芸研究会は 40 数年の歴史を有し、会誌『野草』は 90 号を超えた。ミニ情報誌である『会報』も、この 3 月に第 377 号を刊行した。日本における中国現代文学研究という、母体層が必ずしも広くない研究分野にあって、これだけの長期にわたる活動を継続できたことは驚異と言っていいだろう。この研究会の屋台骨を、中核として支え続けてこられた太田進代表が逝

＜付録Ⅰ＞　先輩・友人への追悼文集

去された。先生の人生においても大きな意味を有したであろう研究会の歴史の一こまを振り返って、先生を偲ぶよすがとしたい。

　1975年度の研究会は「死に体」であった。この年は『野草』の刊行も、夏の合宿もなされていない。例会が再開できたのは11月であったし、『会報』も1号分を発行するのがやっとであった。何があったのか。

　1973年10月の第1次石油ショックによる狂乱物価の影響が、じわじわと押し寄せ、弱体財政（会員130名程度、会費2000円）の研究会を、押しつぶしたのである。当時の印刷所（宗教印刷株式会社）が申し出た見積もりでは、96頁立て13号（1973.12.20）の印刷費が28万円であったものが、14号では38万円、さらに74年からは42万円になるとされている。研究会では、やむなく73年度の『野草』を14・15合併号（1974.4.20）とし、74年度からは年2回刊行として、16号（1974.12.20）、17号（1975.6.1）は出せたが、それが精一杯であった。『野草』刊行時期の乱れから来る空白を埋め、会員とのつながりを維持するものとして創刊された『中国文芸研究会会報』（1974.5.1）も、第3号（1974.9.1）で息切れし、恒例の夏合宿も、1974年こそ東京の「30年代文学研究会」との合同合宿（静岡）という形で開催できたが、75年にはその余力さえ残されていなかった。しかし言い訳ではないが、事務局は何もしていなかったわけではない。月1回は会議を開いていた。とはいえ、『野草』継続刊行の展望を持てない研究会は、ガス欠を起こした自動車と同じであった。『野草』の刊行をバネとして前に進む、これが当時の研究会の長所でもあり限界でもあった（これは、わたしがライバル視していた、東京の某研究会を意識しての個人的見解である）。

　わたしの手元に、「1974年度会計報告」（『会報』第4号　1975.10.20　この号から樽本照雄氏が『会報』担当となる。もちろん手書き原稿の時代である）がある。この「会計報告」を再録して、当時の厳しい財政状況を検証してみよう。

303

収入の部		支出の部	
前期繰越金	447,114	『野草』編集印刷費**	1,443,690
借入金	20,000	連絡・郵送費	112,815
カンパ*	178,200	事務用品費	11,980
会費収入	311,000	雑費	8,848
定期購読料収入	120,600	次期繰越金	2,331
広告料	35,000		
『野草』売上金	467,750		
計	1,579,664		1,579,664

*カンパ：募金協力者51名を含む　　**支払い済み印刷費

14・15号	574,540
16号	532,800
17号	336,350
17号印刷費未払い分	250,000

　前期繰越金は、1973年度分の『野草』(14・15合併号)に当てられるべきもので、単年度会計としては完全に破綻している。緊急対策として行なったカンパ活動(2)も、「焼け石に水」であった。17号の印刷費未払い代金25万円が、会の財政に重くのしかかっていたのである。事務局会議を開いても展望が開けるはずもなく、振り込まれた75年度会費を返却して、解散するしかないという意見も出されていた。

　この研究会最大の危機、立ち枯れ寸前の『野草』を蘇らせたのが太田先生の一言、「采華の森脇さんが、『野草』の発行を引き受けてもええよと言ってくれてるで！」であった。采華書林の森脇英夫氏は、大阪外国語学校中国語部8期（1932年度）の卒業生で、太田先生の大先輩であるとともに、京都で中国関係の書店に勤めておられた時代に、学生であった太田先生と親交があり——「ツケ」で本を売ってもらえて、ずいぶん助けられたとは、太田先生の言葉である——名古屋に移られてからも親しい関係にあった。採算が取れるとも思われない『野草』の刊行を引き受けるという森脇氏の義侠心、その

橋渡しをして下さった太田先生、この両者のお陰で『野草』は息を吹き返した。

　1975年10月12日に第6回総会が開かれ、『野草』（年2回）の継続刊行と、『会報』（年4回）の刊行が確認され、それとともにすでに振り込まれていた75年度会費を76年度分に振り当てることで、会員に迷惑をかけることも避けられたのである。編輯：中国文芸研究会、発行：采華書林、印刷：藤井印刷所という三位一体の黄金時代は、『野草』34号（1984.9.1）まで続く。「黄金時代」と大げさに言ったのは、研究会事務局は、会員人数分の『野草』を買い取り発送するだけで済み、厄介な書店への発送や売上金の回収などは、すべて采華書林にお任せすることになった。こうした安定した発行体制と、事務上の余裕が、『人民文学総目録・著訳者名索引』（1980.5.1）の刊行や、茅盾『走上崗位』（1982.3.27）の復刻といった「事業」を可能としてくれた。また研究会10周年記念として、380頁におよぶ大部な『野草』27号（1981.4.20）を刊行するといった、採算を無視した無茶も許してもらえたのである。付言すれば、この号は阪口直樹氏の編集で、31名もの執筆者が名を列ねる豪華本であったが、采華書林から文句を言われて、慌てて誌代を、4,500円に値上げする緊急措置を取らざるを得なかった。これも若さ故の勇み足であったろう。この時期、事務局を担ったメンバーも、みんな30代で、体力もあり元気いっぱいの世代であった。わたしにとっても、もっとも楽しい思い出が詰まった時期であったように思う。太田先生も、危機を乗り越えた1976年から、「事務局代表」の資格で、はしゃぎ回る若手を温かく見守って下さっていた。この「黄金時代」も1984年、藤井印刷所が設備投資拡張の失敗から倒産し、追い打ちをかけるように采華書林が連鎖倒産することによって終焉し、研究会は2回目の危機を迎えることになるのだが、それはまた別の機会に譲ろう。(3)

　この時代の思い出を語り合える友人も少なくなった。40数年という長い歴史の中で、この研究会にも危機存亡の時期があったこと、その時の救世主として森脇英夫氏、太田進先生の存在があったことを語りおいて、森脇、太

田両氏追悼の記念としたい。

＜注＞
（１）これは、2013年1月27日の例会「太田先生をしのぶ会」で話したことに、少し手を加えたものである。個人的なお付き合いの思い出を語ればいろいろあるが、ここは古参の会員として、重要な歴史の一こまを記録にとどめておくべきだと考えた。なお、太田先生も生前に、こうした事実を記して森脇氏への感謝のお気持ちをあらわされている。ご参照いただきたい。太田進「『野草』の前半生　そして森脇英夫さんのこと」『中国文芸研究会会報』第250期記念号　2002.9.29
（２）この時のカンパの訴え「中国文芸研究会会誌『野草』刊行を維持するための募金の訴え」は、新村徹氏のガリ版刷りの文章であった。職人技ともいえる端正な文字であるが、新村氏は、この「ガリ切り」でアルバイトをされていたと聞いたことがある。創刊以来最初に迎えた大きな危機に、会誌の継続を願う者たち全員が、総力を挙げて事にあたっていたことが分かってもらえるだろう。
（３）采華書林は、その後息子さんの努力で再建され、現在も中国関係書店「崑崙書房」として営業されている。
　　〒464-0806　名古屋市千種区唐山町3-5
　　Tel：052-784-1161

初出『野草』第92号　2013年8月1日
※崑崙書房は、移転されたようで、現住所は以下の通りです。
　　〒464-0806　名古屋市千種区上野2丁目4-10
　　Tel：052-719-0075

4　ランの花は咲かずとも……

　昨年7月、日文研劉建輝教授から、呂元明先生の90歳を記念して出版される『呂元明先生学術生涯記念論文集――偽満植民地文化研究60年』への執筆要請があった。わたしもその祝賀行事の一端に連なるべく、拙論をまとめて送っておいた。ところが年の瀬も押し迫った12月28日に、呂先生が脳溢血再発のため息を引き取られたとの訃報が飛び込んできた。「記念論文集」は、「追悼論文集」となるのかもしれない。
　わたしが、呂先生から最初にお手紙をいただいたのは、1991年6月7日であった。このとき、山田敬三・呂元明主編『中日戦争与文学』（東北師範大学出版社　1992年8月）が編集中で、ここにわたしの「東北現代文学研究概

況」という資料が収録されており、名前だけはご存知であったようだ。このお手紙にも、お誘いの言葉が書かれていたが、直接お目にかかれたのは、この年の９月に長春徳信酒家で開催された「東北淪陥時期文学国際学術研討会」の会場であった。それ以降、論文の抜き刷りなどをお送りするなど、手紙のやりとりは続いていたが、日中共同主催の連続シンポジウム《近代日本と「満洲」》に参加し、とりわけ第３回シンポジウムとセットになった「中国東北踏査旅行」（1994 年 8 月 18 日〜9 月 2 日）では、2 週間近くご一緒させてもらった。この東北旅行は、西田勝先生の企画によるものだが、呂元明先生は、ツアーコンダクターとして道中のガイドから老作家との座談会まで、すべて先生の手を煩わせることになる。そしてこのツアーは形を変えて継続され、そのすべてに参加できたわけではないが、わたしにとって先生の謦咳に触れ、その人となりを知る貴重な体験であった。これも西田先生の発案であったが、1997 年に始まる「中国東北図書調査旅行」でも、先生のお口添えでずいぶん便宜をはかってもらい、貴重な資料を入手できたことも忘れられない思い出である。

　こうしたお付き合いの中で、日本人で、中国語文献を使って満洲国の文学研究を続けるわたしには、特に目をかけていただいたと思っている。わたしの書架に並ぶコピー資料には、呂先生から送っていただいたものがたくさんある。その手間と、複写・送料代金を思うと恐縮するばかりであって、ある時には「先生、これを前金として使って下さい。」と言って旅費の残金を先生に手渡したこともあった。また「図書調査旅行」では、メンバー全員が日本語文献調査にあたる中、わたし一人が中国語図書カードを繰っているのを見て、「岡田さん、こんなものがあったよ！」と言いながら、カードのメモをいただいたこともあった。先生とわたしは、ほぼ 20 歳の開きがある。日本で研究を続ける若輩を励まし、援助してやろうというお気持ちがあってのことだと思っている。その期待に応えられたのかどうかはさておき、後輩たちを援助して、研究の後継者を育てる先生の精神だけは引き継ぎたいと考えている。

1994年3月20日付けのお手紙に「我、覚えました。先生から賜り洋蘭(ヨウラン)は、何株に植えました。残念するのは花が咲きません。なぜか、知らない。なぜか。しかし、感謝、感謝。」と、日本語で書かれた文章がある。それで思い出すのは、先生がランの栽培に熱心で、日本のランを所望されていることを知り、訪中前に、近くの園芸店で鉢植えのランを購入し、根っこの土を洗い流して、紙筒にくるんで中国へ持ち込み、先生への贈り物にしたことがあった。その折、はじめて先生のご自宅に招待されて、ベランダに並んだランの鉢植えを目にしたことを覚えている。この時、先生は近くのマーケットに寄り道して、魚や野菜を買って帰り、それを奥様の手料理でご馳走になったことも思い出す。

　あのランは、結局花をつけなかったのであろうか？　ランの花は咲かずとも、研究の花を咲かせる努力は続けることを、ご霊前にお誓いする。

合掌！

　　　初出『植民地文化研究』第14号　2015年7月15日

5　木村一信学兄を偲ぶ

　2015年9月26日、かつて本学会誌の編集委員だった木村一信氏がお亡くなりになりました。木村氏はわたしより2歳若く、91年に立命館大学に赴任されて以来のお付き合いでした。84年にインドネシア大学に客員教授として招かれ、日本統治時代の軍政部発行の『官報』を手にされたことをきっかけに南方徴用作家の研究を始められたと聞いております。研究領域は異なりますが、占領地・植民地における文学を発掘し、再検討を目指す研究分野の開拓者として共感し合える友人でした。

　立命館での在任期間は19年になりますが、その間アジア太平洋大学（APU）の学生部長（4年間）、文学部長（5年間）と、重要で煩瑣な役職に長く就いておられます。多忙な身でありながら、『もう一つの文学史――「戦争」へのまなざし』（96年）、『昭和作家の＜南洋行＞』（2004年）という単著

を上梓され、共同研究の組織者として多くの共編著を出版されてきました。その奮闘ぶりに驚嘆するとともに、お目にかかれば、「早く研究に戻って下さいよ！」と声をかけたものでした。しかしその願いとは裏腹に、氏は立命館退職後も、プール学院大学、大阪成蹊短期大学学長の職を歴任され、その在職中に膵臓癌でわたしより早く逝かれました。残念でなりません。

　ご寄贈いただいた『昭和作家の＜南洋行＞』の「あとがき」で、木村氏は「一九三〇年代から四〇年代の戦時期の文学を長く研究の領域・テーマとしてきているが、『アジア認識』、『戦争』、『植民地支配』といった問題を中心にさらに研究を進めたいと願っている。本書は、その中間報告といった位置にあると言えよう。」と述べておられます。また「岡田さん、いつかわたしも満洲をやりますよ。」と語って下さったことを思い併せると、氏が「最終報告」を目指されていれば、満洲国の文学を共に熱く語り合える日があったに違いないと、その早い死が一層悔やまれます。

初出『植民地文化学会会報』第 15 号　2015 年 12 月

＜付録2＞　岡田英樹・業績目録

はじめに

　個人の業績目録は、「退職記念論集」とか、没後友人の手によって編集される「追悼文集」などに、当人の業績を記念してまとめられるのが一般の姿であろう。しかし、わたしが死んだあと「追悼文集」を出してやろうという奇特な人は思いつかないし、ましてやあちこちに書き散らした拙文を探し出して「業績目録」にまとめてくれる親切な友人などいようはずもない。わたしの研究生涯で印刷されたもの——それは「業績」とも呼べない駄文も含めて——を網羅できるのは、わたし自身しかいないであろう。臆面もなく業績目録を巻末に掲げたのは、わたしの研究者としての足跡をさらけ出すためであり、「終活」の総仕上げでもある。

　【コラム】収録の短文が多いのは、中国文芸研究会発行のミニ情報誌『会報』（74年5月創刊、87年4月より隔月刊から月刊へ）によるところが大きい。この『会報』を支えるため、新しい情報や発見した資料などを競い合って投稿したものであった。その頃の若さが今はなつかしい。【その他】には、役職上かかわった「国際平和ミュージアム」リニューアル広報活動に関するものが多くある。在職中の5年間、この業務に携わった貴重な思い出である。お世話になった立命館大学への、ささやかな貢献の証といえるかもしれない。

<　凡　例　>
1、出版年月日は以下の如く簡略化している。1982年9月30日→82.9.30、2002年3月1日→02.3.1
2、書籍の再版、外国語訳本は／で示す。
3、既発表論文（翻訳を含む）を掲載した場合は（転載）とするが、学術発表の場合は何も指示していない。
4、拙論を外国語に翻訳してもらった場合は、（漢訳）、（韓訳）などとし、わたしが

日本語に訳した場合は（日訳）としている。

【著訳書】
1　『日本語教育のための日本語と主要外国語との音声の対照研究』（共著）大阪外国語大学留学生別科　76.3
　（執筆担当）日中語音声の比較
2　『一九三〇年代世界の文学』永原誠編（共著）有斐閣　82.9.30
　（執筆担当）「満洲」が生みだした文学
3　『魯迅全集』第9巻『集外集・集外集拾遺』（共訳）学習研究社　85.6.25
　（日訳担当）「集外集」の11篇
4　『十五年戦争と文学——日中近代文学の比較研究』山田・呂共編（共著）東方書店　91.2.25／（漢訳）『中日戦争與文学——中日現代文学的比較研究』東北師範大学出版社　92.8
　（転載）東北現代文学研究概況
5　『東北淪陥時期文学国際学術研討会論文集』馮為群等編（共著）瀋陽出版社　92.6
　（執筆担当）「偽満洲国文芸政策的展開——従"文話会"到"芸文聯盟"」（文楚雄訳）
　（漢訳転載）「東北日本文人是否参与過"郷土文学"論争」（莫伽訳）
6　『近代日本と植民地』第7巻『文化のなかの植民地』川村湊編（共著）岩波書店　93.1.8
　（執筆担当）「満洲国」の中国人作家——古丁
7　『「満洲国」の研究』山本有造編（共著）京都大学人文科学研究所　93.3.31／（再版）緑蔭書房　95.4.20／14.9.30
　（執筆担当）「満洲国」文芸の諸相——大連から新京へ
8　『古丁作品選』李春燕編（共著）春風文芸出版社　95.6
　（漢訳転載・コラム）「論古丁・補遺（之一、之二）」（于雷訳）
9　『よみがえる台湾文学——日本統治期の作家と作品』下村・中島等編（共著）東方書店　95.10.30
　（執筆担当）淪陥時期北京文壇の台湾作家三銃士
10　『第五回日中シンポジウム《近代日本と「満州」》記録文集』（共著）日本社会文学会地球交流局　96.12.28
　（執筆担当）歪んだ言語風景——満洲国における言語の相互浸透
　（漢訳）「被扭曲了語言風格——偽満洲国時期漢語和日語的相互浸透」（劉建華訳）
　『偽皇宮陳列館年鑑 1998-1999』
　（執筆担当）屈折した東北人のこころ
　（日訳）逢増玉「多元的文化要素が交流・融合するなかで作られた東北地方文化」
11　『近代日本と「偽満洲国」』（共編著）不二出版、97.6.30／（増補版）『近代日本と「満洲国」』14.7.10
　（執筆担当）「満洲国」の創作環境と技巧

311

(転載）歪んだ言語風景――「満洲国」における言語の相互浸透
(日訳）王承礼「中国東北における抗日戦争とその歴史的位置」
(日訳転載）逢増玉「多元的文化要素が交流・融合するなかで作られた東北地方文化」
12 『文学にみる「満洲国」の位相』（単著）研文出版　00.3.31／（漢訳）『偽満洲国文学』（靳叢林訳）吉林大学出版社　01.2／（韓訳）『文学にみる「満洲国」の位相』（崔貞玉訳）赤楽出版社　08.10.20　＊韓国文化体育観光部より09年度「優秀学術図書」に選定される。
13 『淪陥下北京 1937-45　交争する中国文学と日本文学』杉本要吉編（増補版　共著）三元社　02.1.15
(執筆担当）北平の山丁
(転載）第三回大東亜文学者大会の実相
14 『中国二〇世紀文学を学ぶ人のために』宇野木・松浦編（共著）世界思想社　03.6.20
(執筆担当・コラム）日本占領下の文学状況――「満洲国」の文学研究
15 『満洲国の文化――中国東北ひとつの時代』西原・川俣編（共著）せらび書房　05.3.25
(執筆担当）日本語と中国語が交差するところ――「満洲国」における翻訳の実態
16 『＜外地＞日本語文学論』神谷・木村編（共著）世界思想社　07.3.20
(執筆担当）「夜哨」の世界
17 『「満洲国」とは何だったのか』植民地文化学会・東北淪陥十四年史総編室編（共著）小学館　08.8.4／（漢訳）『偽満洲国的真相――中日学者共同研究』社会科学文献出版社　10.1
(執筆担当）「満洲国」の中国文学
18 『帝国主義と民族主義を超えて』（韓国語・共著）赤楽出版社　09.9.20
(執筆担当）日本における「満洲国」の文学研究の流れ
19 『続　文学にみる「満洲国」の位相』（単著）研文出版　13.8.5／（漢訳）『偽満洲国文学　続』（鄧麗霞訳）北方文芸出版社　17.1
20 『留日学生王度の詩集と回想録――「満洲国」青年の留学記録』（単著）「満洲国」文学研究会　15.7.1
21 『血の報復――「在満」中国人作家短篇集』（単著　編訳）ゆまに書房　16.7.25
22 『偽満時期文学資料整理與研究』劉暁麗等主編（全33巻　共編著）北方文芸出版社　17.1
(共同編集担当）『偽満洲国日本作家作品集』、『偽満洲国文学研究資料彙編』、『偽満洲国老作家書簡』、『偽満洲国文学研究在日本』
23 『創傷――東亜殖民主義與文学』劉暁麗等編（共著）上海三聯書店　17.2
(執筆担当）「在満」中国人作家的日訳作品目録
24 『東亜文学場――台湾、朝鮮、満洲的殖民主義與文化交渉』柳書琴編（共著）聯経出版公司　18.6
(執筆担当）「歴史記憶與成長叙事――論馬尋『風雨関東』」（鄧麗霞訳）

【論　文】

1　長篇小説「創業史」──躍動する農民群像『野草』3 号　71.4.15
（漢訳）「長篇小説『創業史』──生動的農民形像」（孫歌訳）『柳青紀念論文集』陝西省新華書店　83.12
2　漢文教育批判（その 1）『野草』7 号　72.4.20
3　「文芸講話」にみるリアリズム論『野草』10 号　73.1.30
4　4・12 クーデターと作家たち（その 1）──葉紹鈞と茅盾の場合『大阪外大学報』33 号　75.1.31
5　中国近代文学に描かれた女性像『大阪外大学報』36 号　76.3.1
6　胡万春文学の展開──文革後の作品を軸にして『野草』19 号　77.3.31
7　胡万春「序幕」を読んで──"四人幇"批判の一側面『立命館大学文学部創設五十周年記念論集』立命館大学人文学会　77.10.20
8　葉紹鈞童話の世界瞥見──牧戸和宏氏「葉紹鈞童話集＜稲草人＞」にふれて『野草』21 号　78.2.20
9　魯迅・蕭軍の交流に関する覚え書き──『魯迅書信集』を中心として『外国文学研究』46 号　立命館大学人文科学研究所　79.7.20
10　「文芸講話」が批判した作家たち──王実味、丁玲、蕭軍、羅烽、艾青など『野草』27 号　81.4.20
11　雑誌『光明』の教えるもの──"国防文学"と"東北作家"『立命館文学』430-432 合併号（白川静博士古稀記念　中国文史論叢）81.7.2
12　蕭軍研究ノート──附蕭軍略年譜『外国文学研究』55 号　82.7.20
13　孤独の中の奮闘──蕭紅の東京時代『立命館文学』451-453 合併号　83.3.20
14　「満洲国」における「文化交流」の実態──附「日訳・中国系作家の作品目録（初稿）」『外国文学研究』62 号　84.7.31
（漢訳）「東北淪陥時期的日中文化交流」（陳宏訳）『中国現代文学研究叢刊』90 年 2 期　90.5
15　蕭軍『文化報』批判の構図『呷唖彙報』9・10 合併号　85.7.20
16　『報告』・蕭軍・東北文学『外国文学研究』67 号　85.8.31
（漢訳）「『報告』・蕭軍・東北文学」（陳宏訳）『東北文学研究史料』6 輯　88.12
17　「大東亜文学」の光と影──第二回大東亜文学者大会二題『呷唖』21・22 合併号　85.12.25
18　芸文志派の文学軌跡──満洲における中国人作家（上・下）『野草』38、39 号　86.9.10、87.2.15
（転載）「満洲国」における中国文学の実態『昭和 61 年度科研費助成金成果報告書』87.3
19　「満洲」の抵抗文学──王秋蛍の作品から『立命館文学』500 号　87.3.20
（漢訳）「東北淪陥時期的抗日文学──簡評王秋蛍的文学作品」（莫伽訳）『方志天地』24 期　87.12
（漢訳転載）「従王秋蛍的作品看東北淪陥時期抗日文学」『東北文学研究史料』6 輯

313

88.12／（漢訳転載）『抗戦文芸研究』1988年3期　88.10
20　東北淪陥期的"日中文化交流"（于亜訳）『外国文学研究』78号　87.11.20
　　（再訳）「東北淪陥時期的日中文化交流」（陳宏訳）『中国現代文学研究叢刊』1990年2期　90.5
21　黒い挽歌を歌いつぐ人――「満洲文学」の一側面『野草』42号　88.8.1
22　「満洲」の郷土文芸――山丁「緑色的谷」を軸として『野草』44号　89.8.1
23　東北現代文学研究概況（上・下）『立命館文学』513、514号　89.10.20、12.20
24　「満洲国」からの二人の留学生『季刊中国』20号　90.3.1
25　文学評価の基準とその適用――『東北現代文学史』の検討をとおして『野草』47号　91.2.1
26　東北淪陥区文学をめぐる論争――文学法廷から文学研究へ『立命館言語文化研究』3-5　92.3.20
27　旧「満洲国」の朝鮮人作家について『昭和文学研究』25集　92.9.1
28　翻訳者・大内隆雄のジレンマ『朱夏』6号　93.12.30
　　（漢訳）「通過翻訳家大内隆雄看民族協和的真相」（趙忠俠訳）『偽皇宮陳列館年鑑1998-1999』
29　「満洲国」首都警察の文芸界偵諜活動報告『立命館言語文化研究』6-2　94.9.20
30　「大東亜」の虚と実――第三回大東亜文学者大会の分析から『季刊中国』43号　95.12.1
31　The Realities of Racial Harmony；The Case of The Translator Ouchi Takao《ACTA ASIATICA》No72　TOHO GAKKAI　97.3
32　「蕭軍文化報事件」と東北の作家たち『筧・松本教授退職記念中国文学論集』00.2.25
33　「満洲国」の言語環境と作家たち『植民地下、占領下における日本文学についての総合的研究』文部省科研費（B）神谷忠孝代表　00.3
34　満洲国首都警察の検閲工作『立命館文学』567号（佐々木康之教授退職記念論集）01.2.15
35　研究は端緒についたばかり――「満洲国」の文学研究一〇年『朱夏』16号　01.12.15
36　竹内正一論『立命館文学』573号（神保菘教授退職記念論集）02.2.20
37　消し去られた文字――「満洲国」における検閲の実相『立命館平和研究』3号　02.3.25
38　「満洲国」における特務工作の実態――極秘資料「首警特秘発三六五〇号」が語るもの『植民地文化研究』7号　08.7.15
39　中国語による大東亜文化共栄圏――雑誌『華文大阪毎日』・『文友』の世界『中国東北文化研究の広場』2号　09.3.20
40　古丁の経歴について『植民地文化研究』9号　10.7.15
41　李輝英「万宝山」――事実と虚構のはざま『立命館文学』620号（石井扶桑雄教授追悼記念論集）11.2.10

42　言語創造の探検家・古丁——日本語利用の問題をめぐって『植民地文化研究』10号　11.7.15
43　大東亜文学賞授賞の波紋——袁犀「貝殻」を読む『季刊中国』No109　12.6.1
44　古丁の散文詩集『浮沈』・解説『中国東北文化研究の広場』3号　12.8.15
45　古を論じて今に及ぶ——「満洲国」の歴史小説再検証『植民地文化研究』13号　14.7.15
　　（漢訳）「論古而及今——偽満洲国的歴史小説再検証」（牛耕耘訳）『杭州師範大学学報』37-1　15.1
46　「満洲国」の文学研究——資料で語る三十年『中国21』Vol.43　愛知大学現代中国学会編　15.8.20
47　在満作家青木實——「満人もの」、そして戦後『ことばとそのひろがり』(6)　立命館大学法学会　18.3.14
48　日本人を大胆に描いた作家・田兵——右派断罪の資料から『植民地文化研究』17号　18.7.20
　　（漢訳）「大胆描写日本人的作家・田兵——従田兵被劃為右派的資料談起」（彭雨新訳）
49　「在満」老作家からの遺嘱——馬尋「風雨関東」を読む『中国東北文化研究の広場』4号　18.12.10
　　（漢訳）「歴史記憶興成長故事——論偽満洲国作家馬尋的《風雨関東》」（鄧麗霞訳）『瀋陽師範大学学報』40-4　16.7.30

【コラム】
1　文化大革命以降の中国文学『民主文学』73.11
2　中国近代文学に描かれた女性像『中国文芸研究会会報』5号　76.1.20
3　「書帳」覚え書き『中国文芸研究会会報』13・14合併号　78.5.23
4　蕭軍に関する消息——『動向』第6期を読む『中国文芸研究会会報』19号　79.5.22
5　落ちた魯迅の髭——『魯迅書信集』をみる『野草』24号　79.10.1
6　復活遂げた蕭軍『中国文芸研究会会報』22号　80.2.4
7　修訂された劉・松の文学史『中国文芸研究会会報』27号　81.4.11
8　蕭軍・蕭紅出会いについての疑問『野草』27号　81.4.20
9　東北作家李輝英の登場『中国文芸研究会会報』29号　81.7.15
10　中山大学鐘楼文学社刊『紅豆』紹介『野草』28号　81.9.20
11　三郎と大郎——蕭軍・蕭紅の「文学的」出会い『中国文芸研究会会報』33号　82.4.1
12　「八月の郷村」盗用説の真相『中国文芸研究会会報』38号　83.1.15
13　発掘される東北作家群——『東北現代文学史料』について『中国文芸研究会会報』40号　83.5.15
14　「抗日」から「投降」へ——改竄された小説『中国文芸研究会会報』44号

84.1.20
15　「満洲文芸家協会」会員名簿から『野草』33 号　84.2.10
16　盗作された「這是常有的事」『中国文芸研究会会報』45 号　84.3.15
17　蕭軍の短刀『野草』34 号　84.9.10
18　40 数年前の古帳簿――吉川幸次郎氏の現代文学観『中国文芸研究会会報』52 号 85.5.13
19　裏通りで見つけた掘り出しもの――作家バイコフ日訳本『中国文芸研究会会報』53 号　85.6.30
20　追想断片――新村さんと『野草』『野草』35 号　85.7.30
21　帰順した紅衣の女匪賊『中国文芸研究会会報』56 号　85.11.30
22　蕭軍氏からの回答二題『中国文芸研究会会報』57 号　86.1.30
23　「満洲国」における中国知識人の苦悩『京大非核の会通信』52 号　86.6.28
24　「満洲」における中国文学――「芸文志派」の行動『Foreign Studies Forum』3 号　86.7.20
25　穴場を脅かすもの――李克異「貝殻」再版をよろこぶ『中国文芸研究会会報』61 号　86.9.30
26　古丁論補遺『中国文芸研究会会報』63 号　87.1.31
27　作家古丁の経歴紹介『中国文芸研究会会報』64 号　87.2.28
28　爵青研究のしんどさ『中国文芸研究会会報』65 号　87.4.30
29　古丁論補遺（その2）『中国文芸研究会会報』66 号　87.5.31
30　会幾句外国話『中国文芸研究会会報』67 号　87.6.30
31　古丁転向問題始末――古丁論補遺（その3）『中国文芸研究会会報』68 号 87.7.30
32　関沫南氏からの手紙『中国文芸研究会会報』76 号　88.3.31
33　資料再版に関する三つのお願い『中国文芸研究会会報』77 号　88.4.30
　　（漢訳）「鉄峰氏妙語連珠」（M摘訳）『東北文学研究史料』6 輯　88.12
34　暗い谷間の花一輪――三輪武氏の回想から『中国文芸研究会会報』78 号 88.5.31
35　「満系作家」の運命『彷書月刊』6-2　90.1.25
　　（漢訳）「満系作家的命運」（姜興美訳）『文学信息』56 期　90.11.22
36　東北現代文学研究概況（補）――王秋蛍先生手稿より『中国文芸研究会会報』100 号　90.3.31
37　「米英撃滅詩」のうらおもて『中国文芸研究会会報』105 号　90.7.31
38　日本人は「郷土文学論争」にかかわったか？『中国文芸研究会会報』111 号 91.1.30
39　「満洲」における研究文献――飯田氏「目録」の補遺（1、2、3）『中国文芸研究会会報』116-118 号　91.6.30-8.30
40　古丁と「八紘一宇」『中国文芸研究会会報』122 号　91.12.30
　　（漢訳）「古丁與"八紘一宇"」（木風訳）『文学信息』74 期　92.1.15

＜付録2＞　岡田英樹・業績目録

41　田琳さんの死を悼む『中国文芸研究会会報』126号　92.4.30
　　（漢訳）「悼念田琳女士」（姜興美訳）『文学信息』88、89期　92.8.8、8.31
42　清末の価値はどこにあるのでしょう──樽本照雄氏の批判にこたえる『同上』
43　再録された東北淪陥時期文学作品（1、2）『中国文芸研究会会報』127、128号　92.5.30、6.30
44　周金波氏の講演によせて──大東亜文学者大会『野草』54号　94.8.1
　　（漢訳）「周金波演講補遺──大東亜文学者大会」（邱振瑞訳）『台湾文学』23期　97.7.5
45　東北作家への質問状（一、二）『地球の一点から』70、71号、94.9.28、10.28
46　ある中国文学研究者の「十二月八日」──竹内好の佚文から『文学・社会へ　地球へ』（西田勝退任・退職記念文集）三一書房　96.9.15
47　屈折した東北人のこころ『地球の一点から』96号　96.11.30
48　中国図書館事情──東北彷書旅行『地球の一点から』101号　97.10.27
49　「八不主義」の恐怖『中国文芸研究会会報』213号　99.7.31
50　三度目の正直──東北彷書旅行での望外の収穫『ホロンバイル踏査紀行』日本社会文学会地球交流局　99.12.28
51　中国東北図書調査旅行の私的総括『地球の一点から』105号　00.6.10
52　一二・三〇事件と建国大学『彷書月刊』16-8　00.7.25
53　「満洲国」における翻訳詩『中国図書』14-3　02.3.1
54　嗚呼哀哉！　阪口直樹君『野草』75号　05.2.1
55　韓国の「殖民主義と文学」研究『植民地文化研究』6号　07.7.10
56　古丁『浮沈』、『悲哀的玩具』（「文化細目」補遺）『植民地文化研究』9号　10.7.15
57　「中国文芸研究会」空白の一年──太田進先生を偲んで『野草』92号　13.8.1
58　ランの花は咲かずとも……（呂元明先生追悼文）『植民地文化研究』14号　15.7.15
59　木村一信学兄を偲ぶ『植民地文化学会会報』15号　15.12
60　国際シンポジウム「東アジアの植民主義と文学」に参加して『植民地文化研究』15号　16.7.15
61　「解題、総目次・索引」復刻『満洲国語──「満州国」の言語編制』（共編著）全6巻　金沢文圃閣　16.11、17.5
62　『血の報復』──「満洲国」中国人文学の「暗さ」の背後（自著を語る）『植民地文化学会会報』16号　16.12
63　国際フォーラム「東アジアの殖民主義と文学」の開催『同上』
64　解説・大瀧重信『解氷期』復刻『満洲開拓文学選集』第8巻　ゆまに書房　17.4.25
65　解説・久米正雄『白蘭の歌』復刻『同上』第9巻　17.4.25
66　解説・大瀧重信『満洲農村紀行』復刻『同上』第13巻　17.10.25

【座談会記録】
1　雑誌『満洲浪曼』をどう評価するか『植民地文化研究』創刊号　02.6.15
2　雑誌『満洲芸文通信』の位置づけ『植民地文化研究』2号　03.7.1
3　二つの『芸文』『植民地文化研究』3号　04.7.15
4　「満洲文学」での『作文』の比重『植民地文化研究』4号　05.7.1
5　『北窗』と哈爾濱文壇『植民地文化研究』6号　07.7.10
6　雑誌『亜』から『戎克』、『燕人街』へ『植民地文化研究』7号　08.7.15

【日　訳】
1　五四文学の覚醒とその後の選択（銭理群）『野草』47号　91.2.1
2　旧事瑣憶――『文選』と『作文』（黄玄）『作文』151集　92.5.1
3　血の償い（王秋蛍）『植民地文化研究』創刊号　02.6.15
4　台湾人の「満洲」体験（許雪姫）『同上』
5　30年代の上海都市文学（彭小妍）『植民地文化研究』2号　03.7.1
6　山丁花（疑遅）『植民地文化研究』3号　04.7.15
7　山海外経（古丁）『植民地文化研究』4号　05.7.1
8　満洲文話会の歴史と現在（今村栄治）『同上』
9　臭い排気ガスのなかで（梁山丁）『植民地文化研究』5号　06.7.10
10　柴を刈る女・忽瑪河の夜（但娣）『植民地文化研究』6号　07.7.20
11　本のはなし（舒柯）『植民地文化研究』7号　08.7.15
12　放牧地にて（磊磊生）『植民地文化研究』8号　09.7.15
13　慈灯の小説における底辺層の人々（呂元明）『植民地文化研究』9号　10.7.15
14　楚図南――東北における五四思想の伝播者（呂元明）『植民地文化研究』10号　11.7.15
15　漫遊する男女――横光利一の『上海』（彭小妍）（上・中・下）『植民地文化研究』10-12号　11.7.15-13.7.15
16　十日間（袁犀）『植民地文化研究』11号　12.7.15
17　ある街の一夜（関沫南）『植民地文化研究』12号　13.7.15
18　河面の秋（田兵）『植民地文化研究』14号　15.7.15
19　氷原に立つ詩人――満洲詩人会第一回受賞者　古川賢一郎先生紹介（木風）『同上』

【書評・コメント】
1　『野草』4号合評会報告『野草』5号　71.10.20
2　『野草』13号を読んで『野草』14・15合併号　74.4.20
3　『野草』18号雑感『野草』19号　77.3.31
4　「放談」から「芳談」へ――『野草』28号合評報告『野草』31号　83.6.10
5　尾坂徳司『蕭紅伝』を評す『野草』33号　84.2.10
6　佐野君の蕭軍論に異議あり『野草』34号　84.9.10

7　蕭鳳『蕭紅伝』『中国文学報』36冊　85.10
8　30年ぶりの信頼すべき事典――『中国現代文学事典』『日中友好新聞』86.2.5
9　『中国現代文学事典』の疵『中国文芸研究会会報』59号　86.5.31
10　"作品論"よ静まれ！――『野草』第40号特集号にふれて『中国文芸研究会会報』72号　87.11.30
11　福田範正「周揚と日本プロレタリア文学運動」『野草』41号　88.2.29
12　オクレテル研究者の繰り言『中国文芸研究会会報』77号　88.4.30
13　資料――パトス――作品のはざま『野草』45号　90.2.1
14　合評会報告・黄英哲「張深切における政治と文学」『野草』47号　91.2.1
15　合評報告・実態を踏まえて論証を！――銭理群の論文から『野草』48号　91.8.1
16　蔵書の背後に＜日本＞を読む『東方』169号　95.4.5
17　台湾問題シンポジウム：台湾の現代化をめぐって――台湾植民地統治百年にあたって（コメント）『立命館言語文化研究』7-3　96.1.20
18　『野草』第56号「小特集」を読んで『野草』57号　96.2.1
19　『野草』64号論評『野草』65号　00.2.1
20　植民地文学研究の横へのつながりを期待する（コメント）『立命館言語文化研究』13-3　01.12.25
21　作品のヨミをめぐって――星名論文「＜共感＞の『限界点』」の検討『野草』74号　04.8.1
22　植民地「満洲」における近代化（コメント）『植民地文化研究』15号　16.7.15
23　趙夢雲「新聞記事から見る『蔵本事件』」『植民地文化学会会報』16号　16.12
24　『偽満時期文学資料整理與研究』刊行の意味するもの『中国文芸研究会会報』428号　17.6.25

【資料編纂】
1　『人民文学総目録・著訳者名索引』（共編著）中国文芸研究会編　采華書林　80.5.1
2　香港『大公報』副刊「文芸」総目録（単著）『外国文学研究』50号　81.2.10
3　『中国近現代文学研究ガイド』（共編著）中国文芸研究会・呷唖之会編　85.12.1
4　復刊『文化報』総目次（単著）『左連研究』5輯　99.10.1
5　『東北淪陥期文化の基礎的研究』（共編著）西田勝平和研究室　01.6
6　『《満洲国》文化細目』（共編著）植民地文化研究会編　不二出版　05.6.20

【辞典・事典分担執筆】
1　『日本語教育事典』日本語教育学会編　大修館書店　82.5.10
　（執筆担当）漢字に関する8項目
2　『新潮世界文学辞典』（改訂版）新潮社　90.4.20
　（執筆担当）満洲国の中国人作家に関する7項目
3　『世界民族問題事典』平凡社　95.9.20
　（執筆担当）満洲文学

4 『集英社　世界文学大事典』全6巻　集英社　96.10.25～98.1.30
（執筆担当）満洲国の中国人作家に関する5項目

【学術発表】
1 「東北淪陥時期文学国際学術研討会」（長春市徳信酒家）東北淪陥時期文学研討籌備委員会　91.9.3-5
（発表原稿）「偽満洲国文芸政策的展開――従"文話会"到"芸文聯盟"」（文楚雄訳）
2 「第2回日中シンポ　近代日本と《満洲》」（川崎市）日本社会文学会・東北淪陥十四年史編纂委員会　93.7
（発表原稿）《満洲国》の創作環境と技巧
3 「頼和及其同時代的作家――日据時期台湾国際学術会議」（新竹市清華大学）行政院文化建設委員会・清華大学中国語文系文学研究所・清華大学台湾研究室　94.11
（発表原稿）在淪陥時期北京文壇的概況――関於台湾作家的三剣客
4 「第3回シンポ　戦後50年、いま『満蒙開拓団』を問う」（飯田市）「満蒙開拓団」研究会　95.8
（発表原稿）中国人作家が描いた「満洲国」
5 前掲「第5回日中シンポ　近代日本と《満洲》」（長春市）96.8
（発表原稿）歪んだ言語風景――「満洲国」における言語の相互浸透
6 前掲「第5回シンポ　1997、いま「満蒙開拓団」を問う」（飯田市）97.8
（発表原稿）「満洲国」における中国人作家：長篇小説「緑色的谷」――創作者の立場と翻訳者の立場
7 「第12回近現代東北アジア地域史研究大会」（吹田市・千里ライフサイエンスセンター）近現代東北アジア地域史研究会　02.12
（発表原稿）日本人作家が描いた「満洲」民衆像
8 「第5回日台シンポ　殖民主義與現代性的再検討」（台北市）日本社会文学会・中央研究院台湾史研究所籌備所・行政院文化建設委員会　02.12
（発表原稿）中国語による大東亜文化共栄圏――雑誌『華文大阪毎日』・『文友』の世界
9 「第1回国際フォーラム　殖民主義と文学」（ソウル市延世大学校）韓国民族文学研究所　05.10.14、15
（発表原稿）偽満洲国文学與関内文学的溝通
10 前掲「第2回国際フォーラム　殖民主義と文学」（ソウル市延世大学校）韓国民族文学研究所　06.11.24、25
（発表原稿）後期『芸文志』――偽満洲国末期的中国文学
11 前掲「第4回国際フォーラム　殖民主義と文学」（ソウル市延世大学校）韓国民族文学研究所　08.10.28
（発表原稿）日本における「満洲国」の文学研究の流れ
12 前掲「第5回国際フォーラム　殖民主義と文学――『満洲国』と東アジアの文学」（デジョン市KAIST）韓国民族文学研究所　09.9.26、27

（発表原稿）李輝英の「万宝山」
13 「国際シンポ：帝国の追憶・植民の記憶――植民地時代東アジアの言語・文学・宗教」（インチョン市仁荷大学校）日本植民地文化学会・韓国仁荷大学BK事業団・仁荷HK韓国学研究所　09.12.3、4
（発表原稿）一九四〇年代の古丁について
14 「日本台湾学会第13回学術大会」（早稲田大学）11.5.28、29
（発表原稿）「満洲」における中国人作家の言語表現――日本語利用の問題をめぐって
15 前掲「第7回国際フォーラム　殖民主義と文学」（デジョン市忠南大学校）11.9.26、27
（発表原稿）大東亜文学賞授賞作品「貝殻」について
16 前掲「第8回国際フォーラム　殖民主義と文学」（ウオンジェ市延世大学校）12.8.24、25
（発表原稿）石軍「沃土」――排除される都市空間
17 前掲「第9回国際フォーラム　殖民主義と文学――日本帝国主義下／後的東亜文学」（デジョン市KAIST）13.11.2、3
（発表原稿）「蕭軍文化報事件」と「在満」の作家たち――「満洲国」における戦後処理
18 前掲「第10回国際フォーラム　殖民主義と文学」（チェジュド済州大学校）14.5.30、31
（発表原稿）古を論じて今に及ぶ――「満洲国」の歴史小説再検証
19 「中国現代文学研究者懇話会」（関学梅田キャンパス）14.11.1
（発表論文）「満洲国」の中国語――「協和語」の実態とその運命
20 「戦後日本70年暨東北師大日本所成立50周年国際学術研討会」（長春市林業賓館）東北師範大学日本研究所 15.12.4、5
（発表原稿）「満州国」の雑誌・新聞と文学作品
21 「第1回国際フォーラム　東アジアの殖民主義と文学」（上海市華東師範大学）華東師範大学中国語言文系・《探索与争鳴》雑誌社　15.12.27、28
（発表原稿）「在満」中国人作家の日訳作品目録
22 前掲「第2回国際フォーラム　東アジアの殖民主義と文学」（新竹市清華大学）国立清華大学台湾文学研究所・国立台湾文学館　16.11.25、26
（発表原稿）「歴史記憶與成長叙事――論偽満洲国作家馬尋《風雨関東》」（鄧麗霞訳）
23 前掲「第3回国際フォーラム　東アジアの殖民主義と文学――台湾／満洲／朝鮮の殖民主義と文化交渉」（首都大学東京）科研費（波田野・大久保）助成事業 17.9.17、18
（発表原稿）在満作家青木實――「満人もの」、そして戦後
24 前掲「第4回国際フォーラム　東アジアの殖民主義と文学」（イクサン市円光大学校）円光大学校東亜文学研究所・地球的世界文学研究所　18.2.22
（発表原稿）「大胆描写日本人的作家・田兵――從田兵被劃為右派的資料談起」（彭

雨新訳）

【教科書編纂】
1 『JAPANESE FOR TODAY ──あたらしい日本語』（共編著）学習研究社 73.10（執筆担当）会話部門
2 『漢字の練習』（単著）大阪外大留学生別科 74.9
3 『AN INTRODUCTION TO KANJI ──漢字概論』（単著）大阪外大留学生別科 75.11.25
4 『パノラマ中国語──中国語中級テキスト』（共編著）朋友書店 93.12.15
6 『コミュニカティブ中国語』Level 1 （共編著）郁文堂 07.11.1
7 『同上』Level 2 （監修）郁文堂 08.2.1
8 『中日橋漢語──中国語（日中の架け橋）』（初級上）（共編著）北京大学出版社 12.4
9 『同上』（初級下） 16.9

【その他】
1 野草漫語（編集後記）『野草』17 号 75.6.1
2 魯迅について『土曜講座だより』2 号 76.10.30
3 野草漫語『野草』20 号 77.8.1
4 野草漫語『野草』23 号 79.9.20
5 中国文芸研究会と『野草』十年の足跡『日中友好新聞』79.10.1
6 やっぱり魯迅を……『蒼穹』9 号 立命館大学生活協同組合書籍委員会 79.11.20
7 『野草』第 28 号の編集を終えて『中国文芸研究会会報』30 号 81.9.18
8 野草漫語『野草』28 号 81.9.20
9 二つのソウゾウ力に支えられた新しい運動よ起これ『くらしと憲法』82.1.1
10 戦後平和運動の中から──平和運動のルネッサンスを迎えて『立命評論』74 号 立命評論編集部 82.6
11 野草漫語『野草』31 号 83.6.10
12 「青春」に期待する『学術アラカルト』立命館大学一部学術本部企画委員会 85.4.13
13 『呷唖』十周年に寄せて『呷唖彙報』9・10 合併号 85.7.20
14 広がる草の根・平和運動（座談会）『立命館教職員組合新聞』85.8.6
15 「ヤソウサンカ」苦吟『中国文芸研究会会報』58 号 86.3.30
16 留学生の大学入学の今後の展開について（パネル論議）『第 7 回 JAFSA 夏期研究集会報告書』87.12.10
17 いまこそ憲法をベースに平和宣伝を──「湾岸戦争」の教訓を現在に生かす（座談会）『宣伝と組織』234 号 日本機関紙協会京滋地方本部 91.7.1
18 ちょっと頼りないですが……企画局長就任の弁『立命館大学国際平和ミュージア

ムだより』9-1　01.8.24
19　世界学生平和フォーラム2002――平和創造へ青年の課題を共有『立命館学園広報』350号　02.11.25
20　刊行にあたって（巻頭言）『立命館平和研究』4号　03.3.25
21　広く社会に開放された平和教育施設「平和ミュージアム」へ『ねっとわーく京都』172号　かもがわ出版　03.5.1
22　地階展示室――直接的暴力を描く『立命館大学国際平和ミュージアムだより』12-1　04.8.6
23　国際シンポジウム「アジアにおける平和博物館の交流と協力」成功裏に閉幕『立命館大学国際平和ミュージアムだより』12-2　04.10.1
24　一階の新展開『立命館大学国際平和ミュージアムだより』12-3　05.3.10
25　刊行にあたって『立命館平和研究』6号　05.3.25
26　リニューアル課題を通して平和博物館のあり方を考える『同上』
27　（日訳）「平和博物館が国際平和交流促進のなかで占める位置とその影響について――中日両国青年の南京大虐殺事件に対する歴史認識から」（朱成山）『同上』
28　ミュージアムこれまでの歩み――新たな高度化へ向けて『立命館学園広報』376号　05.6.5
29　装いを新たにした国際平和ミュージアム『立命館大学国際平和ミュージアムだより』13-1　05.8.6
30　現場の生き証人・鹿地亘資料『立命館大学国際平和ミュージアムだより』13-2　05.11.10
31　『立命館大学国際平和ミュージアム　常設展図録』（監修・執筆）岩波書店　05.12.8
32　改装した立命館大学国際平和ミュージアムのめざすもの『西日本部会会報』19号　全国大学史資料協議会　05.12.20
33　『立命館大学国際平和ミュージアム　常設展図録』、『岩波DVDブック Peace Archives 平和ミュージアム』刊行――平和・人権教育の教材として『立命館大学国際平和ミュージアムだより』13-3　06.3.10
34　モノをして語らしめよ――「民家からの証言」『同上』
35　『舞鶴引揚記念館の今後のあり方と活用方策について』（共著　研究代表）立命館大学衣笠総合研究機構地域情報研究センター　06.3
36　『立命館大学国際平和ミュージアム20年の歩み――過去・現在、そして未来』（共編著）立命館大学国際平和ミュージアム　12.5.19
37　『立命館百年史』通史三（共著）　立命館百年史編纂委員会　13.2.28（執筆担当）「第三章第六節　世界へ向けての平和の発信」
38　編集後記『植民地文化研究』12号　13.7.15

あとがき

　研究者としての一貫したテーマも決められず、その場しのぎの課題でお茶を濁してきたわたしだったが、1976年に立命館大学に転職することで、やっと一定の方向が見えてきた。満洲国の文学研究というテーマである。日のあたらぬ世界ではあったが、日本国がでっち上げた満洲国、その異民族支配のもとで被植民者である中国人は何を考え、どう生きていたのか。日本人の中国文学研究者として誰かが取り組むべき課題であると考えた。しかし資料的制約もあり、満洲国内部に生きた中国人作家にたどり着くにはまだ壁があった。最初に手掛けたのは、満洲国から脱出し、上海を中心とした関内文壇で抗日文学の一端を担っていた東北作家（群）の活動であった。本書第１部にまとめた論稿はこの時期のものである。

　80年代半ばに入ると中国の研究も、「淪陥時期東北文学」という名称で、満洲国の文学研究の開拓が始まった。そうした流れに励まされながら、わたしの研究も未開拓の分野に踏み込んでいくことになる。『文学にみる「満洲国」の位相』（研文出版　2000年3月）、『続　文学にみる「満洲国」の位相』（研文出版　2013年8月）は、そうした研究成果の集大成である。2冊の専著に収められた論文項目は以下のようなものであった。

　満州国における、日本側と中国側による文芸政策、文芸運動の展開、作家論としては古丁、梁山丁（北京時代を含む）、王秋蛍、あるいは関沫南や陳隄らに代表される哈爾濱文壇の作家たち、日本留学時期の王度や田琳、翻訳者大内隆雄らを取り上げ、作品論としては李輝英「万宝山」、石軍「沃土」、袁犀「貝殻」、古丁の詩集『浮沈』などがある。雑誌・新聞にかかわっては、『大同報』文芸欄「夜哨」、『華文大阪毎日』、後期『芸文志』、蕭軍主宰の「文化報」などの分析、そして言語問題（満洲ピジン語）、日本語・中国語への相互翻訳問題、関内と満洲国との文化交流、特務警察が行なった検閲工作や検閲によって削除された作品、さらには大東亜文学者大会の問題点にも論及してきた。

多彩なテーマといえば聞こえはいいが、「つまみ食い」、「思いつき」、手あたり次第のバラバラなテーマというのが実情であった。比較的こだわりを持って探求してきた「古丁論」も、植民地に生きる知識人の複雑さを投げ出して見せただけで、確固とした古丁像を打ち出せたわけではない。

それは、未開拓の広大な原野を前にして、鍬を入れ、種をまく開拓民の心境であり、あるいは鉱山を跋渉して、鉱脈を掘り当てるべく鶴嘴を振るう山師の姿であった。蒔いた種から豊かな収穫が期待できるのか、穴を穿ったところから貴重な金属が発見できるのか、それは今後に実証されるべきもので、もはやわたしの力の及ぶ問題ではない。

2000年以降、次世代の若い研究者が、わたしの問題提起を受け、より広く課題を深化させてくれている。老兵は声援を送りつつ去り行くのみ。

今回出版を、東方書店にお願いした。採算が取れるとも思われない本の出版をお引き受けいただきありがたく思っている。特に定年を迎えながら、最後まで編集実務をご担当いただいた川崎道雄氏には深甚なる感謝の言葉を申し添えておく。

索　引

<凡　例>

1）索引項目は「本文」、「補論」から採ることとする。したがって、「注」や「付録」は採録の対象とはしない。索引は「人名索引」、「主要事項索引」からなり、50音順の配列とする。
2）項目の主要な参照箇所は太字体で表記する。
3）「人名索引」については、
　① 中国人名は、日本語漢字音読みとして、日本人と一緒に配列する。
　② 本文中に、筆名、本名、などが混用されている場合は、通名を項目に立てて一括する。例；蕭軍（三郎、田郎）
4）「主要事項索引」については
　① 書名、雑誌・新聞名は『　　』で示し、作品名、論文・資料名などは「　　」で示す。一般事項については、論旨にかかわりの深いものに限定する。
　② 中国語作品は、原則として日本語訳で項目を立て、必要に応じて中国語原題を（　　）で示している。
　③ 大項目のもとにまとめたものは、――の後に示している。

人名索引

あ行

青木實　175,201,211,228,239,**240**
秋原勝二（渡辺淳）　175,201,239,241,256,257,260,265
芥川龍之介　270
浅川叔彦　265
浅原六郎　209
浅見淵　205,222
麻生錬太郎　264
安達義信　201,240,263,264
安倍公房　175
阿部知二　210,211
阿部裏　134
甘粕正彦　129
天郷伸一　209
安崎　167
安藤基平　290

飯田秀也　202
飯塚朗　77
郁達夫　77
池島信平　211
池田良太郎　294
池淵鈴江　201,265
石田卓生　177
石松秋二　138
石森延男　205,208
伊地知進　208
伊藤永之介　209
伊藤久男　275
糸野清明　168
稲垣啓　202
井上郷（井上三郎）　265
井上麟二　202

猪俣庄八 77
夷夫 104
井伏鱒二 210
今井一郎 202,290,293
今村栄治 175,202
イリーチ・レーニン 152
岩崎ハチロー 202
岩渕兵七郎 256

于宇飛（浣非、眠石）5,7,16,31,42
上野市三郎 246
上野凌崚（弘）208,210,265
ヴェルレーヌ 119
上脇進 208
于毅夫（成沢）31
于黒丁 9,27,42
牛島春子 175,209
宇都野研 256
内海庫一郎 139
雨田（許粵華）53,54,66,70,78
宇野千代 209
楳本捨三 208
浦野寿一郎 180

栄厚 289,292,294
江頭正子 265
エンゲルス 152
袁犀（李克異）16,110,163,173
閻志宏 164
袁弱水 6
遠藤周作 175

王亜民 174,176
王建中 159
王光逖 122,123
王語今 16
王戎 145
王秋蛍（黄玄）58,158,165,173,216,217,
　265,266

王星岷 5
王則 129,215,217
王忠舜 165
王統照 33
王瑶 8
欧陽山 44
王栗穎 5,7
大内隆雄 175,176,177,202,209,293,294
大江賢治 209
大久保明男 97,160,169,**172**,269,207,297
大島与吉 210
大瀧重直 **277,282**
大谷健夫（大谷武男）201,265
大伴家持 137
大野沢緑郎 264
大庭武年 247
大村益夫 169,174
大森志郎 265
大脇一雄 202
魚返善雄 76
岡崎俊夫 76,77
岡成志（しげゆき）210
岡田英樹 160,168,169,172,174,176
丘はるみ 202
岡村啓二 204,205
奥一 202
小此木荘介 210
尾崎士郎 210
尾崎秀樹 19
大佛次郎 210,211
小田嶽夫 57,79
尾田幸夫 209
落合郁郎（落合利巨）201,240,264
小原克己 202
温佩筠 56

か行

艾思奇 37
外文（単庚生）293

夏衍　34,40,44,55,153
夏丏尊　37,38
何家槐　38
柯炬　173,216
郭維城　32
郭開軒　31
覚君　53
郭沫若　76,153
夏志清　8
片岡鉄平　193
片山智行　168
葛浩文（Goldblatt）　66
金沢覚太郎　293
金子洋文　275
加納三郎（平井孝雄）　175,200,201,203,264
釜屋修　166
上泉秀信　210
亀谷利一　181
カール・マルクス　151,152
川口松太郎　275
川島豊敏　202
河東碧梧桐　270
関吉罡（紀剛）　5,6
関鴻翼　6
神田松鯉　210
関沫南　54,122
管翼賢　182,195
韓玲玲　177
関露　37

季燕芬　130
菊池寛　270,273,294
木崎龍（仲賢礼）　175,202,264,293
岸山三平　234
岸陽子　160,168,169,177
北尾陽三　207,208,209
北村謙次郎　173,175,177,202,206,208,220,293

疑遅（劉遅、夷遅）　110,173,213,215,216,217,293
木村荘十　209
木村千依男　275,276
邱曉丹　174
丘琴　32
牛耕耘　163,173
弓文才　217
姜学潜　129,131
龔持平　191
姜紹虞　32
姜椿芳　16,17
叶彤　164
姜霊非（未名）　111,121,142,148,216
許傑　37
許広平　67,69
許蹟青　6
季里　32
霧立のぼる　276
金音（馬尋）　102,**110**,171,173,215,229,231
金剣嘯（巴来、剣碩、建碩）　6,7,17,18,54,156,163
欽鴻　167
金光耀　31
金在湧　169,172,174
金昌鎬　176
金人（張君梯）　9,16,17,54,56
靳叢林　160
金長善　174
金肇野　16,32,42
金倫　163

草野心平　191
瞿兌之　186
熊沢七重　240
久米正雄　190,191,215,**269**
久米由太郎　269
黒沢忠夫　209

索引

君孟（李廼楊）293

嵇康 **145**,153
阮咸 145
言菊朋 60
阮籍 145
乾隆帝 143

小池亮夫 202
高瑩 293
洪炎秋 **179**
高興璠 171
黄旭 215,217
孔慶東 164
黄源（河清）54,66,78,84
向秀 145
高祥 164
洪深 34,41
高静 176
高潮 53,55,61
光天 293,294
黄田（黄之明、黄碩、高君）13,50,51,52,53,55,56
高伝峰 174
黄万華 142,158,159,160,161,164,169
孔範今 165
香妃 **144**,153
高夢幻 275
孔羅蓀（孔繁衍）4,5,7,55
高蘭 9,31
呉瑛（呉玉瑛）122,125,126,127,173,174,216
呉歓章 165
呉暁東 164
谷次亨 289
谷勝軍 172
克大 216
小杉茂樹（小杉福治）201,210,240,265
胡政之（胡霖）7

呉祖光 153
古丁（史之子）57,58,106,124,125,142,144,153,159,173,174,209,214,218,290,292,293
胡笛 174
胡適 294
悟道軒円玉 210
呉佩軍 175
小林秀恒 275
呉敏 174
胡風 34
ゴーリキー 39
呉郎（季守仁）122,125,128,174,215,216
近藤綺十郎 202

さ 行

崔衣仙 8
崔一 174
崔汗青（崔墨林）6
斎紅深 160
塞克（陳凝秋）6,7,16,42
斎燮元 182
斎同（高淘）16,32
斎藤一正 291
蔡佩均 126
坂井艶司 173,174,201,264
榊山潤 209
佐々木和子 265
漣晶子 207
沙似鵬 165
沙汀 44
左蒂 174
佐藤大四郎 243,244
サトーハチロー 275
佐藤八郎 216
佐藤春夫 76
左明 6
澤田久弥 210
山濤 145

329

シェクスピア 119
志智嘉九郎 186,187
宍戸貫一郎 202
師田手 16,31
慈灯 173
史塔霞 53
司馬長風 8
島木健作 282,283
島崎恭爾 201,240,265
島崎藤村 292,294
島田清 236
下島甚三 202
爵青 112,124,125,127,142,**143**,146,159,165,173,216,217,293
謝朝坤 173,174
謝冰心 31
謝茂松 164
朱偉華 164
周暁波 294
周錦 8,14,40,50,52,55
周作人 **178**
周有良 167
周揚 20,34,35
周玲玉 165
淑奇（袁時潔）52
祝力新 171
朱媞 173
城小碓（本家勇）174,201,240,265
鍾会 146
蔣介石 150
蕭軍（三郎、田軍）**7**,44,45,**50**,**66**,156,158,161,163
章勁然 216
蕭紅（悄吟）**7**,45,**50**,**66**,156,158
小松 173,216
尚舒軍 **7**,42,44,156
蔣兆和 186
蕭鳳 17,68

蔣蕾 171
鍾理和 196,199
初国卿 166
徐雋文 174
徐蘇霊 **6**
徐廼翔 159,167
徐白林 179,194
徐懋庸 34,36
白崎海紀 290
城島舟礼（徳壽）202
辛嘉（陳松齢）146,147,153,290,291,292,293
秦賢次 179
シンクレア 18
辛実 293
申昌言 32
申殿和 158
神保格 292
新村徹 39

杉栄三郎 72,73
杉島豊比古 202
杉村勇造 294
鈴木貞美 168

成雪竹（成弦）111,121,217
芮道一 5
石軍 104,105,173,293,294
石光 31
薛勤 159
雪笠 215
薛龍 172
千田九一 77
銭稲孫 192
銭理群 164,175
詹麗 174

卡阿 292
宗英子（宗エイ）265

宋喜坤 171
曹聚仁 8
曹靖華 34
曹白（劉平若）53,55
蘇雪林 16
蘇武 **149**,153
孫昌熙 11
孫中田 8,32,159,160
孫邦 159
孫陵（孫梅陵）9,14,42,53,54,60

た行

代珂 176,177
高木恭造 264
滝口武士 202,264
工清定 212
竹内正一 175,201,206,208,210,**220**,251,263,264
竹内坦道（黙庵）221
竹内好 76
竹岡信幸 275
武田鱗太郎 209
橘樸 243
田中総一郎 207,208,210
田中辰佐武郎 294
田中智学 146
田中益三 176
谷口巖 168
谷崎潤一郎 292
田山花袋 211
檀一雄 175
端木蕻良 9,12,14,17,31,156

張域寧 194
張毓茂 30,156,158,159,162,164,175
朝雲 217
張我権（熙野）130
張赫宙 281
張学良 31,245

張我軍 **179**
張環珊 56
張漢仁 292
張欣 166,176
趙景深 26
張煌 16
張周 32
張秀珂 70
張春橋（狄克）56
張深切 **179**
張青山 214
張静盧 36
趙惜夢 5,7,31
張泉 160,166,172,173,176,196,198
張全欣（鉄玄、秋子）6,7,9,16
趙鮮文 32
張沖 13
張鉄笙 182,185,194
張天賜 130
張天翼 44,294
張敏 129,130,
張復生 5
張末元 5,7
張露薇 9,32
陳亜丁 53,54,60
陳因 176
沈衛威 31
陳紀瀅 4
沈起予 13,34,40
陳暁帆 166
沈玉賢 6
沈啓无 **186**
陳言 171,172,174
陳実 172,174
陳子展 37
陳辛労 16,42,49
陳隄 17,156
陳邦直（少虬）291,293
陳綿 186,194

土屋静男　256
筒井俊一　257,293
坪井与　202

丁寧　53
鄭伯奇　37
狄耕（張棣賡）16,42
鉄峰　142,143,161,162,214
田漢　294
田仲済　11
田賁　156
田兵（金純斌、金湯）97,173,217
田琳（但娣）111,158

杜宇　9
陶亢徳　191
島魂　104
陶晶孫　192
冬青　53
唐弢　11
堂ノ脇光雄　180
湯蘭昇　159
鄧麗霞　176
董連　32
杜曉梅　174
杜若　166
ドーデ　22
杜白雨（王度、姜術）111,131,290,292,293,294
富田寿（高橋敏夫）201,208,210,265

な行
中尾彬　264
長尾辰夫　264
中川俊夫（佐々木正）264
長瀬誠　77,78
長野賢　78
長畑博司　130

中山美之　264
夏目漱石　175,215,270,294
夏目筆子　270
成瀬正一　270

西垣勤　168
西田悟朗　202
西田勝　169,177
西原和海　173,176,269
西原茂　202
任情　216
任惜時　159
任白鷗　6

根本義康　229,231

野川隆　175,177,264,281
能代八郎　138
信時潔　137
ノーマン・スミス（諾曼・史密斯／Norman Smith）111,160,172,173,176
野村正良　291

は行
梅雨　37
バイコフ　208
裴俊（馨園）14
梅娘　165,166,173,215,275
梅定娥　162,171,173,176
梅佛光　31
梅林（張芝田）53,54
馬加（白暁光）9,31,42
荻野修二　168
白長青　164
白濤　6,7,17
白薇　20
白朗（劉莉）7,9,12,14,16,17,19,27,42,54,56,156
馬興国　168

橋本雄一 160,169,172,173
長谷川一夫 276
長谷川濬 175,202,208,236,264
馬占山 114,115
馬象図 289,292
服部四郎 292
服部良一 275
花柳章太郎 275
塙英夫 175,281
羽田朝子 177
浜元浩 210
林房雄 179,186,187,189,190,210
逸見猶吉 175,202
巴莉雅 174
范慶超 171
范星火 5
范智仁 164

非斯（李松伍）293
費慎祥 51,54
日高昭二 168
畢大拙 6
日向伸夫（高橋貞雄）175,201,206,264,265,266
火野葦平 215
平石淑子 93,177

馮為群 142,158,161
傅芸子 186,194
馮詠秋 17
馮雅 175
馮雪峰 34,35
馮文蔚（功瑾）5,6
溥儀 3
福家富士夫 265
藤井省三 166
藤川研一 209
藤田菱花 104
藤山一雄 289,290,293

傅惜華 186
二葉あき子 275
武帝 149,150,151
傅東華 37,38
舟橋破魔雄 264
ブーニン 15
古川賢一郎 173,174,201,264
古屋重芳 265
聞一多 119
聞彬 167

ホイットマン 119
茅盾 35
北条秀司 281
封世輝 164
逢増玉 159,160
彭放 160
法朗塞思・愛剣徳克 216
穆儒丐 165,214
穆木天 9,14,16,19,31,42,45,49
朴麗花 174
細川護立 73

ま行
町原幸二（島田幸二）200,203,240,265
松浦恒雄 168
松岡譲 270
松原一枝（古田一江）201,205,265,281
松本亀次郎 72,73
間宮茂輔 209
丸山林平 288,289,291,294

緑川貢 202,293
宮井一郎 201,210,265
三宅豊子 201,207,264
三好弘光 202

村上知行 210
村田裕子 93,168,176,214

村松梢風 209

孟十還（咸直） 14,16,81
孟述先 32
本吉丈夫 256
森田久 289

や行

野鶴 216
八木橋雄次郎 202,264
八木寛 130
安井三吉 168
柳瀬正夢 281
山家亨 181,184
山口猛 130
山田敬三 168
山田清三郎 206,209,210
山田孝雄 292
山谷三郎 202
山根寿子 276
山上憶良 256
耶林 9
也麗 104

湯浅克衛 281
尤鏡 44
尤致平 5
尤炳圻 186,194,195
勇余 53
俞平伯 31

楊晦 15,16,19,31,45
楊義 32
姚錦 163,165
楊朔（楊瑩叔） 6,9
葉紫 43
葉祝弟 172
楊絮 173
葉紹鈞 31

楊晋豪 36
幺生 31
楊靖宇 115,120
楊騒 44
葉丁易 8
楊墨軒 6
葉幼泉 32
楊力生 159
横田文子 175,202
与謝野晶子 17
吉沢嘉寿之丞 72
吉田紗美子 265
吉野治夫 201,208,264,294

ら行

雷加 32
駱賓基 9,15,16,156
羅大愚 151
羅烽 **7**,42,52,56,70,156
羅慕華 32
藍昇 159

李英時 32
李海英 172,174,176
里雁 216
李輝英 8,9,10,14,15,16,19,22,42,45,49,156
力群 53
李季瘋（李福禹、磊磊生） 122,123,**148**,217
李金髪 119
陸詒 38
李君孟（李廼楊） 215
李甲基 292
李光月 216
李香蘭 276,277
李春燕 158,159,164,173
李春林 159,160
李汝棟 163

李振遠 159
李青 177
李冉 173,174,176
李蔵 32
李素秀 165
李文卿 161
李牧之 216
李凡 166
李曼林（霖） 16,31
李夢周 216
劉愛華 159
柳雨生 191
劉漢 142,**147**
劉義徳 52
劉暁麗 160,162,**172**
劉慧娟 160
劉綬松 8,11
劉澍徳 31
劉春英 175
劉紹銘 8
柳書琴 126,172,176
劉心皇 161
劉政同 31
劉大白 31
劉莉影 16
劉龍光 **179**
劉伶 145,146
梁山丁（梁夢庚） 54,58,106,124,125,127,
　131,151,156,158,163,173,209,216
李雷 32

李蘭 37
李陵 149,150
林珏（唐達秋、景陽） 16,17,49,53,54,59
林紅 167
林志浩 11
林齊融 6,32
林則徐 **147**,153
林娜 53
林莽 8
林郎 17

励行建 216
黎生 159

呂欣文 158
呂元明 168,175
盧湘 156
魯迅 19,**31**,33,**76**,124,153
呂明純 177

わ行

鷲尾雨行 209
和田伝 210
渡辺邦男 275,278
渡辺はま子 275

その他

A・瞿契訶夫 53
H・G・威爾斯 292

主要事項索引

あ行

『隂衢（あいく）』202
「愛情多岐」209
「愛すべき哉」209
「愛すればこそ」（「為了愛的縁故」）94
「愛と鞭と」209
『愛路』148,247
『愛路指導者』247
「青木實略年譜」240
「赤い果樹園」（「紅的果園」）80
「暁の満洲」209
「暁闇（あかつきやみ）」255
『赭土（あかつち）』202
「朝」（「晨」）216
あさがお館（牽牛房）52,53,54
「あさがおの花に聞く」（「問牽牛花的花」）31
「朝霧」235
『あしかび』256
『明日の山河』223
「家鴨に乗つた王」175
アヘン戦争 147
「阿片戦争」208
「アリョーシャ」（「阿了式」）105
アルタイ諸語研究委員会 289
「ある女」223,224
「ある華南の特殊地区」（「一個華南的特殊区」）53
「アルカリ地帯」175
「或る環境」175
「ある力」（「一種力量」）37
「ある特殊な雰囲気」（「一種特殊的空気」）37
「ある街の出来事」（「某城紀事」）22
「亜麗」94
「荒れ地」（「荒」）99
『(暗黒)黒暗下的星火（ほのかな火）——偽満洲国文学青年及日本当事人口述』160

「言うことと言わざること」（「言與不言」）152
『医科』202
「如何評価東北淪陥区文学——三論（みたび論ず）東北淪陥時期文学」162
「異国」94
『異態時空中的精神世界——偽満洲国文学研究』160,176
一二・三〇事件 122,151
「一年間」55
「一農夫」254
「一路平安」210
「いつの日君来るや」（「何日君再来」）274
「いとしあの星」275
「慰問」53

「窺う」（「探望」）43
「鶉のはなし」（「鶉的故事」）102,105
「歌姫の恨み」（「歌女恨」）131
「美しき挽歌」175
「宇都野研先生」256
「海興（と）兵隊」215
「海行かば」137

「栄華物語」210
「永久的憧憬和追求」53,80,88,89
「エミグラントの歌」209
『衰犀代表作』165

「オイル発動機」（「火油機」）105
「黄金の狭き門」（「黄金的窄門」）217
「王四のはなし」（「王四的故事」）80,86,88,89

336

『王秋蛍評伝』171
『汪精衛先生伝』291
「王属官」209
「鴨緑江」281
「大内隆雄と東亜同文書院」177
「大きな成果」(「碩果」)53
「大久保彦左衛門」209
『大阪毎日新聞』(大毎)270
「丘の上の鑵地」175
『憶魯迅先生』88
「織田信長／(続)」209
『落ちこぼれた露集』(『零露集』)36
『オール読物』200,204
「諺文(おんもん)片語」292

か行

「画」173
「海外からの哀悼」(「海外的悲悼」)80,83
「懐疑家」223
「開墾」281
『改造』(中国語)184
『改造』(日本語)204
『外地・内地拾遺』267
「街頭」53
『解氷期』**277**
『科学画報』204
『科学知識』204
「下郷」173
書くことと印刷すること(写印)主義 123,218
「楽章」216
「郭沫若氏へ」(「到郭沫若君」)56
格律詩 119
「影をなくした時代」(「失了影子的時代」)112
『鵲』202
「家族外の人」(「家族以外的人」)80,82,87,88,89

「語り岬」249
「学校参観記」292
金沢文圃閣 269
「仮名的意義及其発生」292
『華文(大阪)毎日』185,192
──「文化城」192
華北作家協会 **185**
『華北作家月報』186
華北電影公司 276
華北文化書局 182
華北文芸協会 **185**
──『栞』185
「河流的底層」216
「河面の秋」(「江上の秋」・「江上之秋」)103,105,109
漢王朝(帝国)149,150,151
漢奸作家(文化人)155
「漢奸的子孫」44
「感情のかけら」(「感情的砕片」)94
「感想」37
「寒暖」223
広東台湾革命青年団 180
『関沫南研究専集』165
「陥落前夜」(「淪陥前夜」)42

「奇怪的地方」294
「奇怪なる一日」254
『帰郷』144
「北の地平線」210
「北村謙次郎文学の意味──『ある環境』を例として」177
『牛車にて』(『牛車上』)**80**
「牛車にて」(「牛車上」)80,86,88,89
「吉林」262
『吉林詩草』119
「希望」37
『偽満時期文学資料整理與(と)研究』**172**
──『袁犀作品集』174

――『韓国近代文学和「満洲国」』174
――『偽満洲国俄羅斯作家作品集』174
――『偽満洲国旧体詩集』 174
――『偽満洲国時期朝鮮人文学與（と）中国人文学比較研究』174
――『偽満洲国主要漢語報紙文芸副刊目録』175
――『偽満洲国朝鮮作家研究』174
――『偽満洲国朝鮮作家作品集』174
――『偽満洲国通俗作品集』 174
――『偽満洲国通俗小説研究』174
――『偽満洲国日本作家作品集』174
――『偽満洲国的漢語作家和漢語文学』176
――『偽満洲国的文学雑誌』175
――『偽満洲国文学研究在日本』176
――『偽満洲国文学研究資料彙編』176
――『偽満洲国文学 続』176
――『偽満洲国文芸大事記』175
――『呉瑛作品集』174
――『古丁作品集』173
――『山丁作品集』173
――『慈灯作品集』174
――『爵青作品集』173
――『朱媞・柯炬作品集』174
――『小松作品集』174
――『殖民拓疆彊與（と）文学離散――「満洲国」「満系」作家、文学的跨域流動（越境流動）』176
――「総序 東亜殖民主義與（と）文学」172
――『妥協與（と）抵抗――古丁的創作與（と）出版活動』176
――『梅娘作品集』173
――『反抗「満洲国」――偽満洲国女作家研究』176
――『満洲作家論集』176
――『満洲文学二十年』176
――『楊絮作品集』174

――『老作家書簡』176
『偽満洲国期刊彙篇』166
『偽満洲国與（と）文学雑誌』160
『偽満洲国文学』160
『偽満洲国文学書系』172
『偽満文化』159
「義勇軍行進曲」（「義勇軍進行曲」）136
「牛乳屋の兄弟」270
『共栄的想像――帝国・殖民地與（と）大東亜文学圏』161
『教師たち』（「教群」）112,216
「郷愁」（姜霊非）121
「郷愁」（山丁）173
「響濤」（社）104
郷土文学（芸）58
――論争 58,124
『協和』203,263
協和会 129,277,278,279,283,285
「協和行進曲」285
「許広平が魯迅先生の書簡を公募されるための告示」（「許広平為徴集魯迅先生書信啓事」）53
『麒麟』106,143,144,166
「ギルマンアパート点描」224,228
『キング』204
『金剣嘯詩文集』163
『近代日本と「（偽）満洲国」』168
近代日本と＜満洲＞ 168

「偶感」37
「九月的瀋陽」42
「草枕」215
「九段の母」138,139
『口籠り歌』256,267
「屈原」153
「栗」（「栗子」）214
「紅蓮寺焼失」（「火焼紅蓮寺」）60
「黒麦酒の歌」174
「黒船秘帖」209

「敬語法」291
勁草社 256
『芸文雑誌』184,188,189
──「青年文壇」188
『芸文志』(後期) 160
芸文指導要綱 200,295
『芸文志』派 58,124,125,127,146,174, 293,294
──事務会 103,293
芸文社 186,188,189,194
『芸文』(社)(日本語) 202,203
芸文聯盟 202,203,295
啓明学会 31
『月刊満洲』203,212
「血痕」(「血斑」) 49
「月蝕」216
『健康満洲』215
「建国列伝」209
「現在のわれらの文学運動を論じる」(「論現在我們的文学運動」) 34,35
「建設の文学」175
「幻想の文学──満洲文学の出発のために」175
『現代』204
「現代口語文法の欠点について」(「関於現代口語文法的欠点」) 292
「現代支那語法」294
「現代中国語科学」292
「現代日本語法」294
「現代文学研究の空白を埋めなければならない──淪陥時期東北文学を例として」(「要填補現代文学研究中的空白──以淪陥時期的東北文学為例」) 156,158
『原野』42

「御一新」210
「興安嶺探勝」42

「光陰」216
「郊外」258
「鉱工増産現地報告」229
「口腔と発音」292
『興仁季刊』166
『抗戦時期東北作家研究』171
『抗戦時期的華北文学』198
──「居京台湾作家與(と)民族文化認同」199
『抗戦時期淪陥区地下文学』161
『抗戦時期淪陥区文学史』161
『抗戦文芸研究』156
「江村之夜」42
『小歌文集』267
『講談倶楽部』204
「強盗」42
「坑道を行く」229,230
「康徳八年度の芸文界回顧」208
『抗日戦争時期淪陥区史料與(と)研究』160
『興農』246
「香妃」**143**,146,147,173
「洪武剣侠図」214
「幸福的人們」217
公文書類口語化委員会 289
「江辺」4
「公報副刊」4
『光明』13,14,**33**,50,51
──「戦時号外号」49
「曠野吹雪図画」175
『高粱』(社) 202
語学検定試験 **295**
──「試験委員座談会」292
「故郷」(竹内) 221,228
「故郷」(藤村) 294
「故郷喪失」175
「故郷にて」(「在故郷」) 42
「獄」42
「国境の兵」262

339

国語対策の基本方針 297
『国際協報』（社）4,5,7,14,17,55,58
「国際公園」 4
「国恥読本」 174
国防文学派（論争）19,33,50,56
『国防文学論戦──救亡文化叢書』 36
『国民雑誌』 184,193
国民党鉄血鋤奸団 151
黒龍江省文学学会 157
「五軒長屋」 209
『五彩満洲』 173
「孤児」 226
五四新文化運動 31,153,213
『故事新編』 153
五星書林出版社 112,118
「こそ泥」（「小偸」） 18
『忽然として山河あらたむ（忽値山河改）──戦時下的文化融変與（と）異質文化中間人的見証叙事』 171
『古丁研究──「満洲国」に生きた文化人』 171
『古丁作品選』 173
「孤独的生活」 79
固有満語 290
「呼蘭河のほとり」（「呼蘭河辺」）26,42
『呼蘭河のものがたり』（『呼蘭河伝』）88
「是好日」 200
コロンビアレコード 275

さ行

『塞外夢』 112,125
「賽金花」 153
『最近二十年中国文学史綱』（崔本）8,14
「歳月」 208
「最後の授業」（「最後一課」）22
「在東京」 94
「在東京中国人留学生数」 72
「西遊記」 214
「ザオドスカヤ街」 207

『咲きだす少年群──もんくーふおん』 205,208
「砂金夫」（「沙金夫」）97,105
『作文』176,200,201,210,221,240
──「叢書」 263
──『通信』 264
──「物故同人表」 264
「作文ノート」 265
「『作文』復刊について」 264
「砂塵」 246,253
「座談会 どのように満洲を描くか」（「座談会 怎様写満洲？」）127
「殺意」 253
『作家』33,82
「作家協会は変わった」 194
『雑感之感』 123
実藤文庫 51
砂漠画報社 181
さむらい社 212
左翼作家聯盟北方部（北方左聯）32,124
三・一五事件 117
三閑書屋 52
「参事官農村へ」（「参事官下郷」）42
『三十年代作家記』4,30
「参商的青群」 216
「三四郎」 294
「山村」 216
「山丁の北京時代」 198
『サンデー毎日』 200
『山風』 173
「萎れた花」（「僵花」）216
『詩季』 125
史材小説 144
『時事新報』 270
市井小説 234
時代劇映画（古装片）131
「七回忌」（「七年忌」）44

「七月的風吹着」42
七三一細菌部隊 117
「七人集序言」53
「七番目の穴」(「第七個坑」) **25**,42
『実話雑誌』204
『実話読物』204
『児童画報』／『児童世界』184
『児童新聞』184
「支那新劇対訳」294
「支那の夜」276
「しびるすきゑ・べるみに」224
『斯民』121
『爵青代表作』165
「『子夜』と『第三代』」78
「車内で」258
「上海拉都路におけるかつてのわれわれの住居跡と三枚の絵」(「在上海拉都路我們曽経住過的故址和三張画片」) 56
集家工作 (帰屯集家) **99**
『週刊朝日』200
『十五年戦争と文学──日中近代文学の比較研究』／『中日戦争與文学──中日文学的比較研究』168
「終身大事」294
「銃声」210
集団創作 (集体創作) 39,40
自由律詩 119
「祝といふ男」175
『受験と学生』204
「酒徳頌」146
『主婦之友』204
「純情」217
『准風月談』51
『春聯』206,208
「松花江畔」217
「正月前後」(「年前年後」) 214
「正気歌」153
『蕭軍和哈爾濱「文化報」』171
「蕭軍のヒューマニズム」77

蕭軍文化報批判 58,155
『商工月刊』166
『蕭紅研究──その生涯と作品世界』94
『蕭紅自集詩稿』67,83
『蕭紅小伝』15
『蕭紅書簡輯存注釈録』56,**65**
『蕭紅伝』17,67
「蕭紅と哈爾濱──都市の中の孤独」177
「蕭紅の蕭軍宛書簡を読む──別離の予感」93
「蕭紅の東京時代」94
『蕭紅評伝』60
「承古線」249
『商市街』88
『小説家』103,294
「蕭苓」44
「昭和十一年春季に於ける留学生の移動状況」72
「女王蜂」209
植民主義と文学 169
植民地文化研究会 205
「女性が着飾る心理」(「女子装飾的心理」) 94
「女性本願」273
「初夜」77
「白い夜」209
「成吉思汗」208
『新京』202
新京イデオロギー 140,**220**
心境小説 233,236
『新京日日新聞』208
新京文芸集団 202
「津沽一帯」53
『晨光報』4,5,6
『新思潮』270
『新少年』184
人人書店 180,181,182
「新生」173,209
「人生劇場」216

新生新派 275
『新青年』(満洲) 166,173
『新青年』(日本) 200
「新生の世代」(「新生代」) 16
「新線風景」 259
『新潮』(社)(日本) 222,270,275
『新潮』(中国) 166
「新潮」 17
『新天地』 203,241
『新土』 202
『新土地』 216
『新文化』 30
『新文学史料』 156
『新満洲』 166
新民印書館 180,182,186,187
『新民胡同』 110,111
「人民大衆は文学に何を求めているか」(「人民大衆向文学要求什麼?」) 34
『新民晩報』 6
「人類的語言」 292

「水滸拾遺」 214
「水笑」 104
「砂つぶ」(「沙粒」) 65,80,83,85,86

『盛京時報』 31,166,175,214,215,216, 217
「生死の場」(「生死場」) 11,19,45,56
『精神抵抗;東北淪陥区報紙文学副刊的政治身份與(と)文化身份——以『大同報』為様本的歴史考察』 171
星星劇団 17,18
「西南雑感」 173
「青年叢書」 111
「青年與(と)『老人』」 37
「青年の国」 210
『青年文化』 160
『青年翼』 31
「生之温室」 215
「青服の少女」 246,252

——「第一話」 252
——「第二話」 253
「清明時節」 44
『世界知識』 204
「世界地図を借りる男」 223,224
「関所を通り抜ける」(「過関」) 42
『線』 221,263
「戦歌」 42
「山海外経」 173
『一九三六年度中国文芸年鑑』 36
全国決戦芸文家大会 127
「泉州的一日」 53
「戦地」(「戦場」) **23**,42
「戦地服務団に参加して」(「参加戦区服務団」) 42
「全民族的生命展開了」 49

「蒼空の歌」 208
「草原風雨」 106
『創作月報』 16
双樹短歌会 256
「早春」 229
『創傷——東亜殖民主義與(と)文学』 172
『蒼叢』 202
創造社 14,31
「壮年」 210
「送別」 53
『続 文学にみる「満洲国」の位相』 31, 176,198
「祖国」 42
「祖国を持たぬ子供たち」(「没有祖国的孩子」) **20**,44
「蘇州夜話」 294
ソネット詩 119
「蘇聯的工場文学集団」 53

た行
第一次上海事変(一・二八事変) 10,45

『大公報』4
『大光報』4
題材自由化論争 44
「第三代」57,77
「『第三代』の蕭軍」77
大地図書公司 106
「大地の曙」209
「大地の春」209
「大東亜共栄圏のほころび——第3回大東亜文学者大会の実相」198
『大東亜戦争宣伝資料』247
大東亜文学者大会 121,127,186,188,190,192,195,222,239
「大東亜文学賞授賞の波紋——袁犀『貝殻』を読む」198
『泰東日報』26,104,215,216
『大同文化』166
『大同報』14,17,54,151,166,173,175,185,214,215,217,275
「第八号転轍器」175,206
『ダイヤモンド』204
「太陽を見る」(「看太陽」)119
大陸開拓文学賞 281
大陸三部作 277
大陸小説 272,277
「大陸無限」208
大連イデオロギー 140,**220**
大連中華青年会 30
『台湾文芸』聯盟 180
『台湾民報』179
「竹内正一論に因んで」239
「竹さん」258
「他人の『新地』は、われらのふるさと」(「別人的『新地』我們的故郷」)42
「誰がかれらを釈放したのか」(「是誰釈放了他們」)59
『譚』173
『短歌研究』204
「断絶と連帯——『満洲国』は関内文化情報をどのように受容したのか」30
『断層』202
「男装した女」(「巾幗男児」)131
「断続層」215

治安粛清工作(隊)106,107
「竹林」142,**145**,146,147
「治羞記」216
「父帰る」294
「父との間」260
「父の記」**260**
「父の原稿」259
「父の死」270
「血の朔漠」210
「巷」173
地名調査会 289
『中央公論』204
『中華週報』(社)184
『中華日報』192
『中国現代出版史料』36
『中国現代小説史』(夏本)8
『中国現代小説史』(楊本)32
『中国現代文学研究叢刊』156
『中国現代作者筆名録』167
『中国現代文学史』(孫本)8,10
『中国現代文学史』(新孫本)32
『中国現代文学史』(復旦本)8,10
『中国現代文学史』(李本)8,12
『中国現代文学史』(田・孫本)11
『中国現代文学史』(中南本)11
『中国現代文学史』(唐本)11,12
『中国現代文学史』(林志本)11
『中国現代文学史参考資料』36
『中国現代文学史略』(葉本)8,10
『中国現代文学補遺書系』165
『中国抗戦時期淪陥区文学史』159
『中国新文学史』(司馬本)8
『中国新文学史』(周本)8,12
『中国新文学史稿』(王本)8,10,12

『中国新文学史初稿』（劉本・新劉本）8,10
『中国新文学廿年』（林本）8
中国東北與（と）日本国際学術研討会 168
『中国東北淪陥史論著資料目録』166
「中国農民に殉じた詩人野川隆」177
「中国の統一的文学団体を組織することに関する座談会」191
『中国文学』186,188,191,194
中国文学協会 **188**
――華北分会 192,195,199
中国文学研究会 76,77
――年譜 76
中国文学年会 195
『中国文芸』**180**
――「編輯後記」180,181,182
中国文芸家協会 **35**,50
――会員名簿 36
――簡章 35,36,38
――宣言 35,36,38
中国文芸工作者宣言 35
『中国淪陥区文学研究』160
『中国淪陥区文学大系』**164**,172
――『新文芸小説巻』／『通俗小説巻』／『散文巻』／『戯劇巻』／『評論巻』／『詩歌巻』／『史料巻』――「総序」164
『中日関係研究的新思考』168
『中流』33
「長安城的憂鬱」／「長安幻譚」142,143,144
『朝花集』112
「趙甲長」105,106
「長春の歳末風景」（「歳暮・長春的風情」）53,61
「張深切日記」187
「長夜」42
『長夜・曙光――殖民統治時期大連的文化芸術』159
「千代田区麹町各町行政区画変遷表」71
「地理二篇」175
沈鐘社 16
『青島晨報』54

通俗文学(小説) 30,143,212,214,215,**270**
「尽きせぬ愚かさ」（「流不尽的愚蠢」）42
「土筆摘み」259
「（つぼみ）蓓蕾」（社）4,31,55
「妻取り換え物語り」（「易妻記」）142,148
「罪を犯していない罪人」（「没有犯過罪的罪犯」）53
「鶴岡」229,230

「手」77
『鄭孝胥伝』291
『手枷足枷されたミューズ――東北淪陥区文学史綱』（『鐐銬下的繆斯――東北淪陥区文学史綱』）159
「鉄警日記」248
鉄道警護分所 **247**
伝記回想体 88,89,90
伝奇小説 144
『天津大公報』7

東亜学校 **72**
――「沿革概評」72
――「学生学級別人員」73
――「学生学歴別人員」75
――「学生省別人員」75
――「学生年齢別人員」75
――「教職員」76
東亜共通語 292
東亜高等予備学校 72
「東亜図景中的女性新文学――以台湾、満洲国為例」177
『東亜文学場――台湾、朝鮮、満洲的殖民主義與（と）文化交渉』172

桃園事件 160
『同軌』166
「東京における蕭紅とその作品」93
『東京日日新聞』(東日) **270**
「東宮大佐」281
「同行者」(今村栄治) 175
「同行者」(蕭軍) 56
塘沽停戦条約 3
『東三省民報』112
『道慈雑誌』166
「同乗者」(「同車者」) 97,**98**,103,105
「同心結」213,215
『凍土』197
東宝映画 275,276
「東方国民文庫」291
『東北解放区文学史』159
東北画報社 112
東北現代文学研究会 155
『東北現代文学史』158
『東北現代文学史料』／『東北現代文学研究』155,156,158
『東北現代文学史論』159
『東北現代文学大系』30,159,**164**,175
──『評論巻』／『短篇小説巻』／『中篇小説巻』／『長篇小説巻』／『散文巻』／『詩歌巻』／『戯劇巻』／『資料索引巻』
──「総序」30,164
東北抗日聯軍 106
『東北公論』151
『東北作家近作集』14,41,49
「東北作家筆名録」167
『東北周刊』32
東北人民抗日会 32
東北電影公司 112
「東北の子供たち」(「東北的孩子們」) 53,**62**
「東北のわらべ歌」(「東北児歌」) 53
『東北文学研究叢刊』／『東北文学研究史料』151,156,157
『東北文学史論』／『東北文学総論』159,167,168
『東北文学論叢』158
東北旅平(在北平)各界抗日救国聯合会 32
東北淪陥期文学研討会予備会 167
東北淪陥区(時期)文学 32
『東北淪陥時期作家與(と)作品索引』167
『東北淪陥時期作品選』(周・林・安編) 167
「東北淪陥時期作品選」(山丁編) 163
東北淪陥時期文学学術研討会 167
東北淪陥時期文学国際学術研討会 162,168
──『論文集』162,168
「東北淪陥時期文学作品選」156
『東北淪陥時期文学史論』158,169
『東北淪陥時期文学新論』158
『東北淪陥十四年史研究』／『東北淪陥史研究』157
──編纂委員会 157,168
東北(流亡)作家(群) 3,**33**,51,156
『東北流亡文学史論』31
「動揺」(「動蕩」) 42
「東路線にて」(「在東路線上」) 42
「遠くの隣人」(「遠方的隣居」) **134**
「遠山の金さん」210
「特殊な言語環境におけるメディア──偽満洲国の定期刊行物についての概説」(「特殊語境中的伝媒──偽満洲国期刊概説」) 166
『読書人』293
「特別勲章」42
「土工苦力」253
「どこへ逃げる」(「往那里逃」) 49
「土地」223
「虎」208

345

「土龍山」 42
「奴隷労働者」(「包身工」) 40,44
「トロツキー派に答える手紙」(「答托洛斯基派的信」) 34
「屯子に行く人々」 175
「屯の挿話」 250
「屯のはなし」 244
——「第一話」 244
——「第二話」 244,249
——「第三話」 245

な行

「夏夜」 49
「南京物語」 257
南郊社 113
南国劇社 5,6
「南風」 112

「匂ふ花びら」 209
「苦い酒」(「苦杯」) 68,84,85,86
『20世紀中国散文英華』 165
日語研究委員会 289
「日語講座」 294
日華学会 72,76
『日本語』 297
「日本語化された『満洲』の作家」 176
日本語教育振興会 297
「日本語の諸問題と日本語の教育」 292
日本語朗読大会 295,297
日本社会文学会地球交流局 168
「日本書紀」 146
「日本並国内書籍、雑誌、省別配給部数」 205
『日本の敬語法』 291
『日本評論』 204
日本文学報国会 179,186,190,270
「日本留学時期文学活動風雲録」 111
「人間を埋めた二つの穴」(「両個埋人的坑」) 52,59

「寧安覚え書」 227
「熱砂の誓ひ」 276

「農業倉庫」 244
農鉱工用語調査委員会 289
農事合作社(運動) **243**,250,266,281
「農事合作社職員の手帳」 244
「農村の表情」 250
「農村の娘」(「農村姑娘」) 42
ノーベル文学賞 14,15
「飲み屋と郷愁」(「酒家與郷愁」) 216

は行

「梅花嶺」 216
『俳句研究』 204
『梅娘代表作』 165
「梅娘と『満洲』文壇」 176
「梅娘ら『華文大阪毎日』同人たちの『読書会』——『満洲国』時期東北作家の日本における翻訳活動」 177
『梅娘を探して』(『尋找梅娘』) 166
「馬家溝」 225,226
「麦春」 **100**,105,106,107
「白眠堂径租」 225,226,228
白楊社 31
「馬尋小伝」 110,111
「馬尋同志の右派問題再審査の結論と処置に対する意見の再審査について」 110
『馬尋文集』 171
「膚」 175
八・一宣言 19,46
「八月の村」(「八月的郷村」) 11,13,19,25,44,45,56
八紘一宇 146
「初登城」 210
『話』 204
「『話』的話」 290
「花なきバラ」(「無花的薔薇」) 216

『花筵』241,251
「羽音」207
「破門声明」192,193
「春の嵐」210
「春の歌」(「春曲」) 68
『哈爾濱画報』6
哈爾濱芸文協会 231
『哈爾濱公報』4,5,17
『哈爾濱新報』17
『哈爾濱日日新聞』**208**
「哈爾濱に戻って『人』となる」(「回到哈爾濱去『做人』」) 42
『哈爾濱入城』206,208,223,**234**
哈爾濱文学院 156,157,158
反右派闘争 11,32,105,110,155
『晩晴集──李克異作品選』163
──「後記」163
──「前言」163
「反動的な漢奸文芸思想を徹底的に粛清する」(「徹底粛清反動的漢奸文芸思想」) 106

「日ごよみ」235,238
『ひとびとの星座──回想の文学者たち』283
──「島木健作」283,284
ビーナス（維娜斯）画会 17,18
『日の出』204
『向日葵』223,**229**,233,235,236,239
向日葵 229,231
「白蘭の歌」215,**269**
──「作者附記」273,274
『氷花』**223**,226
『廟会──満洲作家九人集』205
「標準語について」(「関於標準語」) 290
「昼與（と）夜」215
『濱江時報』175
『濱江日報』175
「濱洲線にて」249,250

「風雨渦巻く関東」(「風雨関東」) **110**
「風俗国果街（ゴーゴリー・スカヤ）」**235**
風俗小説 234,236
「風潮」294
「夫婦」216
『福昭創業記』165,214
福峰旅館 125,126
「不幸について」240,254
『富士』204
『婦女界』204
『婦女雑誌』（中国語）184
『婦人画報』204
『婦人倶楽部』204
『婦人公論』204
「豚」209
二つのスローガンの論争 **34**
『浮沈』173
「舗子（ぷーづ）」207
『復活祭』**223**
「復活祭」224,225
『武徳報』社 **179**
──「叢書」184
『部落の民』241,247
『部落の民』248
「ふるさとはねぢあやめ咲く」205,281
『文学』（上海・中国語）20,33
『文学』（大連・日本語）201,240
『文学運動史料選』36
『文学界』33,35,51
文学研究会 31
『文学集刊』187,189
『文学人』294
『文学信息』157,168
『文学叢報』34
『文学にみる「満洲国」の位相』160
『文学評論』156
文化社 163

文化大革命（文革）35,110,111,155
『文教月報』166
「文芸」17,58
「文芸家協会成立之日」37
『文芸春秋』（日本）204
『文芸時論集』241,261
『文芸報』157
「文章を練習する人のために」（「給習作文章的人」）292
「分所生活」250,251
『文選』124,166,173,265
『文叢』124,125
『文壇五十年』（曹本）8
文話会 166,208

『僻土残歌』293
『北京漫画』／『華北漫画』184
「別世界で」（「大羅天上」）53
「辺境からの声」（「辺声」）42
──「後記」42
『編年体　東北淪陥時期文学史料』160

『鳳凰』57
「方向を失った風」（「失了方向的風」）215,217
『報告』13,14,**51**
報告文学 26,39,40
「放牧地にて」（「在牧場上」）**148**
「募金」（「募捐」）42
『牧場』111
北新書局 51,52
『北窓』203,222
『北斗』22,23
「牧童歌」31
「北辺」245,246,250
『北満の一夜』206
「蛍草」270
「北帰」217
『北方の歌』228,241,243,245,246,249,257

「炎」（「燄」）216
「呼倫貝爾（ホロンバイル）」175,246
「奔流」209

ま行

『また梅娘に会う』（『又見梅娘』）166
「魔笛」175
「満系文学の展望」175
満語研究委員会 289
「満語講座」294
満語調査委員会 289,296
満洲映画協会（満映）112,117,118,**128**,182,275,276
──制作部 130
──俳優訓練所 130
『満洲開拓文学選集』269
『満洲観光連盟報』203
『満洲行政』203
『満洲経済』203
『満洲芸文通信』229
満洲芸文聯盟 127
『満洲公教月刊』166
『満洲公論』203
『満洲国現勢』203
『満洲国語』（日語版。満語版）**288**
──「巻頭言」（「楔子」、「誌論」）292
──「編輯後記」291
「満洲国語運動の提唱」290
満洲国語研究会 288,296
──叢書 291
──「本会設立経過報告」288
満州国語調査委員会 296
「満洲国国歌」61
『「満洲国語」──「満洲国」の言語編制』269
「満洲国語を論じて放送用語に及ぶ」291
『「満洲国」とは何だったのか』／『偽満洲国的真相──中日学者共同研究』168
「満洲国内発行の日、漢字新聞小説を在満

「作家に執筆させるやう斡旋の件」208
「『満洲国』の『郷土文学』——山丁の長篇小説『緑色的谷』論」163
「『満洲国』の言語政策と『満洲国語』」297
「『満洲国』の作家疑遅文学の一考察——『花月集』と『風雲集』を中心に」177
「『満洲国』の女性作家呉瑛の文学」177
「『満洲国』のラジオドラマと脚本分析」177
「『満洲国』文学の一側面——文芸盛京賞を中心として」176
『「満洲国」文化細目』205
『満洲作家小説集』102,111
『満洲詩人』202
『満洲出版史』204
満洲書籍配給株式会社 206
『満洲新聞』208,222
『満洲新報』221
「満洲と言葉」292
『満洲日日新聞』（満日）**200**
『「満洲日日新聞」研究』172
『満洲にて』267
『満洲農村紀行』277,280,**282**
――「あとがき」284,285
――「女子宣撫隊と共に」284
――「深夜の追撃線」287
――「白系露人村紀行」284,287
――「満人国民学校記」283,284
「満洲の雑誌は何故売れぬか」200
『満洲評論』203
「『満洲評論』及其時代」171
満洲文芸家協会 229
『満洲文芸春秋』社 203,211
「満洲文芸資料」265
「満洲文壇の決算と展望について」215
「『満洲文話会通信』を読む」176
満洲ペン倶楽部 202
『満洲報』173,175

『満洲浪曼』202,293,294
――「叢書」293
「万人文庫」184
「満人」もの 241
「満人ものに就て」175,242,250
『満鮮日報』174
「満日語対訳」294
満日文化協会 288,291,294
『満配月報』205
――「日本並国内書籍、雑誌、省別配給部数」205
『満蒙』203
「満蒙地方の言葉に就いて」291
「万葉集」137

『三度煉獄に入る――ある留日女性作家の浮沈』（『三入煉獄――一個留日女性作家的浮沈』）111
「みち」（「路」）27
「途――『風俗国果街』のうち」235
「緑なす谷」（「緑色的谷」）163,173,209,216
「未明の屯」247
『民衆画報』／『時事画報』184
「民衆叢書」184
『民衆報』184,192
民族革命戦争の大衆文学 34
「みんな誠意を示せ」（「大家拿出誠意来」）37

「麦と兵隊」（「麦田里的兵隊」）215
「娘地主」209
「無線実験」204

名月飯店 13
『明明』105,166,214,293
「牝虎」208
「珍しい花――香田淳子の愛」（「奇葩――香田淳子的愛情」）**135**

「蒙古之夜」42
「盲目」(「盲」)216
朦朧詩 119
「木刻画製作過程」42
『モダン日本』204
『モダン満洲』202
「もっと多くの人の参加を希望する」(「希望更多的人参加」)37
「喪服」259
『文選(もんぜん)』146

や行

『訳文』33,55,57
「夜襲」50
「夜哨」17,54
――「叢書」54
「野戦演習」42
野草書屋 52
「野蛮」(「獣道」)44
「闇取り引き」(「走私」)39

「ユイ・リンの像」174
「友情」223
『雄弁』204
『幽黙』241,256,**257**,265,266
――「第1部 旅や空」257
――「第2部 私事」258
――「第3部 貝殻」258
――「第4部 一家抄」259
――「第5部 幽黙」259
「愉快的反対者」216
「由縁の人々」260
輸入出版物 204
ゆまに書房 269
「兪里初の諧謔」181

「洋書・委員・季先生」53
「養生論」145

ら行

頼和およびその同時代作家――日本統治期台湾文学国際学術会議 198
『羅振玉伝』291
「裸木」224
『蘭花香る国』249
『乱都之恋』179

(陸軍)講武学堂 52
『李克異研究資料』165
リットン国連調査団 113,114
『立命館文学』93
『里程碑』181,187
「柳河一帯」105
「龍宮姐御」209
『劉家の人々』282
――「序 大瀧重信君」282,283
「龍興記」210
「龍虎の闘い」(「龍争虎闘」)131
柳条湖事変(九・一八事変)3,4,6,7,10,12,16,19,31,32,44,45,112,113,120
『留日学生王度の詩集と回想録』111
「流離」175,224
『両極』122
『梁山丁研究資料』165
凌昇事件 116
『旅行満洲』203
『旅順・私の南京』260,267
「淪陥時期の東北文学」142
『淪陥時期北京文学八年』196,198
「林則徐」142,**147**

『令女界』204
「霊非を想う」(「想念霊非」)121
「冷霧」(社)112,120
「黎明」216
歴史小説 141
「歴史的意義のある会合」(「一個歴史意義

的会合」）37
『歴史の谺』（『歴史的回声』）16,110,163
聯華書局 51,52

「老作家について」192
「老師的威風」105
『魯琪研究専集』165
盧溝橋事変（七・七事変）3,271,278
『魯迅学刊』51
『魯迅先生紀念集』53
魯迅先生追悼大会 76

わ行

『若草』204

「吾輩は猫である」294
『早稲田文学』222
「わたしと小説」（「我與小説」）104
「われらは言論の自由を勝ち取り、虐げられし作家たちに手を尽くして援助すべきである」（「我們要争取言論自由、要極力設法援救那些被摧残的作家」）38
「われらは自己批判しなければならない」（「我們要執行自我批判」）56

その他

「T村的年暮」105
「The Northeast Group」16

著者略歴
岡田英樹（おかだ　ひでき）
1944年4月京都府生まれ。京都大学文学部大学院修士課程修了後、大阪外国語大学、立命館大学に勤務し、2010年3月退職。現在、立命館大学名誉教授、植民地文化学会理事。
主要著書：『文学にみる「満洲国」の位相』（研文出版　2000年）、『続　文学にみる「満洲国」の位相』（研文出版　2013年）、『血の報復──「在満」中国人作家短篇集』（ゆまに書房　2016年）など。

「満洲国」の文学とその周辺

2019年7月10日　初版第一刷発行

著　者●岡田英樹
発行者●山田真史
発行所●株式会社東方書店
　　　東京都千代田区神田神保町1-3 〒101-0051
　　　電話 03-3294-1001　営業電話 03-3937-0300

装　幀●堀博
印刷・製本●平河工業社

定価はカバーに表示してあります。

©2019 岡田英樹　　Printed in Japan
ISBN978-4-497-21914-5 C3098

乱丁・落丁本はお取り替えいたします。
恐れ入りますが直接小社までお送りください。

R 本書を無断で複写複製（コピー）することは著作権法上での例外を除き禁じられています。本書をコピーされる場合は、事前に日本複製権センター（JRRC）の許諾を受けてください。JRRC（http://www.jrrc.or.jp　Eメール：info@jrrc.or.jp　電話：03-3401-2382）

小社ホームページ〈中国・本の情報館〉で小社出版物のご案内をしております。
https://www.toho-shoten.co.jp/